VILA BUARQUE

VILA BUARQUE

o caldo da regressão

Marcos Gama

Grafia atualizada segundo o Acordo Ortográfico da Língua Portuguesa de 1990, que entrou em vigor no Brasil em 2009.

Edição: Haroldo Ceravolo Sereza
Editora assistente: Danielly de Jesus Teles
Editora de livros digitais: Clarissa Bongiovanni
Projeto gráfico e diagramação: Danielly de Jesus Teles
Capa (desenho e arte): Gilberto Maringoni
Assistente acadêmica: Bruna Marques
Revisão: Alexandra Collontini

CIP-BRASIL. CATALOGAÇÃO NA PUBLICAÇÃO
SINDICATO NACIONAL DOS EDITORES DE LIVROS, RJ

G177V

GAMA, MARCOS
VILA BUARQUE : O CALDO DA REGRESSÃO / MARCOS GAMA. -
1. ED. - SÃO PAULO : ALAMEDA, 2017.
; 23 CM.

ISBN: 978-85-7939-516-1

1. ROMANCE BRASILEIRO. I. TÍTULO.

17-45592 CDD: 869.3
CDU: 821.134.3(81)-3

ALAMEDA CASA EDITORIAL
Rua Treze de Maio, 353 – Bela Vista
cep: 01327-000 – São Paulo, SP
Tel.: (11) 3012-2403
www.alamedaeditorial.com.br

Sumário

Prefácio

O Gama é desses que não desaparecem, não negam fogo. Nas horas mais impossíveis, eis que ele se faz presente, solidário e amigo. Com palavras, poucas, sempre de alento e apoio, nunca coloca senões ou perguntas e sim procura dar respostas.

Agora, lendo seu reencontro com a vida na Pauliceia Desvariada tão próxima e tão longe de todos nós, pelas lembranças e saudades, pela distância que seu gigantismo impõe, me dou conta como somos próximos e amigos. Eis que eu poderia ser um dos seus personagens, reais ou fictícios, perdidos na noite paulistana, em suas ruas, na Taguá, onde vivi e estudei, no Colégio Paulistano; na São Joaquim, em frente ao Roosevelt, onde estudavam meus primos; nas avenidas São João ou São Luís, onde eu antes como office boy e depois como estudante batia perna ou frequentava bares e restaurantes – como o Papai, com sua famosa feijoada às sextas de madrugada –, boates que eu não frequentei primeiro pela idade e depois pela impossibilidade, e casas de dança, como a de Portugal na avenida Liberdade, onde eu batia ponto sempre com meus primos que viviam na Rua Humaitá. Perdido também em bondes, em que ainda andei ao chegar à cidade em 1961, e elétricos que usei e abusei para ir à faculdade na Monte Alegre, em Perdizes, trens e estações... Os trens, essa maravilha que povoou minha infância, nasci em Passa Quatro, Minas, no túnel da Mantiqueira, ligada a Cruzeiro e à Central do Brasil pela Rede Mineira de Viação, a RMV, "Ruim Mas Vai", numa família de ferroviários...

O que nos une é o passado de uma cidade maravilhosa, grande, imponente, de luzes e festa, os bairros da Liberdade e Vila Buarque, agora revividos junto com a história recente do país e, o mais importante, com os homens e as mulheres que nela vivem e viveram e a fizeram como ela é: grande e pequena, em suas riquezas e desigualdades, luxo e miséria, em suas paisagens lindas e feias, em seu modo de vida, cosmopolita e provinciano, em seu caldeirão de raças, etnias, povos e línguas, culturas e religiões, um pedaço do mundo.

O que seria da cidade sem seus moradores? Gama nos traz todos eles, principalmente os sem voz e vez, os da rua e os da luta diária pela sobrevivência, e com eles relembra a cidade que foi sem perdão destruída pela voracidade imobiliária e por esses animais de aço e plástico, os carros, apesar das fracassadas tentativas de impor uma lógica simples e barata, então, o transporte coletivo. Como um cirurgião retalha a cidade esquecida, demolida e apagada, ele acorda para lembrar cada edifício histórico, praça, recanto, beleza que se foi pela mão do próprio paulistano ávido de poder e riqueza.

Como um filme, tudo volta ao ler esse livro que mistura memória e história, os cinemas da Ipiranga, da São João, onde se podia sentar e tomar uma cerveja na calçada ou na rua, nos idos de 1961, 1962. Esqueceu o restaurante giratório no Largo do Paissandu, das ruas e avenidas, praças e recantos que trilhei como estudante lutando contra a ditadura, antes como funcionário de escritórios, o que nos dava a vantagem, naquela época, de conhecer todo centro da cidade por dever de oficio, andar por toda cidade, comer em vários lugares... Isso me serviu e me salvou a vida na clandestinidade.

Quando cheguei a Sampa em 1961, só suas luzes e sua beleza me encantavam. A vida era dura, ir à pé ao colégio, comer e viver em pensões com dois salários mínimos, pagar a escola e o transporte, comprar livros... Enfim, sobreviver, guardando sempre algum para o cinema e o teatro, para os livros da Saraiva e do Clube do Livro, ler e sonhar. Liberdade, São Joaquim, Taguá: foi minha primeira morada, pensões e casa da tia, um pouco de lar e carinho, a vida era trabalho e estudo, diversão e alegria. A Praça da República era meu mundo, e todo centro da cidade, foram anos duros e ao mesmo tempo de descobertas, como o dia que vi os alunos bem vividos, filhinhos de papai como se dizia, descendo a avenida Ipiranga vindo do Mackenzie em apoio ao Golpe de 1964 e decidi de que lado estava, e não parei de lutar.

Ou da primeira vez que, morando no parque D. Pedro, no edifício São Vito, hoje demolido, em frente ao Mercado Municipal, subi a ladeira Porte Geral, passei pela Clóvis Bevilácqua e saí na avenida Liberdade para chegar à Taguá no colégio, maravilhado e encantado com a cidade. Nem me dava conta da distância, tal era o namoro com a cidade, melhor ainda pegar o bonde ou o elétrico, para um menino, eu mal tinha completado 14 anos, do interior de Minas. Apesar dos livros, era tudo o que se podia querer, eis a magia da cidade grande, e seu ilusionismo.

Quando relembra a Maria Antonia e a luta contra a ditadura, o movimento estudantil de 1968, Gama me envolve e me confunde ao me tragar para dentro de suas memórias e lembranças: o bar do Zé, o Grêmio da Filosofia, a Quitanda, a FAU, as passeatas, a UEE (União Estadual dos Estudantes), as ocupações das faculdades, a luta pela reforma universitária, a provocação da direita e da polícia desde o Mackenzie e a tomada e destruição da faculdade, símbolo da rebeldia, criatividade, luta do movimento estudantil, luta contra a ditadura, Ibiúna e nossa derrota, prisão e exilio.

São essas sensações que fazem esse livro virar realidade e ter vida, mas Gama avança para nos trazer a alma, as dores e conflitos, dos paulistanos que conhecemos e convivemos naquelas décadas, o desassombro da ditadura e suas mazelas. Não deixa por menos e nos lembra da tortura e do que nos custou o regime militar, desnuda, tão atual, como nossa elite trata os pobres e os deserdados, os que se rebelam e clamam por justiça e igualdade. Devagar e com precisão, ele adentra em seus personagens, que somos nós mesmos, dissecando sem piedade suas vidas.

Vai e vem e não escapa da cidade e das vidas vividas nela – as épocas e acontecimentos, Gama os descreve, filosofa, critica, acredita e desacredita na cidade e em seus moradores. Trata, portanto, da humanidade, pois onde poderíamos encontrar uma amostra mais perfeita do mundo do que em nossa Pauliceia Desvairada?

José Dirceu, agosto de 2017.

I. A esquerda na rua Direita

No meio do acelerado processo em que o humano privilegiado vai ignorando cada vez mais o semelhante alheio e desprovido, atitude que cresceu muito na primeira década do século XXI, por acaso, encontrei sobrevivendo nas ruas e relativamente felizes alguns desses seres sem nenhuma sorte. Com raro conteúdo pensante e brasileiros, eles conviveram muito próximos a mim no século passado, entre a robusta faixa de 1960 até a reabertura mais política do que cultural dos anos 1980.

Esperançoso, tinha acabado de ler e reler a última lista dos mais votados para a renovação do Legislativo. Mais uma vez decepcionado com o resultado, passei a circular pelo núcleo velho da cidade, envolto na famosa garoa pauliceia. Sem destino, acabei em uma das mais antigas vias carroçáveis que hoje serve apenas a pedestres. A noite tinha acabado de entrar e resolvi parar para admirar um amplo e perturbador cenário: as várias pessoas que se acomodavam para dormir ao lado de sacos de lixo amontoados – e que brilham em razão do plástico ser preto e ficar umedecido. Para recordar esta rua, rebobinei a velha fita da minha memória. Busquei e encontrei uma tranquilidade tão grande no passado que ninguém acreditaria no presente. Desse antigamente, logo vieram o comportamento respeitoso dos cidadãos e aquela elegância antiga dos habitantes da cidade, de qualquer classe social, no lazer ou no trabalho – homens sempre de terno e mulheres magras e sensuais, com meias de nylon com um risco das coxas ao calcanhar –, das vitrines bem decoradas, os belos postes de ferro iluminados durante as madrugadas tão vazias. Até chegar a escuridão dessas noites do presente, apinhadas de pessoas dormindo nas portas de ferro bem trancadas do grande comércio, o tempo foi muito curto. Daquilo que vi e vivi até ao mundo atual, foram transformações radicais, rápidas e preocupantes. Diferente dos séculos anteriores, em que as mudanças de comportamentos e dos meios com que se vive, do cotidiano à tecnologia, foram pequenas e demoradas.

E foi aí, numa pequena amostra dessa decadência, numa moradia de papelão, que encontrei um homem de 1960, aproveitando um clarão, para ler uma página literária. O inusitado chamou a minha atenção e arrisquei perguntar o que lia. Depois de por alguns segundos a me checar com os olhos e perceber o meu espanto e curiosidade, respondeu: — Estou digerindo uma crítica ao expressionismo! Levei um susto, pensei, esse cara está tirando um sarro e se divertindo comigo. Fiz um sinal de positivo, ele gostou e antes de ouvir a minha manifestação, foi logo se definindo, parecendo que queria compartilhar suas posições e conhecimentos com alguém. Começou afirmando não ser um miserável romântico do início do século passado, nem um morador de rua politicamente vazio de hoje, mas um mendigo comum das últimas décadas, que não quer ser mais que ninguém, apenas diferente na forma de encarar a realidade dessa vida.

Achando que muitos definem indigente como sinônimo de lixo, disse não aceitar tal referência a sua pessoa. Vaidoso, comentou que algumas assistentes sociais o admiram muito e o definem como "o mendigo sábio", o mais assumido politicamente que elas conheceram. "Respondo sempre que sou um homem decadente, desiludido, sem muita esperança, mas nunca um alienado ou paranoico".

Mesmo enquadrado nessa baixa escala da sobrevivência, e não se entusiasmando com as surpresas boas que o destino possa dar, esse encontro fortuito com a minha pessoa trouxe para ele um ânimo repentino. Estávamos agachados, ele ficou de pé e começou a falar sem parar. Logo nas suas primeiras palavras, uma força estranha me sacudiu e uma alegria imensa se acomodou em mim. Pareceu algo espiritual. Em pouco tempo descobrimos, sem eu ou ele no identificarmos, que algumas décadas atrás lutamos pelos mesmos ideais, jogamos no mesmo time de futebol e contamos muitas riquezas no bairro da Vila Buarque. Eu, morador de uma casa da classe média sobrevivente na rua Dr. Vila Nova; ele, de um cortiço natural da rua Amaral Gurgel, onde hoje passa o Minhocão.

Conhecidos desde a infância, sem termos vivido uma amizade mais íntima, nosso papo foi levado por algumas rápidas e superficiais passagens esportivas, artísticas e políticas do bairro. Essas abordagens o embriagaram de passado, e ele citou nomes conhecidos, e não se importou de perguntar o meu. Eu é que lembrei de alguns moradores desses cortiços e o seu provável nome, mas fiquei naquela boa incógnita, não sabia ser ele a pessoa que num período de clandestinidade usou dois nomes e que no bairro era conhecido por alguns apelidos. Mas a dúvida foi passando a partir dos seus relatos, e no entusiasmo da falação, para ele, pelo menos naquele momento, eu tinha sido como os outros, um simples ex-amigo e desconhecido, porque todos o abandonaram quando começou a beber muita pinga no jejum das manhãs, sempre em algum bar que fechava ou abria nas imediações da vida noturna da rua Rego Freitas.

Frequentador assíduo da igreja da Consolação, chegava a assistir duas missas em seguida, só para tomar um lanchinho na sacristia. Confessou que seu sonho era ser coroinha, ajudar o padre a rezar a missa. Não conseguiu, mas ele achou a razão – o seu aspecto de sujo, poucos lhe davam valor, a maioria não queria ficar nem perto, e como ele mesmo disse, até hoje, embora barbeado e com os cabelos razoavelmente penteados. Fez vários amigos e lembrou do pessoal do cursilho que fazia plantão à noite para atender aos necessitados, e dos coroinhas, hoje coroas, alguns falecidos: Henriquinho, Adilson, Binho, Elias, Jacob, Sidney. Lembrei, mas não comentei, que ele lutou boxe no ringue do Wilson Russo, na época do ex-campeão sul-americano Pedro Galasso. Não ganhou nenhuma competição, recebeu muitas medalhas, passando por várias eliminatórias na a "forja de campeões" do jornal *A Gazeta Esportiva*, o grande matutino esportivo da época. As aulas de boxe, nos espaços dessa academia, eram dadas pelo mestre Kid Jofre, pai do Eder Jofre, o campeão mundial na categoria peso galo, e considerado até hoje como o maior de sua categoria. Esse local ficava na rua da Consolação, em frente à praça Roosevelt, numa pequena entrada onde um corredor comprido levava a um ringue quase no meio do quarteirão, mais ou menos no atual acesso para os veículos que descem no sentido do largo do Arouche.

Sarcástico, esse raro mendigo, que pelas circunstâncias de sua vida, desde jovem, acabou sendo muito bem politizado, apresentou-me dois amigos, afirmando ser interessantes intelectualmente, e que logo já foram fazendo observações de engraçadas a maldosas sobre seus colegas de rua. No embalo da conversa, o mais velho lembrou e comentou que na adolescência, quando circulava com seu tio policial civil, em viaturas, pelas ruas centrais da cidade, todos conheciam quem vivia ao relento e circulava nas regiões, até pelo nome – o respeito era total. Um ou outro, às vezes, bebia além do costume, e saía gritando ou procurando briga. Mas tudo era contornado, não existia a figura do noia – designação genérica dos atuais indigentes e dada a um número grandioso de crianças e adolescentes praticamente condenados pelos piores resíduos das drogas. Concordei e lembrei que muitos mendigos eram politizados, liam as manchetes dos jornais pendurados, ouviam rádio e mesmo sem interesse pelo resultado de uma discussão, pelo menos chegavam a questionar problemas nacionais. Parece que tinham mais brio. Tinha gente com um grau de cultura tão elevado, abandonados ou fugitivos de grandes famílias, que falavam fluentemente alguma língua estrangeira. Eles balançaram a cabeça afirmativamente, e analisando essa época mais consistente com a atual, esse amigo de infância enquadrou as comparações: "Eram os miseráveis que sabiam raciocinar, foram mais cultos e desapareceram com o tempo. No meio da massa atual são raros e perdidos no contexto os que fazem bom uso do cérebro... e tudo, infelizmente, vai zerando, praticamente não existem mendigos com um mínimo, nem de cidadania... tenho esses amigos aqui do meu lado e mais uns três ou quatro, da minha faixa de idade, com quem converso mais a sério. Não encontro mais nenhum com o cabedal do nosso tempo, devem ter até morrido. Bato um papinho antigo e sem graça, só lembrando de coisas bobas, com os velhos carroceiros. Com seus inseparáveis vira-latas, são um pouco mais organizados, e vivendo na modernidade de hoje, têm a sorte de encontrar à disposição um lixo consumista mais qualificado que no passado. Mas, no contexto da impunidade, são cada dia mais folgados. Tumultuam o trânsito por vezes sem propósito, dificultando a ultrapassagem de veículos, e entram estupidamente na contramão de vias perigosas, dando a impressão de que assim fazem para se divertir com os estressados motoristas e pedestres. Fazem uma interessante anarquia, mas põem em risco a vida de todos". Sem deixar transmitir minha observação e nem a dos colegas que ameaçaram falar alguma coisa, ele engatou o assunto e, com mais ênfase, continuou:

— Está difícil saber a origem e os tipos de gente, muitos com alguma estrutura, que invadem as ruas diuturnamente. Mas o que me preocupa é o crescente e incalculável número de indigentes inconsequentes que estão invadindo qualquer espaço que apareça. Eu chamo essa gente de "indigentes sem salvação", por não ter mais jeito. As pessoas insensíveis os definem como lixo humano. Eles formaram uma massa extremamente oca e agem só para continuar respirando. Não procuram meios de sobrevivência e, quando saem atrás de alimentos, incomodam pessoas de poucos recursos, mesas de bar, pedem moedas entre os veículos, se arriscam atravessando ruas movimentadas, rasgam sacos de lixo atrás de sobras até deterioradas, espalhando tudo, estragam jardins, quebram mudas de árvores. Acomodados, carecem de tudo; ganham roupas boas e cobertores, e chegam a queimar, achando que o calor do fogo aquece melhor. Ajuntam material que pode ser reaproveitado e, como não encontram destino, desistem, jogando tudo em qualquer lugar. Alguns andam quilômetros com sacolas enormes nas costas e voltam para o mesmo lugar, sem nada ter resolvido. Dormem em qualquer porta, abrigos de ônibus, embaixo de árvores, praças, no meio de restos fétidos, mijam na própria roupa, não se lavam nem na chuva, raramente trocam de roupa, comem com a mão, cagam onde querem e pisam em cima. São insensíveis, sem intuição, vivem como dentro de sacos de lixo e não têm um milionésimo de milímetro daquilo do passado – vergonha. É um comportamento sem nenhum freio ou esperança, e que acaba servindo de exemplo para outros, até mais educados, que vão chegando, porque o hábito escurece qualquer mente vazia e sem estímulos. O único sinal de inteligência que vejo é que sabem diferenciar, contar e brigar por moedas. Sempre teve muito vagabundo nato no meio, e agora, as mendicâncias fraudulentas que florescem nas ruas. Mas, voltando ao passado, esses indigentes que falo podiam ser chamados de mendigos, não tinham esses costumes decadentes, eram respeitosos, mais limpos e até organizados. E se nessas provocações cotidianas que fazem a sociedade, algum cidadão comum se revoltar e protestar, vai ouvir dessa turma xingamentos, gritaria e repetição de palavras desconexas que mais parece um despertar, um desabafo retardado contra algum familiar, amigo, patrão, mulher, sei lá, ou a algo que levou o infeliz àquela situação. Vai também alguém tentar orientar ou dialogar, eles te olham vidrados, não querem entender nada, vivem na beira do abismo e estão na realidade é prontos para virar mais um presunto para o IML, ou chegar ao grau máximo da sua irmandade, o código 13, aquele que a polícia usa para definir o louco. Alguns chegam a ser extremamente perigosos ao serem contrariados, podem atirar uma pedra, ou dar uma facada mortal, até em alguém que nada tem nada a ver. No dia a dia, eles só pensam em pinga e, acredite, curtem a moda dos embalos das baladas burguesas... que é a ingestão de qualquer coisa que possa ser chamada de droga. É a simbiose social do mundo de hoje. Eu desisti, não fico mais brigando ou tentando ensinar um, dois ou três de cara limpa, o comportamento e a distância cultural do passado é muito grande, ficou difícil achar filhote de lagosta em rede de sardinhas. Eu enfio no atual segmento social dos "indigentes sem salvação" também os noias de qualquer idade. Eles conseguem ficar bem abaixo do que conheço por lúmpen, porque todos vão chegando cada vez mais rápido ao fim da linha, sempre prontos para entrar na estação morte. Quando a administração pública é cobrada pela imprensa, e resolve desenvolver um trabalho social mais adaptado a eles, dando-lhes até abrigo, eles furtam, nesses locais, tudo que é possível vender em troca de drogas ou alimentos: talheres, maçanetas, tomadas, lâmpadas, fios, o que puderem. Além desse novo tipo de indigente, dos velhos carroceiros e dos sem teto cadastrados, sempre existiu nas ruas pessoas mais assentadas de cabeça, pouco melhores na higiene, que procuram atividades para a subsistência, que se preocupam com as noites de sono e não querem muita confusão. Para se ajeitar, diferente dos acomodados, reaproveitam os objetos desprezados pelo consumo moderno e os utilizam em barracos fixos e bem localizados, através de "gambiarras" e "gatos" de água e na corrente elétrica de alguém. Já vi nessas acomodações, além da indispensável televisão, vários aparelhos ligados, carregadores de celulares e até a inclusão de computadores.

Bem crítico, esse raro cidadão de rua, machucado por essas agruras, muito em razão de não encontrar uma boa conversa a sua volta, arrematou o embalo do papo:

— Por fora, posso até parecer aquele mendigo que vive na tristeza do destino, mas, por dentro, sou um rico que vive a alegria do conhecimento. Não sou o Google, mas sei achar muita coisa. Nesse quadro caótico das ruas, por ter que conviver com essa gente, e antenado em tudo que nela rodeia, sem nenhuma metodologia científica, fiz um levantamento, sozinho, diante de muita conversa, dessas castas que vivem nas ruas. Excluindo os decaídos que citei, não precisei de muita perseverança, e concluí: uns são sem recursos materiais, não possuem bens, ou não tiveram alguma oportunidade na vida, são minoria e vivem migrando de lugares, bairros, cidades. Estão sempre procurando melhorar, ser classe pobre ou média baixa, o que eu vejo como um grande perigo, não pela ambição de prosperar, um direito de todos, mas pela falta de instrução e envolvimento com o consumismo vigente. Geralmente, por terem família, alguns desses conseguem se cadastrar em movimentos dos sem moradia. Outros são ambiciosos, mas acomodados, vivem esperando a oportunidade de aplicar o jeitinho brasileiro, movimentam-se isoladamente, são egoístas e abandonam a namorada se ela ficar grávida. Outros, sem ambição, não prosperam nunca, porque vivem uma vida normal, contentam-se com migalhas e, se ninguém incomodar, passam anos no mesmo lugar. Mas, por viverem naquele fim de linha, o perigo é se envolverem com essa neocasta, a dos "indigentes sem salvação". E, finalmente, os mais ligeiros, que chegam a virar pequenos líderes. Alguns são politicamente puros, mas a maioria se vale de oportunidades para também ser explorador. Nessa, surgem poucas lideranças honestas, a maioria busca os velhos esquemas dos benefícios políticos e a sacanagem. Montam organizações e cobram benefícios, invadem, com os comparsas, espaços públicos e vendem a sua utilização. E traficantes sempre crescem nessas situações adversas. Mas, nessa mistura, alguns chegam a organizar bons movimentos sociais, porque as pessoas esperam, como em qualquer aglomerado humano, ações dos mais atirados. Porque também, nessa enxurrada de pessoas ao relento, muitos com família, vindos de longíquas regiões e sem rumo, é mais fácil se agarrar ao que esteja boiando, e isto pode ser um grande toco ou um grande pedaço de isopor. Eu sinto, à parte dessa avaliação, e para encerrar essa rápida abordagem desse meu mundo, que tratamento e orientação firme sobre o uso de drogas, e uma política mais contundente e humana na área social, de forma contínua, para não dizer socialista, palavra que o pessoal arrepia, resolveria o problema para esses ditos moradores de rua. Não vejo dificuldades, o país é rico e tem muito e muito dinheiro desviado. O perigo maior, como volto a lembrar, é o crescimento sem controle desses indigentes, de crianças a idosos, completamente alienados. Esse desabafo geral é o meu ponto de vista, formado pela minha consciência receptiva a tudo, na minha vida de maloqueiro, e mais de cinquenta anos de rua. Sobrevivi e aprendi muito nessa vida de sarjeta, bem como dos livros que me incutiram, desde dos famosos títulos burgueses, dos *best sellers* sem conteúdo, até os mais necessários, aqueles de pensamento político... e alguém já disse, havia mais futuro no passado. Agradeço aos velhos miseráveis daquela época rica, que desapareceram sem sucessores, e que me despertaram para o conhecimento. Aprendi que ler é o mais importante, mas o saber não é a materialidade quantitativa de leituras, e sim o que ele leva para o coração e o cérebro sentirem antes de agir.

— Que papo ilustrativo e maravilhoso, velho camarada, não sei como vive na rua! Você é sim um herdeiro desses sábios do passado, mas sinto que deve sofrer muito por não encontrar embriões para sucedê-lo. Não acha que tudo é reflexo do bloqueio intelectual dos anos 1970, que gerou essa mediocridade gigantesca que vivemos? –, perguntei.

— Sim! A partir daí cresceu essa multidão de pessoas sem formação e orientação, de origem e problemas diferentes, sem esperanças, em que a terra prometida foi ficando cada vez mais restrita a meia dúzia de donos. São retirantes do asfalto, que foram sendo jogados na vala comum e agora são chamados pelos burocratas sociais de moradores ou "em situação" de rua.

— São as novas nomenclaturas para mascarar realidades. É moda!... situação de rua, garotas de programa, profissionais do sexo, comunidades carentes... – observei. Ele continuou:

— Tem também os profissionais da religião. E você pode ser penalizado por não usar essas novas formas, logo chamar alguém de bobão vai dar cadeia... vivemos no politicamente incorreto, enquanto contundentes palavras escritas, radiofônicas ou televisivas vão corroendo livremente a sociedade. Claro que ofensas morais são execráveis, mas qual a diferença entre macaco e rato branco? E das ofensas livremente ditas nos estádios de futebol? Esses eufemismos e excessos inadequados de zelo só aumentam o receio e o medo no uso das palavras quando numa explanação bem intencionada. Bloqueios intelectuais não desenvolvem a inteligência, acabam é estancando e frustrando boas iniciativas. Enquanto os chatos ficam cobrando o uso dessas novas nomenclaturas, alguns seres pensantes vão ficando atrás dos animais irracionais, cachorros são mais higiênicos e sadios do que grande parte dessa massa amorfa que se acumula nas calçadas. Consequência de tudo, hoje, quem governa não consegue desenvolver políticas públicas coerentes, e a velha sociedade abastada vai optando pela fuga e o comodismo da clausura eletrônica, um modo fácil de fugir dos fios descapados e expostos das ruas. A educação antiga ensinava que devemos nos colocar no lugar dos outros, pensamento simples que enaltece e abre o nosso espírito no dia a dia. Como as mentes rasas estão crescendo no ódio e no preconceito, e se acham por cima, diminuiu a empatia, principalmente aos segregados das ruas, que são, para eles, simplesmente vagabundos. Tanto os da clausura eletrônica como os desprotegidos fios descapados das ruas estão moldando uma sociedade sem espírito coletivo. Ninguém é estimulado para perceber que qualquer ser humano pode observar, pensar, usar a razão, sentir que seus órgãos funcionam. Todos enxergam, mas ninguém reflete, por exemplo, quando do sacrifício determinado de um ser defeituoso. E, para terminar, os serviços sociais públicos e as empresas, sim, empresas de caridade, nada fazem para o desenvolvimento mental, apenas viciam os necessitados no entra e sai de abrigos noturnos. O que acaba virando uma encenação política muito cômoda, porque, se tantos ladrões não levassem o nosso erário, não sairia tão caro abrir espaços para, além do repouso aos desabrigados, fornecer alimento aos que têm fome durante o dia, e encaminhar todas essas pessoas na tal situação de rua, para os ensinamentos básicos de convivência humana. Ia sair muito caldo bom. Poderiam concorrer a oportunidades de trabalho, ou serem incentivados a exercer uma atividade humana... todos temos uma vocação qualquer. Qualquer ato de solidariedade humana, não piegas, mas objetivo, diminuiria bem essa expansão de desocupados. Já a internação pública deveria ser destinada somente aos que estão quase sugados pelo bueiro do esgoto humano, bem como aos viciados definitivos que vagam pelas ruas. Atualmente, vejo muito pseudoprofessor se achando o salvador da humanidade, fazendo um marketing danado, vendendo cursos em hotéis de luxo e lotando plateias para vender o óbvio. É com esses segregados da mais baixa ralé que eu gostaria de ver esses grandes e alardeados palestrantes motivacionais, que conquistam tantos babacas, fazerem sucesso prático e útil. A plateia ralé é muito grande, eles estão perdendo um enorme mercado de trabalho, além de potenciais consumidores para seus patrocinadores.

Embarquei na ironia:

— Essas poderosas mensagens são para os bem situados... não os das ruas!

— Medo da realidade desmascará-los... Você citou a década de 1970, e lembrei do que li esta semana. Embora a partir daí a mediocridade e a violência tenham aumentado, se evidenciaram, nesse período, muitas reações sagazes para ações perversas. Num suplemento, soube mais sobre a vida do jornalista e compositor Antonio Maria, que logo depois do golpe de 1964 começou a manifestar sua contrariedade ao regime. Ele foi preso e suas mãos lesionadas pelos torturadores, igual ao feito por Pinochet ao músico Victor Jara. Depois, afirmou categórico: "Eles pensam que o jornalista escreve com as mãos!"... É isso!... Um retrato de que, quando se tem consciência, determinação e coragem, tudo pode, até no caos. Vou fazer outra colocação sobre as pessoas com quem convivo nas ruas. Atualmente, aproximo-me mais dos hippies, que, embora hienas, são os únicos entre os únicos da rua que ainda possuem veias culturais como o artesanato e a música... Dia desses estava com eles e vimos passar um desfile de mais de cem desses "indigentes sem salvação", todos bêbados e fora de si. Aí fizemos uma conjectura... como existem vários desses grupos espalhados pela cidade, totalmente desamparados, o que sairia se incentivássemos essa gente para uma organização, começando por uma assembleia?

Afinal, eles nunca são lembrados pelos companheiros que exercem alguma liderança. Por aqueles que reivindicam melhorias sociais, mas sonham com a carreira política. Ou mesmo pelos singulares cadastros dos que ocupam prédios abandonados... cenas fellinianas!

Como fui gostando das observações desse meu interlocutor, comecei a mexer com ele. E na questão da hipotética assembleia, disse que daria certo, porque hoje é fácil convocar qualquer manifestação pelas redes sociais. Ele não entendeu bem a ironia e misturou tudo: "Redes sociais? Pode ser que desse certo uma reunião dessa gente se os manipuladores sociais e de mídia, como sempre fazem, inventassem um ídolo entre eles, um maluco dirigido para as grandes audiências. Que, se mais tarde, virasse um líder de verdade, fosse escrachado e tolhido, simplesmente por ter vindo de bases populares". E continuou mais calmo: "Mas, bem ou mal, como tirar um ídolo, um líder, entre esses indigentes? E como iriam a essas assembleias, se arrastando? Como disse, foi uma conjectura, com eles é impossível. Foi mais para salientar a minha implicância com a decadência desses indigentes, sem forças para nada, esquecidos, que crescem assustadoramente, e que as pessoas, de tanto taparem o nariz, vão ficar sem respirar. No fundo, quis dizer: nos Jardins da cidade existem rebeldes procurando uma causa, enquanto no centro há várias causas atrás de rebeldes! Faço parte de movimentos sociais organizados, e sempre cobro atenção e esperteza de todos, para não servir a candidatos, que eleitos, esquecem o passado. Nós é que temos que indicar nossos líderes".

Para não prolongar, concordei e fiz um rápido comentário analisando o momento crítico que passamos, dizendo que, na mesma proporção que às necessidades das pessoas aumentam, surgem infindáveis missionários, incontáveis livros de autoajuda e os tais palestrantes motivacionais. Todos com sorrisos ilusórios, abordando o tão disputado óbvio, aquilo que deve ser ouvido na formação de qualquer humano, até os doze e bem antes dos quinze anos, dependendo do nível cultural de sua tribo, e que o brasileiro só é despertado pelo *blá, blá, blá* de alguma dessas "celebridades".

O meu amigo de rua se empolgou e, mais uma vez, embalou no assunto, agora sobre literatura, exaltou autores clássicos e deu uma aula crítica e interessante sobre esses *best sellers*. Arrasou com os grandes "estelionatários literários" e, na sequência, revoltado, ainda espinafrou a industrialização dessas infinidades de seitas e religiões que envolvem o país. E mostrou amplo conhecimento, ao discorrer sobre a classe dominante, que domina qualquer espírito de época, e vai sempre sendo substituída por outra e por ela mesma, sempre atualizada e exploradora. Eu pedi para ele dar um tempo, e mesmo concordando, insistiu para que a qualquer momento voltássemos aos temas. Eu adorei o que ouvi, porque nem universitários têm uma noção tão ampla da sociedade, e muito menos dessa exploração literária e espiritual bem engendrada que sofremos. Por fim, esse *brazilian homeless* perguntou: "Se esta rua que estamos chamasse *Esquerda*, será que nossa vida estaria tão torta?" A pergunta exigiu uma resposta: "Se chamasse *Esquerda*, já tinham mudado para *Direita*. Mas se fosse realmente *Esquerda*, acho que estaríamos saturados pelos excessos de teoria e burocracia, mas... acredito... num clima mais humano". Ele concordou com palmas.

Como evoluiu um clima natural de reamizade, convidei ele e os dois amigos para atravessarmos, no dia seguinte, o viaduto do Chá, caminhando até o nosso bairro. A princípio ele não concordou, fez um relato do seu estado de saúde e alegou estar enfraquecido para caminhar por grandes distâncias. Mas logo, convencido pelos prediletos amigos, olhou bem para mim e disse:

— Não tenho um imóvel, tenho uma moradia móvel, são esses papelões que guardo em cima de qualquer banca de jornal. Não me prendo à materialidade, e sim às emoções. Gostei, está combinado, concordo! Amanhã cedo?

— Bem cedo!

Acertado o encontro, no dia seguinte, num gesto maluco e ansioso, assim que cheguei ao local combinado, perguntou meu nome:

— Sou o Marcão! – respondi.

— Marcão do Vila Nova?

— Sim.

— Puta merda, depois que você foi embora fiquei matutando e só agora que a minha cabeça começou a entrar na história!

Mas, rápido, antes de qualquer pergunta, logo disse ter vários apelidos, porque, sorrindo, alegou ter esquecido seu nome, não ter bronca na Justiça e perdido definitivamente os documentos.

— Se você não deve?

— Não devo nem para o dono da rua! – disse com ironia.

Eu também tinha ficado matutando sobre o seu nome verdadeiro e as histórias dos dois falsos que usou na clandestinidade. Não me importei com a simulação e emendei:

— Tá bom!... Mas por ser você um ex-pretenso coroinha, agora velho, vou te batizar como Coroa... ou de Companheiro.

— Coroa só se renascer com *k*, como aquele atleta religioso, sempre com aparência exemplar, um autêntico bebê Johnson. Coroa com *k*, sofisticado – *Koroa!...* Companheiro é muito importante, prefiro. Marcão, fico grato com a compreensão e digo em bom tom, para você entender bem, também não quero saber da sua vida profissional, vamos falar de nossas vidas!

— Tá legal... E aí? Vamos até a nossa Vila Buarque? Caminharemos devagar.

— Estou convencido, como diz o mestre Lula, de que devo ir. Aceito o convite. Afinal, a última vez que estive por lá foi no teatro Anchieta, para assistir uma peça amadora... e porque era de graça.

— Devia ter ido mais, é só atravessar o viaduto.

— Há muito tempo não saio desse pedaço. Como raramente encontro emprego fixo, em razão do preconceituoso item que pede "boa aparência", aqui virou meu triângulo zen. Explico. Vivo nesta região do centro, à toa, e posso ser encontrado a qualquer momento entre os ateus, os de fé e os do dinheiro. É o meu endereço – o miolo desse meu triângulo zen: a Faculdade de Direito do Largo São Francisco, a praça da Sé e o Largo do Café, locais onde consigo alguns trocados fazendo pequenos favores, alguns bicos, contando estórias reais ou comentando fatos políticos e do dia a dia. Sou amigo de alguns donos de banca de jornais, vivo e aprendo com uma pequena minoria que me recomenda leituras e me empresta livros. Você não deve lembrar, mas dei muitas aulas particulares de geografia e história para quem terminava o primário e queria fazer o curso de admissão ao ginásio. Por aqui, quando chega a tarde, entro no banheiro de algum bar, jogo uma água no corpo, passo um desodorante que as namoradas dos caras me dão, e circulo. Estou sempre de cara limpa e o pessoal gosta e se diverte com as minhas posições. Eu falo muito, sempre rodeado de meia dúzia de mendigos mais esclarecidos, que ficam atrás de mim, como esses dois amigos que estão com a gente. Nos tornamos conhecidos e somos chamados de excelências. É nossa forma de sobrevivência financeira.

— Qual o nome dos amigos?

— Rômulo e Remo – disse um deles.

— Eu chamo esses dois, quando estão com muita frescura, de Cléo e Daniel. Você não sacou nada?

— Saquei!... Esses nomes são por causa do verdadeiro Roberto Freire, o psicanalista que escreveu o livro?

— Sim! Quando em uma das muitas vezes que trombei com esses dois velhos amigos, e resolvemos ficar juntos, tinha acabado de reler um raro exemplar do *Jornalivro*, a publicação que o autor lançou esse texto, que tinha um personagem pederasta e os jovens transavam na rua. Os nomes sairam da coincidência dessa leitura. Mas aqui, no triângulo zen, tem uns venenosos que chamam os dois de seu Rômulo e senhora Rema... e dizem que continuam se amamentando nas tetas da loba, da loba *Manguaça*!... Questão romana, não casaram no civil porque não têm o que dividir. E esperam liberação para se casarem em alguma igreja.

— Mas tá cheio de igrejas que já aceitam o casamento homossexual - observei.

— Mas eles querem coisa séria e legal, casar numa tradicional, qualquer uma.

— Só para quebrar barreiras! Já imaginaram, dois mendigos gays casando numa igreja tradicional? - disse o Remo, abraçando e beijando o Rômulo.

— Vocês vão esperar muito! Pastores, homofóbicos radicais e um montão de conservadores estão sendo os mais votados nas últimas eleições! - acrescentei. E, depois de um silêncio sem resposta, indaguei: — Falando em pastor, e esse cachorro preto, maravilhoso e dócil, vai acompanhar?

— Ele é amigo de todo mundo, encontramos esse animal abandonado naquele buraco do Anhangabaú que só passa carro, quase sendo atropelado. É mais uma atitude dessa elite cínica, classe média de merda, que quer se exibir para os amigos, parentes e vizinhos, e não tem condições de sustentar nem uma minhoca. Compram filhotes de animais bonitinhos para os filhos como se fossem brinquedos descartáveis. Depois, os bichinhos crescem, incomodam, não têm com quem deixar, não dá para levarem nas viagens porque estragam o estofamento do carro, e eles largam os verdadeiros amigos pelas ruas da cidade, muitas vezes drogados, quando não envenenam de vez. Quantos desses animais eu já vi pelas ruas altamente estressados, porque foram abandonados em territórios a que não estavam acostumados, e longe do cheiro dos humanos que os enganaram. Soube que o Brasil se tornou o país que mais abandona animais pelas ruas, passou a França. O nosso cão, o Fox, é de raça diferenciada, é um labrador, vai ficar com um amigo carroceiro que tem endereço fixo no largo São Francisco. Ele tem até uma televisão, e sou seu televizinho, lembra dessa expressão? E o Fox vive atrás dele, afinal, qual o cachorro que não gosta de ser puxado por uma carroça? Se bem tratado, um cão pode ser tranquilo, latir na hora certa e, mais que ninguém, reconhecer as pessoas bem intencionadas... o Rômulo até arrumou um doador de ração. Por ser um cão de burguês, muitos já tentaram levar o bichinho, mas recusamos qualquer oferta de venda... Marcão, vou sair do cachorro para o ser humano, tenho um carinho muito especial pelo Remo, que, depois eu conto, me lembra algo e alguém, porque agora vamos nos atrasar.

Ele ainda fez uma referência ao que se fazia no passado com os animais soltos pela cidade:

— Vocês lembram da carrocinha, quando os funcionários da prefeitura capturavam os cães abandonados no laço? Ao lado dos gatos, o município mantinha um depósito, que poucos visitavam, e ninguém sabia do destino desses animais. O povo dizia que virava sabão, mas, na realidade, a maioria era sacrificada. Vai fazer isso hoje! Na época, já existiam sociedades protetoras dos animais, mas não tinham a força do politicamente correto. Os bichinhos agora são doados, virou moda!

— Sim, e essas adoções são mais comuns do que a de crianças abandonadas. Li numa revista que os cachorros pretos são os menos procurados. É para pensar! - concluí.

Enquanto eles preparavam suas mochilas, eu fotografei o que resta do prédio de esquina da ex-Casa Fretin, que fica quase do lado da ex-Botica Veado de Ouro, na rua São Bento. Eram casas centenárias no comércio paulistano e que infelizmente não foram preservadas. Também veio à mente o famoso sanduíche de linguiça de Bragança Paulista, vendido na casa Califórnia, na mesma rua, e que tinha uma clientela bem diferente. Em seguida observei os detalhes da lastimável escultura metálica que atualmente cobre a praça do Patriarca, desfigurando o local. Que saudades me deu da galeria Prestes Maia, aquela multidão subindo ou descendo aquelas escadas rolantes para pegar os ônibus que saíam do Anhangabaú. Hoje as escadas estão quase vazias, pouca movimentação. Também não tinha aquela passarela horrível embaixo do viaduto do Chá. De súbito, o Companheiro parou e demonstrou estar preocupado com outra coisa:

— Marcão, eu te acompanho... vamos divagar, devagar... de dia e pode ser até de noite, durmo em qualquer lugar, só não largo o meu eterno radinho de pilha. Pode ficar sossegado que estamos evitando beber... mas nos alimentamos por aqui com doações... você paga, pelo menos, nossos sandubas?

— Claro! Você lembra do delicioso hambúrguer do Sanduba? Uma lanchonete na rua Sergipe, em frente ao paredão do cemitério da Consolação, que abria pela madrugada e ficava próxima do Mustache, uma linda casa noturna decorada como uma rua de Paris, esquina com a rua Itambé?

— Lembro!... Conheço muitos companheiros que ainda furtam eletrônicos de carros, bolsas, estepes e puxam carros naquelas imediações; e ainda pulam o muro do cemitério para arrancar metais dos túmulos... Às vezes, vivo com ladrões, mas nunca fui... as pessoas não entendem quando falo que tenho formação e caráter. Quando eu preciso, peço, mesmo constrangido, tenho virtudes pouco praticadas. Retruquei:

— Nunca fomos ladrões, mas quantos moleques da nossa época vinham até aqui na rua Direita furtar nas lojas Americanas e no bazar Lord? Era fácil, nenhuma loja tinha tantos seguranças disfarçados como agora, e nem a tecnologia big brother de observação.

— Para não passar por cagão, acompanhei, com muito medo, algumas diligências dessa molecada aqui para o centro. Eles vinham em grupos de dez a vinte e, sem alardes, nem arrastões, davam cobertura aos mais audaciosos, levavam o que queriam!

Garantida a alimentação, ele, depois de ajeitar uma pequena mochila nas costas, voltou a me assustar com sua voz alta, afirmando categoricamente que nossa amizade era baseada nas crenças e esperanças que cultivamos. Que embora distantes e com vidas diferentes não abandonamos nossos ideais. "Somos irmãos comuns, uma mesma pessoa! Vamos escrever uma bi-bibliografia!", esbravejou e sorriu alegre. Senti mais uma vez que essa atitude surpreendente demonstrava uma rara felicidade. Fiquei mais uma vez feliz, e agora preocupado em não os decepcionar. Com eles se propondo a dormir em qualquer lugar, apertei sua mão estendida, dos dois amigos, e começamos a caminhada.

Ainda na praça do Patriarca e olhando a frente do Unibanco, comentei do assalto ao Moreira Sales, antigo nome dessa instituição financeira, no início de 1965. Assaltos a bancos a gente só via em filmes e acreditava que só existissem no velho oeste norte-americano. Esse foi uma surpresa para toda a população. A imprensa entrou em delírio. Cinco gregos mataram um funcionário e roubaram 500 milhões de cruzeiros de uma perua do banco. Um guarda civil multou um dos carros dos assaltantes e, por volta de um mês depois a polícia localizou o dinheiro escondido em tambores. No auge da ditadura, os assaltos a bancos retornaram com mais intensidade e com conotação política. Virou costume os assaltantes levarem as vítimas ao banheiro e lá as deixarem trancadas. Lembrei de um amigo revolucionário que narrou o primeiro assalto do grupo. Depois de trancarem o pessoal no banheiro, não tinham como levar aquele montão de dinheiro, esqueceram das sacolas. Tiveram que improvisar e levar a grana dentro das capas de plástico daquelas antigas máquinas de escrever. Nunca imaginei que assaltos a bancos virassem uma rotina diária.

Paramos no início do viaduto do Chá, no meio das pessoas trombando entre si, não percebendo que elas se atrasam e se estressam de graça. "E igual ao metrô!" — disse o Rômulo: — "É tão simples, é só o cidadão obedecer a regra mais natural e elementar do ir e vir pela direita e esquerda" - completou. Concordei e comentei que os antigos guardas civis orientavam as pessoas a obedecerem esta regra. Em frente, observamos o edifício da prefeitura, o "Conde Luiz Eduardo Matarazzo", que abrigou durante anos a sede da IRFM - Indústrias Reunidas Fábrica Matarazzo, espalhadas em vários bairros de São Paulo. Dizem alguns que o arquiteto teve inspiração fascista quando elaborou o projeto desse prédio, que tem em seu topo um jardim suspenso maravilhoso. Depois, debruçamos no parapeito de ferro do viaduto, do lado que fica a avenida São João. O viaduto leva esse nome porque embaixo dele, ao lado do canalizado córrego do Anhangabaú, onde um dia existiam as plantações de chá do Barão de Itapetininga. No início do século passado, o escritor Monteiro Lobato, também fazendeiro e empresário, tentou explorar comercialmente o espaço desse viaduto, mas não deu certo. Nesse local, muitos ambulantes, décadas atrás, anunciavam, aos berros, barbatanas para colarinho e pentes inquebráveis marca Flamengo. Indaguei se eles se lembravam do antigo prédio da Assembleia Legislativa. Ficava no meio de um conjunto arquitetônico maravilhoso. Derrubaram tudo e construíram esses edifícios sem brilho. Lembrei de um enorme anúncio do extrato de tomate CICA, com um peixinho vermelho saltando, num desses prédios. O Rômulo lembrou que recentemente, numa exposição aqui próxima, no Centro Cultural do Banco do Brasil, ele se transportou ao passado, ao ver umas fotos antigas da rua Líbero Badaró, que também dava entrada a esses belos prédios.

— Marcão, nenhum conjunto arquitetônico histórico na cidade de São Paulo foi preservado. Eu vejo que a moda pelo mundo é recuperar esses conjuntos e transformá-los em ruas de lazer. Onde você encontra um desses em São Paulo? Não existe!

— É verdade, Companheiro. Tínhamos uns maravilhosos. Lembra daquela Vila Normanda, entre a avenida Ipiranga e a avenida São Luís? Eram prédios cheios de vida, com flores nas janelas e calçadas de pedras, que a amaldiçoada ganância imobiliária matou. Já imaginou que atração turística seria hoje com bares e restaurantes? Eu era criança e fiquei pasmado ao ver a demolição daquelas construções. Esta derrubada, e o que foi feito depois, considero um dos maiores crimes arquitetônicos contra a cidade de São Paulo. E essa minha recordação é crônica, nunca esqueço, principalmente quando passo em frente daquele edifício do Bradesco, construído em parte dessa vila. O local está cheio de bares, alguns bonitos, com mesas para fora, mas todos envoltos naquele amontoado de cimento, sem graça e nenhum encanto.

— Puxa, aquilo era lindo! Tinha esquecido! Mesmo com a construção do edifício Itália, e aquele edifício-cidade construído atrás, o Copan, podiam ter preservado pelo menos parte dessa vila. Não sei se você sabe, o edifício Itália teve problemas sérios de assaltos nos seus corredores. Tudo é a força da grana que constrói e destrói coisas belas, como disse o Caetano Veloso. Quando vejo outros encantadores prédios pontuais, heroicamente conservados pela nossa cidade, e o que ocorreu na "Semana de 1922", fico confuso com algumas incoerências desse movimento. Está certo que eles cutucaram uma cultura que estava letárgica, mas aqueles atos de não preservar a arquitetura antiga e modernizar tudo, a qualquer custo, foram muito caros para a nossa memória. E, num paralelo, a história se repetiu agora, com a geração y, achando que o mundo começou com a internet. Hoje, o belo é o pavão da avenida Paulista, belo na cabeça e feio nos pés, suntuosos prédios e calçadas ridículas.

— Eu vi fotos dessa vila, vocês tem razão. Morei no Rio de Janeiro, que conservou a Lapa e outros pontos maravilhosos. Mas ouvi muitos comentários críticos àquela reforma na avenida Rio Branco, no início do século passado. Conferi numa exposição, aquela avenida era muito bonita! - observou o Remo.

Concordei:

— Bem lembrado! E era a capital do país. A lição negativa de destruir o passado não valeu para outras cidades. E não adianta, para os governantes desinteressados, memória é coisa esquecida, mastigada pela ganância capitalista. Pessoal, alguém registrou esta frase do Caetano Veloso num momento bem adequado. Anunciaram que o patrimônio histórico ia tombar algumas casas que restavam na avenida

Paulista. Os donos dos imóveis e as empreiteiras que já tinham feito acordos para ganhar muito dinheiro, resolveram contratar guindastes para desfigurar, durante à noite, aquelas mansões históricas. Conseguiram. No dia seguinte, eu passei de ônibus e li numa das paredes que sobraram a inspiração rara de um pichador inteligente: "A força da grana que constrói e destrói coisas belas". Foi comovente.

— Marcão, o momento de preservar e restaurar prédios históricos já passou. Hoje não dá mais. Os donos dessas construções ou morreram ou deixaram de pagar impostos. O resultado foi o abandono e essas invasões dos carentes. São os novos moradores do centro, sobreviventes, sem recursos, sem condições mínimas de preservar qualquer memória, e sem direito a um mínimo de cidadania. E como vai aumentando as invasões e ficando mais difícil sua desocupação, a cidade vai ficando cada dia mais desorganizada, suja e feia. A Constituição diz que a propriedade atenderá a sua função social. Cabe a pergunta: "O que vale mais, conservar prédios ou manter vidas?"

Respondi:

— Companheiro, manter vidas, dar condições decentes e trabalho aos cidadãos carentes, evitando de sofrerem humilhações perante seus filhos, quando são iludidos e depois expulsos de qualquer prédio, principalmente os históricos! Até os passarinhos precisam de um ninho, e inclusão social, discurso da moda, não pode ser figura de retórica... E regras básicas de organização, limpeza e respeito são elementares, não é frescura, embelezam e dão alegria a qualquer mocó da vida.

Na caminhada proposta, na entrada da praça Ramos de Azevedo, o Companheiro apontou para onde funcionava, na rua Xavier de Toledo, até a década de 1990, a Leiteria Americana, ponto tradicional, frequentada pelos modernistas de 1922. Em frente ao Teatro Municipal, entrei na loja das Casas Bahia e me senti num ambiente bem diferente daquele de quando existia a bem conservada Casa Anglo Brasileira, o famoso Mappin. E dos trilhos do bonde em frente, em que deixaram um segmento na calçada. Vi o elevador dessa loja se movimentando. Ainda é o mesmo, só que agora sem as portas pantográficas e o ascensorista que no passado anunciava quase tudo que era oferecido em cada andar. O Rômulo, de boa memória, lembrou de outras grandes lojas, como Exposição Clipper, Garbo, Ducal, Mesbla, Gabriel Gonçalves, Cassio Muniz, Casa José Silva, Bazar Lord, Três Leões, Isnard, Buri, A Sensação, Serva Ribeiro, lojas Assunção... e a Eletroradiobrás, que, quando saiu da avenida Celso Garcia e inaugurou uma loja na rua Barão de Itapetininga, colocou várias televisões preto e branco, tubo redondo, na vitrine do primeiro andar, e virou uma atração que congestionava o trânsito até nos fins de semana. Do Brás, na sequência, veio a Pirani, na avenida São João. Na esquina da rua Xavier de Toledo, em frente ao prédio da ex-São Paulo Light, empresa que explorava a energia elétrica, hoje Shopping Light, viajei. Sim, viajei e muito, num coletivo que poderia ter ali o início ou o fim da linha. Era o bonde aberto 14 – Vila Buarque. Ele iniciava ou terminava a viagem na praça Ramos de Azevedo ou na Praça do Correio, uns dois quarteirões uma da outra. Ele saia ao lado da Light, passava em frente ao Mappin, entrava na Conselheiro Crispiniano, descia a 7 de Abril, subia a rua da Consolação, virava a rua Maria Antonia, entrava na avenida Higienópolis, descia a avenida Angélica, virava na Praça Marechal Deodoro para entrar na avenida São João sentido centro, entrava no largo do Paissandu, descia a rua Capitão Salomão e terminava o trajeto na praça do Correio. O retorno era o inverso. Viajando no estribo, sentado ou de pé na parte de trás, era uma delícia. Muita gente ainda queria usar o estribo dos dois lados, mas não dava mais, se tornou perigoso, os bondes aumentaram a velocidade e, quando se encontravam na paralela, era um reboliço. Aí recolheram definitivamente o da esquerda. Moleque bom tinha que subir ou descer do bonde andando. Quando chovia, o cobrador, chamado de condutor, se cobria com uma capa e ia desesperado descendo as cortinas de lonas listadas das laterais, que muitas vezes não funcionavam. Geralmente tinha dois bondes da linha 14, circulando no ida e volta. Naquela época, a semana de trabalho ia até o meio dia de sábado. E a partir desse horário, ficava só um bonde na linha. O que acontecia, no resto do sábado e no domingo, na rua Maria Antonia, embora o destino da praça Ramos fosse mais perto para ir ao centro, era a gente subir para qualquer lado que o bonde aparecesse, era quase o meio do caminho. O estribo podia estar sobrecarregado de gente, mas o cidadão descia e procurava o cobrador para pagar a passagem que durante muito tempo custou um cruzeiro, aquela nota azulada com a figura do Almirante Tamandaré. Eu admirava o cavalheirismo de muitos senhores, já com certa idade, geralmente de terno e gravata, que levantavam do assento para dar lugar a alguma senhora e crianças que subiam. Ele ia, o resto de sua viagem, no estribo, muitas vezes tomando chuva, mas cheguei a ver mulheres no estribo. Só em última necessidade alguém viajava de pé, dentro do bonde. O cobrador dobrava, de forma comprida, as notas de dinheiro, e as transpassava no dedo médio. No bolso, também levava, em separado, notas de dois cruzeiros, para dar o troco de cinco ou mais. Ele registrava, lá de trás, a quantidade recebida dos passageiros, puxando um cordão de couro, tilintando um a um. O relógio redondo que ele marcava ficava na frente e todos podiam conferir. Quando o bonde estava lotado, ele recebia e só depois fazia o registro de dez, quinze, vinte, perturbando todo mundo com o *tlim, tlim, tlim*. Ninguém dava bola para aqueles números, porque o cobrador geralmente era simpático e tinha que ser uma pessoa de confiança da empresa. Mas muitos maldosos, embora o transporte coletivo já estivesse sobre a administração da CMTC – Companhia Municipal de Transporte Coletivo, diziam que o cobrador, quando registrava o tim, tim, pensava: "um pra Light e dois pra mim!", frase que virou até marchinha de Carnaval.

— Você lembra das publicidades? Chamavam de reclame! – observou o Companheiro.

— Claro! Elas ficavam numa parte alta e côncava das laterais do bonde. Lembro de algumas, uma com vários garotos empurrando moedas gigantes de um cruzeiro na direção do prédio da Caixa Econômica Federal da Praça da Sé, e embaixo o dizer de um provérbio português: "De tostão em tostão, vai-se ao milhão". Tinha o do Regulador Xavier, para as mulheres. De um cara atrás de um macaco dizendo: "Vem cá, Simão, traga a minha loção!" O do xarope São João, com um cara amordaçado dizendo: "Larga-me, deixe-me gritar!". E o da própria agência de publicidade, com dois olhos enormes e embaixo os dizeres: "Assim como você me vê, são vistos todos os anúncios nesse veículo".

O Rômulo interrompeu:

— Agora, o que ficou para a história, que marcou pelos seus versos, foi um sujeito sentado ao lado de uma bela garota, toda encantadora, com os dizeres: "Veja, ilustre passageiro, o belo tipo faceiro, que o senhor tem ao seu lado. Mas, no entanto, acredite, quase morreu de bronquite, salvou-a o Rhum Creosotado".

Continuei:

— O bonde aberto era maravilhoso. Na parte da frente tinha um espaço para você curtir a viagem, sentir um vento na cara e levar um papo com o motorneiro, que era o nome de quem conduzia esse transporte. Depois puseram uma placa: "Motorneiro cuidadoso não conversa em serviço". No fim, proibiram as pessoas de viajarem nessa parte da frente. Os dois "tripulantes" do bonde usavam uniforme azul marinho, com paletó, gravata e um quepe com uma plaquinha de metal indicando o seu número de registro. Nos bancos de madeira, o encosto podia ser mudado de lado, passando as pessoas a ficarem umas de frente para as outras. Quando o bonde passava em algum cruzamento ou tinha que obedecer algum desvio, o motorneiro parava, e ele ou o cobrador tinha que pegar um pedaço de ferro comprido, descer e mudar o trajeto dos trilhos. Quanta paciência! Um funcionário da companhia passava nesses cruzamentos para limpar os trilhos com uma vassoura especial. Fora o bonde aberto, tinha os fechados. Considerados como modernos e sofisticados, diante dos mais antigos, um era conhecido como Gilda, e o outro como camarão, ambos canadenses, e já usados em New York. O que ia para a Vila Maria e a lagoa do Canindé tinha que interromper a congestionada avenida Celso Garcia, trocar os trilhos, para poder entrar na rua Catumbi. Também muito bonito de ver era quando os bondes passavam no meio do canteiro central da avenida Domingos de Moraes. E mais interessante ainda era o retão da avenida Ibirapuera até Santo Amaro, com o ponto final lá na ponte de Socorro. As linhas que entravam nesse retão eram Indianópolis, Brooklin e Santo Amaro. Os bondes saíam, junto com outras linhas que seguiam a Domingos de Moraes, da praça João Mendes, num ponto inicial, cuja construção continua intacta, bem em frente à centenária padaria Santa Tereza. Se tudo isso fosse preservado, a cidade não seria tão estressada, porque qualquer visual que preserva a tradição dá mais tranquilidade, como ocorre na Europa.

— Marcão, a padaria Santa Tereza começou numa rua de um único quarteirão, do mesmo nome, entre a praça Clóvis de Azevedo e a praça da Sé, e não existia a catedral, inaugurada em 1954..

— Companheiro, você sabe, esta rua não existe mais. E os estabelecimentos famosos que lá estavam tiveram que mudar de endereço, como a R.Monteiro, uma loja de tecidos, o primeiro restaurante Gouveia, mais próximo da Sé, e uma doceria da família Diniz, a Pão de Açúcar, mais próxima da Clóvis. Nesta rua, o maior edifício, o Mendes Caldeira, foi o primeiro a ser implodido em São Paulo. Era bem alto, e em seu cume era exibida a estrela da Mercedes Benz, vista em muitos lugares da cidade, igual, depois, ao letreiro famoso da Willys no alto do conjunto Nacional, na avenida Paulista... Pessoal, vamos mudar de trilhos, depois a gente comenta mais do bonde 14, que até os anos 1960 era chamado de “bonde da filosofia”... Eu gostaria de narrar para vocês, que são cabeças abertas, uma história ocorrida nesta esquina da Xavier de Toledo com o viaduto do Chá. Foi bem aqui, nesta vitrine bem antiga desse prédio do Shopping Light e que no passado era da São Paulo Light, a empresa que fornecia energia elétrica para a cidade. Foi em 1972, no auge da ditadura militar. Nesta vitrine, há alguns anos, a empresa homenageava, com montagens em grandes relevos ou miniaturas, aspectos culturais do país, datas históricas... era uma atração muito bonita. Mas exagerou ao reverenciar o general Médici e o governo militar. Muita gente não gostou, e um grupo de jovens levados a optar pela luta armada se revoltou com o que viu. Com tanta gente presa, desaparecida, censura, perseguições doentias e arbitrariedades que pareciam não ter fim, a submissão da vitrine passou dos limites. Esses jovens armaram no local uma bomba para explodir a zero hora do dia 31 de março. Um pouco antes desse horário, das mesinhas do Pari Bar, na praça Dom José Gaspar, atrás da biblioteca Mário de Andrade, várias pessoas foram vistas correndo, vindas da rua Xavier de Toledo. Ouvimos o estrondo. Alguns comemoraram com os copos cheios de Brahma Extra, a meia cerveja servida nesse hoje desfigurado bar, outros foram mais discretos.

— Fiquei sabendo da bomba, eu tinha visto a vitrine... Marcão, bem naquela travessia da Light para o Mappin, tinha um guarda de trânsito de nome Luizinho, que, quando um carro parava na faixa, ele abria a porta do veículo e mandava o pessoal passar por dentro. Ou quando algum pedestre tentava atravessar com o farol vermelho, ele buscava no meio da rua, o sujeito retornava, esperava abrir o farol verde e atravessava de braço dado com o Luizinho. Os *office-boys* se divertiam. Fazia umas palhaçadas para educar os pedestres e motoristas. O povo se aglomerava, gostava e aplaudia.

— Lembro! Ficou famoso e chegou até a ser candidato a vereador. Companheiro, falando em palhaçadas, minha mãe, quando podia, aos domingos, quando meu pai não tinha dinheiro para levar a gente para o parque Xangai, que ficava no parque D. Pedro I, pegava um ônibus conhecido como papa-filas, aqui no Anhangabaú – não se usava a palavra terminal – e me levava até próximo do aeroporto, na TV Record, para assistir o Cirquinho do Arrelia. Era a atração de todos os domingos na hora do almoço, junto com o Pimentinha. Depois, às seis da tarde, tinha o programa Grande Gincana Kibon, apresentado pelo Vicente Leporace e a Clarice Amaral. Nele, tinha o quadro "Eles vão longe", onde crianças cantoras se apresentavam, e a maior revelação foi o depois famoso Wanderley Cardoso. Com o tempo, coincidência, acabamos indo morar na Vila Helena, próximo da TV Record, e eu não saía de lá. Participei algumas vezes do programa infantil Zig Zag, que era apresentado pela simpática Aparecida Baxter depois, uma consagrada atriz. Ela perguntava, apontando uma vareta para o mapa do Brasil, o nome e a capital do estado indicado. Nunca errei, ganhei vários livros do Monteiro Lobato e vários saquinhos de sucrilos União, umas balas de açúcar puro. O jovem Silvio Luiz, quando estava por perto, me convidava para entrar nos intervalos da programação, pilotando um carrinho de corrida que foi sorteado pela Mandiopã. Os palhaços Fuzarca e Torresmo, com aquela charanga velha, na TV Tupi, eu assistia só no vídeo.

O Companheiro me interrompeu, talvez porque tenha se ligado em alguma história infantil, e começou outra abordagem:

— Você leu "O escândalo do petróleo e do ferro", do Monteiro Lobato?

— Sim! - respondi.

Ele continuou:

— Então, esse atuante brasileiro alertou nesse livro que o país, obrigado a comprar petróleo no exterior, tinha reservas de sobra e que a exploração não ocorria porque, estranhamente, ninguém perfurava ou deixava perfurar esses poços brasileiros. Hoje, eu sei que era a velha política norte-americana do engessamento ou congelamento de tudo que lhes interessa para o futuro. O seu livro provocou a ira de muitos suspeitos, mas só foi recolhido no fim do primeiro governo de Getúlio Vargas, quando ele acabou preso. Foram episódios muito estranhos, alguns dizem que ninguém queria incomodar o também consagrado criador infantil do Sítio do Pica-Pau Amarelo e seus personagens, bem como os polêmicos Saci-Pererê, um negro de uma perna só, e o Jeca Tatú, tido como um caipira vagabundo. Mas, mesmo ilustrando estórias politicamente incorretas para os dias atuais, como a caçada de animais e termos pejorativos aos negros, ele, em nenhum momento deve ser censurado ou banido. Na história da humanidade, muitas foram as criações polêmicas, mas de qualidade; livros consagrados não podem ser alterados ao sabor dos poderosos de plantão, das crenças, ou por vingança. O que deve ser feito quando surge uma discussão, principalmente na literatura infantil, é deixar as obras livremente nas prateleiras, como tantas, para serem julgadas por adultos esclarecidos. Elas devem ser estudadas no tempo em que foram criadas, o contexto histórico é dinâmico. Monteiro Lobato, bem ou mal, não foi omisso, escreveu muito, retratou uma época contraída. O mundo se abriu, e o enorme volume de erros do passado estão sendo expostos. A preocupação atual com o meio ambiente, a preservação dos animais e o respeito às origens africanas tem sido extremamente salutar e necessária, mas, infelizmente, veio muito tarde. Há pouco tempo, os negros eram menosprezados até em produções artísticas, quantos brancos usaram *blackface* como se fosse natural. Depois dos religiosos europeus catequizarem os índios pindoramas que aqui viviam em paz e harmonia, foi a vez dos negros enfrentarem as mais cretinas e cruéis adversidades dessas oligarquias que passaram a dominar a terra de Santa Cruz. Mesmo com esse quadro imposto, incorporamos os bons costumes indígenas, e foram os negros que acabaram formando a mais original cultura e identidade do nosso país. O vício de levar vantagem em tudo não brotou do nosso solo e nem veio da explorada África. Se há exageros e frescuras com as novas formalidades no tratamento do assunto, é porque demoramos muito nas mudanças, mas tudo se acomoda.

Continuei no tema:

— O respeito regulamentado hoje pode ser maior, mas o preconceito dissimulado, e a violência aberta, cresceram na sociedade. Procure por negros nos restaurantes dos Jardins, nos condomínios de luxo, nos colégios do Morumbi, nas carreiras jurídicas pública, nos altos cargos empresariais, na medicina, nas revistas de moda, nas publicidades e outros tantos recantos encobertos. Negros em São Paulo tem dificuldades em pegar táxi. Levaram ao índio, tênis, jeans, motos, religião, e valores de ambição e disputa para quem sempre viveu em paz e harmonia. Hoje eles bebem, cheiram gasolina e se enforcam por não alcançarem o desejo de consumo imposto pelos "civilizados". Fazendeiros e empresários botam fogo na floresta, ameaçam, matam, mandam matar, violentam e prostituem as índias, e todos ficam impunes. Crimes contra índios não são julgados, nem no Supremo Tribunal Federal. Esse, ainda acaba mandando, por suas decisões, os indígenas para a beira das estradas, para serem atropelados de vez. Quanto a Lobato, tirando as polêmicas, foi um nacionalista, montou empresas editoriais e de prospecção de petróleo. Não tem como, sua literatura foi criada num ambiente bem brasileiro. Ele ainda escreveu uma longa e recomendável "História do mundo para as crianças". Pena que ele tenha defendido a eugenia e a Ku Klux Klan, um despropósito!

— O mesmo ocorreu com o jurista aristocrata Ruy Barbosa, quando mandou queimar os arquivos referentes a nossa escravidão. Embora alegando que a ordem foi para evitar indenizações desmedidas, a serem pagas aos perversos escravocratas - que ironicamente se sentiam injustiçados, não os escravos - com a Lei Áurea, ele não tinha o direito de apagar nossa memória - concluiu o Companheiro.

O Remo fechou o assunto:

— Sempre que tenho oportunidade, dou uma boneca preta para uma criança branca. A reação merecia planilhas individuais para estudos.

II. Cinelândia não tão remota

Estava a fim de continuar a caminhada pela rua Barão de Itapetininga, mas o pessoal insistiu para que desviássemos para o largo Paissandu, queriam rememorar os cinemas. Concordei. Ao passar pela rua 24 de Maio, comentei do teatro Santana, logo no início dessa rua, demolido, e hoje no local uma galeria vai até a rua Barão de Itapetininga. O Rômulo, antes de chegarmos na avenida São João, já veio com histórias passadas no cine Art Palácio, onde, nas segundas-feiras, o povão ficava na porta para ver os artistas brasileiros que lançavam seus filmes, principalmente o Mazzaropi. Na Conselheiro Crispiniano, embalei nesse passado, vendo o Marrocos em frente, o mais luxuoso da América do Sul, como se anunciava, e o chocante presente. Lembrei dos outros que ficavam ao redor do largo Paissandu, além do Art Palácio, o cine Ouro, com pianista no intervalo, o Olido e o próprio Paissandu. Com gestos, o Companheiro brincou:

— Soava o gongo, a sala de espetáculos se escurecia e as enormes cortinas iam se abrindo, tudo lentamente. Na tela em branco aparecia o certificado da censura, depois o cinejornal do Primo Carbonari com reportagens informativas, algumas históricas, outras muito chatas, relatando festas da alta sociedade. Em alguns cinemas o noticiário era do Canal 100, passando o campeonato carioca de futebol. Depois, os trailers dos filmes que iam ser apresentados nas próximas semanas, e finalmente a película anunciada. Para quem chegava atrasado, a luz de um lanterninha indicava o lugar vazio.

O Rômulo se empolgou com algumas lembranças:

— Vejam, o largo Paissandu ainda abriga o tradicional Ponto Chic, criador do sanduíche bauru, que nem vamos comentar da riqueza de sua história… Eu fui office boy e pegava, todo dia, o circular Estações, bem em frente desse restaurante. Era um ônibus bonito, com uns vidrinhos azuis em cima da janela, mas muito quente, com pessoas com roupas pesadas, em que o cheiro de suor não dissipava. Nunca imaginei um dia ver esses coletivos urbanos com ar condicionado e televisão... Ficava pasmo com um sujeito jovem que entrava nesse ônibus com um rabo autêntico de cavalo, crina mesmo, e usando ferraduras. Quando descia, saia trotando, com um chicote na mão e relinchando. Assustava muita gente, mas era simpático e não pagava o ônibus, nem dava, descia pela porta de trás. Era conhecido na cidade como homem-cavalo... Quanto aos cinemas, conheci todos, do centro e imediações. Posso relacionar, além dos que já tínhamos citados, por volta de cinquenta, e, impressionante, todos tinham grandes frequências. Alguns eram diferenciados, como o cine Metro, na avenida São João, que tinha um padrão standard, igual a outros do mesmo nome em grandes cidades do mundo, os dois que ficavam de frente um do outro, o Ipiranga e o Marabá, ambos com uma plateia por volta de dois mil lugares, na avenida Ipiranga. O Comodoro, também na avenida São João, com a projeção simultânea de três projetores, numa parede curvilínea, que chamavam de cinerama, e o Cinespacial, próximo do Comodoro, em que um jogo de espelhos projetava o filme em três telas. Lembro de ruas com vários cinemas, mas lamento ter esquecido o nome deles, alguns mudaram de nome. Muitas dessas casas se tornaram famosas, mesmo fora do miolo da cidade, mas, para a imprensa, só os do centro é que compunham a famosa cinelândia paulistana. Lembro do interior do Cairo, na rua Formosa, cuja fachada foi tombada pelo patrimônio histórico, e do Rívoli, que permanecia vários meses com o mesmo filme, como *Volta ao mundo em 80 dias*, *Marcelino, pão e vinho* e a *A noviça rebelde*. Sem esquecer dos cinemas japoneses, como o Joia, Tókio, Nippon e o Niterói, todos na Galvão Bueno. E os que passavam os mesmos filmes do centro, como os da Lapa, Vila Mariana, Pinheiros e também do Piratininga, na rua Rangel Pestana, com cinco mil lugares, o maior da América Latina, que fechou em 1974 e virou um estacionamento.

Rápido, eu pedi para ele parar com esse embalo, porque o raio de lembrança estava indo muito longe, e para a gente se concentrar mais nas imediações. Mas dei continuidade:

— São Paulo tinha no mínimo um cinema por quarteirão. E, em vários, principalmente no centro, não se entrava sem paletó e gravata. Mulheres, só acompanhadas. Guardas civis em traje de gala perfilavam na porta, e pianistas ou conjuntos musicais tocavam ao vivo nos intervalos. Até o Caetano Veloso, no auge da fama, foi proibido de entrar no cine Ipiranga porque estava de chinelo. Nas exibições de filmes, o silêncio predominava. Com muito cuidado, espectadores abriam uma latinha e ofereciam ao acompanhante, durante a exibição, balas de cevada ou azedinhas da Sönksen. Não se vendia pipoca do lado de dentro, só de fora, e em saquinhos pequenos. Pipoca era mais em circos. Dentro, as caras bombonieres vendiam muita coisa. Posteriormente apareceu uma bala que, quando aberta, fazia barulho de celofane que incomodava, era a tal de Dulcora, embrulhada uma a uma, como dizia a publicidade. Comentários eram interrompidos por vários *psius*. Às sextas-feiras, o programa depois do cinema era saborear uma feijoada fresquinha, preparada para o sábado, mas que alguns restaurantes serviam depois das dez da noite. São fatos históricos, por volta de cinquenta anos.

— E se você colocar mais uns trinta para trás vai lembrar do Noel Rosa, cantando sua crítica: "O cinema falado, é o grande culpado, pela transformação..." – observou o Rômulo.

Continuei:

— Hoje, com um saco de pipoca gigante, a diversão parece ser a falação durante a exibição do filme e as irritantes risadas por qualquer bobagem. Atitudes que só são interrompidas por algum sinal de celular, bem luminoso, que muitos atendem e continuam até conversando. Em alguns desses cinemas que sobraram no centro da cidade, entra-se quase pelado. Dentro, o tráfico e o consumo diversificado de drogas ocorre sem interrupções. A prática do sexo oral entre homens é feita onde se ajeitar um esquema. É a "evolução" dos nossos grandes e tradicionais cinemas. Hoje, uns servem para essas diferentes diversões sexuais, outros, transformados em grandes templos, servem para a sede mundial de diversificadas e poderosas religiões. Isso quando não derrubam o prédio para rendosos estacionamentos. Sem comentar e entrar em detalhes das ocupações dos sem teto e imigrantes sem destino. Se alguém que conheceu o chafariz iluminado, o mármore, os tapetes, os lustres, a elegante chapelaria e os espelhos em volta de confortáveis poltronas do cine Marrocos nas décadas de 1950 e 1960, puder dar umas voltas e verificar a transformação que foi feita internamente, e na sua frente, não vai acreditar, é o contraste mais chocante da cidade. Nos andares atuais do Marrocos habitam todos os gêneros humanos carentes. As crianças fazem o que querem e a gritaria é constante. No hall de entrada, onde a pompa sociedade paulistana aguardava as sessões, indiferente ao futuro, as festas selvagens viraram a vanguarda do momento, onde a realidade fria é dita pelos próprios frequentadores, o lixo substituiu o luxo.

O Rômulo continuou:

— O caso do Marrocos é diferente. Na grande maioria dos prédios ocupados o pessoal obedece regras: não entra bebidas e drogas, bebedeiras e cheiro de maconha são rapidamente reprimidos, ninguém pode ouvir som alto, existe tempo e rodízio para os banhos, quem cozinha não lava louças, grávidas e idosos ficam no térreo e primeiros andares e, após as 22 horas, só estudantes podem passar pela portaria, há até restrições para andar de maiô ou sem camisa.

O Remo fez uma comparação interessante:

— O Marcão falou dessa decadência de cinquenta anos, principalmente da arte cinematográfica, exibida atualmente em poucas casas. Há pouco mais de cem anos, que também é pouco, o bonde era o transporte público, puxado por dois burros e comandados por um chicote. Hoje, o metrô é comandado por computadores. Naquele época também aconteceram quebra-quebras, porque alguns burros, já velhos, atrasavam as viagens. E o atraso continua como a principal reclamação atual. São os contrastes e coincidências irônicas da cidade.

O Companheiro comentou e ampliou a conversa:

— Embora, hoje, falar em tração animal seja bazófia de mau gosto, do outro lado, ninguém se impressiona, no geral, com os humanos pela cidade. Há alguns anos vivemos essa decadência crescente, onde a própria liberdade virou uma merda! Falta, como comentamos, conteúdo e muitos ajustes nos atuais comportamentos urbanos. Não sei se sou velho ou antidemocrático, mas tudo isso me incomoda. Eu sei que o que ocorre no cine Marrocos é o caldo do exibicionismo exacerbado, do egocentrismo e da cegueira com o social que os endinheirados do passado começaram a construir... numa obra que cresceu no presente. Portanto, um quadro assim perturba, e não vejo perspectivas para as novas gerações. Tudo isso representa a qualidade de vida que vivemos, nosso índice de desenvolvimento humano, muitas vezes avaliados erradamente para cima. É a massa anônima que vive ao relento, à nossa frente, que a vida não reservou nenhum privilégio, e que quer compensar todos os impedimentos que os excluem das benesses da nossa sociedade, com tudo que está ao seu alcance e leve para o prazer fácil e rápido: bebidas e drogas à vontade; promiscuidade total, sem nenhuma prevenção a doenças e à fertilidade; alimentação descontrolada; o deleite enganoso das noites mal dormidas e o estresse do excessivo barulho musical. Nesta massa anônima, a maioria é composta de jovens, que o poder público só observa de longe, não vê de perto que eles acabam vivendo como zumbis e morrendo como zangões. Não dá para comparar, mas você lembra como funcionava o Cinemundi e o Santa Helena na praça da Sé? Eles abriam às nove da manhã e passavam três filmes por sessão. Como não dava para a gerência controlar qual filme você tinha visto, muito morador de rua, além de se divertir, entrava para dormir. Ninguém invadia prédios e o cinema era mais barato que vagas numa hospedaria. Não existia tanta maldade no ar. E, para combater uma contravenção, que hoje virou epidemia, a vadiagem, a Rupa, setor repressivo da Polícia Civil que fazia as rondas ostensivas, fez uma batida no meio da sessão dos dois cinemas e deu uma geral em todo mundo. A repercussão fez os frequentadores ficarem mais espertos e com medo. Ops, esta última, uma palavra que também entrou em desuso.

Emendei no assunto:

— A gente era menor de idade e pouco controle havia para passar pelos porteiros desses dois cinemas, os comissários de menores eram cargos políticos e tinham poucos. Quando cabulávamos aulas, para ir remar ou andar de pedalinho no Ibirapuera, a gente ia nesses cinemas. Quem entrava em horários lotados tinha que procurar um lugar sem coluna na frente, ou se livrar do assédio de um viado que sentava acintosamente ao seu lado. Tinha gente que assistia os filmes de pé, encostado em uma dessas colunas. O Santa Helena tinha sido um teatro maravilhoso. Para a construção de uma ampla estação do metrô, derrubaram o quarteirão onde existia esses cinemas, incluindo o edifício Mendes Caldeira, que comentei. Modernizaram a praça da Sé e criaram um espaço gigantesco para os mendigos passarem o dia nos seus colóquios, dormirem e tomarem banho no chafariz. Que puta progresso!

— Marcão, lembrei dessas famosas casas de espetáculo, porque, como abordamos, tudo era mais romântico, divertido e seguro, até entre os mendigos o clima era de malandragem, não de bandidagem. O centro tinha belas vitrines e ficavam abertas pelas madrugadas e fins de semana, hoje, os espaços das paredes estão estupidamente pichados e o lixo material e humano abandonados a nossa frente, parece clima de guerra. Nesse meio, vez ou outra surge um iluminado, até crianças, que consegue observar aquela postura de que tudo que nos cerca tem uma forma e uma estética: ajeitam as bugigangas, armam ajeitados abrigos de papelão ou madeira e cuidam até do lixo. São exemplos de como tem gente com potencial diferenciado, que nunca encontrou oportunidades de prosperar. Eu não consigo viver sem questionar, por que entramos nessa decadência tão acelerada?

— Companheiro, começa que desviaram o curso e secaram a fina água da liberdade, e as comportas só represaram a torrente que não prestava.

— Mas a enxurrada já veio!

— Só que o paredão caiu, e o leito original da barragem estava conspurcado, de difícil limpeza. Foi uma ingenuidade esperar a volta rápida das águas cristalinas. Você que navega na corrente da rua sabe melhor o que prosperou durante a repressão. As sombras na educação e a escuridão na cultura mudaram o percurso de nossos valores morais. Sem esta forma e conteúdo, a sociedade perdeu o controle. E a deriva, o consumismo transformou as pessoas em vaidosas, individualistas, sem rumo, sem noção de nada, onde o errado é tido muitas vezes por absolutamente certo. Os pais, a maioria sem recursos, foram levados a comprar para seus filhos, em infindáveis prestações, brinquedos frágeis, que logo perdem o interesse porque pseudo-heróis saem repentinamente do ar, ou viram sucata porque a criança destruiu tudo em uma semana. Como comprar, sem dinheiro para as mais ínfimas necessidades, não um, mas dez iogurtes numa embalagem de celofane, porque dentro tem a figura desses heróis efêmeros da televisão? A apresentadora Xuxa, sem conteúdo, com merchandising visto por muitos e produtos acessíveis a poucos, frustrou muitas crianças pobres e traumatizou um grande número delas chamando-as ridiculamente de baixinhos. A barbárie da violência, em tudo, passou a ser normal.

O Rômulo interrompeu:

— Observem o que as pessoas têm encontrado para sair desse quadro que vocês estão comentando; vejam ali no meio da praça. Escuta a luz daquele rapaz de gravata e sem paletó, com a bíblia aberta na mão. Aproveitando que aqui é repleto de pontos iniciais de ônibus para as periferias, ele grita tentando salvar as pessoas e explicar um versículo, que eu, que andei por muitas igrejas, considero muito complexo.

— Rômulo! - emendou o Companheiro – Sem sair da nossa conversa, eu também me liguei, ele fala alto e aborda um tema realmente interessante e polêmico. Coitado, mistura as coisas e parece repetir o que ouviu, sem saber de sua profundidade. Eu tenho aplicado uma frase de Nietzsche para alguns convertidos que insistem em me perturbar: "A fé é querer ignorar tudo aquilo que é verdade". A desigualdade é explícita e machuca, mas as pessoas não sentem e fogem do que veem nas ruas, só acreditam naquela celebridade salvadora que aparece na telinha eletrônica. Fujo de polêmicas inúteis e procuro me divertir na meca da praça da Sé, local decadente, onde já tomei muitos banhos e lavei muitas roupas no chafariz. Além dos moradores de rua que dominaram a área, tem missa, pastor, candomblé, macumba, o diabo, e muitos monólogos sem plateia. Respeito essas verdades que não me conquistam, e confio nos ateus, por serem mais humanistas. Discursos celestiais não são sinônimos de honestidade. O que esses pregadores me convencem é que realmente estão levando pedaços dessa massa amorfa que falo, para labirintos sem saída. Tudo começou a ser engrossado no início de 1970, e caiu redondinha nas mãos desses espertos. Na época, critiquei a alienação dos cursilhos quanto ao que acontecia fora da igreja. Com os católicos esquerdistas na reserva, alguns presos, os conservadores ignoravam tudo e mantinham os fiéis, através de encenações vazias, mais voltadas para a burguesia, na alienação coletiva reinante, bem ao gosto dos militares. E esse estacionamento dos católicos mais envolvidos com os pobres só fez aumentar os argutos novos mensageiros do outro mundo. Eles acabaram se aproveitando psicologicamente da carência e da esperança dos ingênuos, e produziram essa avalanche de pessoas bitoladas, a quem como os indigentes a que me referi, chamo-os de "crentes sem salvação". Esses novos mensageiros, malandros, além de não contribuírem com um centavo para o governo, alegam descaradamente que as coisas celestiais são isentas de impostos territoriais. E como falam em nome de Jesus, esse poder de convencimento levou seus líderes a se transformarem em grandes empresários da fé. Lucraram, compraram redes de comunicação, invadiram os horários nobres, contrataram grandes administradores, muitos de seus templos viraram também lojas, e foram criando bem controlados e remunerados sublíderes nos escalões menores. Um grande número, por serem preguiçosos, acomodados, modestos, ou malandros, não quer ir longe, simplesmente investe no seu poder de persuasão, se aproveitam dessas estruturas evangélicas montadas, e partem para uma espécie de franquia, que limita sua atuação numa cidade ou região. Muitos deles, vindos da pobreza, esquecem suas origens, são sectários por comodismo e ignoram o estrago social que causam com suas lavagens cerebrais. Tem também os mais eloquentes, fiéis ao chefe, que entram na grande hierarquia e vão para a mídia ocupar alguns horários estratégicos. É triste ver os incautos, seduzidos pelas palavras bem empregadas, sendo levados a um pasto fechado, quase sem saída, na esperança de encontrar uma luz. Nunca vão encontrar, porque ficaram cegos, vítimas de um convencimento cruel e interesseiro. A luz que cristaliza a vida está no que temos e não usamos – é quando paramos na abstração do raciocínio qualificado, quando entramos numa viagem literária, quando nos integramos com a paisagem, quando sentimos o vento, a chuva, o silêncio, ouvimos o canto dos pássaros, sonhamos nas profundezas da música, respiramos o mar, as montanhas, nos encantamos com a beleza cênica do corpo, contemplamos o infinito de uma pintura, de uma fotografia, do ver poético, participamos da criatividade positiva e dos simples atos do bem – enfim, quando estamos envolvidos no maravilhoso jogo de xadrez... da vida. Quem assim faz, não precisa de intermediários, morre em paz!

— Rapaz... Não te vejo há muito tempo... você não se formou na rua! O que acabou estudando e aprendendo nesta vida?

— Sou um literato da calçada! Além daquelas leituras recomendadas, sempre fui atrás do que me interessa. Li, reli e digeri muita coisa: romance, filosofia, política, jornais, revistas semanais, mensais, de fofocas, dois artigos da *Seleções*, a bíblia, histórias em quadrinhos... Tenho mil influências, mas já disse, muito convicto desse aprendizado. Ah! Lia também o catecismo proibido do Carlos Zéfiro, aquelas revistinhas desenhadas de sacanagem que rodava entre a molecada. Tenho um rádio e sempre encontro um lugar para acompanhar o que se passa na televisão. Acho que sou um sujeito necessário, embora cético. Sinto que vou ser eliminado pelo desalento, pois não aguento mais criticar os que podem mudar e não repassam o que sabem, bem como esses calhordas que prosperam na vida simplesmente explorando a esperança alheia. E também desses milionários indiferentes que vivem atrás de muralhas, querendo desconhecer que existe vida além da sua... E que além de tudo, ainda acham que seus direitos estão bem acima das obrigações.

— Companheiro, vai alguém denunciar ou até alertar esses fiéis do procedimento que esses pastores, missionários, bispos, sei lá, fazem com a cabeça deles. Vai falar também que essas igrejas são a forma mais fácil de lavar dinheiro desonesto. É como jogar gasolina na fogueira, os convertidos, esses "crentes sem salvação", vão se unir e partir para uma guerra contra tudo que seus mandantes falarem que é do diabo. E esse líder ainda pode chegar a presidente da República.

— Marcão, e a concorrência entre eles? É um querendo ter um megatemplo maior que o outro. Logo vamos ver um com trenzinho que leva até ao altar. Tem pastor que, para ampliar seu rebanho, se mistura com criminosos e entidades secretas, e outros, para diversificar e confundir mais a cabeça dos incautos, se passando por rabino; usando quipá, aquele gorro na cabeça, e talit, o xale israelense. Um simulacro que mesmo sabendo ou não sabendo aonde querem chegar... querem ir sempre mais longe!

— O céu é que não é! Companheiro, você olha aquela multidão silenciosa nesses megatemplos e observa, pelas pessoas, que ninguém tá entendendo porra nenhuma do que o pastor tá gritando no palco, estão ali levados pelo impulso da ignorância. Por essa razão, num espetáculo tenebroso, sabendo que não são predestinados, os mensageiros da alienação fazem o jogo de cena dos milagres, principalmente com as pessoas que não precisam mais de bengalas, prendendo a atenção de todos.

O Rômulo observou:

— Nas periferias tem esperto mais maneiro que se limita e fica feliz com uma pequena arrecadação na garagem de casa. É mais fácil registrar o nome de uma igreja do que montar um comércio. Depois, ninguém paga um tostão de imposto. Outro perigo é que essa massa perdida e desorientada que cresce nessas igrejas estão sendo alimentadas na intolerância e no ódio aos opostos. Será que podemos ter esperança no futuro? Com tudo isso, luto para não acreditar no fim da humanidade, como eles profetizam para amedrontar os trouxas, nem percebendo o inferno que estão criando, com o fim simbólico do presente.

— Os falsos profetas estão chegando em proporção geométrica, confirmando as profecias do fim dos tempos! - comentou o Remo.

Continuei:

— Pessoal, calma, o negativo à nossa volta nunca é contínuo. Como ensinava Aristóteles, na lei das probabilidades, o improvável pode acontecer. E o bom da vida é o inesperado. Mudanças numa megalópole, como tudo que assistimos, foram negativamente surpreendentes, mas algumas coisas positivas também podem ser assim. Por exemplo, vim muitas vezes comprar sapatos na Casa Eduardo, aqui na avenida São João com a rua Conselheiro Crispiniano, e ficava observando, nesta mesma rua, ao lado do prédio, muita bota militar saindo do antigo quartel do II Exército, parando o trânsito. Eu me assustava, não pela atividade militar, mas pelo clima de terror que reinava, o povo quieto, tinha medo. Achava que aquilo não ia ter fim. Mas esse espaço cultural, chamado de Praça das Artes, ainda muito frio, no lugar do quartel, não parece, mas para mim foi uma surpresa agradável, uma grande transformação no cotidiano. Os militares se deslocaram para lugar mais adequado, e quem viveu o passado ficou aliviado, agora, nesse ambiente civil, como deveria sempre ser, a arte substituiu as botas!

— É uma observação interessante, mas tenho minha opinião, o comportamento prático do povo normal pouco mudou, falta evoluir muito. Foi presumível se safar do militarismo, porque a sociedade é naturalmente civil. E como comentamos, a liberdade não suporta pressão, em algum momento estoura, como nas lutas de classe. Marcão, derrubar o governo militar foi fácil, quero ver derrubar os poderes de hoje, essa doença crônica, quase incurável – dos políticos matreiros, dos bancos mercenários, das empreiteiras aliciadoras, da venenosa indústria alimentícia, dos ruralistas que não respeitam terras públicas, do discurso das federações conservadoras da indústria e comércio, dos inconsequentes donos dos transportes, dos ultrapassados cartórios, da máfia do futebol, da imprensa comprometida, desses templos alienantes, das chantagens dos coronéis nordestinos, do tráfico ilegal de drogas e armas, das apodrecidas corporações, das persistentes ações entre amigos em grupos fechados de empresários, políticos, membros da justiça, e tantos privilegiados que prosperam a cada dia no vácuo político, educacional e cultural do país.

— Bem relacionado! São os que, há muitas décadas, alienam o povo e lesam a nossa pátria. Só faltou uma doença que também virou crônica, e que esse pessoal, que nunca se preocupou com a superlotação dos presídios, agora acha ser um dos maiores perigo para a pátria, além dos opositores: as organizações criminosas! – respondi ao Companheiro.

— Décadas que também levaram ao nosso atual estágio de violência! – emendou o Rômulo.

Cruzamos a avenida Ipiranga com a São João, e não vimos mais nenhuma cena de sangue num bar qualquer. Elas agora acontecem em série, nas periferias. Não existe o bar Jeca Tatú, e o tradicional bar Brahma hoje é um ponto turístico no meio do Times Square caboclo. Observei:

— Como nas grandes cidades do mundo, esses cruzamentos famosos deveriam ser recuperados para ter um visual melhor! Mesmo no meio da selva de pedra, sempre dá para criar um ambiente de prazer visual, descontração, de atração turística!

— Recuperar, porque restaurar parece palavra que assusta governos. Aliás, bares famosos, demolidos e reapresentados em prédio novo são como aves empalhadas, o gene está morto! – opinou o Rômulo.

Distenso, o Companheiro cantarolou e emendou:

— "E vai dar na primeira edição...", diz a música *Ronda* do Paulo Vanzoline, desse cenário aqui, que você observou. Primeira edição, alguns jornais tiravam mais de uma edição diária e extra se necessário. Além dos *Diários Associados* do Assis Chateaubriand, na rua Sete de Abril, com o *Diário da Noite* em duas publicações ao dia, tínhamos a *Última Hora* do Samuel Wainer no Anhangabaú, quase debaixo do viaduto Santa Efigênia, com até três edições diárias. Não existia a internet, mas lia-se...

— Em 1964, logo depois do golpe militar, dois repórteres dos Diários Associados, Carlos Spera e José Carlos de Moraes, o Tico-Tico, comandaram a campanha "Ouro para o bem do Brasil". Vi gente jogando alianças e joias em qualquer caixa que estava à mostra na entrada do prédio da rua Sete de Abril. O mesmo ocorria na rua Dom José Gaspar, umas senhoras bem intencionadas recolhiam, também em caixas, qualquer objeto doado. A retribuição era um anelzinho de lata com os dizeres da campanha. Parecia que o país estava em guerra. Uma campanha estranha que ninguém soube para que serviu.

— Marcão, você não sabe para que serviu?... Nem eu!

Na avenida São João, como em outras vias, onde árvores agora são plantadas em vasos, bebemos o famoso mate, e logo foi lembrado o também conhecido café de máquina que tomávamos na galeria Olido. Era uma novidade para quem se vangloriava de encerrar as madrugadas no aeroporto de Congonhas, onde era servido um café de bule. Por falar em madrugadas, o Rômulo não esqueceu da sopa de cebola que todo grande boêmio tinha que tomar no Ceasa, quando a noite se despedia e o dia clareava. Depois de observarmos com piadinhas o vai-e-vem decadente das duas calçadas entre a avenida São João e a rua 24 de Maio, recordarmos dos salões de dança do Maravilhoso, Chuá e Avenida Danças, no início e meio da própria avenida Ipiranga. *Taxis dancings* onde os homens tinham que picotar um cartão com os minutos dançados com as moças da casa. Lembramos de um amigo que se apaixonou e casou com uma dessas moças, vivendo bem até hoje. Nessa avenida passamos também em frente do local em que ficava o restaurante do Parreirinha, com suas rãs e outros crustáceos exibidos na vitrine. Continuamos a caminhada. Na esquina da 24 de Maio, perguntei: "Vamos em diagonal pela praça da República rumo à rua Marquês de Itu ou entramos mais acima na rua Major Sertório?" O Rômulo, morador muitas vezes desse logradouro, resolveu dar um palpite:

— É muita lembrança pelos dois lados. Mas vamos em diagonal, não vamos ver patinhos, peixinhos japoneses e a beleza antiga dessa praça onde até os viados ficaram raros. Vamos ver pedintes, moleques chamados de aviãozinhos passando drogas, travestis e indigentes parasitas cagando em volta das árvores. Tem de tudo que uma praça deve ter para contrariar o cidadão. Até a feira de domingo perdeu a graça.

— Ela ainda é uma atração turística da cidade! - interferi.

O Companheiro emendou:

— Os mais antigos dessa feira mudaram para o vão do Masp, na avenida Paulista. Dia desses eu fui lá e vendi, por um bom dinheiro, uma caneta Parker 51 e um vidro de tinta Quink, inteirão, tudo bem conservado, e que guardava na banca de um amigo. Em São Paulo tinha uma quadrilha famosa que só furtava canetas Parker, mas não tenho nada a ver com isso, tinha ganho essa caneta de um advogado que já morreu, por serviços prestados.

O Remo continuou com voz debochada:

— Eu adoro essa praça! Sou mais novo, mas já pesquei muito peixe em volta desse laguinho, a paquera era mais romântica, os bofes eram mais puros e simpáticos. Na parte artística, a feira, embora tenha se tornado de pouca criatividade, com artesanatos que se compram em qualquer lugar, produtos fabricados em série e muita produção de quadros a óleo, sem graça e criatividade, ela continua atraente. Soube que tudo começou com simples reuniões para a troca e venda de selos e moedas. Eu, criança, ainda consegui curtir muito, embora o espaço já tivesse sido invadido pelos artesãos. Contudo, eu ainda convivi com uma praça simples. Eu sempre gostei de moedas e selos, e ajudava o pessoal da numismática e filatelia durante a semana, aprendi e elevei muito minha cultura. Essa praça sempre vai ser nossa!

— Então... vamos entrar nela. Remo, você precisa falar mais. Dar seus pitacos venenosos!

— Marcão, me aguarda!

O Rômulo arrematou:

— Ele tem razão. A arte e os espaços públicos eram mais respeitados pela população e a administração. As praças não eram cercadas com grades e fechadas a noite, como muitas pela cidade. Aqui na República, eu vinha na passagem do ano para assistir a corrida de São Silvestre. A Globo quebrou essa tradição, transferindo essa corrida para as manhãs do dia 31 de dezembro.

Balançando a cabeça, o Companheiro concordou com tudo e embalou:

— E o Colégio Caetano de Campos aqui ao lado? O vestibular para entrar no primário era mais difícil que qualquer faculdade de hoje. Infelizmente, em 1978, tiveram que sair dessa bela construção, que foi tombada e hoje é ocupada pela Secretaria da Educação do Estado. Vocês lembram da largura da tela do cine República? Chamavam aquilo de cinemascope, era uma nova tecnologia de projeção, em terceira dimensão, e quem quisesse podia usar um óculos que era desinfetado em cada sessão. Passavam filmes religiosos, como *O Manto Sagrado*, *Os Dez Mandamentos*, e toda semana santa reprisavam algum deles. Vejam aquele edifício, o Esther, modernista, que foi cheio de glamour e abrigou tantas pessoas históricas. Com sua antiga boate Oásis no subsolo, demorou para ser catalogado na memória da cidade. Aqui, início da rua Marques de Itu, temos obrigatoriamente que parar e recordar um bar famoso, pós 1968, no fundo de uma casa antiga, debaixo de árvores – o Diana Caçadora. Eu também sempre andei com gente da esquerda festiva. Porque eles não são bobos, continuamente procuram um lugar agradável para se reunir.

Concordei, e respondi:

— Nessa época a censura crescia, mas no Diana Caçadora ainda rolava uma boa música brasileira. Dizem alguns que foi o primeiro grande bar gay da cidade. Não ocorreu bem assim, porque não era um local definido, tinha de tudo. São Paulo sempre teve locais mais pontuais de entendidos e entendidas, com pouca e selecionada frequência. E esses locais cresceram depois, acredito que pelo tamanho da casa, talvez o Medieval, na rua Augusta, tenha sido o primeiro mais aberto. Sem esquecer do Ferro's, um bar, restaurante e pizzaria que ficava no viaduto Martinho Prado, em frente a uma sinagoga, e com vista embaixo para a avenida 9 de Julho. Lá tinha uma pizza de mussarela excelente e a frequência era de lésbicas, que inclusive fizeram várias manifestações contra a intolerância. De lá saiu a publicação *Chanacomchana*, que causou polêmica até com os donos do restaurante. Depois veio um mini tablóide muito procurado chamado *Lampião da Esquina*. A inteligência e a criatividade estavam acuadas, a ditadura implantada, e uma geração começava a se perder num vazio preenchido pelo exagero nas bebidas e à procura de novas drogas além da maconha. A quebra de dogmas e a liberdade sexual já eram uma tendência mundial, mas poucos locais tinham uma frequência assumida, eram mais enrustidos. No Diana Caçadora, eu cantei, toquei atabaque e conheci uma cantora que foi minha namorada por alguns anos. Nos separamos depois de nos apresentarmos no Woodstock brasileiro, o festival de Guarapari, no Espírito Santo em 1971. Depois, ela resolveu se aventurar na vida underground, nunca soube se deu certo. Nesse festival, próximo da praia, a repressão proibiu a entrada de hippies, um contrassenso. Muitos artistas anunciados não compareceram, talvez por medo, e os Novos Baianos tiveram que tocar todo dia. Acampamos do lado do Erasmo Carlos e da Narinha. O Carlos Imperial, um dos seus idealizadores, gritava o tempo inteiro e o Tony Tornado, muito chapado das ideias, acabou pulando no público, na nossa frente, e machucando gravemente um moça da cidade, filha de um político. Depois fugiu.

Passadas essas lembranças, continuamos parados no início da Marquês de Itu, em frente a uma construção feita no local do citado bar. Ficamos observando, com o pensamento distante, o vidro espelhado desse edifício e quem passava tinha a sensação de que éramos quatro bobos observando, sem entender, os fios do ônibus elétrico. Perdidos nas recordações, eu falei das vezes que subíamos atrás desses coletivos, com os pés em cima do parachoques e as mãos onde corriam os fios para ir ao Pacaembu em dia de jogos. Ninguém queria perder jogo do seu time e principalmente nenhum show do Pelé pelo Santos, o melhor time de futebol que existiu. Quando, de alguma maneira, não dava para furar e entrar de graça, esperávamos o segundo tempo, logo abriam os portões. Na volta, para chocarmos esses ônibus, a concorrência era maior. Muitos moleques e até adultos querendo voltar de graça na traseira desses coletivos. Acabava um jogo e era aquela gritaria dos donos de lotação: "Anhangabaú, mais dois!" "Penha, mais dois!", era sempre dois que faltava para completar uma lotação de cinco lugares. O Companheiro observou:

— Eu devia ter por volta de uns doze anos, e dentro da minha ingenuidade, sofri uma das maiores decepções da minha vida. Soube pelo rádio, incrédulo, que dirigentes do time que tanto amava tinham levado dinheiro do salário dos jogadores. Parece brincadeira, mas imaginava, na minha absoluta pureza, que todos tinham que colaborar e não usufruir de um clube do coração. Uma decepção que mais tarde eu tive com alguns dirigentes de partidos de esquerda. Delirava, achava tudo isso impossível, que a paixão e o ideal estavam acima de tudo, que o homem no mundo ia sempre prosperar… e o que acabei vendo... Continuo com minhas paixões e ideais, mas com cicatrizes.

O Rômulo interrompeu:

— E eu, que acreditei que o Supremo e a Academia Brasileira de Letras fossem entidades sérias!

— Chocante! São desilusões que de uma forma ou de outra, mais cedo ou mais tarde, todos os honestos passam, o choque das verdades doloridas - respondi, e continuei: — Pessoal, uma tarde, durante a semana, junto com uns moleques que frequentavam o Pacaembu, entramos no banheiro do estádio, no lado da rua Itápolis, e abrimos um buraco na parede. Nos dias de jogos, pulávamos a parte mais baixa do muro que circulava o conjunto do estádio, do lado do ginásio, subíamos o jardim lateral e por esse buraco caíamos nos sanitários, assustando todo mundo. Por incrível que pareça, aquele vão na parede permaneceu lá por muitos anos, com a gente enfiando uns tijolos na parede para disfarçar.

O Rômulo, fanático por futebol, não participou do buraco, mas ajudou a lembrar de outras aventuras e como era esse esporte antigamente, em que o público era misturado e não tinha divisão de torcedores:

— Lembram da bola? Era em gomos, de couro marrom, com uma câmara dentro, e para encher de ar precisava de um bico, igual pneu de automóvel. Quando alguém reclamava durante o jogo que ela estava vazia, era uma frescura, demoravam para aprovar uma outra. E essa bola do jogo era uma só, quando ia para a arquibancada tinha que esperar voltar. A de cor branca, em jogos durante o dia, foi uma festa. Não tinha gandulas oficializados. Muitos clubes se concentravam no próprio Pacaembu. Os times tinham o ponta direita e o ponta esquerda, que raramente recuavam para ajudar a defesa. Tirando determinados torneios, não tinha substituição de jogadores, e demorou para que, oficialmente, unicamente o goleiro pudesse ser trocado por contusão, posteriormente também um jogador, por lesão. Só em 1970 foram autorizadas três substituições técnicas, e ocorreu a criação dos cartões amarelo e vermelho. Jogador não comemorava gol em frente a placas de publicidade, porque essas quase não existiam. O técnico não podia ficar na beira do gramado, chamado por muitos de cancha. Os campeonatos eram acompanhados pela tabela de pontos perdidos e a vitória valia dois pontos. Eram divulgadas as rendas e nunca o público presente. Os ingressos eram vendidos somente no dia do jogo. O torcedor podia entrar com o que quisesse, nenhum policial o revistava. As cores dos clubes eram sagradas, não tinha publicidade nas camisas e todos usavam os uniformes várias vezes. A convocação da seleção brasileira era uma ansiedade, uma curtição coletiva, discutia-se seus craques. Hoje ela é digerida com jogadores desconhecidos. Hoje serve mais de vitrine a exploradores. Na comemoração de títulos, os torcedores pulavam o alambrado e comemoravam tranquilamente no gramado, afinal, no futebol, qualquer time é do povo, e ninguém é mais fiel a alguma coisa do que esses torcedores. Jogadores atendiam os repórteres livremente, não tinham entrevistas coletivas com painel publicitário atrás ou a obrigação de falar na zona mista. Os jogadores também eram livres, não eram controlados como robôs, ou escravos de empresários. O rádio transmissor, com microfone, que os repórteres de campo usavam, tinham o tamanho de um tijolo, e os fios grossos, pesados e compridos, incomodavam as pessoas. Muitos desses repórteres irradiavam a cobrança dos escanteios. As emissoras de televisão, iniciadas com exclusividade pela antiga TV Record, não pagavam nada para transmitir jogos, como hoje nesse injusto e mercenário sistema de cotas. Não se falava em direito de imagem. Mais tarde apareceram os radinhos Spica, à pilha, que o público levava para acompanhar as partidas e jogar no juiz se fosse preciso, porque o risco era menor, não tinham câmeras *big brother*. As camisas eram numeradas de um, goleiro, a onze, ponta esquerda, e todos obedeciam as posições. Nem pensar em algum jogador trocar o uniforme com o adversário, e esses números chegavam a ficar desbotados de tanto serem lavados. As chuteiras eram pretas, com cravos removíveis, que muitas vezes se soltavam durante as partidas, e os pregos feriam a sola do pé. Cabelo comprido, só depois de muito tempo, e só para argentinos. Faixa no cabelo, tiaras, brincos, tatuagens, nem pensar. Por uma questão de educação e lógica, o time da casa é que usava o segundo uniforme quando o visitante tinha a camisa com cores iguais. Os clubes do interior eram tradicionais, que saudade! Não existia esses ridículos times de empresários, com publicidade até do lado do avesso. Nos jogos noturnos você olhava para o outro lado e via sempre alguém acendendo um cigarro, hoje, os constantes flashes são de celulares. As traves eram retangulares e de madeira, não eram roliças como agora; e as redes eram de barbante. Escanteio era corner. Na bola atrasada o goleiro podia pegar com as mãos. Além do apito, não existia nenhuma sinalização materializada, e nem prorrogação cronometrada, com plaquinha iluminada. Eram raros os jogadores com dois nomes. Não existia o politicamente correto e os torcedores podiam xingar qualquer um com o palavrão que quisessem. Os times não entravam juntos, cada um saia de um túnel oposto e correndo, para delírio da multidão e queima de fogos. Os jogos noturnos tinham um horário razoável para o torcedor e nenhum jogo era refém de capítulos de novela. O moto-rádio para o melhor jogador em campo era disputadíssimo. Um minuto de silêncio tinha sessenta segundos e era respeitado. O hino nacional era tocado só em ocasiões especiais, e também era respeitado. Goleada era de quatro para cima. O torcedor também não usava a camisa do seu clube, era caro e raro encontrar uniformes em lojas esportivas. Como não existia divisão de torcidas, antes do jogo, um grupo adversário apostava com o outro, que quem vencesse no primeiro tempo ganharia a rodada de cerveja, de garrafa, num dos bares em frente ao alambrado. Se empatasse, dividiam, e dessas apostas surgiram muitas amizades. Embora, em algumas ocasiões, alguns torcedores se juntassem para alguma coreografia, o São Paulo criou uma torcida uniformizada, toda de branco e chapéu côco, pragmática, limitada em seu número, cheio de rituais e alguns músicos. Era comandada pelo Porfírio da Paz, vice-governador.

Interferi:

— Rômulo, que relato interessante! O Corinthians tinha a simpática Elisa, uma torcedora símbolo, que levava uma bandeira, coisa rara na época. Uma ocasião, na saída de um jogo empatado com o Palmeiras, ela passou em frente a bandinha esmeraldina, que tinha até saxofone, e começou a dançar as músicas de carnaval tocadas. Todo mundo riu e se divertiu, ninguém aplaudiu, não havia necessidade, as coisas eram normais.

O Rômulo continuou no embalo:

— Não existia o tal de sub, os times mantinham um time infantil, um juvenil e o aspirante que fazia excelentes preliminares. Se por algum motivo alguém do principal não pudesse jogar, entrava o aspirante, sem nenhum problema de jogar 180 minutos. Numa lesão, o jogador sentia era dor, desconforto era a cama da concentração. Os árbitros usavam uniformes totalmente pretos. Os fãs do futebol eram mais solidários e patriotas, torciam para os times rivais de sua região quando jogavam com os de fora e principalmente do exterior, hoje querem trucidar o rival em qualquer jogo. Até a década de 1960, o pessoal ia de terno, principalmente à noite, só tiravam a gravata. Na entrada, dava para se tomar uma cachaça, mas na saída não tinha sanduíche de pernil. Pouquíssimas mulheres nas torcidas. Ninguém poderia imaginar que o sexo feminino invadisse as arquibancadas, a crônica esportiva e a arbitragem no futebol. E que o destaque em muitas partidas fossem atraentes bandeirinhas.

Completando, eu disse:

— O Pacaembu, antes do tobogã, com aquela enorme concha acústica, era muito mais bonito. Dos lados, todo o público via o nome dos times que jogavam, dispostos em letras enormes encaixadas uma a uma. E o número de gols era visto bem em cima de cada um desses marcadores. Em volta, depois de 1958, escreveram: "Salve os campeões do mundo"". Derrubaram essas edificações históricas na época da ditadura, gestão do Maluf, e ninguém podia falar nada. Se fosse hoje, será que nenhum iluminado conseguiria desfigurar esse patrimônio.

— Gostei das lembranças! A feijoada escapou dos pobres negros e o futebol escapou das elites brancas. Embora a razão tenha que estar bem acima da paixão, o futebol em si, desde que foi inventado, de uma forma ou de outra, vai ser marginal... e cruel! – finalizou o Companheiro, que ficou o tempo todo ouvindo e rindo de estarmos naquela posição, atrapalhando o movimento no meio da calçada, sonhando com o futebol do passado e olhando para o infinito. Aí chegou a vez do Remo dar sua opinião:

— O futebol, depois que os estádios viraram arenas informatizadas e com banheiros mais limpos, está se voltando para uma elite piorada, uma plateia teatral que se imagina dona de qualquer espaço, que aquilo tem que ser sempre uma bagunça coletiva, que podem desrespeitar, com palavrões, uma presidente, um visitante constituído, externar, cheios de razão, xingamentos preconceituosos, homofóbicos e gritos de violência. São tão imbecis que desconhecem jogadores, a história do time adversário e aplaudem a renda do jogo.

O Companheiro elogiou:

— Boa! Pensei nisto. É um fenômeno que cresceu em todas as regiões do país, muito em razão do preço dos ingressos. No passado, quando alguns xingavam o juiz ou adversário com palavrões, a manifestação era mais recatada, não era em coro. O futebol é uma terapia popular, e alguns palavrões já foram consagrados, mas hoje, o pessoal delira quando o público, de forma orquestrada manda o juiz "tomar no cu", parece que voltam para casa aliviados. Somando, é a nova estética das arquibancadas.

Em seguida, um cobrou do outro a sequência da caminhada. O Companheiro propôs dois roteiros recheados de lembranças:

— Se continuarmos andando e virarmos a esquerda, vamos entrar na rua Bento Freitas e penetraremos na ex-Boca do Luxo. E qualquer um de nós aqui vai lembrar de pelo menos uma das boates da região: Galo Vermelho, La Vie en Rose, Club de Paris, Le Masque, La Ronde, My Love, L'Amour, Variety, Snobar, Dakar, Michel, L'Amiral... onde eu, que fui faxineiro, porteiro e até garçom, em várias delas, as conheci muito bem. Também na Bento Freitas, quase na esquina com a rua General Jardim, existia no subsolo, o Clubinho, um lugar badalado, frequentado por artistas e pelos arquitetos que tinham sua sede no prédio. Esse ponto de encontro foi para mim foi uma frustração, porque nunca consegui entrar. Tudo rolava numa vida noturna poética e até ingênua, se comparada com a de hoje... Agora, nessa caminhada, se voltarmos à direita, para a praça, podemos ir do outro lado, na rua 7 de Abril, onde logo no início, ou fim, tinha a boate Oásis, com uma história diferente dessas casas que falei e riquíssima de acontecimentos... Não esqueço que na porta, como engraxate, eu queria o jovem Cauby Peixoto como cliente, mas nunca consegui, era muito oba-oba em volta dele. Ele e Ângela Maria foram os maiores ícones das últimas décadas, patrimônios memoreais da nossa música. Só o sambista Caco Velho me dava maior atenção. Ganhei muitos autógrafos de gente famosa que frequentava a casa. Perdi tudo. Eu era muito moleque, mas participei da boca livre, na porta, claro, quando da inauguração do restaurante Costa do Sol, em frente aos Diários Associados. Esse restaurante acabou sendo, por muitos anos, o ponto dos bebuns da imprensa associada e também de colegas de outras empresas jornalísticas.

— Estamos circulando sem sair do lugar! Acho que não vamos sair daqui – comentei, mas me empolguei e acabei contribuindo para que ficássemos parados: — Vocês lembram da avenida São Luís, logo ali, coberta de árvores grandiosas, formando um túnel e os carros passando por baixo? Era uma avenida de duas mãos de direção, não como hoje, congestionada e que conserva só os grandes prédios. Derrubaram quase todas as árvores e tiraram o bar Barbazul da calçada. Era um dos poucos lugares que com seus toldos e mesinhas para fora, embaixo daquelas árvores, tinha um clima de Paris. Na esquina da praça Dom José Gaspar construíram depois a galeria Metrópole com o sofisticado Chá Moon na parte de cima, o primeiro lugar onde as pessoas se serviam. No início, a burguesia aristocrática, depois de curtir as atrações da rua Augusta, do Fasano no Conjunto Nacional, das lojas da avenida Paulista, do Shopping Iguatemi e outros pontos esporádicos, passaram a dar as caras pelo centro de São Paulo e a frequentar essa galeria. Além da visão privilegiada do Chá Moon, o conjunto arquitetônico de toda a galeria, junto com a praça, era um ambiente novo e diferente, tudo era novidade, inclusive o cine

Metrópole, um dos primeiros a ter, fora da área boêmia, para o grande público, sessão à meia-noite. Mas durou pouco, logo esse tipo burguês se afastou. No térreo e nas galerias do subsolo aconteceu o que essa sociedade da época não previa, uma invasão de artistas, intelectuais e muita viadagem. Os viados, não se usava a palavra gay, simplesmente ampliaram sua ampla passarela. Ela, que vinha desde o bar Jeca Tatú, na esquina da avenida São João com a Ipiranga, até a avenida São Luís, já sem seus carnavais, esticou seu tapete até o novo ponto de encontro. Aí, dominaram a galeria, e ela fervia, principalmente nos fins de semana. Como o dinheiro nunca vai garantir o monopólio da felicidade, a descontração das pessoas que vivem felizes, com pouco, sempre vai incomodar o grã-fino, o *chic*, o burguesão. A fila na porta do cinema para assistir os primeiros filmes do 007 eram enormes, esperar, junto com aquela gente "baixa", não era coisa para os ricos. A partir desse êxodo deles, muita coisa mudou para melhor, porque o que era de mais seleto no mundo artístico inteligente começou a passar pelo miolo da galeria, a boate Jogral do Luís Carlos Paraná, músico e grande incentivador desses encontros. Sem grana, a gente ficava apreciando a movimentação do lado fora. Só quando algum viado abonado se propunha a pagar a conta é que entrávamos. Mas quase toda a molecada saía fora na hora do troco. Tinha uns dois ou três tarados que continuavam a noite. Zilco Ribeiro, produtor de teatro de revista, e depois dono do bar Barroquinho, no subsolo da galeria, criou, no local, o consulado de Paraty, uma homenagem à cidade que os intelectuais passaram a frequentar depois do golpe de 1964.

— Esses shows no Jogral eram do mesmo nível artístico dos apresentados no teatro Paramount, na avenida Brigadeiro Luís Antonio. Lá, Walter Silva, o famoso "Pica Pau", junto com outros empresários, montaram "O Fino da Bossa", com o que tinha de melhor da bossa nova. Incentivou e conseguiu a união de estilos diferentes, como o dos cantores Jair Rodrigues e Elis Regina, acompanhados pelo Jongo Trio. Depois, Jair e Elis foram apresentar "O Fino da Bossa" na TV Record, numa programação semanal, acompanhados por outro conjunto, o Zimbo Trio, e se consagraram de vez, - observou o Rômulo, que completou: — O Paramount, como a Record, a Excelsior e outras casas de espetáculos culturais, sofreram, por volta de 1969, incêndios bem estranhos.

— Senhores Rômulo, Remo e Marcão, muito interessante, estamos entusiasmados com nossas histórias, despreocupados, mais estáticos há meia hora. Como ninguém quer andar, vou apresentar um terceiro roteiro, se concordarem… que é entrar aqui na Marquês de Itu e, ao invés da esquerda, das ex-boates, quebrarmos a direita duas vezes. A ideia é de que antes de caminharmos ao passado político da Vila Buarque, darmos uma volta no presente, na área mais famosa do momento, que pode ser chamada de cracolândia ou quarteirão latino... ou africano, indo daqui do fim até o começo da rua Aurora.

— Se não demorarmos, eu concordo! É um lugar que nunca deixou de ser interessante, e agora, como você disse, de convivência internacional. Ruas onde não há mais o clima malandro de passado recente, mas que cresceu na suas sarjetas abertas, cada vez mais evidentes, consequência da indefinição de responsabilidades governamentais e de políticas públicas mais eficientes, principalmente para os usuários de drogas. Uma área que num tempo passado, não tão longe, víamos um grande número de bares e casas diuturnas de prostituição, num vai e vem tranquilo de clientes, e naquele dia a dia, o sossego dos adultos envolvidos na marginalidade por opção. Agora, literalmente mergulhada na sarjeta, a área se tornou o maior refúgio, a céu aberto, de crianças e adolescentes sem opção, condenados definitivamente pelo vício e simplesmente ignorados por todos. A cracolândia foi a maior e pior transformação humana que ocorreu na cidade... Vamos lá sim, porque agora, mais que nunca, é a região mais rica de seres modificados, sobreviventes indesejados, moribundos aguardando a vez, num cenário deprimente, mas fresquinho para quem procura especializações em áreas sociais. São vastas amostras à disposição, vinte e quatro horas, para quem deseja elaborar ambiciosas teses de mestrado, doutorado ou qualquer buraco acadêmico, onde geralmente o autor, depois de agradecer os orientadores, mestres, família e os que colaboraram, ser elogiado no meio acadêmico pela brilhante dissertação... E, pouco tempo depois, enfiar a cabeça num desses buracos, para não ver seu trabalho terminar nas prateleiras digitais, ser copiado, plagiado, e nada mudar.

— Marcão, essa é a razão da ideia, fugirmos do academismo, romantismo, sensacionalismo, reportagens especiais. Discutirmos o cinismo dos cidadãos de bem, ou de bens, os que lucram ou se beneficiam com a miséria, e o esgarçamento que atingiu até a sociedade marginal – respondeu o Companheiro.

Aceito o trajeto, entramos finalmente na rua Bento Freitas à direita, e em seguida, também à direita, começamos nossa caminhada. Andamos três quarteirões e voltamos a parar, dessa vez em frente ao edifício Andraus, local da antiga Casas Pirani. Recordamos do grande incêndio ali ocorrido em 1972. Lembrei do presidente do Palmeiras – Paschoal Giuliano – descendo por uma corda improvisada até um prédio térreo da rua Aurora, onde ficava uma corajosa livraria, a Avanço, que vendia um amplo catálogo de livros de esquerda. Comentamos das labaredas que se formaram e atingiram um prédio do outro lado da avenida São João. Elas foram maiores do que as do Joelma, em 1974, onde o fogo foi interno e morreu muito mais gente do que a ditadura militar deixou divulgar. Neste incêndio, narrei que presenciei viaturas do IML subindo a rua da Consolação, com um líquido sujo, meio avermelhado, escorrendo, e o veículo torto de tantos cadáveres no camburão. E dos jovens que pularam do Joelma, ao mesmo tempo que pessoas doavam leite e outras roubavam, fato que também tinha acontecido no Andraus. Depois dessas amargas reminiscências e de um breve diálogo, saímos da rua Aurora e entramos na praça Júlio Mesquita, do famoso restaurante do Papai, que não mais existe, e do Filé do Morais, com seu filé mignon com muito alho e agrião, até hoje no mesmo local.

O Companheiro comentou:

— Não vamos lembrar de restaurantes, porque fico muito frustrado, não consegui entrar em nenhum, só ficava na porta, esperando as sobras. Conheci quase todos aqui do centro, pouquíssimos sobreviveram e estão moribundos, alguns mudaram de nome ou descaracterizaram seu perfil tradicional. Tive épocas em que bebia demais, incomodava as pessoas nas portas, ficava doido, mas poucas vezes dei uns "tapinhas" na maconha, como nunca usei outras drogas. Agora, deem uma olhada no meio daqueles canteiros, repare como os bebuns gostam de praça. E essa Júlio Mesquita quase não é praça, é um triângulo com algumas árvores e poucas plantas. E não se vê mais os bancos de madeiras que as pessoas normais descansavam. Hoje é um ou outro banco de cimento que fica gelado ou muito quente. No largo do Paissandu, a tribo de alcoólatras é maior. O pessoal bebe pinga 25 horas por dia. O engraçado é que eles geralmente têm um bom passado como cidadãos, e quase não se misturam com drogados.

— Mas gostam de estragar jardins! Vocês que conhecem melhor essas tribos das ruas, o que tem chamado minha atenção é o desfile de mulheres com garrafas na mão. Uma cena pouco vista no passado. O Companheiro emendou:

— Além dessa mulherada, o que me mais me impressiona é o número de adolescentes e crianças alcoólatras.

Respondi:

— Vocês vivem aqui no centro. Mas a cidade tem diversas passarelas do álcool que não são virtuais, são reais e compõem a verdadeira São Paulo Fashion. Circulem à noite pelas ruas e em volta de bares badalados, em qualquer canto da cidade, como a Vila Madalena, por exemplo. Aqui no centro os bebuns não ligam para a plateia. Lá, por estarem num nível social diferente, é indispensável o exibicionismo para demonstrar a superioridade. Quem não desfila com uma latinha de cerveja na mão não está *in*, inteirado. Caso também das mulheres, que a princípio, grande parte chega a ter repugnância a bebidas alcoolicas, mas, para se inteirar, vão enfrentando o número de curtidas no álcool, até se acostumarem. E a maioria são de adolescentes. Enquanto os homens vão aguentando bebidas mais fortes, elas, entre uma cervejinha e outra, querem adoçar a boca, e adoram beber, na própria garrafa, uns vinhos adocicados, sem vergonha, comprados na última hora em supermercados.

— Nunca fui à noite nesse pedaço, mas acompanho o noticiário... parece que a esnobação, o barulho, bem como o lixo e o cheiro de vômito que fica depois de grandes gandaias, como o carnaval, prejudicam uma área que foi proposta para ser de belos encontros civilizados... Só sei que em qualquer canto de ostentação, eu vejo as minas bebendo vodka adoidado! – comentou o Companheiro.

— Sim... num segundo estágio, quando já estão mais curtidas e viciadas no alcool, e também já são maiores e não vomitam com tanta frequência... E dentro dessas extasiantes casas noturnas? Tudo é mais caro, e eles não se importam, por exemplo, com o preço de uma lata de cerveja. É incrível, eles tomam um golinho e abandonam o resto com a lata ainda gelada – comentei, e ele continuou:

— Marcão, também fazem isso na rua... jogam latas cheias das janelas dos carros. É muita petulância, um abuso! É um ato de aviltamento e provocação as pessoas que estão nas ruas e nada têm. É a mesma atitude de desrespeito de alguns amaldiçoados, filhos da elite, que com pomposas motos ou reluzentes carros, com escapamentos abertos, aceleram seus motores ao máximo, despertando criminosamente doentes, crianças, idosos e trabalhadores, a qualquer hora. É o comportamento que tenho mais ódio, dá vontade dar um tiro nesses filhos da puta quando fazem esse barulho infernal. Eles têm formação, e era para ter o mínimo de consciência, mas esse desdém demonstra que eles têm dinheiro para jogar fora, ou, se forem pegos, comprar qualquer um. É aquela velha relação... tenha certeza... são filhos de pais que estão fazendo alguma falcatrua... desviando recursos públicos, sonegando ou traficando!

O Remo observou:

— São os formados no barulho arrogante dos poderosos, pensam que tudo podem, desconhecem os rituais do convívio humano, do respeito mútuo, da polidez, dos prazeres da simplicidade e do silêncio. Nunca se interessaram em pensar na relação causa e efeito. Vivem num egoísmo que diminui qualquer relação humana, o outro só serve enquanto útil. Formam a pior escumalha humana da nossa história.

Concordei:

— Sem dúvida! Para esses baladeiros, geração nem-nem, quer dizer, nem estudam nem trabalham, o dinheiro vem fácil e sem sacrifício. Nascidos numa tecnologia que abortou o tempo, eles se consideram perfeitos e que acham que não erram. Vivem na indiferença e irresponsabilidade, e podem ser filhos, tanto de pais honestos, mais preocupados com o acúmulo de bens, como de pais desonestos. Eu também acredito que grande parte desse dinheiro que torram em baladas entra de forma ilegal, porque as atividades criminosas prosperam muito pelo país. E nessas casas de balada, não dá para diferenciar quem é quem, todos usam roupas de etiquetas famosas, tanto o playboy filho do grande empresário, como o filho do operário que arrumou dinheiro explodindo caixas de bancos. Em muitos bairros e cidades do país não há grandes centros comerciais, com bares, restaurantes ou quarteirões pontuais que abram pelas madrugadas. Mas a molecada nunca quer ficar fora das modas atuais, e sem opção, fazem suas baladas nas "praias" em frente às lojas de conveniência dos postos de gasolina, bebendo e esperando o dia clarear. Além do álcool na cabeça, nesses locais, para uma plateia de bobocas, os adolescentes, estimulados que são a não pensar, brincam de tapas, empurrões e risadas histéricas, como se fossem cachorrinhos recém-nascidos, e os maiores passam as madrugadas sentados em cima de reluzentes motocicletas ou veículos do ano, e só largam a latinha de cerveja da mão quando resolvem brincar de brigar, ou ligar os motores para dar aquelas estúpidas aceleradas e se exibirem naqueles malabarismos idiotas com uma roda só. Muitos se contentam com o final de um baseado de maconha, outros procuram até o amanhecer novas sensações, para ficar curtido, no que lhe resta de vida, numa droga diferente. E outros, quando não colocam covardemente fogo em indigentes que dormem, partem para os rachas ao clarear do dia, matando nos pontos de ônibus os cidadãos que estão indo ao trabalho.

— E não vão para a cadeia porque o dinheiro não deixa cadeado fechar! – interferiu o Rômulo.

Continuei:

— Além dos nem-nem e dos bandidos, grande parte desses jovens frequentam faculdades e têm um bom poder aquisitivo. Mas por serem alienados, esse comportamento durante a noite, de estar bêbado ou drogado, ou ambos, leva a atitudes inconscientes de gritaria, falta de respeito no trânsito, vandalismo e vários atos antissociais. Sem sentir que os limites da diversão terminam onde começam os direitos dos outros, eles acabam demonstrando nosso estágio como nação. Para mim incomoda muito saber que ainda é longo o caminho para a consciência coletiva e o respeito mútuo. Fico pensando e me sentindo um bobo porque minhas atitudes diárias de convivência pacífica, é aquilo, são simples e prazeirosas. Se alguns desses jovens pelo menos tentassem aplicar algum ato de cidadania, só pela tentativa, sem dúvida viveríamos bem melhor e com menos violência.

— Marcão, vejo que os valores da nossa juventude são iguais em quase todo o mundo capitalista.

— Companheiro, é um pressuposto errado... não são! Você falou capitalista, grande parte do mundo não vive as delícias venenosas do capitalismo, e a maioria da população que vive nesses países não se beneficia das vantagens desse consumo imposto. A própria juventude, burguesa, quando passa da adolescência, idolatra a figura do yuppie neoliberal, jovens empresários perdulários que posam para várias capas de revistas. Tentando ir atrás desses ícones capitalistas, não percebem que fazem longas caminhadas consumistas pelos shoppings, para chegarem a lugar algum. Nos países pelo planeta, e mais nos ditos de primeiro mundo, algumas pontualidades nesse universo jovem são bem diferentes desse comportamento brasileiro. Na Europa, por exemplo, a molecada se reúne da mesma forma, mas a consciência igualitária é avançada. Saem para as baladas depois de assistirem e discutirem uma peça de teatro, um filme, um show musical de nível, uma ópera, uma palestra, um debate. Outro exemplo próximo, a cidade de Buenos Aires, até há pouco tempo tinha mais livrarias que em todo o Brasil. Seus jovens se reúnem da mesma forma, só que na porta dessas livrarias. Bebem e usam drogas? Usam e abusam! Mas não são tão idiotas. Você entendeu?

— Claro! E na razão do que eu disse. O nosso corpo social está sem conteúdo e esgarçado, desde as elites até a marginalidade. Eu presenciei na televisão um jovem milionário viciado depondo numa reportagem: "Eu não sei dos motivos que me levaram ao excesso de bebidas e às drogas químicas". Se ele não sabe, imagina as crianças da cracolândia! Outra coisa que tenho ficado bem chateado, é com o pessoal progressista, de cabeça melhor, que estão nesse mesmo embalo idiota das bebidas. Todo mundo se vangloriando de ter enchido a cara até o dia clarear, que beberam não sei quantas... Esquecem o lucro que dão às multinacionais, e ao pior cartel, o dos golpistas da Ambev. Para que essa idolatria e culto ao alcool? Beber de forma limitada, com prazer, na hora certa, é tão bão.

— Companheiro, vou sempre martelar, não para você, mas nas vias que a minha esperança puder entrar. Alimentaram os vermes da estupidez e da mediocridade, em todas as suas nuances, e hoje ele está matando o que resta daqueles nossos valores educacionais e culturais bloqueados em 1964 e que ainda prosperavam até 1968.

— Além disso, do jeito que as coisas caminham, vamos ficar mais doentes e sem remédios. Além da cabeça oca dos nossos jovens, as mais avançadas drogas tornam imunes a mínima convivência humana, de mendigos a executivos. Continuei o diálogo com o Companheiro:

— O mundo da balada hoje é o entorpecimento, o maior símbolo de seu status. Eu, meus irmãos e amigos quando chegávamos em casa depois da meia noite era um desespero geral. Pouca gente tinha telefone, e era fixo. A hora de chegar era sagrada.

— Mesmo maiores de idade, nessa época, a simples bebedeira de um ou outro, era motivo de gozação a semana inteira.

— Uma simples bebedeira!.... Porque o pó de pirlimpimpim era só no desenho animado... Companheiro, alguém pode alegar que o celular resolveu o problema do avisar onde está, e vejo os pais bem tranquilos. Mas há uma outra realidade, ele deu mais perfeição à mentira. Os jovens conhecem muito mais a tecnologia do que os mais velhos. Muitos pais ingênuos ficam tranquilos, ou quando desconfiam, logo se acomodam, ao saberem que seus filhos ligaram ou passaram mensagens dizendo que estão aqui ou ali. Mas aqui ou ali, onde? Estamos sendo obrigados a viver numa indiferença tão grande que até os valores mínimos de liga humana vão se esgotando. Essa turma do banal, fraccionada em gangues, é tão insensível, que mesmo após o sepultamento de um amigo, morto por overdose ou excesso de velocidade, em nada refletem, e logo esquecem o acontecido. No mesmo dia, logo após o enterro, o apelo da madrugada seguinte é inadiável. Onde vamos? E quem chega em festa antes da meia noite é no mínimo caretão. Antes da meia noite é para fazer correria, ir atrás de qualquer coisa que possa ser chamada de droga. Buscar em qualquer lugar, e se o fornecedor estiver preso, e der o desespero para encontrar um bagulho, a solução é correr o risco de ir até a cracolândia. E se não há novidades para ficar "muito lôco", vale um energético com alguns comprimidos, ou um simples baseado de maconha fumado entre talagadas daqueles vinhos químicos. Tudo para depois da dança, ao clarear do dia, excitados, saírem às ruas e avenidas com seus belos veículos. Como comentamos, haja cruzamentos, postes e vítimas. Quem crê no futuro acredita que esses instintos vão se acomodar. Que esses valores vão se esgotar porque já passaram da própria overdose. E que teremos uma sociedade mais cuidada, menos egoísta, como o que já começa a ocorrer com a consciência ecológica... Pode ser, tenho esperança. Entre a brevidade desses acontecimentos e a larica muitas vezes espiritual das drogas, fico com a tranquilidade do meu passado romântico e do prazer extenso pelo futuro.

— Compactuo com o que relata os nobres colegas! – brincou o Rômulo.

Circulando pela praça Júlio Mesquita, antes de sairmos do espaço da não tão velha Cinelândia, visualizamos na mente, o teatro Natal de tantas peças do rebolado com títulos maliciosos, que junto com outras casas do gênero, traziam sob a batuta do empresário Walter Pinto e o comediante Colé, a alegria contagiante de artistas como Dercy Gonçalves, Renata Fronzi, Nélia Paula, Mara Rúbia, Marly Marley, Oscarito, Ankito, Grande Otelo, Costinha e tantos outros, como a vedete Virgínia Lane, as pernas mais bonitas do Brasil, cantando a sensual marchinha Saçaricando. Era um tesão!

— Com a Revista do Rádio em uma das mãos, quantas punhetas eu bati... arrematou o Rômulo.

Acrescentei:

— Quase toda a nossa geração! O preço das mulheres até do baixo meretrício era caro, e o poder aquisitivo da turma era baixo, não tinha a moleza sexual de hoje... Os teatros de revista tinham esse nome porque os textos eram de críticas ao noticiário, principalmente o político. Era a interpretação das revistas impressas, que se destacavam mais que os jornais, principalmente *O Cruzeiro* e a *Manchete*, editadas no Rio de Janeiro. Eram meios de comunicação que retratavam aos ouvintes do rádio, com fotos e ilustrações, os ídolos conhecidos nas emissoras só pela voz, nas gravações em discos de 78 rotações ou de shows em auditórios. Até meados da década de 1950, o Brasil parava para ouvir alguns programas de rádio. A Nacional do Rio foi a que mais se destacou e influenciou, principalmente na década de 1940. No futebol, grande parte dos nordestinos ainda torcem para os clubes do Rio, devido às potentes transmissões do campeonato carioca feitas pelas emissoras da antiga capital federal, incluindo a rádio Tupy, com a gaita do Ary Barroso, radialista e compositor de *Aquarela do Brasil*. As emissoras de rádio do Rio dominavam as transmissões de futebol por incompetência das outras pelo país. A TV Globo, atualmente, manipula essas transmissões, em acordos draconianos e não muito claros, mesmo tendo uma concorrência televisiva bem maior do que naquela época do rádio. O teatro de revista ou rebolado, como naquela forma de expressão humana direta e ao vivo, nunca mais vai existir. Os sensores da tecnologia de grandes produções teatrais tentam engolir o sensor humano que ainda sobrevive, mas não conseguem. O simples e gostoso mambembe é como o ar que respiramos... Nos palcos da vida, um show pirotécnico pode ser muito bonito, mas sem o artista, ao vivo, não é belo. Em São Paulo, além do teatro Natal, o teatro de Alumínio também era um destaque para esses espetáculos de revista ou rebolado, ficava na praça das Bandeiras, bem ao lado de um campo de futebol de várzea e da linha do bonde Bela Vista. Esse bonde fazia o menor percurso da época – quatro quilômetros. Saía dessa praça, numa rua que não existe mais, a Dr. Falcão, e subia a rua Santo Antonio, Major Diogo, São Domingos, Conselheiro Ramalho, Brigadeiro Luís Antônio até a esquina da rua Ruy Barbosa, no famoso Bixiga. Hoje, um terminal de ônibus, na Praça da Bandeira, como ocorreu no parque Dom Pedro e praça Princesa Isabel, desfiguraram a memória da cidade.

O Companheiro continuou:

— Algumas vedetes famosas eu só vi em revistas impressas, porque eram de uma geração anterior, como a Luz Del Fuego, Elvira Pagã e outras gostosas. Elas ficavam mais no Rio de Janeiro. De lá também vinha as Certinhas do Lalau, uma lista das mais gostosas do Brasil, uma criação inesquecível do Sergio Porto, com o seu pseudônimo de Stanislaw Ponte Preta.

— Do Sergio Porto também tinha o Febeapá, Festival de Besteiras que Assola o País, que, se ele estivesse vivo, estaria numa edição infinita. Nunca esqueço da sua gozação em cima dos agentes do Dops que estavam atrás do Sófocles, autor da subversiva peça Electra, escrita 400 anos antes de Cristo... Quanta saudade da sempre "homenageada", no banheiro, a Virgínia Lane. Esta mulher eu só vi uma vez, de roupa... quando saía do teatro... mesmo assim, fiquei tarado pelos seus lábios sensuais – completou o Rômulo.

III. Por que chegamos à cracolândia

Continuamos nossa caminhada pela rua Barão de Limeira. Na esquina com a rua dos Gusmões encontramos o primeiro grupo reunido desses drogados sentenciados de morte chamados de noias, o tumor aberto mais profundo que apareceu no centro da cidade. Por mais que se comente, o fluxo dessa gente ainda é um visual ignorado pela grande maioria da sociedade paulista e brasileira. Resolvi estimular mais um debate com o Companheiro:

— Por que essa decadência tão acelerada?

— Culpa do centro, da direita e da esquerda! – respondeu.

— Todos pela culpa de ter que fazer e não fazer, ou pela omissão total?

— Também preencho todos os quadrinhos, sim e não. Marcão, vou repetir o que concordamos com muita consciência. Antes do 1º de abril de 1964, o país, mesmo dominado por aquela aristocracia inconsequente, prosperava em educação e cultura. Caminhava para um rumo, uma boa identidade. Foi atropelado por esse movimento militar idiota, baseado em doutrinas que só interessam aos Estados Unidos. Nossas Forças Armadas acharam que o Brasil estava se tornando livre demais. Para quem mais usufrui da exploração humana, os norte-americanos, o mundo tem que manter a posição de desigualdade, porque é bíblico, segundo pensadores da famosa National War College, inspiradores da nossa Escola Superior de Guerra, fundada em 1949, bem no início do projeto Ponto IV e da Guerra Fria. Depois de 1964, a direita sentou no sofá, e a esquerda brasileira, tão distraída, não percebeu que a elite golpista e entreguista preparava um caldo fedorento disso tudo, para enfiar na guela dos opositores. Carestia virou uma expressão em desuso, e a economia virou a palavra da moda. E dentro dela surgiu um capitalismo que não tem como não chamar de selvagem, onde o consumismo transformou as pessoas. Esses interesses desviaram o país daquele rumo bom, e através da perseguição política aos que questionavam esse destino, travou o pensamento nacional. Esses selvagens mamaram nas tetas da ditadura até esta se perder na reabertura política, deixando o povo brasileiro à deriva. Aí veio a vingança da esquerda, destilando seu rancor na Constituinte e em novas legislações, dando aos cidadãos muito mais direitos que obrigações. A bagunça institucional encontrou seu espaço, e a pior violência, a sem causa, incentivada pela irresponsabilidade dos meios de comunicação, predominou e se materializou. As esquerdas, quando no poder, acreditaram nas raposas perambulantes. Sem debates realistas e políticas públicas adequadas, tudo acabou desaguando nesses crimes estúpidos e sem o nexo da reação da vítima, quando gratuitamente assaltantes cometem barbaridades nunca vistas. Nesse embalo, vamos ver ainda essas brigas insossas de gangues, para ver quem domina o caos, bem como esse mundo da cracolândia – onde o que brotou é o que estamos vendo aqui, esse lixo fétido, que os seres humanos respiram só para sobreviver. Nessa, os policiais de rua, sem apoio e perspectiva profissional, foram levados a se corromper até por migalhas. E os Direitos Humanos virou piada. Tudo bem articulado culturalmente pelos donos do capital inicial, como os personagens da Marvel, que entram até nos banheiros.

Observei:

— E as esquerdas, no meio das bênçãos que receberam, acharam que eram donos definitivos do altar, não se incomodaram com as persistentes matilhas nas portas, acreditaram nelas, brincaram com o fogo do diabo, e não ouviram os sedentos das pias batismais. A esquerda foi engolida pelos estruturados tradicionalistas, bem como pelos velhos e novos pentecostais, que usam o discurso que o carente desesperado sempre aguarda... e nunca chega.

Antes de eu continuar, o Remo, mais para ouvir a minha resposta, perguntou:
— O que é capitalismo selvagem? – Respondi, com ar de quem estava brincando:

— Você é a maior vítima e me pergunta? É quando colocam ações de empresas de abastecimento básico na bolsa de valores, eles pouco importam se você vai morrer de sede. Pode faltar água até na casa do acionista, que ele não vai se preocupar, vai chamar o caminhão pipa, o que interessa é o lucro! Já que perguntou, também considero selvagem as atitudes de quem lucra com a educação, saúde, e agora com a segurança pública... Ah, e selvagens também são aqueles que não aceitam governos voltados para os pobres, e vão fomentando o ódio, o preconceito e a intolerância, para depois jogarem a culpa nas esquerdas... E também aqueles que dão orquestrados golpes de estado, para depois entregarem nossas riquezas e soberania para aqueles personagens que vão muito além das histórias em quadrinhos.

Dei uma pausa, e continuei, voltando ao que abordávamos:

— Companheiro, concordo plenamente com suas colocações partidárias e toda a referência à decadência verde e amarela das últimas décadas, em razão do golpe fardado. Aliás, momentos atrás, no largo do Paissandu, você, empolgado, fazia esse discurso crítico, de pé, para uma boa plateia sentada em volta da estátua da Mãe Preta, e eu te interrompi. Sua cara de bravo foi até educada, mas é que ao me fixar na movimentação da Galeria do Rock, perdi a sintonia e em voz alta fiz um paralelo maluco entre a escravidão representada por aquela escultura e a liberdade da música. Você parou o que dizia, contestou, e apimentou, dizendo que aquela galeria não representava a liberdade musical, e que o rock é alienação e consumo.

Em resposta, ele veio com uma boa risada:

— Interrompeu de novo! Sim, fiquei bravo de sobressalto, até lembrei dos nossos discursos relâmpagos de 1968, que juntavam um grande público. Como na praça tinha bastante gente, me empolguei, motivado por esse reencontro, e aproveitei também para criticar o consumismo e comentar com o pessoal o significado da estátua, que eu acho uma obra simples, mas mais importante que o gigantesco Monumento às Bandeiras, no Ibirapuera. O que você acha do comportamento dessas expedições que saiam para capturar índios, negros fugitivos, encontrar ouro e pedras preciosas? Desbravar não é integrar, incluir...

— Nessa referência às bandeiras, é só você observar os detalhes das ilustrações de Rugendas... - recomendei.

— Marcão, mais frio da cabeça, te confesso agora, eu gosto de rock! Qualquer treco pode ir para a alienação e o consumo! Está cheio de tranqueiras por aí usando camisetas do anarquismo, nazismo, satanismo... sem saber o que fazem. Sou dos primeiros roqueiros que ouviam seus ídolos nos decibéis de um fervor espontâneo. A curtição era momentânea e gostosa, não existiam os fones de ouvido massacrando e destruindo os tímpanos, de forma contínua e cansativa, bitolando e tirando o prazer.

O rock nacional, depois da reabertura política, teve uma boa safra. Mas, quase sem ninguém perceber, nos tornamos vítimas de um consumismo musical que chega ao imperceptível. É muito barulho e parafernália para pouca criatividade. Para ilustrar o que eu digo, veja a fila de acampados que se forma nos estádios para assistirem a roqueiros por volta de setenta anos. E veja os ídolos atuais dos pré-adolescentes. Chega a ser ridículo. Entre os decibéis do barulho atual, fico com o blues, o som na graduação certa. É diferente, não foi contaminado, acho mais penetrante, com abordagens melhores, qualidade na música, e embora com muita letra besta, como em muitas cantorias idiotas em ritmos de qualidade, encontramos muita poesia, em versos simples... Agora pergunto para vocês: e a decadente música brasileira, que entrou também num terrível buraco negro? E parece muito profundo e extenso, porque os pancadões alienantes das elegantes casas noturnas são os mesmos dos caras que ouvem essas barbaridades, no último volume, com o porta-malas aberto, pelas periferias da cidade... Como disse, o rico e o pobre de cabeça oca estão numa simbiose, usam as piores drogas e ouvem o mesmo barulho.

Continuei:

— Boa sua análise. Anos atrás, assisti a uma peça de teatro em que um casal foi condenado a ouvir por tempo indeterminado, dia e noite, o *Bolero de Ravel*. Como o homem involuiu culturalmente, podiam sentenciar, da mesma forma, esse pessoal que nos agride com esses pancadões alucinantes. E é só dar continuidade no tempo, porque eles já ouvem, pelos fones, o dia inteiro, esse barulho no ouvido. Aliás, nem imagino como vai ficar a audição desses jovens no futuro. Você falou em simbiose, isto não existia, até o fim dos anos 1960, o rico era na cocaína e o pobre na cachaça. O rico na discoteca e o pobre num bom pagode de fundo de quintal. E o pagode? Veja o que fizeram com o nosso samba. Um montão de gente no palco, com tamborins de acrílico e instrumentos eletrônicos de última geração, com letras idiotas para composições ridículas. Acho que nunca ouviram a genialidade poética dos maloqueiros Cartola, Nelson Cavaquinho e tantos outros, que, sob a luz do luar, acompanhavam maravilhosos batuques em couro de gato. Quanto a nossa boa musica, acredito que não vai aparecer remédio a curto prazo. Veja hoje, quem produz com qualidade não encontra espaço para apresentações e é obrigado a mendigar o mínimo ofertado: pequenos palcos, poucos patrocínios e restritos programas culturais de rádio e televisão. Porque a alienação coletiva foi oficializada e está sob controle. E no meio universitário, atualmente, a preocupação social-cultural é dar tapa em fumaça.

O Rômulo interrompeu:

— Os pagodeiros da nova geração são como os sertanejos de holofotes, precisam do fácil, se não aquela multidão histérica de bobocas, levantando as mãos e batendo palmas, não decoraria suas letras. O vulgar dá muito lucro, a essas feras obscuras só se destacam em bem montados palcos iluminados. A Elis Regina dizia que as músicas da juventude da época tinham pouquíssimas notas, letras sem mensagens, coisas fúteis. Que aquilo não era sério, nem bom, deformava a mente dos jovens. Imagine se ela estivesse viva.

O Companheiro foi no embalo:

— Saudades dos festivais da Record. Quanta coisa boa saiu dali e evoluiu. Depois vieram os da Excelsior, sem tanta força para mudanças.

O Remo também fez sua crítica:

— Eu procuro me divertir ao ver essas multidões de meninas acompanhando essas letras e chorando, percebe-se que é uma coreografia bem dirigida pelos produtores. Agora, no axe é demais, as pessoas riem de tudo. O ritmo é uma terapia para multidões, não deveria ter letras formais, dificulta o raciocínio, funcionaria melhor com grunhidos, ficaria mais fácil.

Continuei:

— Eu não consigo ouvir o que predomina por aí. Na televisão, procuro assistir a tudo que se refere a evolução e involução da música, o pastiche do noticiário geral, e a difícil procura pelo segundo lado da notícia. O futebol, mesmo com a sacanagem aumentando a cada dia, é a minha terapia. Na internet, não faço como a maioria que só escuta músicas sugeridas, eu pesquiso, tenho seleção gravada e *pen drives* bem diversificados. Quando estou no computador, procurando e pesquisando temas interessantes, concentro-me para não ficar grudado no monitor. Você perde a noção do tempo quando o assunto é envolvente, ou a conversa com os amigos ou discussões com os opostos se prolonga. Aliás, esses bate-bocas têm traumatizado antigas e novas amizades. Mas antes que o estresse me atinja, vou para a rua atrás do que mais me interessa, a convivência normal com os seres vivos.

— Marcão, continuando na música, vou cantar um rock brasileiro da nossa época, e depois fazer algumas observações: “Subi a rua Augusta a 120 por hora/ Botei a turma toda do passeio pra fora/ Fiz curva em duas rodas sem usar a buzina/

Parei a quatro dedos da vitrine... Meu carro não tem luz, não tem farol, não tem buzina/ Tem três carburadores, todos os três envenenados/ Só para na subida quando acaba a gasolina/ Só passo se tiver sinal fechado... Toquei a 130 com destino a cidade/No Anhangabaú botei mais velocidade/ Com três pneus carecas derrapando na raia/ Subi a galeria Prestes Maia..." Acho que as transgressões dessa composição não motivaram nenhum incentivo negativo para a juventude da época. Ao contrário, como as outras da Jovem Guarda, viraram brincadeira, foram taxadas de ingênuas. Músicas com letras provocativas não mudam comportamentos? O que você acha? – perguntou o Companheiro.

— Primeiro, se você cantasse dessa forma no programa do Flávio Cavalcanti, ele quebraria seu disco antes de ter gravado, se fosse Chacrinha, ia receber uma buzinada no ouvido. Segundo, quem cantava esta música era o Ronnie Cord, um ídolo dos jovens, mas sem influência a ponto de mudar o comportamento da juventude. E a música e a letra foram feitas pelo seu pai, Hervé Cordovil, um maestro de destaque. Em alguns contextos, letras podem mudar comportamentos, mas, no caso, ele brincou com o surreal, valeu mais que outras letras bobas e repetitivas. Depois, a divulgação de gravações para o povão colocar nas paradas vai na proporção do jabaculê que é passado para os apresentadores das rádios bregas. E não adianta, fora a eterna música clássica, a erudita, a ópera, e os grandes poemas musicados na canção popular, só as composições bem elaboradas permanecem no tempo.

— Cantei e fiz as colocações para chegar aos dias de hoje; as letras do rap nacional que não tem comparação e nem limites. É uma metralhadora atirando para todos os lados, desde o mundo burguês até a própria vida deles. Desafios contra a polícia é uma constante. Vão mudar alguma coisa?

Respondi:

— Letras agressivas acontecem nos Estados Unidos há muito tempo, em todos os gêneros musicais, mas existe sempre uma preocupação na qualidade da sonorização, no encaminhamento das demandas e na contínua evolução do próprio gênero, como o blues e o rock. Protestos musicais bem encaminhados podem incomodar e acabar em outras manifestações ou amarrações políticas, sem se perder no ar. No movimento hip-hop, o rap ianque, como no funk ou qualquer ritmo vindo dos oprimidos, também predomina o agressivo, só que vai politicamente até o fim da linha, diferente daqui, que simplesmente copia a moda e atira a esmo. As longas letras deles também expõem as agruras de uma sociedade obrigada a ser periférica e do potencial reprimido de seus guetos, mas ao mesmo tempo que chutam baldes com gasolina, mostram que não querem ser empurrados para a marginalidade, muitos até não querendo inclusão social com os brancos e a grande elite em geral, só buscam sua parte na sociedade e na divisão da grana, porque consideram a sarjeta dos que se dizem superiores, bem pior, e por aí vai. Nas longas letras que narram a hipocrisia do cotidiano, a questão racial é colocada de forma crua e com extrema objetividade, como as drogas. Aqui, embora muita coisa interessante tenha começado nas galerias vizinhas da 24 de Maio, em grupos raps isolados nas periferias, e nas festas de black music do Chic Show, no Palmeiras, com a presença até de James Brown, como disse, comportamentos idiotas são determinados pelo mercado de consumo, são efêmeros e acabam no aterro sanitário. Infelizmente, entre nós, compositor de qualquer segmento musical que procura qualidade e objetividade, cada dia encontra menos espaço no mercado. E, ao contrário de outros países que cuidam de suas crianças, aqui vemos pais, cheios de razão, explorando filhos de sete, oito anos, na ousadia vazia da maioria do rap nacional. Crianças que imitam os MC, microcérebro, e são envolvidas num ambiente em que o excesso de malícias e palavrões perderam a graça do proibido e até o sentido do lucro. Um fim de linha sem saldo político, só de grana, que eles ainda registram em vídeos, com músicos explorando banalmente o sexo, ou vomitando e cagando na rua. Não adianta fazer graça para uma plateia insossa e jogar merda nos ventiladores dos palcos periféricos, as demandas têm que acordar os poderosos acomodados nos palcos do planalto central. Fora a falta de objetividade concreta, essas bobagens saturam e têm um limite natural. Infelizmente, esse pessoal brasileiro tem amarrado suas demandas, que são até mais amplas que os dos norte-americanos, ao mercado mercenário da música e ao crime organizado. Dessa forma, as nossas comunidades carentes, dos morros às palafitas, só aumentam seu inferno. Bem como acabam, indevidamente, dando a maior contribuição para aqueles que longe das balas perdidas usufruem do abastecimento constante de seus vícios, que são as sociedades centenárias, bem sedimentadas, que com o poder do dinheiro exploram o baixo nível e se divertem com a massa popular. Será que ninguém percebe que esse popular circo bobo, além de não atingir os políticos, não abala quem vive nas coberturas de frente para o paraíso e só se locomove de helicóptero ou carro blindado para ir aos aeroportos? Ou assiste a desfiles carnavalescos com seguranças do próprio crime organizado? É a distância que a velha aristocracia impõe, sem ninguém perceber, em todo o nosso extenso território.

O Rômulo intercedeu:

— O paralelo dessa imposicão abstrata na cidade também ocorre no campo, quando a fumaça das queimadas, ordenadas pelas pecuaristas, além de esterilizar ecossistemas, intoxica crianças, idosos, adultos e animais em volta. Menos para a grande elite agropecuária, sua família e belos filhos, porque eles nunca vão sofrer com os efeitos nefastos dessa fumaça, dias antes fazem as malas, fecham a casa grande e ficam longe. Mas, sejamos sinceros, esses pecuaristas nunca deixam de acompanhar essas tragédias, mesmo distantes. E eles sofrem muito… mas de frio, em algum luxuoso hotel em volta das tantas montanhas de neve pelo mundo.

Continuei:

— Num outro caminho do nosso fim, podemos considerar as festas que rolavam em Sodoma e Gomorra como de família, perto das multidões de jovens turbinados que se encontram nos mais variados mocós do território pátrio. Pancadões que entram pelas madrugadas, num volume de decibéis que nem os surdos aguentam. São jovens que se divertem em perversões, desafios sexuais em público, ou simplesmente se esfregando em danças pré-primitivas. Festas que muitas vezes acabam em tiros, facadas, provocações, agressões gratuitas, pancadaria, acidentes variados, estupros, prisões, vômitos e muito prejuízo aos pronto-socorros. Eu vejo, com frieza e sem piada, o prenúncio do fim de mais uma civilização que não deu certo no planeta. Se no Brasil não há grandes catástrofes naturais, algum meteoro deve estar chegando. E essa evolução bestialógica está sendo tanta que tem rap com versões para todo gosto, até para evangélicos. Mas, a parafernalha de roupas, camiseta meio enfiada, boné virado do lado, óculos escuros à noite, mil correntes grossas no pescoço, tatuagens até no ânus, piercings nos órgãos genitais, andar forçado de malandro e gritaria da mulherada já não tem agradado tanto uma turma que vem por aí. Estão sentindo que esses ídolos, mesmo com agressividade nas cantorias e letras contestatórias, já não incomodam tanto, e estão sendo até assimilados pela sociedade estabelecida. Sentem também que nada tem mudado suas vidas espremidas entre o ter e não ter. Estão ignorando essas atualidades efêmeras e se preocupando mais com o tempo e o futuro. Embora respirem bobagens a toda hora, a idade tem levado para as letras mais amenas e românticas, no velho estilo ostentação. Estão percebendo que a tranquilidade prolonga um pouco a vida.

O Remo fez uma brincadeira:

— Tudo é a expressão. O constante enxugamento da linguagem muda dentro das redes sociais, muda constantemente a linguagem de fora... Não entenderam? Explico, estamos robotizados, o cotidiano ficou mudo e muda, muita gente cifra a seu modo, não há ainda uma padronização, e isso dificulta a linguagem no internetês. Continuando, tem gente, principalmente jovens, codificando, decodificando e se entendendo com poucas letras. Mas muitos desvirtuam os conteúdos recebidos, se perdem nessas mensagens ou não assimilam nada, e aí partem para as antigas linguagens orais, prolixas e demoradas, que a gente presencia mais nas pessoas mais simples. O whatsapp está amoldando isso, e muita coisa cada vez mais rápida vem pela frente. Não sei como vai ficar a escrita formal, e a própria comunição verbal. No momento, eu digo a alguns jovens que se fazem de entendidos, mas que estão perdidos no espaço, que o índio está sendo melhor compreendido do que essa linguagem nefasta deles! Entenderam?

— Perfeitamente! Muito claro e didático. Você enxerga bem melhor esse admirável mundo novo, e virtual! Já que falamos de música, você foi no fim de semana a algum sítio curtir um trance eletrônico? – ironizou o Companheiro.

Voltei a abordagem anterior:

— Essa choldra de compositores atuais não sabe o que é crítica, apenas obedece orientações de empresários que prosperam no lucro fácil da mediocridade. A crítica tem que estar na consciência de quem produz. Depois de pronta, tem que ser lida, ouvida e amplamente julgada, não censurada, desde desses obreiros de banheiro aos criadores de obras eternas. Nada pode ser enfiado, sem aviso, na guela dos incautos. Uma produção musical pode ter efeitos positivos ou negativos na evolução de um povo. Quero fazer uma última colocação: eu nunca achei a definição de MPB como música popular, nem na época dos festivais. Música popular são esses bregas de letra fácil, quase sem acordes, cantadas de norte a sul do país. Pode também ser considerado popular o verdadeiro sertanejo, o que tem raízes nos cantos mais inacessíveis do país, ou a mistura simples de boas letras com aquela música caipira de viola, não essas parafernálias de *cowboys* eletrônicos, que alguns dizem universitário, e que de universitários nada têm, apenas esquemas marotos de empresários. O que é conhecido como MPB, desde o tempo da bossa nova, deveria se chamar MIB, música intelectual brasileira, que, infelizmente, não representa a voz desse povo escanteado do país.

O Remo fez mais uma observação e crítica:

— Me empolgo com as danças paralelas do hip-hop e do Bolschoi... talvez nunca vão se encontrar, mas são belas. A produção musical do MIB, como você definiu, é mais que necessária. A música tem que prosperar a cultura, mas sejamos franco, não é de agora que tem gente de qualidade exagerando nas licenças poéticas. Escrevem letras confusas, sem pé nem cabeça, para ótimas composições musicais.

O Rômulo emendou:

— Será que o homem realmente evolui? O rock foi no século XX o que a música clássica foi até o século XIX. Parece que no século XXI a evidência está sendo a do pancadão eletrônico.

— Calma, vamos esperar o meteoro! – respondi e tentei encerrar o papo: — Só mais uma comparação final, quando eu era moleque, no jantar em família, na mesma mesa, meu pai sintonizava a rádio Gazeta para ouvir músicas clássicas, e todo mundo gostava. Hoje, cada um enche seu prato e procura um canto qualquer, sem se desligar do fone de ouvido.

— Mas... galera, infelizmente chegamos ao fim do nosso programa musical, como diz o velho locutor, vamos continuar na nossa programação de caminhar e abordar a cidade – cobrou o Remo.

Respondi:

— Tem razão, vamos voltar ao roteiro... Quando perguntei sobre esse mundo à parte da cracolândia, vocês enquadraram bem as respostas, inclusive materializando, com as amostras expostas nas ruas, o que havíamos começado a discutir. Gostei da conclusão, realmente a propagação não foi do comunismo como os caras tinham tanto medo, e sim do consumismo que devorou os valores morais e o mínimo de comportamento ético do nosso povo. Gerou um incontrolável mercado de ganâncias e vaidades, onde tudo pode ser comercializado, até órgãos do corpo e crianças recém-nascidas. A vida por um tênis ou um velho automóvel passou valer mais que salvar a mãe da morte ou ganhar um prêmio qualquer obtido pelo conhecimento. A desgraça evoluiu tanto que não há de quem está do lado do mal, nem subjetivamente, um comportamento ético – por exemplo: "Cometo um roubo mas não mato". E nem do lado do bem, pela alienação que levou o cidadão a se enraizar nesses valores materiais – que é, no caso, a "possessão ao bem patrimonial"... "morro, entrego os dedos, mas não o meu anel!"... O Companheiro tem razão quando fez a colocação da direita e da esquerda, antes e depois do golpe de 1964. Nem precisou analisar o pensamento político definido como centro. Ele não existe. No momento brasileiro, só fico observando: logo após a reabertura, quantos direitistas, até torturadores, viraram esquerdistas e quantos esquerdistas viraram bem sucedidos empresários. E, finalizando, eu convivi com a história, nada existiu em 31 de março, foi só agitação. A marca do golpe foi no dia 1º de abril de 1964, uma mentira que abalou a nossa frágil democracia. Antes do golpe na presidente Dilma, foi o pior retrocesso político que o país experimentou.

O Companheiro concluiu:

— A corrente de centro na política não existe nem no subjetivo! Eles são é muito fisiológicos no objetivo! Antes, durante ou depois, esses grupos estão sempre é ao lado do poder... Observo também, dentro do que você disse, quantos jovens pobres, indignados, ficaram velhos ricos, indignamente.

O Remo, sorrindo, veio com mais uma marotice:

— Marcão, o que você define como ser de direita e ser de esquerda?

— Você é foda!... Numa rua da cidade, uma frondosa árvore, tem em um dos seus braços um grande galho seco que ameaça cair. Um dos moradores, ao entrar na sua casa, comenta com o vigilante: "Alguém tem que chamar a prefeitura para cortar esta árvore, esse galho vai cair em algum carro". Um outro morador, na padaria da esquina, cobra da vizinhança: "Pessoal, precisamos podar o galho dessa árvore, ela pode cair em alguma criança ou idoso". Capiche?

— Sim... Mas a mulher do primeiro morador pode ter passarinho, gato, cachorro, vasos e samambaias... - ironizou o Remo.

Respondi:

— Como nunca ter ido a uma floresta, e o segundo, também pode ficar só no discurso. São as nuances naturais de qualquer coisa na vida. Mas a essência política impregnada numa pessoa não se escamoteia, seus atos revelam, nem que ele não consiga realizar.

O Companheiro concluiu:

— Fora desses extremos, o recheio político é muito substancioso. No caso da árvore, ele representa o resto da vizinhança que não é vista e pouco se importa. Aquela que só apoia manifestos depois de várias assinaturas.

Voltei ao assunto:

— Fidel Castro morreu, suas cinzas percorreram todo o país. Povão em todos os cantos, emoção, choro, aplausos, saudações... Claro, não passou na Globo.

Mussolini morreu, seu corpo ficou exposto numa praça de Milão. A polícia teve que conter a multidão para que seu corpo não fosse despedaçado. Simples, etnocentrismo é uma doença contra a humanidade.

Sorrindo, perguntei e prossegui:

— Mais perguntas, Remo?... Não?...Essas divagações são boas, mas vamos voltar aos fatos reais, que estão no asfalto, à vista de quem quer enxergar. E coloco uma questão: a administração pública, quando de forma abusiva, fácil e horrível, empareda portas de prédios, casas e hotéis, incentiva e derruba quarteirões de prédios antigos, alguns históricos, nos espaços da cracolândia, vai acabar com esse problema social na área?

— Acho que dessa forma, mudam o cenário do drama com irresponsabilidade e incompetência, ou servem à especulação imobiliária. O absurdo é tão grande que até os idiotas contestam, achando que não é assim que se resolve o problema – respondeu o Rômulo.

Continuei:

— A cracolândia é uma bolha que pode flutuar em qualquer região de São Paulo, iguais àquelas ilhas de lixo que crescem a cada dia nos oceanos, todo mundo sabe que elas existem, mas ninguém quer saber onde ficam. Essa maneira de administrar, sem atendimento prioritário à questão principal que é a saúde, somada ao descaso ao ensino básico, e o não refreamento aos valores estreitos das ruas só aduba a marginalidade. Planta-se a estupidez e o que brota são bandidos em qualquer canto, não só nas metrópoles, mas em qualquer cidade do país. Você vai a pequenos municípios e não encontra mais bibliotecas, teatros, cinemas, paz para conversa nas praças, com valsa no chafariz à noite, mas já encontra *lan houses,* molecada queimando fumo nas quebradas, motoqueiros acelerando, rádios sem opção, só lixo musical, bares e veículos com pancadões ensurdecedores, shows dos piores cantores, agências de qualquer banco, filiais dos maiores magazines, McDonald's, igrejas de todas os pastores televisivos e várias biqueiras do crime. Procura uma banca de jornal e só encontra na rodoviária, chega lá e não tem jornais, mas não faltam revistas de fofocas e palavras cruzadas. O Brasil está se globalizando em tudo que tem de pior na humanidade. Aí o público vê aparecer uma salvação, a Rota da Polícia Militar, com o maior cinismo se vangloriando de eliminar bandidos pontuais, de importância menor na organização do crime, não querendo ver que os chefões voam no mínimo de helicóptero. E poucos cidadãos enxergam que ela não faz isso em defesa da sociedade, mas da própria corporação, ao obter aplausos dos inocentes nos programas de grandes audiências. A população mais honesta, mas boba, para não dizer outra coisa, acha que é a melhor solução. Pasma, ela não raciocina que pode ser estarrada arbitrariamente a qualquer instante, exatamente por não ter os padrões cínicos do comportamento burguês. Acabam envolvidas, se emocionando e acreditando na mídia sensacionalista.

O Companheiro contestou parte da minha abordagem:

— Acho que quem aplaude essas mortes são as elites. O povo, cansado de ser enganado, parece que anda questionando mais a polícia e os políticos...

O Rômulo opinou:

— Quanto às mortes, só as comunidades dominadas pelo crime é que protestam com mais veemência contra a violência da polícia. A grande população continua sendo enganada politicamente e aplaude o circo eletrônico. Um ou outro, ou ONGs mais organizadas é que ficam indignados, não passando disso.

Continuei:

— O povo sempre criticou, mas pouco contribui para efetivar ações a seu favor. São poucas as comunidades que encaminham suas demandas. A massa é levada facilmente pelo sensacionalismo dos fatos, veja o constante resultado das eleições... ao invés dela procurar informações e questionamentos, vai atrás de um apresentador de tragédias, quem promete o paraíso depois da morte, quem paga a conta do mês na padaria, quem distribui ingressos para shows bregas, quem é primo da vizinha caloteira, ou um palhaço qualquer. Esse pessoal acaba convencendo mais que um candidato sem recursos, que realmente defenda uma boa causa. São raros os que votam com percepção e desafiam a pressão dos candidatos fichas sujas. O que realmente parece interessante é a evolução do voto popular nas eleições para o Executivo, bem mais consciente do que para o Legislativo.

— Com tudo isso, eu ainda vejo muito pobre reacionário – observou o Rômulo.

— É a boa cultura política que não temos – respondi. O pessoal engole a belezura da mídia tradicional e, sem oportunidade para saber se a notícia não está envenenada, se entorpecem e acabam virando midiotas. Converse com um motorista de táxi em Buenos Aires e em São Paulo. O conservadorismo deles é bem diferente. Da mesma forma que algum filósofo ou filósofa disse que "o opressor não seria tão vitorioso se não tivesse cúmplices entre os próprios oprimidos", o Tim Maia nacionalizou o assunto: "O Brasil é o único país em que além de puta gozar, cafetão sentir ciúmes e traficante ser viciado, o pobre é de direita". Faltou dizer que no nosso patropi também encontramos negro nazista, gay homofóbico, mulher misógina e funcionário público neoliberal.

— A sacada é bem nossa! – exclamou o Companheiro, continuando: — as duas citações são autênticas e verdadeiras, só faltou ser citado o que mais rola, o preconceito de classe. Governo popular que incentiva pobre a ser consumidor, sem dar-lhe educação e cultura, cria uma cobra venenosa enfeitando seu pescoço. Quando esse pobre, embriagado pelas forças poderosas da ambição e da sedução burguesa chegar a classe média, vai estrangular esse governo, criticando-o e até sabotando-o. Nesse contexto, sem saber do que fala, esse pobre ainda vai chamar todos de comunista... Mas deixa eu continuar analisando, no meu ponto de vista, a atual boca do lixo, mais conhecida agora como cracolândia. Diferente da citada Rota, as viaturas militares composta de soldados rasos, sem nenhuma imponência, são as que mais rondam no meio dessas centenas de pessoas vadias que circulam aqui na Disneylândia do crime. Às vezes, chega a cavalaria, imponente, empurrando aquela multidão de drogados de um lado para outro, de uma rua para outra, igual gado. Qualquer um sabe que a maioria desse gado são de crianças e adolescentes, sem força, viciadas em crack, maconha ou qualquer cola. E que para sobreviver vendem produtos furtados, roubados ou doados. E para subsistir mijam e cagam onde dá vontade. Os soldados rasos da PM, em viaturas ou à pé, que circulam, vivem mais a realidade, porque acabam apartando brigas, atendendo doentes, ouvindo desaforos de quem não sabe nem o que está falando, apreendendo estranhas armas brancas, aguentando o cheiro de quem raramente se lava e prendendo em flagrante como traficante algum que por coincidência, naquele momento, carregava uma quantidade maior de droga. Sem poder fazer absolutamente nada, estão sempre vendo de volta aqueles que com tanto sacrifício e risco prenderam um dia antes. Agora o inverso, todos os cidadãos privilegiados ou que têm algum poder de ação, não questionam o crime dominando as escolas, os programas infantis que só incentivam o consumo, as lições incentivadoras dos filmes da tela sempre quente e os concorridos programas violentos e sensacionalistas da televisão. A maioria do povo é maneira e acomodada, e aqui eu falo de todas as classes, agem mais com a emoção do que com a razão e não colaboram ou pensam como evitar o crime. Só esboçam uma reação quando individualmente agredidas. Aí, essa gente, que podemos definir em sua maioria como a famosa classe média, se revolta e desfila de branco pedindo paz... É uma ironia! E a rapaziada do agito, que alguns chamam de "coxinhas"? São sempre indiferentes à realidade e preferem a praia em dias de eleições. Consumidores de qualquer tipo de droga são os que mais reclamam. Vivem ironizando os políticos que não votaram, mas apoiaram, e se revoltam furiosamente com os atos violentos de crianças que matam seus amigos nas vias da vida. Também ficam impressionados com os assaltos que o crime organizado pratica em condomínios e mansões de luxo das titias do Morumbi. Um bairro que o Tom Zé disse que, quando alguém passa de carro e vê mansões de um lado e favelas do outro, pensa que elas estão a quilômetros umas das outras. Agora, qualquer um pode observar, aqui na cracolândia, a movimentação no horário da pré-balada. Vão ver um montão desses *boys*, na cara dura, alguns com carrões, procurando entorpecentes com essas crianças condenadas à morte, chamadas nesse meio de "aviãozinhos". Nenhuma ordem ou sociedade civil pensa no futuro desses escudeiros do crime. Até táxis são vistos circulando com esses clientes procurando os micropontos. E ficam zanzando, porque esses lugares são incessantemente remarcados pelos traficantes maiores, que, por estratégia, não usam o fluxo dos desgraçados em fim de vida. Pior, não é só o bandido maior que usa o menor, em muitas ocasiões, essa clientela submete essas crianças a levarem drogas até as regiões baladeiras, seja de ônibus, bicicleta ou até à pé. É muito cinismo, é a inclusão social na versão deles. Esses alienados da noite, profissionais do futuro, porque grande parte são de universitários, no fim dessas alucinantes baladas ainda banalizam o sexo. Muitos, com os corpos e mentes saturados de tanta química, quando cobrados pela parceira, apelam para o Viagra. Incrível o tempo que vivemos, as drogas sendo o supremo de tudo, para os prazeres supremos. São os paradoxos dessa perfeita vida neoliberal. Na realidade, estamos rodeados é de filhos da puta reclamando do que eles próprios estão plantando.

— Tem outro enfoque, continuei. Enquanto a nação vai sendo desagregada por essas atitudes, essa atuante molecada, egoísta e imbecil, que cria esses comportamentos, ainda acaba evoluindo na vida, porque pertence à velha e sempre nova república oligárquica. São os escolhidos pelos deuses do dinheiro e em pouco tempo passam a ser os homens do futuro, casam e logo conseguem empregos já programados, passando depois a serem os diretores hegemônicos. Pós-graduados e mestres na sonegação, na corrupção de fiscais e agentes, na intolerância e na indiferença, a sequência é se tornarem, a cada dia, os piores dos mais altos e nefastos burgueses. Muitos, para se livrarem do peso da incompetência, fogem do aperfeiçoamento, pagam altos salários para cargos executivos importantes, ficam na vagabundagem e se acham os donos de qualquer espaço, nunca reconhecendo culpa, nem sua nem de seus familiares. Quando os filhos causam algum prejuízo material ou humano a alguém, esses pais nunca questionam a responsabilidade da molecada, querem, de imediato, indenizar as vítimas, nem que seja por um acidente bárbaro ou um arbitrário homicídio. Não querem a imprensa e acham que tudo se soluciona com o dinheiro. Resolvidos financeiramente, só passam fome é de McDonald's, quando a fila do *drive true* está muito longa e devagar. Nos fins de semana, essas jovens famílias privilegiadas se encontram, com toda a pompa e circunstância, na casa de uma delas. Ao ar livre, os homens discutem quem faz o melhor churrasco, e nas tendas, as mulheres narram as compras que fizeram em países que nem sabiam da existência. Em casamentos e festas infantis, a conversa dessa classe média a alta, bem de vida, é a mesma, eles se divertem em comentários sobre comerciais da televisão e bobagens da internet. Depois das piadas racistas e homofóbicas, e umas bebidas a mais na cabeça, todos passam a debater fervorosamente a vida milionária dos pilotos de automóveis, dos cantores sertanejos, jogadores de futebol e o último assalto. Nesse ambiente invertebrado, o que não falta são especialistas nos últimos lançamentos automobilísticos, de potentes motocicletas e, agora, depois de muito incentivo das dirigidas revistas semanais, da vida pessoal e familiar de alguns esquerdistas. E a última moda apareceu subitamente, agora todos parecem ser profundos conhecedores de vinho. Discutem quem é o mais "sommelier da churrascada". Para alguns que tomavam química avermelhada, em garrafas de plástico, antes das baladas, ou viravam garrafão no gargalo, parece um pequeno avanço. Presenciamos um país em que o enriquecimento das pessoas é cada dia mais suspeito. Bem como vemos, a cada dia, o aumento do número daqueles que procuram, nessas festas, um mocó para acender um baseado, ou, se o poder aquisitivo for maior, dar umas fungadas no pó, às vezes no quarto das próprias crianças que ficaram com os avós.

— É a mesma turma que bate panelas sarcasticamente nas sacadas dos apartamentos gourmet, contra o mínimo erro dos pobres, mas não faz o mesmo, por exemplo, contra o absurdo e criminoso juros dos cartões de crédito - comentou o Remo.

— Num paralelo a esse crescente mercado consumidor de drogas, faço uma pergunta que penso ter a resposta: de onde vêm os recursos para que grupos organizados consigam planejar, com armas pesadas, um grande assalto, ou manter a estrutura de um sequestro, ou de tantas outras facetas criminosas que exigem grandes investimentos? Porque a parte desses gastos operacionais, para ter tranquilidade, esses atos fora da lei necessitam de dinheiro vivo, para corromper os dentro da lei que aparecem pelo caminho... Entenderam? - indagou o Rômulo.

— Sim... posso tentar responder, pelo que vejo na vida de rua e sinto do mundo - disse o Companheiro, continuando: — No mercado interno nacional, posso afirmar que o acúmulo começa a princípio pelo dinheiro da venda de drogas no varejo, principalmente a essa turma que o Marcão falou, são clientes cativos que ajudam muito o líder comunitário-traficante, com face, a prosperar no crime e aumentar o patrimônio da rede, e dos grandes empresários, sem face. Depois vem os pseudo-honestos, em qualquer ramo de atividade, que se beneficiam de ilegalidades, receptações, usufruto de bens ilícitos, ameaça a fiscais... e pagam dízimos para alguma facção. No dia a dia, o esquema do tráfico não se preocupa quando seus intermediários investem em outras ações criminosas, é até bom, o mercado diversificado atrapalha o foco policial. Eles não gostam é do micro-traficante, muitas vezes um viciado. O investimento varejista nas drogas, principalmente na cocaína, aqui no Brasil, é muito amplo. Quando um líder com cara é um investidor esperto, manero, e não gosta de se exibir, encontra nesse mercado a geração de muito mais dinheiro e menos risco do que os assaltos aos bancos que nos assaltam. Só tem que enfrentar a concorrência, que é muito grande, vejam os morros do Rio de Janeiro. O traficante com cara é uma espécie de CEO dos pobres, manda e desmanda, mantém relações comerciais, planejamento e transporte com traficantes até no exterior, toma as decisões na comunidade, mas sempre acatando as orientações maiores do conselho de administração, composto pelos sem face, que são os líderes nos presídios, bem como de uma grande hierarquia superior, discreta e envolta na sociedade. No mercado externo, o tráfico de drogas pesadas foi além das imposições mercantis de uma empresa multinacional, eles trabalham com muito dinheiro vivo, aqui e no exterior. Como os políticos que surrupiam o dinheiro público, eles guardam a menor parte nos paraísos fiscais, e bem dissimulados, eles investem a maior parte no próprio bem-aventurado Estados Unidos. Bem administrados, eles procuram os melhores profissionais para qualquer ação, indo além das tradicionais máfias. Na política, por interesses mercadológicos, são republicanos, tanto faz a esquerda como a direita. Nesse contexto, não é difícil obter recursos para o planejamento e execução de outros investimentos criminosos, além das drogas... Muitas nações, pequenas ou grandes, são hipócritas, vedam os olhos às fronteiras ou vendem armas legalmente, sabendo que o destino é a ilegalidade. E se a maconha vai sendo legalizada por ser considerada mais leve... com a cocaína e a heroína, o rumo tem que ser diferente, visto com mais responsabilidade, o seu peso desestabiliza estruturas, boas ou más.

Concordei:

— Você está certo, mas o mundo ainda não está perdido, só está a caminho. Se um país não estiver dominado, com viciados e traficantes dissimulados em suas próprias festas palacianas, pode estar no rumo desse domínio. O mundo capitalista é desumano e os endinheirados estão sempre à procura, além da melhor aplicação financeira, da melhor forma de proteger quem lhe beneficie e leve prazer, como a prostituição e por que não o tráfico. Veja esse mercado de armas que você citou. O norte-americano pouco se importa quando por mãos infantis são assassinados seus próprios compatriotas. O que vale é o lucro quitando suas ambições. E se é esse o comportamento dentro da própria nação, nunca vai ser diferente quando tentam alastrar esse modo de vida pelo resto do mundo. Os gananciosos capitalistas quando se adaptam, a contragosto, às regras de um país de seu interesse, é para solapá-los depois. Concluindo, realmente, no mercado muito bem organizado das drogas, nada é diferente de uma multinacional, e dentro das melhores gerências administrativas, a cocaína e a heroína são os melhores investimentos para aplicadores com semblante de honestos.

O Companheiro continuou:

— Eu vejo que, por enquanto, os grandes criminosos não estão se incluindo abertamente nas regras sociais, mas prosperam. Vai ser difícil essa grande hierarquia invisível, por enquanto, se expor, os gerentes com cara é que são noticiados como líderes do tráfico. Santos e exemplares nas comunidades que vivem, amarram os moradores e possuem investimentos honestos em nome de asseclas. Mesmo assim, procuram não despertar a atenção para seus atos, principalmente quando recrutam ou julgam seus laranjas e soldados, porque são os que mais saem da linha. Recrutas muitas vezes limitados, que por não conter a vaidade das ostentações, acabam vivendo pouco e terminando como presunto nas vielas das madrugadas. Para mim, esses líderes, nos seus bunkers, não diferem dos patriarcas da alta sociedade encastelada. Ambos, na busca do acúmulo financeiro e patrimonial, abusam da vaidade e da ganância. O do bunker, pode ser um vagabundo nato, e o da alta, pode ter trabalhado bastante, ser a referência da família, mas no caminho, se não fez ninguém de escravo, dificilmente não corrompeu ou sonegou no que pode. No fundo, esses vagabundos e esses grande investidores são iguais, todos causam enormes prejuízos ao gigantesco número de trabalhadores comuns.

— Trabalhadores comuns... pode falar proletariado, aqui ninguém é revisor da grande mídia... Conheci um patriarca, que já morreu, que foi extremamente exemplar, mas também extremamente mulherengo. O que acha? - perguntou, rindo, o Remo.

— No caso, é como diz a camareira do motel: "O problema é do otário, nada a ver com o nosso erário!" Cortei a brincadeira e continuei: — Voltando à maconha, por ser um vício popular e de fácil plantio, muitas vezes ela fica fora do controle das organizações criminosas, tanto na produção agrícola, como na distribuição. Diferente da cocaína, por exemplo, que pode ter dificuldades na produção inicial da pasta, ou na transformação final em pó, mas com seu tráfico totalmente controlado. Para os administradores que abastecem o mercado, qualquer sacrifício vale para não deixar o viciado sem o produto, porque geralmente é um excelente freguês cativo, e deixá-lo carente, por problemas de abastecimento, é um risco, ele pode voltar para a maconha, procurar novas drogas ou até cometer suicídio pela abstinência. Evidente que os traficantes nunca vão desprezar a cannabis, mas, no contexto capitalista, esta erva quando não misturada, principalmente com álcool, tem em seu desfavor os seguintes itens: ela acalma, deixa o sujeito abobalhado, naquele sorriso que "tá tudo bem", e relaxado demais, não valorizando muito o exibicionismo e o consumismo. Para grande parte dos maconheiros, qualquer roupa serve, ele não se importa com compras e deseja poucas mudanças sociais, quando quer. Embora muito gênio por aí fume, o consumidor da canabis é pobre em todos os sentidos, só se exalta um pouco mais quando pede a sua legalização. Resumindo, embora a tranquilidade social do maconheiro seja interessante, ele, ao mesmo tempo, deixa de ser um cidadão objeto da ganância capitalista. A cocaína e a heroina vão muito mais longe, além do preço alto pago pelo viciado, sua ansiedade de uso é bem maior que a maconha. Aparte dos humanos naturalmente fracos que se abatem, de qualquer forma, em qualquer momento circunstancial da vida, o pó branco, mais consumido, reforça o egoísmo e a vaidade explícita, o seu consumo é muito mais interessante para o mercado do dinheiro. Esse viciado pensa muito nele, e além de também não querer saber de mudanças sociais, principalmente no mundo capitalista, até por medo do mal falado comunismo nas rodas sociais, ele cresce como consumidor. Esse quadro colocado vem de observações, como a Guerra do Vietnã, que foi o maior laboratório experimental de drogas, onde a heroína era amplamente conhecida. A cocaína acabou sendo a que mais funcionou como estímulo a esses interesses. Escapando dessas estratégias de guerra, as experiências contra os vietcongs acabaram nas mãos dos criminosos ocultos, que souberam analisar e investir nessa droga que estava estagnada no mercado. Assim, ela se tornou o melhor entorpecente para manter regras conservadoras e incentivar o consumismo na forma exploradora que conhecemos. Portanto, além do controle na venda de armas, lavagem de dinheiro e golpes financeiros, o maior interesse das organizações criminosas voltadas para o tráfico de drogas é no consumo da heroína e cocaína. Elas formam uma neblina carregada sobre países desatentos, que se não radicalizarem na prática de bons princípios, vão, brevemente, ficar sem enxergar um palmo a sua frente. Vejam o que a bandidagem faz, dissimuladamente, dentro da mais perfeita legalidade, com essas nações com flancos abertos, como a nossa. Os poderes vão perdendo espaços e as organizações criminosas se infiltrando, manipulando, direcionando e elegendo. Verifiquem em cada eleição como vão aumentando suas cadeiras, não é difícil sentir isso. Embora decapitem, muitas vezes, presidiários e soldados de facções diferentes, o cartel é amplo, eles controlam tudo e sabem no que investir, direta ou indiretamente. Não se intimidam, são determinados onde estiverem, pode ser nas favelas, escritórios, gabinetes ou presídios. E através dessas infiltrações, em grandes decisões ou em pequenos atos, eles simplesmente vão envenenando as artérias sociais, que, muitas vezes, até pessoas esclarecidas e honestas não percebem que estão trabalhando para essas organizações criminosas.

— Por que, na Indonésia, o pequeno traficante estrangeiro é condenado à morte e, na própria ilha de Bali, suas diuturnas baladas são as mais procuradas do mundo, justamente por rolar de tudo? – perguntou o Rômulo.

Respondi:

— É o mesmo que ocorre em alguns países da América Latina. Os interesses econômicos e da sociedade podre são grandes e dissimulados. Como disse, para o leigo tudo é imperceptível. O crime organizado chega a dar bons exemplos, em pequenos e corriqueiros atos, envolvendo infinidade de pessoas de boa fé aos bocós da vida. Existem alguns idiotas, pensando em faturar uns trocos, que vão por conta própria buscar grandes quantidades de droga, de ônibus, na fonte de produção. Na volta, são caguetados pela própria fonte, por serem desconhecidos e desprotegidos na rota, e a polícia precisar de produção estatística. É o caso do Paraguai e muitos países. Outros idiotas, recebem por viagem, e levam drogas pesadas de avião, correndo enormes riscos. Se saem bem nas primeiras empreitadas, insistem, mesmo sabendo que são mulas sem cabeça, por não pertencerem a nenhuma quadrilha formada ou iniciante. Vão ser, a qualquer momento da chegada no país determinado, mais uma peça de produção para a polícia. É o caso da Indonésia e tantos outros paraísos.

— Fora as conhecidas investidas do crime organizado em escolas de samba, clubes, shows de artistas, passes de jogadores... - observou o Remo.

Continuei:

— Percebam quando um estabelecimento de ensino, principalmente público, mais localizado em periferias, pequeno e sem recursos, é elogiado como modelo a ser seguido, porque não há criminalidade em volta e coisa e tal. Não é porque sua direção foi corajosa e impediu isso. É que o consumo interno e o contexto de um estabelecimento desse não interessa aos traficantes. Contexto, no caso, é quando o ambiente escolar é limitado, ninguém tem dinheiro para comprar nem bituca de maconha, e os alunos menores, que podem ser facilmente seduzidos para essa "vida lôca", são preservados pelo excesso de contingente em outras escolas, mais lucrativas, ou por essas escolas exemplares não servirem para outras missões. São situações em que os criminosos não se infiltram e os mestres ficam tranquilos para executarem suas tarefas de ensino. Pode ser também que uma escola fique isenta de ser controlada pelo crime organizado porque ela se localiza em área próxima a um abastecimento criminoso qualquer, que pode ser um mercado atacadista de drogas, armas ou produtos desviados. Para não chamar a atenção, eles proíbem até que vagabundos fiquem zanzando nas redondezas. Nessas situações citadas, eles controlam a área, protegem e até ajudam essas escolas, vista como exemplares. As organizações criminosas tem muitas dificuldades, mas conseguem se impor e controlar o excesso e os excessos da molecada que opta pela "vida lôca", através de seus dinâmicos tribunais. Muitos cidadãos pensam que seus filhos, só porque estudam em um colégio tradicional ou religioso, estão isentos. Muito ao contrário, é ali, que sorrateiramente o tráfego se infiltra, e é ali que rola o dinheiro. E não é difícil ver a hipocrisia, principalmente de pais estabelecidos profissionalmente, como falamos, que gostam no mínimo de um "baseado", e filhos idem.

O Companheiro continuou:

— E todos param o carro, no maior cinismo, para comprar suas drogas favoritas na entrada de favelas, biqueiras de cortiços, praças, faróis, baixos de viadutos, estações de metrô e redondezas das próprias escolas. Como pode ser atendido pelo serviço de um motoqueiro. São os princípios que os pais estão passando para os filhos. E como a única lei respeitada é a da oferta e procura, está difícil viver sem o crime em geral na porta de creches a universidades! Como também está difícil viver, na grande maioria das escolas, sem baderna em aulas e vandalismo no recreio. Locais onde as alunas só vão ao banheiro em grupos, para não serem violentadas, e que logo, nesse caminho para o abismo do inferno, os mais fracos também serão estuprados. Como muitos pais e professores estão envolvidos com esse obscurantismo do fumacê, os olhos críticos se tornam rubros, miúdos e fechados para essa dura realidade. A consequência é que, em qualquer situação, sentimos a falta mínima da imposição da autoridade, que não é só aquela aplicada no mundo jurídico, mas a do porteiro, do motorista, do professor... todos quando no exercício de suas atividades. No saudosismo, a escola tinha respaldo para aplicar penalidades, e o aluno temia um segundo castigo quando obrigatoriamente chegava em casa. Acredito que somos os únicos no mundo em que alunos vão à escola não pelo presente, mas para depredar o construído no passado e arruinar a maior garantia que é o seu futuro. E ninguém faz nada, por medo, ou envolvimento. Quanto ao mercado das drogas, não é de agora que a força dos criminosos influencia comunidades, constrangendo qualquer atividade legal e obrigando as pessoas a obedecer suas regras. É vergonhoso quando o Estado, e Estados poderosos, se curvam diplomaticamente, em concessões surpreendentes, aos cabeças do crime. A mesma situação das religiões, como os evangélicos, quando procuram espaços nessas comunidades para a construção de templos, desde dos que se iniciam em garagens, até os suntuosos. Com pouca conversa, pastores conseguem ter tranquilidade para funcionarem tanto nas comunidades, como dentro das cadeias. Qualquer influente nessas áreas sabe desses acordos. Chegamos a um ponto, que bandidos, líderes comunitários, estão proibindo a entrada de umbandistas e cultos africanos em seu território, talvez porque são de origem pobre.

Prossegui:

— A estratégia desses criminosos é sempre o acordo imposto. É a maneira mais fácil para a construção de uma sociedade amarrada e caótica. Com o mesmo propósito eles não perdoam quem tenta impedir essa caminhada. Estamos entre os maiores índices de homicídio do mundo, um absurdo relegado pelo governo, mas valorizado como ameaça por qualquer ajuntamento criminoso, que nessa decadência do bem ainda se beneficia de qualquer tragédia urbana. Observe o crescimento cada vez maior de psicopatas agressivos nas ruas, se lixando para as regras sociais; como a sociedade e o governo não estão dando a devida atenção, eles acabam implantado um medo que só está servindo aos criminosos.

— Você sabe que áreas como a cracolândia também prosperam em grandes cidades do mundo, e que o enfoque, o controle e o combate são diferentes. Eu e o Rômulo conversamos muito com pesquisadores, a maioria de moças, que passam nas ruas e vivem questionando a gente. Sempre afirmo, principalmente no tempo que vivemos, que, aqui, a marginalidade brota de componentes diferentes de outros países. É estranho falar, mas o criminoso em grande parte do mundo tem berço. Há pouco mais de duzentos anos atrás, a Inglaterra, sempre se achando a dona da razão, depois de sugar a riqueza do mundo em todos os continentes, mandou para a Austrália os seus piores degredados. Como tiveram que ficar por lá, sem saída pra tudo, acabaram aplicando, no resto de vida que tinham pela frente, o que aprenderam desde o berço em seu país. Embora tenham optado ou sido empurrados para a marginalidade, tiveram, como qualquer conterrâneo inglês, uma formação elementar da vida. Se transformaram em pessoas de "bens", e massacraram os aborígenes. Fora esses, que nascem em berços privilegiados, mas que viram criminosos, sabemos que a pior miséria nem sempre é um componente para o aumento da criminalidade. Eu exponho a eles que nossos fatores são bem diferentes de outras culturas, veja a relação promíscua de moradores com criminosos, o número de pessoas receptadoras que adquirem produtos suspeitos, o percentual de quem intermedeia qualquer compra e venda, em empresas ou governos, a extensa cartela de clientes do narcotráfico...

O Rômulo interrompeu:

— Marcão, outro dia fazíamos esse comentário com um grupo dessas moças e todas se divertiram quando eu coloquei que em nenhum lugar do planeta você vê, durante as tardes de dias úteis, principalmente nas periferias, tantas rodinhas de mulheres relaxadas fofocando nos portões e gritando histericamente com as crianças. Bem como, no mesmo horário, tantos adolescentes pelas ruas e em cima de lajes, queimando fumo e empinando pipas.

— E com cerol! Para não se despreenderem da maldade que foi embutida nesses jovens – emendou o Remo.

O Companheiro continuou:

— Esses pesquisadores gravam e escrevem tudo que falamos. Elas gostaram e anotaram o exemplo dessas mulheres, e da molecada na laje. Se usarem, vai servir para engordar negativamente o comportamento do brasileiro. É uma referência entre dezenas, centenas de situações negativas que incentivam o nosso jeitinho único... em coisas erradas. O Remo observou:

— A Inglaterra foi citada como a maior vilã histórica do mundo. Ela tem tradições que eu admiro, mas é extremamente conservadora. Seus velhos são ranzizas e nunca aceitam o progresso de outros povos; desprezam os mais pobres e não querem união com ninguém, nem com o resto da Europa. Na dinâmica atual, essas atitudes vão é comprometer o futuro dos seus próprios jovens. O poder sempre sobreviveu de segredos, mas não dá mais, a rápida e escrachada globalização das informações está levando a humanidade a uma incontrolável abertura e novas concepções de Estado e Nação. Aqui, os ingleses usaram Portugal como laranja e levaram, através do mercantilismo espanhol, o que puderam de nossas riquezas naturais... Certo? Mas e o resto da maravilhosa, religiosa e xenófoba Europa, em que escravidão, genocídio de índios, colonialismo, apartheid eram legalizados e sobre a proteção de Deus? Todos se vestiram com o melhor do mundo, e agora impedem a entrada dos refugiados que deixaram pelados.

O Companheiro comentou:

— O rei Juan Carlos da Espanha, consanguíneo dos bárbaros que impuseram sua cultura aqui na América, teve a audácia de interromper o presidente venezuelano Hugo Chávez, dizendo: "Por que não te calas?". Que oportunidade perdeu Chávez de falar algumas toneladas de verdades a esse rei.

O Rômulo, riu, concordou com a cabeça, e voltou ao enfoque do que falávamos:

— Na nossa cracolândia, nenhum jovem sabe o que é passado, presente ou futuro. Ninguém sabe o que é vida ou morte porque nunca foram despertados. Pior é que esses comportamentos são iguais em relação a atual safra burguesa de estudantes. O excesso diário de informações na internet não significa conhecimento, mas um exercício diário de alienação, um desvio ao humanismo e ao convívio. Ninguém ensina o melhor caminho para os jovens, e eles também nada procuram, são zerados em filosofia, desconhecem a metafísica, e quando questionam quem são, de onde vieram e para onde vão, é para ir a alguma balada! Fora a profundeza do caos e a luta pela sobrevivência, o dia na nossa metrópole é bem assim: cracolândia, mulheres nos portões, jovens nas pipas... e a nossa molecada burguesa atrás de novidades que não contribuem com nada. Agora são aprendizes, não da luta social, mas da luta física. Ignorando o valor supremo do viver amplamente em paz, elevam os atos insignificantes e efêmeros do cotidiano para motivar constantes brigas entre inópias gangues. Para finalizar, quero dizer que logo ficaremos sem ninguém para ensinar, ou transmitir a crianças e adolescentes, qualquer coisa, até da vida. Porque, em qualquer nível de aprendizado, os jovens estão radicalmente desprezando os ensinamentos dos mais velhos. Para eles, não há valor no passado, tudo começou com a internet. É aquela tal geração y, que só vale o aqui e agora, que passou para a geração z, altamente tecnológica, antes da robotização completa. Embora não encarem mais a hierarquia como sinônimo de terror, não há rebeldia política, esqueceram da nossa geração x, e os mais endinheirados sedimentaram o velho comportamento yuppie. Fechados na informática, não conseguem ver a maioria de seus contemporâneos prosperando para o pior: matando aulas, professores e qualquer perspectiva para o futuro. No meu entender, e como já foi dito, toda esta colheita é o fruto das sementes deixadas pelas oligarquias perversas dos últimos séculos, que irrigadas pela ditadura militar, depredaram o futuro que vivemos – finalizou o Rômulo, bem raivoso.

— O ocupação das escolas prospera e parece uma luz que vem aí! – disse o Remo.

— Uma luz bem distante. A polícia militar reprime tudo com violência física e psicológica. Os governos dão respaldo a essas agressões, a mídia silencia e muitos pais criticam por serem alienados ou influenciados por algum pastor. Se esse movimento estudantil não for organizado e tiver respaldo, o pessoal da Ensina Brasil, organização social ligada a Teach For All, e que defende interesses norte-americanos, vai em breve extinguir nossos professores sacerdotais e abocanhar o que resta da nossa educação humanística... Ah, e os traficantes continuam mandando em todos os cantos.... – respondeu o Rômulo.

— Pelo menos no nosso velho tempo você vivia sem razão, mas morria pela pátria. Tínhamos aulas de Moral e Cívica!

— Vá se danar, Companheiro! Acabaram com o Geraldo Vandré por ter feito essa música de versos verdadeiros. Veja o conteúdo das cartilhas de Moral e Cívica daquela época, aquilo era uma manobra da ditadura. Acabaram deformando essa matéria tão necessária e importante para a formação da cidadania. Eles nunca incentivaram uma educação básica de convivência humana, para eles, a democracia era a livre competição do salve-se quem puder e o acúmulo patrimonial. Era perigoso qualquer fagulha de questionamento filosófico. Durante o período de exceção, eles restringiram os ensinamentos básicos e necessários ao simples ato de obedecer os pais, os mestres e os generais. Nada de falar em tolerância, porque aí tinham que abordar questões religiosas e homossexualidade. No contexto, além das maravilhas do capitalismo ianque, ensinavam aos alunos o que bitolava, freando qualquer desenvolvimento, principalmente político. O humanismo foi tratado com pieguice e perseguições. Passavam aos alunos que o poder militar era soberano, como as forças do bem que chegaram na hora certa e salvaram o país das garras do diabo vermelho. Os livros incentivados eram os mais alienantes e de belas capas, para enfeitar prateleiras, e os cadernos eram descartáveis, para dar lucro a muita gente. Nessa viseira, incutiram, subjetivamente, valores que acabaram levando cada um viver por si. Como disse o Rômulo, vejam a formatação que deram para o país de hoje, isso se deve muito à proliferação educacional espalhada por esses raivosos analfabetos políticos.

— Calma, Marcão, estava brincando com você, Vandré foi um herói castrado. Agora, cabe aqui a pergunta: cadê aquela filosofia dita tão nacionalista da Escola Superior de Guerra? Serviços de informações com cartilhas paranoicas para combater o comunismo, operações de massacre às guerrilhas ideológicas, aos sindicatos de trabalhadores, aos centros acadêmicos, principalmente na área de humanas, aos teatros vanguardistas, aos jornais críticos, às livres manifestações dos cidadãos... Onde estão os heróis de 1964, principalmente os torturadores? Se tinham um serviço de informações e planejamento tão eficientes, sob o comando do tal gênio Golbery do Couto e Silva, por que o terrorismo de Estado não passou a tal régua no desenvolvimento do crime organizado, onde os cabeças sempre foram conhecidos e que hoje se divertem com a fraqueza das forças de segurança? Essas babaquices filosóficas dos militares de 1964 só serviram para chegar ao estado que vivemos, onde a sobrevivência é uma loteria nas mãos de criminosos. O que valeu matar Marighela e Lamarca em emboscadas traiçoeiras? Como comentamos, essa burguesia cínica, por seu comportamento egoísta e indiferente aos carentes, colhe o que plantou, quando apoiaram o regime castrador. Eles não raciocinam que estão sendo assaltados e mortos por crianças e adolescentes ramificados dessa história recente, não brotaram agora. São menores tão sem base, que mesmo depois de cumprirem penalidades por seus piores atos, não assimilam os castigos impostos pelas leis vigentes. O que assimilam é que o tempo de cadeia não importa, o que vale é a fama de bandido, e a exibição de tatuagens por mortes executadas, principalmente de policiais.

Continuei:

— Morre muito mais pobre assassinado do que rico. Nas estatísticas policiais, que agora têm publicação obrigatória, os homicídios e lesões corporais contra quem tem maior poder aquisitivo aparecem em número menor e são mais divulgadas. As grandes vítimas desses crimes são originárias da massa desprovida da população, aquela trabalhadora e pobre, e pouco divulgada. Em fins de semanas, nas periferias, são encontrados dezenas de jovens vítimas de homicídio e lesões corporais. Estas, muitas vezes, viram homicídios, mas não são computados com tal. Uma violência constante, maquiada, maior que muitos países em guerra. Junto aos inocentes e aos que buscam a morte em confrontos entre os próprios marginais, ou policiais, eles não têm sobrenomes famosos nem recursos. Portanto, são ignorados pela imprensa e não despertam a atenção de advogados ávidos por publicidade, que oferecem serviços gratuitos para os casos de destaque; e nem do Ministério Público, para acompanhar nas investigações, porque não há sensacionalismo midiático.

O Companheiro prosseguiu:

— Queria só fechar sobre esse domínio marginal do tráfico. Se as cobras que os consumidores de drogas criam se imiscuem ocultamente nos poderes e grandes centros de decisão, nas bases comunitárias, como dissemos, eles agem abertamente, principalmente na ralé. E aí, o comportamento desses chefes do tráfego é outro. Coitado do infeliz cidadão comum que desobedecer a cartilha da organização criminosa, das periferias as favelas, dos cortiços e até das comunidades de mendigos. Embora seja significativo que quem mais desacata esses dirigentes são os que eles mais necessitam, justamente os jovens. Muitos, irreverentes em razão da dependência das drogas, não pagam o fornecimento do dito bagulho e protelam suas dívidas o quanto podem, mesmo presenciando a sentença de morte a outros iguais, pela mesma razão. Acertos de contas exemplares, que podem ser com mulher, velho, defeituoso, adolescente, criança... qualquer tipo de ser humano. São pessoas que podem pagar com a vida o não cumprimento da mais grave a mais simples regra dessas comunidades dominadas pelo crime. O trabalhador normal que mora num ambiente desses é ignorado, mas constantemente observado. Pode ser até ajudado, como levado a um tribunal, como eles chamam os julgamentos, que pode ser por um ato de desobediência a um salve, ou um recado importante que não foi obedecido ou observado. Bem como o não pagamento de qualquer dívida com o chefe, uma brincadeira desrespeitosa ou uma bandeira qualquer, como uma distração que chamou a atenção da polícia. Diariamente, corpos estirados são vistos nas portas de botecos, vielas, córregos, praças e terrenos vazios. Se o infeliz tiver um carro, vai ser eliminado dentro do veículo, geralmente por motoqueiros sem placas. Assassinatos diferentes das chacinas, que, embora crescente entre quadrilhas, geralmente são executadas por diferentes grupos de extermínio. Esses homicídios e chacinas não passam de vinganças, nada resolvem para melhorar o convívio social. Depois, justiceiros, milícias, grupos paramilitares e criminosos comuns são desmascarados em pouco tempo, principalmente quando estorvam o mercado maior de drogas. Os consumidores endinheirados crescem, interesses avançam, e as partes, bandido e mocinho, acabam sempre se entrelaçando.

— Nesses disputados espaços, a cabeça de Hydra, cortada, sempre volta a crescer, não com duas, mas com várias outras... – comentou o Remo.

O Companheiro continuou:

— Hoje, grampear acordos e acertos criminosos que são feitos em gabinetes, e depois rotular essas diligências policiais com nomes pomposos, é muito fácil. Quero ver é grampear e por fim às guerras civis impostas pelos criminosos, nos morros e nas cadeias. Estou vendo desvairadas invenções teóricas para pouca prática e muito menos solução.

Respondi:

— Operações policiais que envolvam, como você disse, teorias desvairadas com unidades comunitárias ou pacificadoras com formação e exibicionismo militar, em vastos territórios, onde a guerra civil é declarada, não passam de combustível para novas revoltas e crescimento do crime. Nada próspera se o trabalho não for penetrante, e em conjunto com outras áreas, e com equipadas unidades civis preparadas para enfrentamentos mais objetivos. Combater o crime nas ruas, insistindo em gastos e práticas militarizadas, já está virando improbidade. Quem conhece sabe que nessas manobras não adianta protestar com espinhos e plantas carnívoras nas janelas, a procissão de viciados abonados e traficantes escancarados vai sempre passar. E depois, a questão não se resume a paliativos. É, antes de tudo, legislativa, estrutural e política.

O Rômulo interferiu:

— Os interesses vão além, dane-se a vida do soldado, seja ele da lei ou do crime, nesse fogo cruzado da hipocrisia. O grande capital não tem interesse em desestabilizar o tráfico de drogas ou de armas. E quero contrapor essa questão. O comunismo é uma forma política de governo voltada para o homem, sua existência, razão e busca a harmonia de todo o gênero humano. Sua democracia é exercida desde baixo, partindo dos quarteirões. Na primeira experiência prática pelo mundo, sofreu a intercessão da história pelos excessos burocráticos e concentração de poderes, lacunas sanáveis, mas que abriram a oportunidade para que o carnívoro e decadente capitalismo abocanhasse o ferido. Mas os desacertos, próprios de uma natureza humana viciada, não o impedem de rever e crescer, porque, na essência, por ser racionalista e universal, ele é mais humano e atuante no momento de governar os cidadãos. Diferente de ideologias opostas que defendem, por princípio, de forma aberta ou oculta, a distinção genérica do homem e seu patrimônio... A tal democracia capitalista que vivemos é exercida pelo alto, pelos partidos poderosos. A ganância capitalista é veloz, mas nunca conseguirá atropelar a história e a evolução do homem. A menos que num ato de incoerência e vingança detonem o planeta que dizem criado por Deus. E se o comunismo desandou e diminuiu seu poder no mundo não foi em razão do tão esforçado golpe militar brasileiro. Hoje, estamos envoltos numa midiopatia coletiva, um histerismo religioso e uma criminalidade organizada que não pode ser comparada com nada do que diziam do diabo que queria dominar o país, o tal do perigo vermelho de fora. E, no momento, ninguém vê sinais inteligentes da sociedade civil ou estratégia militar que encare os autores dessas degradações progressivas que estão deixando lesões na história e consumindo a nação.

Respondi:

— Boa!... Tudo verdade! O tráfico de drogas e armas movimenta milhões de pessoas e bilhões de dólares. Esses midiopatas citados, quando ouvem as palavras comunismo, Cuba, Che etc. interrompem, como citou o professor e polêmico Leandro Karnal, o "fluxo neuronial" e se tornam inconsequentes... E qualquer religião se acha absoluta e o perigo sempre vai ser vermelho. Seus seguidores, formatados pelos seus matreiros homens-deuses, não conseguem diluir nenhuma contrariedade.

O Remo sorriu, e fez sua colocação:

— Pessoal, a vida é um teatro: onde não há educação e atividades culturais, a violência aumenta seu espetáculo nas ruas; onde há educação e atividades culturais, a violência limita seu espetáculo aos palcos. Só o ativismo político pode segurar toda essa estupidez estruturada que está à solta!

O Companheiro fechou:

— E ainda querem reprimir mais, com as tais escolas sem partido... Não vamos falar mais nada, proponho a compra de camisetas brancas, com a palavra paz, bem grande. Vamos participar, com cachorros de raça na coleira, de algum desfile elitista nas ruas de um bairro grã-fino, ou de uma avenida com um centro financeiro bem famoso, nada de periferia. Ah, sem esquecer de convidar os *playboys* revoltados virtuais que chegam das baladas. E dos celulares, para selfies com os soldados da tropa de choque. Vamos, todos, com óculos escuro mascando chicletes e com um pulôver nas costas, acompanhar aquele carro alegórico com a mão bem grande do Lula, sem um dedinho. E tentar se divertir com os palavrões dos cartazes das madames, que assustam até as prostitutas peladas em volta.

Terminei:

— E no dia seguinte ler nas manchetes que essa passeata dos ricos e idiotas, com mil pessoas, para a PM tinha dez mil.

IV. Presente morto e passado vivo

Continuamos pela rua dos Gusmões e atravessamos a avenida Rio Branco. Cruzamos com alguns agrupamentos de nigerianos, que são maioria entre vários imigrantes africanos. Grande parte composta de homens sem filhos e poucas mulheres à volta, algumas brasileiras. Eles passam o dia ao celular e se expressam em linguagens que nem os conterrâneos do consulado dão a impressão de compreender. Dialeto, gíria? Sem nenhuma segregação, a verdade que intriga é que passam o dia e a noite em bares quase fechados, onde poucos que não são dessas comunidades africanas têm coragem de entrar. E sem aparente ocupação, desfilam pelas ruas em trajes típicos ou com roupas de grandes marcas mundiais, o que gera suspeitas em qualquer um. Eles não mexem com ninguém, não encaram as pessoas e desviam o olhar quando encarados. São diferentes de outros africanos menos visados e dos haitianos que entram pelo norte do país, através de coiotes, e buscam empregos para se fixarem. Originários de países onde se desenrola violentos conflitos étnicos e religiosos, todos por aqui são irmãos, mostrando como o mundo é vítima dos fabricantes de armas. Ninguém que defende o humanismo pode ser a favor de perseguições a imigrantes, mas aqui cabe a pergunta democrática, de onde vem o dinheiro para essa sobrevivência, a aquisição dessas roupas e viagens internacionais? Ou a forma da compra ou a própria origem dessas vestimentas caras ou exóticas, como a maioria de origem africana, bonitas e de bom gosto? O Companheiro foi mais longe, questionou essa situação e criticou a polícia e a diplomacia, porque, além da desconfiança, soube que esses grupos acintosos à vista e ociosos não conseguem prosperar em muitas grandes cidades do mundo. Disse que ouviu de uma ex-namorada de alguns desses africanos colocações interessantes: que ela nunca percebeu alguém com sintoma de Aids, e que se diverte ao ver eles falando ao celular com um outro, e gritando, a poucos metros de distância. O Rômulo também questionou a origem e quem paga as contas desses celulares, e um fato interessante, a grande maioria não tem antecedentes policiais. Soubemos também que nas estatísticas, a maioria desses antecedentes não são graves, e os que respondem por tráfico de drogas são raros, embora a maioria dos flagrantes contra africanos em aeroportos seja por porte ilegal de entorpecentes. Espalhados em vários pontos da Santa Efigênia e imediações, eles cresceram também no Centro Comercial Presidente, na 24 de Maio, tradicional ponto da cultura negra. Também comentamos dos bolivianos, peruanos e outros sul-americanos que residem ou frequentam a região. Que esses são entrosados com os africanos, mas não se vestem ou desfilam de forma tão elegante. Bem ao contrário, além de carregarem mulheres e muitos filhos, se vestem muito mal. Interessante também é que muitas vezes todos habitam a mesma espelunca, inclusive ao lado de alguns noias com mais recursos. Muitos desses sul-americanos desaparecem repentinamente, vão ser escravizados em confecções, algumas fornecedoras para grifes famosas. Brasileiros espertos que vivem na rua, junto com esses dissimulados estrangeiros, muitas vezes montam itinerantes feiras do rolo, onde vendem qualquer coisa, a maioria vindas de lugares desconhecidos e raramente de procedência legal.

— Engraçado, vocês observam e ficam questionando como sobrevivem esses imigrantes nas ruas, mas não reparam os que rodeiam as inúmeras mesas dos bares que invadem os calçadões centrais, antes de escurecer o dia. São na maioria funcionários burocratas de escritórios e lojas, que ganham pouco, gostam de falar alto, muito barulho de pagode, e gastam em média 20% do salário em bebidas e petiscos. Como conseguem sobreviver? Pode crer, reduzindo gastos em alimentação, vestuário, transporte, passeios, lazer, saúde, restaurante, manutenções, viagens, presentes, estudos e cultura. Será que as famílias não necessitam desse um quinto do salário? Será que são felizes em casa? – O Remo fez esta observação e ninguém respondeu.

— Essa área total da Boca do Lixo sempre foi próspera em pequenos furtos, principalmente famélicos, mas nunca teve um grande índice de assaltos ou furtos de automóveis durante o dia. Os moradores e transeuntes que vivem normalmente só são incomodados com pedidos de moedas ou alimentos, e quem rouba geralmente não é da redondeza. Sem alongarmos em especificações de condutas e com os habitantes alienígenas da região, entramos no primeiro espaço histórico das tropas do crack, a primeira área integrante da grande cracolândia. Começamos a andar nas proximidades das ruas Vitória, Aurora e Triunfo. Sentimos o irônico contraste dos nomes dessas ruas com a realidade. E do irônico contraste do Estatuto da Criança e do Adolescente com aquilo que é a nossa derrota social. Encontramos o que qualquer um pode ver: um desfile impressionante e chocante de crianças brasileiras, anônimas e abandonadas como tralhas descartáveis, com destaque para as meninas grávidas, algumas com HIV positivo, porque gonorréia e sífilis são coisas do passado. Nessa exposição pública, em que a maioria fica "pipando" seus cachimbos com crack, ou cheirando saquinhos com cola, diuturnamente, infelizmente, poucas pessoas normais que convivem nessa região, e próximas delas, se abalam. Muitas por estarem no limite da pobreza, seguradas apenas por um emprego instável, que se perderem e não conseguirem um novo, a sequência pode ser essa sarjeta à mostra. Outras, por sentirem impotentes para resolver tamanho descaso, principalmente público.

O Rômulo opinou:

— Além dos furtos famélicos, o que aumentou muito foi a procura de alimentos em sacos de lixo, bem como de restos de açougue, como ossos, para ferverem com sal, em panelas, e em perigosas fogueiras, para depois misturarem com pão, farinha ou outros restos. Nunca vi ou soube que essas tropas das ruas se alimentem de ratos ou outros animais. Pode até ser, por parte de algum mais desequilibrado, mas é pura maldade de quem faz esses comentários. O homem se alimenta de animais mortos por marteladas na testa, aves estranguladas e outras espécies cozinhadas ainda vivas. Plateias se chocam ao ver na tela o mar de sangue na matança de baleias, de leões perseguindo, matando e devorando uma zebra, e sente-se gratificada quando um gato faz o mesmo com um rato. Não quero defender a nocividade do rato, nem a incoerência de idolatrá-lo como as plateias fazem com o simbólico Mickey, o esperto Jerry ou até o Sig do *Pasquim*. Mas, engraçado, os ratos abatidos, heróis quando nos quadrinhos e bandidos quando perseguido pelos gatos, têm vida e devem sentir a dor da violência... O que significa tudo isso? Vale tudo pela sobrevivência? Por que seres vivos são abatidos, tanto faz de forma técnica, religiosamente pura ou impura, para servir de alimento, ou sacrificados em altares? O mundo é assim mesmo, uns podem, outros não? Ou é a evidência natural do bem e do mal com que temos que conviver? Respondam depois... agora não estou a fim de polêmicas. – assim o Rômulo encerrou suas colocações, abraçando um menino que veio pedir uns trocados, com algumas pombas ao seu lado, lembrando os querubins pintados nos afrescos das igrejas.

O Remo também observou:

— Sou da rua, não viciado em drogas, livre, leve e procuro não ser vulgar. Mas nesse ambiente decaído da cracolândia, vejo que as pessoas se perderam completamente, ao não respeitar, até inconscientemente, os limites de suas ações... Será que isto ocorre em razão somente do envolvimento diuturno com a chegada definitiva das drogas? Acredito que não. Também observo que os desejos sexuais dos mais fortes é exercido cada vez mais sem ninguém ao lado contestar. E as formas mais perversas e impuras de sexo rolam sem chocar ninguém. Tudo sempre foi assim? Pelo que vocês narram, parece que mendigos e bêbados do passado eram diferentes. Ou vocês acham que essa população, por ser decaída, nunca teve limites, e que a perda total da pureza complementa esse processo atual de vulgarização e degradação, de drogas e do sexo, em toda a sociedade?

— Os antigos decaídos pelo menos procuravam limites. Quanto à pureza, o que é isto? Alguém sabe? – também questionou bem alto o Companheiro, continuando: — É aquilo representado pelas religiosas?... As freiras, naqueles conventos bonitos e com suas histórias fantasmagóricas?... As crentes, naquelas igrejas gigantescas, com aqueles vestidões e cheias de tesão?... Limites, pureza e decadência? O que eu vejo, e não é incomum, são muitas crianças fugindo desse inferno promíscuo do crack, cola, maconha, bebedeiras, e desesperadas procurando um refúgio entre os "civilizados". Sinal de que a pureza não aprova os limites e a decadência dos mais velhos. Elas surtam bem menos que os adultos e, em pouco tempo muitas se conscientizam de como é difícil encontrar uma mínima liga com os privilegiados. Choram muito, não como um burguesinho que bate o pé e exige o chocolate ou o brinquedo da moda, mas por sentirem um nada: querem apenas um abrigo, um carinho, uma esperança, um amor qualquer. Mas nada adianta, a própria sociedade a recoloca de volta em seu infrutífero e nocivo "ninho". Nesse quadro que prospera sem limites, existe pureza nas pessoas decadentes ou de bens? Em nenhum lugar... agora, Remo, faço a minha pergunta: como resolver essa roda viva: filhos menores abandonados, de filhos menores abandonados, de filhos menores abandonados?

— Esse é o exemplo maior do quadro impuro que citei antes... Mas não tenho resposta... porque qualquer início de debate sobre o controle da natalidade é barrado pela intolerância desses conservadores, que podendo mudar, preferem curtir puteiros e pagar contínuos abortos para suas namoradinhas secretas! - exclamou raivoso o Remo.

O Companheiro continuou:

— Nessas discussões sobre natalidade são sempre destacados duvidosos princípios religiosos e o consagrado direito à vida. Tudo é belo, mas o futuro dessas crianças, cada vez mais vivendo com o lixo, é muito mais que feio. Nenhum controle de natalidade vai conseguir atingi-las. Que saída a sociedade vai dar? Se meninos marginalizados são incentivados a se divertir com armas de verdade, e as meninas, as mais prejudicadas, ainda brincando com bonecas, muitas vivas, são exploradas nas piores perversões. Elas não usam paramentos, não precisam, porque são as verdadeiras abelhinhas divinas. Mesmo com os argumentos pró e contra acerca da concepção, e do início da vida, as campanhas anticonceptivas deveriam estar numa pauta mais séria e contínua, na sociedade e no poder público. Aborto de rico não aparece, e o do pobre engrossa as estatísticas dos necrotérios. Nesse campo estendido e aberto da marginalidade que falamos, seria interessante que estudantes, analistas e pesquisadores observassem essas crianças que ainda sobrevivem, antes de serem engolidas pelos bueiros nada diferentes dos que levam os dejetos humanos. Se o encobrimento dos atos libidinosos e estupros contra crianças, adolescentes e mulheres indefesas em qualquer classe social é comum, na sarjeta, a promiscuidade diária não deixa tempo para encobrimentos. Amostras estão ali para serem vistas, como a interrupção até natural de vidas. Muitas meninas vivem constantemente sangrando, poucos fetos continuam em suas franzinas barrigas, muitos são devorados pelas ratazanas que rodeiam o seu sono.

O Remo, tenso, colocou mais uma questão:

— Deveria ter controle de natalidade também para quem tem idade avançada e põe filho no mundo, é uma puta sacanagem! Quando esse filho mais precisar, principalmente na adolescência, vai ter um pai caidão, fora de sintonia, provavelmente desatualizado, e com doenças rondando seu corpo. Falta mais consciência e menos vaidade!

O Rômulo interferiu:

— Infelizmente, acreditar na espontaneidade para uma conscientização coletiva da população é um delírio. A fé no invisível tem mais força. E a lógica de que cada vez que a concentração de renda aumenta cresce o número não só de miseráveis, mas da própria natalidade, parece uma constatação só de quem circula à pé pelas ruas. A elite só conhece esses fatos pela imprensa, pouco se incomodando, afinal, ela se locomove com seguranças, carros blindados, helicópteros. E para amenizar incômodos, contrata o Amauri Jr. para grandes festas filantrópicas. Promoções que telespectadores ainda se divertem na sua própria desgraça. Como diz um amigo padre: caridade deve ser anônima e com o coração, do contrário, é vaidade e promoção. Dentro dessa resistência religiosa e cínica dos ricos, nunca resolveremos os macroproblemas sociais. Principalmente esse que discutimos, o da gravidez sem responsabilidade, nem do Estado que não garante nenhum futuro... nem dos pais!

— É a famosa máscara da filantropia! Mas, vamos lá, a maioria do coletivo da população também não ajuda seu semelhante em quase nada. Quem circula pela cidade vê que são raros os atos espontâneos com o próximo. E comoções não são despertadas individualmente, só coletivamente, quando provocadas pelas manobras televisivas - apimentou o Companheiro.

— E povão é engraçado, falou em festa, ninguém recusa um convite, para o mísero aniversário do escriturário, ao perdulário casamento do estelionatário - disse sorrindo o Remo, que continuou: — cutuquei vocês na questão da pureza, para ouvir as respostas, vocês me emocionaram, foram além. O que eu queria era chegar exatamente aí, na parte das responsabilidades... Tem cabimento, crianças por volta de doze, treze anos, com liberdade total, transarem em cima de sacos de lixo? E elas vão ouvir orientações sobre controle da natalidade?

— Vocês fazem o mesmo! Transam em cima de sacos de lixo. - satirizou o Companheiro.

— Mas somos adultos, discretos e conscientes, não é Rômulo?

— Não fiquem bravos, é a cegueira do amor!... Marcão, a saúde pública, vez ou outra, vem aqui, mas parece que é para fazer propaganda de algum preservativo. É uma farra, vocês precisam ver as crianças e adolescentes enchendo essas camisinhas e se divertindo com as bexigas formadas... Você acha que a saúde é a prioridade política para salvar esses viciados?- continuou o Companheiro a questionar.

— A saúde, sim, como prioridade política, não uso político. Depois, o segundo passo é o encaminhamento para alguma movimentação, esportes, artes, alguma atividade positiva que prenda a atenção. Propagar o fortalecimento de valores cooperativos. Sem críticas à opção pessoal de qualquer orientador público ou voluntário, mas nada de bitolação em política ou religião. Sabemos que essas crianças presenciam diuturnamente valores totalmente condenáveis, mas como uma menina sem saber o que é menstruação, ou um menino que nunca escovou os dentes, pode receber, enquanto não tiver um mínimo de consciência, algum martírio ideológico ou religioso que muitos acham que é o certo. Evidente que a educação é a prevenção de tudo, mas nas circunstâncias em que vivem esses trapos humanos, eles não têm o suficiente arbítrio para tomarem decisões abstratas. Considero sacanagem quando vejo políticos ou religiosos usando qualquer criança como estandarte de suas crenças, nenhuma delas sabe ainda o que faz na vida. Vejo também que as pessoas muito regradas também não consideram essas questões, e vão no embalo das emoções, ao tentar ajudar os carentes. Presencio à noite, embaixo dos viadutos, uma mocidade alegre distribuindo lanches e leite aos necessitados. Muito legal, não posso condenar o amor ao próximo. Os jovens sussurram palavras bonitas que os mendigos fingem entender. Mas, se o maltrapilho for receptivo, dar uma entrada, eles começam a falar de suas igrejas ou de outras entidades patrocinadoras, deixando vazar suas comportas cheias de carinhos momentâneos. Pergunto, o que esses jovens privilegiados fazem na vida prática para mudar esse quadro? Parecem não ser baladeiros, mas devem rezar, reclamar de alguém, criticar o governo e levar uma boa vida consumista. Esse tipo de caridade é o descarrego que abranda só um pouquinho a consciência do burguês. Fazem como os grandes capitalistas, que com a menor parte do dinheiro dos impostos não pagos e dos lucros com corrupções ativas, criam "respeitáveis" fundações. Todos posando para essa sociedade como pessoas de bem. Nada disso resolve, o moleque da cracolândia ou qualquer carente nessa nação, além dessa alimentação caridosa e da necessidade de serem fortalecidos pelo amor, tem que tomar um banho revolucionário. Eles têm que ser e viver, nem que minimamente, como gente pensante e participativa. Os ricos mesquinhos tem que distribuir melhor a sua renda e dar oportunidades a esses seres humanos. Para que sejam realmente incluídos socialmente e vivam como qualquer um de nós.

O Remo fez uma defesa:

— Esses jovens pelo menos levam leite e lanche duas ou três vezes por semana. Diferente da monstruosa hipocrisia do Natal, onde uma multidão de gente boazinha entope os mendigos de comida, como se eles se alimentassem apenas uma vez por ano.

O Companheiro comentou com ênfase:

— Presentes, em qualquer época, têm que ser por amor, não por culpa. Quando era criança, nunca gostei do Papai Noel, era uma coisa sintomática, nasci com sangue anti capitalista. Como sempre desconfiei dos missionários norte-americanos, que, de olho nas terras imemorais, levam tranqueiras bem coloridas para os nossos índios!

— Não acho que o coletivo da população seja tão indiferente. A gente encontra todo dia, no meio da multidão, muita gente com poucos recursos, com a grandeza de dividir até o que não pode. Mas encontra pouca gente, com muitos recursos, com pequenas caridades, devolvendo um pouquinho das sacanagens que cometeram no caminho da sua riqueza - lembrou o Rômulo, prosseguindo com outra observação: — No passado, vários restaurantes de São Paulo davam a comida que sobrava aos pobres. Filas se formavam. Eu esperava horas, valia a pena, quanta coisa boa eu comi. Hoje eles jogam tudo fora, não querem problemas com entidades. Nós temos uns amigos em restaurantes que embrulham a comida que sobra em sacos plásticos, dão um sinal às escondidas, e a gente tem que pegar o rango no meio do sacão de lixo que vai para a rua. Um dono de restaurante me explicou. São os excessos de direitos que surgiram após a benevolente Constituição de 1988. Muitas vezes o efeito de tantas bondades se volta contra o próprio beneficiário. Com as novas legislações decorrentes, mesmo que a comida fornecida gratuitamente pelos restaurantes seja de boa qualidade, algum advogado esperto pode se aproveitar da dor de barriga de algum mendigo e pedir uma puta indenização ao estabelecimento. São as pretensões bizarras que os mais ardilosos garimpam no direito, congestionando os fóruns e impedindo que a justiça seja melhor aplicada. No fim, os proprietários de restaurantes resolveram acabar com a bondade e ainda colocar um segurança na porta para espantar qualquer pedinte atrevido morrendo de fome.

— E um outro fiscal qualquer, por causa dessa dor de barriga, iria aparecer de repente e achacar o dono do restaurante, tudo para não virar manchete nacional! - cutucou o Companheiro, que prosseguiu: - Todas essas situações vão distanciando o relacionamento humano e gerando violência em todos os sentidos. As famílias antigamente tinham uma lata de lixo dentro de casa que, depois de cheia, jogavam num grande latão na rua. Sacos plásticos eram raros, até os alimentos comprados nas vendinhas eram embrulhados em papel e muitos deles, vocês devem lembrar, em jornais velhos, inclusive em açougues. Nas vias públicas, os lixeiros, em dois ou três, tinham que levantar esses latões e jogar no caminhão aberto cheio de moscas. Quanto um indigente era visto revirando esse lixo à procura de alimento, aparecia um cidadão qualquer oferecendo qualquer tipo de ajuda. Um dia desses vi do meu lado um menino já passando do cabalístico sete anos, definitivamente condenado pelo crack, num teimoso ritual, o de enfiar a mão direita num saco de lixo a procura de algum alimento para a sua sobrevivência. Encontrou, encheu a mão de arroz e entupiu a boca. Senti um cheiro de merda e depois me aproximei daquele saco. A comida estava misturada com um monte de bosta. O garoto, que ouço pertencer ao povo de Deus, não deu a mínima, simplesmente matou sua fome de subsistência comendo o seu *kasher* especial.

— É o Brasil campeão mundial do desperdício; toneladas de alimentos são desperdiçados todos os dias, desde a colheita, ao transporte, armazenamento, varejo final, feiras, compras exageradas do consumidor, e da cozinha ao resto nos pratos. Daria para alimentar milhões de pessoas! – exclamou o Rômulo.

Continuei:

— E na construção civil? Bem mais de um quarto do que é encomendado. Dez por cento do PIB. O desperdício, além da indiferença de todos, também é uma grande violência. E se o mercado capitalista joga tudo no preço, naquela de dane-se o consumidor, todos têm alguma participação no pecado. Por exemplo, a falta de critério geral. Em muitos lugares do nosso país, você pede um filé com fritas individual e não come nem um terço do que é servido. Na Europa isso não acontece, passaram por guerras, sabem valorizar as coisas, a quantidade é restrita ao bom senso. Eu vi em restaurantes de vários países do velho continente gente bem apresentada, quase lambendo o prato. Lá, a batata não é descascada, não há desperdício de pão e bofe é iguaria. Aqui no Brasil a refeição por quilo diminuiu um pouco o exagero, mas se o pobre idiota tem o olho maior que a barriga, joga fora o que não devia gastar, ou, se o cara tem recursos, tá se lixando pela gula que fica no prato.

O Companheiro concordou e continuou:

— Quanto aos noias, a maioria tem estômago que tritura tudo. Mas muitos passam mal, vomitam toda hora ou até desmaiam sem ninguém ao lado se preocupar se está vivo ou morto. Outros, quando não vão bem, se enrolam naqueles cobertores que tanto gostam e dormem dois dias seguidos. Morrem em poucos anos, mas aguentam o que podem. Eles têm, nesse curto período de vida, mais resistência que muito gordinho filho de burguês, alimentado as vinte e quatro horas do dia, sem parar, com salgadinho, bolacha, hambúrguer, batatinha frita e refrigerante.

— Estava observando, os fotógrafos e cartunistas da grande mídia consagraram esses cobertores dos noias – cinza com listas paralelas em azul numa beira. São cobertores que ficaram famosos e identificam esses desprovidos a qualquer tempo, de noite, de dia, no frio, no calor e até na morte, quando muitas vezes são executados. Massacres de menores não se limitam à pontual Candelária, eles são ilimitados e em surpreendentes locais do país e sem direito nem ao último desejo, como nas reguladas penas de morte: a refeição predileta, a música preferida ou a própria forma do seu fim: cadeira elétrica, câmara de gás, execução letal ou forca... Nossos noias tropicais, com cobertores de inverno, não têm escolha, são simplesmente fuzilados, dormindo, como muitos que vi nascer – desabafou o Companheiro, com lágrimas e tentando evitar um choro maior.

Depois de um silêncio embaraçoso, para mudar o clima, virei o foco:

— Por falar em nojeira, eu vejo vários casais cascudos em longos beijos entre bocas banguelas, e na maior felicidade. É a pureza que comentávamos? Fico imaginando eles trepando!

O Companheiro forçou um sorriso.

— Marcão, cada uma... você não vive na rua como eu, essa cena é comum. Não sei da pureza, mas o amor, esse fortificante da vida, também rola entre eles. Como meus dois amigos aqui. Ainda bem!

— Se desse fortificante não nascessem outras vidas... – disse o Remo com ironia.

— Verdade! Mas quem tem consciência disso? Tolerância e humanismo é deixar qualquer outro viver com seu imaginário. Afinal, todos nós respiramos e temos tesão, é um direito natural e inevitável, diferente da interpretação das leis pelos poderosos, que para o pobre é um tacão, para o rico é um sabão... E chega de discussão! – gritou o Companheiro, ainda meio estranho.

Talvez tenha lembrado de algum menor assassinado, mas não perguntei.

— Numa manifestação recente, ouvi um refrão interessante: "Justiça... de bode! Salva o rico... e o pobre só se fode!" – entrou o Remo, em mais uma das suas.

Ao circular pelas imediações da rua do Triunfo, nos divertimos com os cartazes restantes de alguns filmes brasileiros que ainda enfeitam alguns pontos. Nesses locais, vários cineastas se reuniam para discutir suas produções. Foi um ponto importante do underground cinematográfico nacional. Depois de passarmos pela rua dos Protestantes, comentamos da extensão territorial do número de noias que extrapolaram dali e invadiram a abandonada praça Júlio Prestes. Mesmo com a derrubada da antiga e polêmica rodoviária, e depois a construção do pomposo teatro em parte da estação ferroviária, a sala São Paulo, nada adiantou. Andamos pela praça Princesa Isabel com a sua gigantesca estátua em homenagem ao Duque de Caxias e seu cavalo. E comentamos de outras quebradas frequentadas pelos noias, que sempre avançam nos seus fluxos pelas imediações da rua Helvetia, largo Coração de Jesus, ou circulam pela rua General Osório. Voltamos pela rua dos Andradas, paramos, sentamos em volta da mesa de um bar próximo ao Léo, uma tradicional choperia, referência em chope bem coberto de colarinho. Pedimos café, dividimos dois pães com manteiga e iniciamos uma longa conversa que começou pela abordagem do comércio da rua Santa Ifigênia, sobre sua agitada vida diuturna, estendida pelas imediações, uma referência em material elétrico e informática. Das luzes do seu comércio durante o dia, contrastando com o estalar dos isqueiros que acendem os cachimbos de crack durante a noite. Do depoimento de um bombeiro impressionado com o emaranhado de fios em cima de cada lojinha, alertando, aos ventos, num jornal do bairro, que um pequeno curto pode incendiar a rua inteira. Também comentamos da ausência de escolas infantis na área e deduzimos que sua existência poderia ser contaminada pelo ambiente em volta. Num lugar desse, um estabelecimento de ensino público seria facilmente dominado pelo tráfico. E também não conseguiria se colocar como referência saneadora perante os gigantescos problemas da região.

O Remo fechou:

— Como fazem com os velhos pobres e abandonados, seria mais um simples depósito de crianças para os pais que trabalham pela sobrevivência. Tudo inútil, muitas creches e asilos flertam com mortes sufocadas!

Após um breve silêncio, perguntei ao Companheiro se tinha terminado os estudos:

— Passei por vários grupos escolares, conforme o cortiço que morava. Comecei o primário no Arthur Guimarães na rua Jaceguai, passei pelo Marina Cintra na rua da Consolação e terminei o quarto ano no Rodrigues Alves na avenida Paulista. Depois parei, cursar um clássico ou científico, ou fazer um curso técnico, que eram as opções da época, não estava nos planos, principalmente financeiro, nem tanto meu, mas do meu pai.

Respondi:

— Nos conhecemos no Arthur Guimarães, no primário. Na minha classe, estudou, por pouco tempo, a Gislaine, uma atraente menina que, junto com um garoto de nome Marco Antonio, comandava um programa infantil na TV Paulista, canal 5. Depois eu fiz o 5° ano, o famoso "admissão ao ginásio", no Rodrigues Alves, e você fez um ano antes. Eu pegava de manhã o bonde Praça da Árvore, que subia a Consolação, no ponto da esquina com a rua Maria Antonia, e voltava ao meio dia em duas caronas; uma até a rua Augusta com a Paulista, ali na frente do Conjunto Nacional, e outra para descer a Augusta até a praça Roosevelt. Não existia esse maldito e injusto *insulfilm* nos vidros dos veículos, que esconde quem não usa o cinto de segurança ou se utiliza de um celular, muitas vezes até digitando, e que não amedronta nenhum bandido arrojado. Naquela época o cidadão abria o vidro para perguntar aonde iríamos, hoje ele fecha rápido pensando que é um assalto. Eu ia com o Fausto, um amigo que desceu ao mundo do crime, e voltava com ele e o Edson, um amigo que subiu e se transformou num grande empresário no ramo de balanças de precisão. Os dois, crioulos e originários do mesmo nível de pobreza. Dos idos de 1957 até hoje, o Edson é o mais antigo amigo que participa dos encontros saudosos da Vila Buarque.

— Não cursamos o mesmo ano, mas lembro do Edson, não era o famoso "Cegueira" do Vila Nova e do Nice, um núcleo de integração da igreja da Consolação?

— É ele mesmo!

— Morava modestamente na Augusta. Jogamos bola juntos, muitas vezes. Só que eu não era da turminha de vocês, que iam todo domingo em algum cinema da rua Augusta para fazer molecagem. Lembro até dos cinemas: o Marachá, que apresentava todo domingo pela manhã filmes de Tom & Jerry, o Majestic, Picolino, Paulista… o Rio e o Astor no conjunto Nacional. No espaço do Astor montaram a

Livraria Cultura. Por ficar na baixa Augusta, ninguém gostava de ir no Regência... tinha outro cinema que vocês frequentavam?

— O Trianon, na rua da Consolação, onde hoje fica o Belas Artes - respondi.

— Eu fui duas vezes com vocês, nunca mais, alguém entrou com um passarinho, que solto na escuridão, tentava a fuga bicando a tela. A outra, o Beline, integrante da turma, num filme religioso, teve a pachorra de calcular o tempo, numa cena que o personagem principal, quando caminhava, num momento de forte emoção, e por alguma razão do enredo, se volta e dá um aceno com a mão. Na sessão seguinte, continuamos no cinema, e instantes antes da cena, ele gritou da plateia chamando o ator que virou e deu o tal aceno. Pelo impacto, ficou a sensação de que a saudação era para ele, quebrando um ápice que o diretor colocou para os espectadores se emocionarem, e que acabou se transformando em risadas. Esse seu realismo virtual lhe trouxe um dissabor. Quando saíamos, logo após a cena, ele todo feliz com a molecagem, no escuro, não viu uma mulher atrás, que partiu para cima dele e deu-lhe um certeiro soco no olho. Foi outro rebu no meio do filme.

Continuei:

— Tinha também um gordo que dava umas gargalhadas engraçadas e sempre fora de hora, deixando a plateia sem saber o que fazer, se ria da gargalhada ou se revoltava com a interrupção. O Beline ficava com a turminha da escola dele, no tradicional bar Violeta, na rua Augusta, bolando essas coisas. Era um pessoal que participava das gincanas do canal 7, e eram amigos do conjunto Lancaster, da boate do mesmo nome, lá de baixo, próximo da rua Estados Unidos. O conjunto era de dança, se apresentava na televisão, e o líder, o Wilson Chupeta, sempre foi pioneiro em ritmos novos... *macacafoo, hully-gully*... Voltando as aprontações nos cinemas... O Beline, eu e mais dois, o Zé Luiz e o Zeca, ficávamos imaginando como por em prática as ideias e as ações operacionais. Ele que levou o passarinho. O gerente do Trianon, por muito tempo, proibiu a nossa entrada. No meio de toda essas coisas da idade, todos conseguiram assistir *O Candelabro Italiano* e ficar apaixonados pela Suzanne Pleshette, a atriz do filme. Da mesma forma que as meninas se apaixonaram pelo Troy Donahue, o ator. A música tema, *Al di lá*, é inesquecível. Tem uma coisa, embora ache covardia essa de aprontar no escuro, ou provocar os outros quando se está num ônibus lotado de amigos, nós nunca esticamos chicletes em cima das poltronas, só embaixo.

— Pessoal, eu, vez ou outra, não faço a barba, desmancho o cabelo, coloco um óculos, visto um casaco, ajeito um cachecol por cima, dando a volta no pescoço, ponho uma publicação debaixo do braço e vou a um desses cinemas intelectuais patrocinados por bancos – disse o Rômulo, continuando: — Dias atrás, no meio de um filme, ouvi uma mocinha falar para o namorado, quando apareceu o Arco do Triunfo de Paris: "Num lembro o nome, mas já estive nesse lugar umas três vezes!" Eu pensei, são as atuais crianças e jovens, filhos de repentinos milionários, que simplesmente conhecem o mundo, mas não sabem nada de história e geografia, e muito menos onde fica o marco zero da praça da Sé.

— É engraçado, mas revolta! Da mesma forma, durante uma apresentação gratuita de música clássica na estação da Luz, eu ouvi uma catadora de papelão, ligada na música, comentar: "Eu não entendo nada, mas é bonito!" — observou o Companheiro — e também vi, recentemente, uma mãe insistindo para que a filha desligasse o celular e saísse do carro. A menina, revoltada por ter que interromper suas intermináveis mensagens, ainda se espantou: "Mãe, nós vamos ter que andar?" A mulher respondeu para a filha, brava: "Na minha época eu andava cinco a seis quilômetros para ir à escola!" E sem torpedos, whatsapp, fone de ouvido e tênis da moda, pensei.

Continuei:

— São iguais aos atuais jogadores de futebol, com aqueles fios pendurados no ouvido, não conversam ou cultuam amizades com ninguém, nem com os transitórios colegas... só discutem as críticas da imprensa com as loiras!... Muitos devem ter andado lá pela Europa, de trem, metrô, ou qualquer outro meio de transporte, e nem percebido a quantidade de gente lendo, principalmente livros. Pessoal, voltando, o ex-coroinha, Binho, tem localizado velhos amigos para interessantes encontros, onde relembramos histórias do bairro. Tirando aquela farra natural de adolescente, o que aprendemos naquela época dá para falar, bons tempos! Estudamos em escolas públicas em que durante as aulas ninguém podia ficar nem nos corredores, nem nos pátios e muito menos nas proximidades da porta de entrada desses prédios. Não tinha drogas, traficantes e gangues. Os professores eram preparados, respeitados, não faltavam e podiam punir. Alguns alunos brigavam mais por razões passionais, por um estar com a ex-namorada do outro ou até por uma menina que desconhecia a paixão dos briguentos. Quando se falava em futuro a imaginação levava a previsões maravilhosas. Um mundo encantador. Ninguém nem sonhava que os professores desse futuro fossem apanhar e serem até assassinados por alunos. Que as escolas, além de roubadas e depredadas pelo ato inútil do vandalismo, fossem controladas por gangues e traficantes. Que as drogas fossem usadas tão à vontade, a ponto de noias-universitários invadirem reitorias com marretas, para liberarem definitivamente o seu uso…

O Rômulo esticou o assunto:

— E comentando essa atitude radical, faço as seguintes colocações: invadir reitorias é uma coisa complicada, um ato de muita responsabilidade, tem que ter uma relevância muito grande. É como tomar o altar da catedral durante uma missa, ou sentar na cadeira de um magistrado durante uma audiência. Nessas invasões, bem que poderiam pedir uma relação de coisas bem melhores para o país. Infelizmente, 1968 foi um ano só. Como também não se poderia imaginar que alunos reprovados continuassem até a festejada formatura, sem escrever e nada saber, nem do país em que vivem. E muitas vezes aplaudidos por pais e mestres.

O Companheiro continuou:

— E formados dessa maneira, infelizmente, pouca coisa acrescentam para a sociedade depois de diplomados. Vão continuar sobrevivendo. Muitos que cursam faculdades geralmente trabalham, não conseguem horário para os estudos, mas ficam grande parte do tempo em bares. Eu vivo na rua, mas fico impressionado com aquela multidão de universitários com uma latinha de cerveja na mão, ou em volta de mesas repletas de garrafas vazias, de manhã, à tarde e à noite. Tem umas instituições de ensino, consagradas no passado, em que o cheiro de maconha em volta do quarteirão é constante, é o dia todo, mesmo nos períodos de aulas. São alunos que acendem um baseado, fingem que estão escondendo, dão um traquejo de malandro e adoram quando alguém passa e sente o cheiro. Mostram como são rebeldes! Sabemos que em países que se preocupam com a educação e o futuro, escolas e universidades, além dos alunos terem o tempo livre para os estudos, ninguém fuma e os bares ficam a quilômetros do estabelecimento de ensino. E tem hora para tudo, até para a maconha nas festinhas de fim de semana. Estamos vivendo um inacreditável absurdo, bem brasileiro: além do professor ser cada dia menos respeitado, ele é agredido e até morto. Nosso futuro está moribundo. Dá para o nosso país sair desse caos no ensino?

Respondi:

— Se vingar esses projetos de escolas *charters* aqui no Brasil, ideia nefasta nos próprios Estados Unidos, esses alunos bebuns, de notório saber em misturas alcoólicas e bares da moda, vão poder fazer bicos e dar aulas nessas escolas criticadas por qualquer educador de bom senso. Como disse, a elite dominante, mesmo sentindo o caos chegando, não quer sair da soberba, não pensa sobre esses valores atuais, da moda alienante, do que é realmente ensinado aos alunos, e o principal, o que o jovem procura e cultua na internet. Preferem trocar a reflexão pela flexão em academias de ginástica. Infelizmente, o prazer fácil das comunicações se alastrou, tem absorvido e arrebatado com extrema facilidade muita gente, dos mais velhos experientes aos estudantes sem miolos. Além da liberdade desses bares e pontos de drogas próximos das escolas, temos mais uma razão para o caos no ensino, a didática da televisão. Além de propagarem a alienação total, banalizam a violência e estimulam o consumismo sem freios. Pode ser nas novelas, quando destroem bons valores e incentivam intrigas entre amigos e familiares, nos noticiários, selecionando as notícias que interessam, dando uma visão parcial dos fatos, e nos filmes, que são repletos de violência gratuita, crueldade, assaltos bem sucedidos, golpes bem planejados, brigas de gangues, clubes de luta, tudo em mirabolantes perseguições automobilísticas e outros bárbaros incentivos a uma vida marginal.

— Marcão, eu sou duro na queda, é difícil alguém me convencer a entrar nesse embalo atual... aprendi bastante, desde a infância, como disse, li e continuo lendo muito. Aprendi até informática, sei mexer num celular, mas vivo bem sem essas novidades. Aliás, eu vejo tantos imbecis nesses aparelhos, que chega a me incomodar. O pessoal fala alto em qualquer lugar, comenta coisas pessoais, parece que o cara não quer falar ou ser ouvido por alguém, ele quer ser notado, onde estiver, onde tenha um ou mais espectadores. Eu vi uma charge em que o cara pergunta para a mulher, no meio de tantos talheres numa mesa de jantar, em que posição ficava o celular? Agora, essa didática das banalidades em que estamos envolvidos, é extremamente catastrófica. Ela tira a nossa esperança de futuro porque está evoluindo cada dia mais para um convencimento total. Atualmente, o banal não só absorve a cabeça das crianças e adolescentes, mas de muitos jovens mais adultos, crescidos somente na cronologia e no tamanho do corpo. Eles acabam se tornando adultos emocionalmente infantilizados, sem nenhuma razão ou conhecimento em discussões. E se esse sujeito não for um gênio natural, geralmente pontual em alguma atividade ou profissão, ele pode chegar aos trinta anos sem nenhuma potencialidade futura, para ele ou a sociedade. Provavelmente só vai criar um pouco de juízo se casar e tiver filhos. Ou, por sorte do destino, se ele for criado na profissão da família, muitas vindas de gerações, e aí esse jovem vai se tornar, no mínimo, um técnico naquela especialização.

O Rômulo interferiu:

— E as festas de formatura dessas turmas que passam um terço desses cursos nos bares? Parece que a parte que tem mais valor é a confraternização final. Nesse clima, empresas especializadas em formatura crescem a cada dia e oferecem de tudo, são bailes espetaculares, reunião em fazendas, viagens para o nordeste, Argentina, Disneylândia, de navio pelas costas brasileiras, cada grupo de formando pode escolher a sua melhor forma de comemorar o tão belo e proveitoso curso. São encontros cada dia mais festejados e sofisticados. E as faculdades mercenárias aplaudem e vibram com tanto lucro!

— É a confraternização para consagrar a terça parte do curso. É o momento consagrado do pileque, agora com a família! - acrescentou o Remo.

— Está certo que aumentou a bebedeira, drogas, mediocridade e a exploração empresarial das formaturas, bem como diminuiu a exigência na formação dos alunos. Mas no passado, assim como hoje, sempre teve festa de formatura, até para curso por correspondência. - observou o Companheiro.

E o Rômulo também entrou nos detalhes:

— É verdade que muita coisa mudou para pior. Mas esqueçam por um momento esse presente e vamos delirar no passado. Quem de vocês nunca teve um encontro amoroso nos bailinhos pró-formatura ou num mingau dançante? Quanta saudade! Nem todos os meninos gostavam de calças boca de sino, alguns ficavam nos jeans desbotados com água sanitária, mas a maioria das meninas adoravam uma mini-saia que transformava qualquer mulher num caminhão de desejos. Depois inventaram um tal de macaquinho, short junto com a blusa e o vestido tubinho, num pano só. Alguns jovens, coitados, gastavam o que não tinham para encomendar um sapato esfumaçado da La Pisanina, na rua Augusta. Esses bailinhos, geralmente nas tardes de domingo, era uma forma de conseguir algum dinheiro para a grande festa do fim do ano. Bailinhos que eram realizados nas garagens e quintais das casas de alguns alunos, e lotava, mas pouco se arrecadava. O lucro não aliviava os carnês mensais cobrados pelas comissões de formatura. O que rendia mais era a venda de bebidas, e as mais consumidas eram o cuba libre, Coca-Cola com rum, a hi-fi, Crush com gin; samba, Coca Cola com pinga, e gin com água tônica. Um ou outro se embebedava com Fogo Paulista, Kimel, Passarela... no meio das baforadas dos que fumavam os cigarros

Lincoln, Luiz XV, Hollywood... O boko-moko, no inverso da publicidade, tomava guaraná. O som romântico da vitrola, chamada de Pick Up e seus negrinhos, saía principalmente dos LPs de Ray Conniff, e de duas orquestras de estúdio, Românticos de Cuba e Orquestra Brasileira de Espetáculos, esta com músicas do Roberto Carlos. Alguns malucos, no fim do baile, tentavam localizar um som mais pesado da rádio Difusora. Os jovens vibravam com o programa do Miguel Vaccaro Neto, da rádio América, mas esse era depois da meia noite. O pessoal gostava da Excelsior, mas evitada, porque o locutor, o Antonio Celso, atrapalhava a audição dizendo "Excelsior!" no meio da música. Tinha também uns fanáticos pelo Big Boy da rádio Mundial do Rio de Janeiro. Tudo em som AM, porque na FM só se ouvia músicas orquestradas, e em salas de espera. Quando os encontros eram realizados nos sábados à noite, o pessoal alugava uma luz negra ou estroboscópica, ou um globo giratório cheio de espelhinhos, objetos que ainda continuam na moda. Não se curtia drogas, e os alunos estudavam mais. Não tinha a dissimulada e facilitada progressão continuada das faculdades mercenárias, porque muitos tinham medo da segunda época, reavaliação feita só depois das férias. As festas de formatura eram elegantes, mas sem sofisticações e infinidade de bobagens, como as de hoje, onde tudo é feito para faturar em cima dos trouxas. No passado, a responsabilidade com as despesas giravam mais em torno da preocupação com o baile. As comissões de formatura contratavam as orquestras diretamente, não havia intermediários ou empresários especializados. O acerto era feito, principalmente, para que a os músicos tocassem em calendários que não caíssem em fins de semana, porque essas eram datas muito mais caras. E as orquestras tinham que ser de primeira grandeza, como Enrico Simonetti, Luiz Arruda Paes, o Zezinho da TV, Waldemiro Lemke, Erlon Chaves, Osmar Milani, Orlando Ferri, Sylvio Mazzucca, Severino Araujo, Los Guarachos e Clodô, Elcio Alvarez... e outras muito boas, muitas do interior. Para a realização dessas grandes festas, os ambientes tinham que ser bem espaçosos, e os locais preferidos eram o Pinheiros, Piratininga, Homs, Ypiranga, Transatlântico, Casa de Portugal, Palácio Mauá, Tênis Clube, Maison Suisse, Fasano ou os salões do aeroporto de Congonhas. Alimentação, só se levasse de casa, não fazia parte da programação, não estavam incluídos jantares ou simples salgadinhos. Era tudo pago à parte, muitas famílias levavam a bebida e pagavam a rolha...

O Companheiro interrompeu:

— No início do ano, os bailes de formatura eram tantos, que muitos dos nossos amigos de infância, mesmo tomando, no máximo, dois banhos por semana, o que era comum, emprestavam ou alugavam um smoke por um mês, se perfumavam com Lancaster ou Piño Silvestre, e iam ficar de bico na porta de um desses lugares, esperando para entrar com algum convite que sobrasse, de qualquer estranho.

Conclui:

— Quantas lembranças! No carnaval, a meca cobiçada eram os bailes do clube Arakan nas dependências do aeroporto. Tinha de tudo, de prostitutas pobres a *playboys* da riqueza. Mas, se tudo foi de um jeito que não volta mais... a motivação persiste, o negócio é festa, o resto que se dane, o que vale é o meu volumoso anel, o canudo e o diplomão para pôr na parede. Depois dessas solenidades, quem tinha carro ia dar uns amassos nas namoradas, podia ser no Ibirapuera, Morumbi, Interlagos... ou nas proximidades das festas. Para quem morava no bairro, o lugar mais próximo para os ansiosos era o paredão da General Jardim, entre a Veridiana e a Sabará; um motel a céu aberto... eu fui um deles... O sexo era mais difícil, não se usava camisinha, nem na zona, e a doença venérea mais comum era a gonorreia, curada com uma boa dose de Tetrex 500... Gente, não podemos esquecer da Jovem Guarda, no teatro Record da Consolação. Um programa inovador, que abrasileirou aquele rock simples e de letras quase ingênuas. Foi interessante, começou em 1965 e terminou em 1968, preenchendo um espaço certo, o das tardes de domingo, vazias por proibirem as transmissões do futebol ao vivo. Alguns criticaram a alienação, mas não dava para cobrar a participação política de um bando de jovens mais preocupados em se exibir. Uma forma que evoluiu no início de 1960, com Carlos Gonzaga, Wilson Miranda, Betinho e seu conjunto, Tony e Celly Campello, e Sergio Murilo, com seu Alô Brotos, na TV Tupi do Rio de Janeiro. Mesmo assim, essa descontração acabou estimulando um movimento cultural, que também introduzindo as tão perseguidas guitarras, partiu para um trabalho mais evoluído, que foi o tropicalismo. Nele, além das composições críticas nas letras e nos arranjos, tinha uma apresentação que abalava comportamentos. Essas criações mais ousadas, que misturava esquecidas músicas populares de bom nível, com o brega, causou uma relutância bem maior que a Jovem Guarda, principalmente entre aqueles estáticos da música intelectual brasileira. O tropicalismo também teve uma inspiração na semana modernista de 1922 e no concretismo. Mas não teve as formalidades dessa semana, que contou com o apoio do governo e parte da preparação foi no aristocrático São Paulo Clube, na rua Veridiana, bem como em mansões da avenida Higienópolis.

— Quando você sente que uma estátua se move, assusta. A própria Jovem Guarda também relutou em aceitar o órgão do Lafayette, mas logo incorporou, e em quase todas as gravações posteriores dessa turma, tinha que ter a participação desse conjunto - observou o Rômulo.

— Marcão, já descansamos bastante. Pedimos mais um café e continuamos no papo, ou vamos andar? - indagou o Companheiro.

— Mais um café... e depois vamos andando.

Meio preguiçosos, levantamos devagar e continuamos na intensa conversa. Entramos na rua Timbiras, para retornar à praça da República, e o Companheiro continuou falando:

— No quadro histórico que vivemos, está evoluindo mais uma insanidade preocupante, que é aquela evolução da vontade de brigar, lutar, ter rixa com outras pessoas, sem nexo algum. Se meia dúzia de jovens idiotas se tornarem muito amigos, está criada mais uma gangue, um clube da luta, uma contínua imbecilidade sem causa. São milhões pelo país, e como as drogas, poucos conseguem fugir desses embalos insanos.

Continuei:

— Como digo, não dá para generalizar. Mas, pelo tamanho do nosso território, não era realmente para essas modas estarem tão disseminadas, tornando o país, tão rico em culturas regionais, quase igual. Essa uniformidade não é só comportamental. Nas últimas festas juninas de Campina Grande, na Paraíba, foram vendidas mais comidas orientais do que as confeccionadas à base de milho. Quanto aos jovens, grande dose de culpa está em programas como Malhação, da TV Globo, onde se dita há muito tempo comportamentos fúteis, que moldam o adolescente para torná-lo mais um imbecil no contexto. Onde o jovem é sugestionado a ter autonomia individual, ignorando o coletivo. E esses sujeitos alienados e resignados, frutos do ambiente econômico e cultural que está inserido, vão aumentando nas ruas. Esses programas exploram aquilo que o Rômulo abordou quando falou das gerações y e z. Mas como o país é grande e ainda diversificado, por sorte, ainda encontramos minorias resistentes de molecada boa por aí, em qualquer classe social. A própria televisão muitas vezes descobre algumas iniciativas surpreendentes.

O Companheiro colocou:

— Infelizmente, Marcão, são casos pontuais, e aí temos muito de situações especiais e esforço pessoal. Se uma família conseguir se livrar da contaminação televisiva, e dos ambientes nocivos em volta do lar, vai valer muito a dedicação de todos e a luta do próprio jovem. Juntos, eles podem derrubar as barreiras dessa alienação e com muito esforço, vencer. Meu pai era maloqueiro e levava muitas revistas velhas para casa, eu adorava; e tinha uma televisão coletiva, em preto e branco, que alguns questionavam. Optavam pela leitura. E pelo simples ato de eu ter aquelas revistas, comecei a gostar de geografia e história e parti para os livros. E coincidiu de eu estar ligado no futebol, e a descoberta de cidades e países foi se dando pela curiosidade de saber a origem dos clubes respectivos de cada local do mundo. Essas iniciativas me ajudaram muito no conhecimento global das coisas. O que eu digo é que está difícil um exemplo igual ao meu com os valores e estímulos que estão por aí. Você vê muita gente tendo a facilidade de usar a camisa de um time europeu, mas sem a menor ideia da localização daquele clube. Imagine também a posição de um jovem bem intencionado, cercado de amigos que só pensam em drogas e baladas.

O Remo deu seu parecer:

— Gente... é a inteligência artificial que chegou: hackers, robôs, sexo virtual, videogames... Gerações concebidas na era digital, em que as ferramentas virtuais vão desenvolvendo um sistema cognitivo diferente. Interagir é postar nas redes sociais...

— Você tem razão! O que me assusta é a velocidade do que acontece. Meus dedos folheavam revistas, não corriam pela tela. Imagina esta geração atual daqui a cinquenta anos, ao olhar suas tatuagens e lembrar de seus envolvimentos. Eu não generalizo, porque cada época com sua realidade, e sempre vai ter o privilegiado e outro não. Mas, como tem os que acreditam que viver é ter o prazer fácil das drogas, e o crescente número de resolvidos que acham que o melhor é o sexo virtual, felizmente, ainda vejo, que para a grande maioria, o ato da conquista amorosa e sexual corporal ainda é a maior consagração.

Continuei:

— Vamos ao caso das gangues, realmente é uma praga, porque elas podem se manifestar por qualquer razão, até de forma efêmera. Por exemplo, na classe rica, uma briga pode acontecer provocada por um inimigo dos amigos que se conheceram naquela mesma noite na boate. Outras, formadas por jovens de menor poder aquisitivo, saem em contínuas batalhas sem causa, em esquinas e pracinhas de diversos bairros. Nas lojas de conveniência dos postos de gasolina, classes média a alta também formam seus grupinhos para o que der e vier. E turminhas vão além em seus próprios grupos, como nas torcidas organizadas do futebol. Pequenos grupos são arregimentados à revelia de seus radicais dirigentes, para marcar pela internet, sangrentos confrontos com adversários. Atualmente, qualquer filme juvenil, policial, ou mesmo ingênuo, pequenas ou grandes gangues são destacadas como tudo fosse natural.

— Esses filmes e a moda dos vídeos é que incentivam essas brigas vazias e idiotas de torcedores, geralmente bem distantes dos policiados estádios... Marcão, e as pichações sem nexo que grupos organizados de garotos fazem para colocarem seus símbolos paleolíticos indiscriminadamente, numa disputa vaga para ver quem corre mais riscos?

O Rômulo interferiu:

— São os frutos desenvolvidos pela malformação mental que vivemos. Repito, são as metástases urbanas maléficas e cruéis que surgiram no pós ditadura e matam a cidade. A interferência criativa na vida urbana é saudável quando não estressa os cidadãos. Ela vem desde os romanos. Mas o que tem sido feito é inconsequente, o oco desses pichadores tem ido além, eles borram, sem nenhum respeito, até o trabalho dos grafiteiros. São frutos dessa malformação representada por enorme número de egocêntricos, em que alguns fazem pior. São os espertinhos, que invadem as faixas de ônibus ou trafegam sem pudor pelos acostamentos, intimidam quem tem um carro mais velho ou menor, chamam com buzinadas uma pessoa do décimo andar, às dez da noite, incomodando os moradores de outros andares, aceleram motos, estourando os tímpanos de recém-nascidos, idosos, doentes e tanta gente, atendem celular no coletivo como se estivessem na casa deles. Bêbados e drogados, vão aos postos de saúde pública tirar a vaga de quem precisa e depois criticam o atendimento. Não obedecem a nenhum tipo de fila e, indiferentes, jogam lixo em qualquer lugar. Um egoísmo que é também representado pelos motoristas e pedestres que não respeitam faixas de sinalização e que ajudam a cidade a se desfigurar, virar uma zona de conflito entre pessoas transeuntes, ônibus, carros, motocicletas, bicicletas, skates...

Concordei e prossegui:

— As pichações são ações de jovens com um potencial efervescente pela arte ou por um esporte mais radical, mas por viverem num buraco negro, procuram emoções fúteis, desconhecendo outros incentivos!

O Companheiro colocou:

— Pelo menos escrevessem frases inteligentes ou grafites criativos, como soube que fazem em tantas cidades do mundo... Na minha infância, ninguém vivia nesse vácuo de cabeça e ansiedade, de colocar a vida em risco para pichar asneiras, éramos mais calmos e felizes, ninguém brigava sem nexo, era mais por namoradas. Ninguém se matava para defender um clube de futebol, ou para defender pontos de drogas. Vou te contar, meu pai vendia pipoca na rua Augusta, na parte *chic*, que vai da avenida Paulista até a rua Estados Unidos. Hoje, a badalação mudou a direção, vai da Paulista até a praça Roosevelt, na baixa Augusta, um movimento noturno maior, mais livre, mas quimicamente amortecido e também sem perspectiva do amanhã. Eu, naquela época, aproveitava para ver a rapaziada milionária com seus carrões, indo e vindo da doceria Brunella ao sul para a sorveteria Bologna ao norte. Alguns gostavam de dar um cavalo de pau num trecho em círculo em frente ao clube Paulistano. O que eu quero dizer com isso é que em qualquer parte todos se davam bem, não havia essas brigas entre eles, só desentendimentos individuais, como disse, sempre por mulheres. A maior imbecilidade desses *playboys* era cruzar as ruas da cidade, principalmente entre a Augusta e a Paulista, fazendo a famosa "roleta paulista", pondo em risco a vida deles e de quem estava em volta; fui testemunha, nesse cruzamento, de um que se espatifou no meio de um bonde. Outros, apostavam corridas na avenida 9 de Julho, ou quem chegava primeiro em algum ponto de Santos, no litoral. Faziam tudo para imitar os ídolos nos filmes de Hollywood, foram os primeiros vira-latas dos norte-americanos, principalmente nas vestimentas. Mas sabia-se quem eram esses bobocas porque seus nomes saíam nas colunas sociais. Viviam de um *glamour* descabido e poucos, com menos recursos, pelo enorme distanciamento social da época, os acompanhavam, invejavam-nos ou tentavam imitá-los. Esses *playboys* eram mais é admirados. A periferia não ia à rua Augusta, e não existiam shoppings, onde hoje tudo se mistura. O que preocupa na alienação atual é que os rachas de automóveis agora são instituídos com regras próprias, e o que é pior, nas periferias, onde muitos são pobres desconhecidos. E muito pior, essas ações automobilísticas inconsequentes, sempre às escondidas e de surpresa, estão prosperando na juventude das grandes cidades. Embora esses pegas, como são chamadas essas disputas, sejam mais organizados, muitos jovens idiotas, nas saídas das baladas, chapados, com seus reluzentes veículos, ficam provocando um outro, com farol alto, para esses desafios. São atos criminosos onde ninguém se importa com as vidas em jogo, nem a deles, e nem a dos outros. Em números, essas cretinices tem uma escala muito maior que no passado.

Continuei:

— Parece que naquela época vivíamos uma sociedade de castas, mas com convivência tranquila. Na atual época, sentimos que houve uma evolução que misturou as camadas sociais, vertendo uma sociedade falsamente igual, em que todos são banais, egoístas e estimulados ao autoritarismo. Além de crescer cada dia mais erigida sobre aparências, essa sociedade atual criou formas de incentivo tão massacrantes aos que têm uma baixa renda que os infelizes acabam querendo viver intensamente esses valores abstratos, pensando que é melhor comprar tudo para dela participar, mesmo que se fique devendo até na padaria.

Nessa troca de ideias, andando sem prestar a atenção em nada, chegamos à praça da República. Encontramos um banco vazio, sentamos, e o Remo, de pé, sugeriu que nós continuássemos com as observações, porque estava adorando. Concordamos, e enquanto ele foi buscar duas garrafas de água, ficamos quietos, alongamos as pernas e nos preparando para novas conversas.

V. Diagnóstico do presente

Ao observar que o banco da praça estava parcialmente quebrado e sem alguns parafusos, que alguém claramente furtou, o Companheiro se revoltou, quis saber minha opinião, mas antes de eu responder, continuou tagalerando:

— Marcão, esquece, dá para todo mundo sentar, vamos ficar quietos e conversar, o papo tá bom!... É uma irracionalidade furtar o que é público... igual a essas porras de depredações. A polícia pegou uma Kombi com fundo falso, levando tampa de bueiro. É um absurdo! E vai além, são escolas, placas de trânsito, orelhões, bancos de ônibus, caixas de correio e agora a moda é botar fogo em ônibus. Quanta burrice, todos esses bens são direta ou indiretamente da própria comunidade, situações que prejudicam o próprio pobre, não o rico. Na minha visão, é o contexto da despolitização. Eu vi, depois de um desfile de coxinhas, um bando de mascarados quebrando os vidros de um banco e logo em seguida depredando um ponto de ônibus. O sacrifício de um pobre não é igual ao de um banqueiro. Povo politizado protesta, mas não depreda o que é seu. Outro assunto, o que dizer da modernização do trote?

Respondi:

— Algumas depredações são estranhas! Quanto ao trote, é o reflexo do que a sociedade está exigindo do jovem – a aceleração da violência. De há muito a Universidade de Coimbra conteve suas recepções medievais. Outras penalizam as idiotices. Sempre atrasados, aqui, as brincadeiras sadias, ou qualquer ajuda dos calouros aos menos favorecidos, viraram coisa de bobo. O sangue precisa escorrer!

Alunos, principalmente da Medicina, passam o ano projetando os piores trotes para os calouros. Por volta de cinquenta anos atrás, eles passavam o ano promovendo o que tinha de melhor na música brasileira. São inesquecíveis os shows promovidos pela Escola Paulista de Medicina, no teatro Paramount, como "O remédio é bossa" e tantos outros.

— E quem incentiva toda essa violência? Para mim, 90% da culpa fica com a televisão! - disse o Remo, e o Companheiro lembrou:

— Você lembra que a TV Globo pedia, durante o dia, para votar em um trailer de três filmes, para passar no fim da noite? E que nessa famosa tela quente o mais violento sempre foi o vencedor?

— E quase sempre as três propostas eram violentas. Pessoal, é mais uma sedimentação do que estamos expondo, li que 93% dos brasileiros não vão a exposições de arte, 90% a teatros e danças, 75% a cinema e 70% não leem livros - observou o Remo, e o Companheiro continuou:

— Acho que bem mais de 70% não leem nem gibi, no máximo uma revista de fofocas. Há pouco tempo, até o Rômulo ajudou, comparamos a lista dos livros mais vendidos da década de 60 e as de hoje. Incrível a queda de qualidade, eram raríssimos os escritos de autoajuda. O povo foi condicionado a gostar de um circo romano. Tenho saudade do boxe quando vejo MMA, ou rinha humana, como queiram. Marcão, sempre torci para o touro e nos rodeios deviam amarrar é o saco de quem monta, não do infeliz do touro ou do cavalo. Mas você tem razão, se ao invés da violência, os investimentos e as divulgações fossem para as proezas humanas positivas, acredito que essas audiências se reduziriam e ficariam restritas a uma minoria que sempre vai gostar desses espetáculos deprimentes, onde reina a estupidez humana. Pior é que temos que respeitar, porque faz parte da nossa convivência, sempre, em qualquer escala social, ou localidade, vamos encontrar, a qualquer momento, um nefasto procurando seu espaço. Quando falávamos de educação, demos exemplos de que como a mediocridade e o caos estão sendo assimilados na maior naturalidade. Com essas nossas novas lembranças, penso que a situação é pior, acho que esses valores deprimentes estão bem é sedimentados no povão, alguns irremediavelmente. Digo isso porque os focos de resistência são pífios e estão sendo engolidos pela dinâmica perversa das comunicações. Nesse quadro apresentado para o povo consumir, os velhos, que poderiam servir de exemplo de vida, ficam isolados, e só servem para receber presentes sem utilidade, em datas especiais. A falta de controle na massacrante divulgação desses valores perversos, algumas vezes até ilícitos, faz tudo virar referência, a excelência do viver, principalmente para os jovens. Qualquer pessoa sem oportunidade é como um animal qualquer, responde a estímulos. Para mim, o quadro é cada vez pior, porque, fora desse consumismo doentio do cotidiano, que outra opção os incautos vão encontrar? Duas coisas, os pregadores da salvação eterna ou o fascinante mundo do crime. E revolução, como pregávamos no século passado, você sabe, não dá mais. Ela vai chegar, cedo ou tarde, mas por outros caminhos.

Continuei:

— A mediocridade, o mau e sua perversidade encontraram espaços, evoluíram e agora dão grandes lucros: temas ridículos de novelas e filmes onde a maldade é meio e referência, com enredos onde a destruição do inimigo é feita pelos meios mais cruéis. É o domínio do poder da mídia, hipnotizando o grande público, que refém desses valores, só consegue escapar um pouco quando paga uma programação por assinatura e tem opções maiores. Nessa embriaguez, com a qual somos obrigados a conviver, eles conseguem deixar até nós, resistentes históricos, de ressaca... debilitados e estressados... Em política, eles amoldam e insinuam o voto para os pobres desorientados, depois citam que os políticos são a voz do povo. Acho, realmente, a mudança muito difícil para um país que ainda exalta o inútil big brother. Mas, sem dúvida, temos que começar pela escola. A criança não pode mais viver nesse labirinto sem saída. E só vejo alguns escapes, ela ser levada ao raciocínio abstrato, jogar xadrez, ter iniciação na música e de forma cognitiva aprender a questionar, filosofar, entender um texto, uma poesia, um livro, um filme decente; criar em infinitas situações, pesquisar o melhor na internet. Não ser forçada a ser a primeira da classe. Fazer exercícios físicos normais, aprender a dar saltos mortais. Se castigada, ser obrigada a ler livros e resumi-los. Ser levada o quanto mais cedo a passar por testes vocacionais, para ir aprendendo um ofício. E, ao invés de ficarem estáticas assistindo a filmes e vídeos idiotas, por que não levá-las a assistir a enredos que despertam o raciocínio: como o triunfo da força de vontade e determinação de pessoas defeituosas, a cultura de povos diferentes do nosso, de crianças sem pais que vencem na vida, do tempo efêmero de um viciado em drogas, da desgraça do mal e a energia do bem no convívio humano, do prazer rápido na juventude diante do enorme espaço da vida, da nossa existência curtíssima em relação ao universo, da estupidez do bullying, porque todos os humanos são iguais nas dores e necessidades, e, por fim, o respeito constante aos princípios básicos de cidadania. Nos últimos jogos olímpicos e paralímpicos no Rio de Janeiro, muitos estádios ficaram vazios. Por que não foram preenchidos por estudantes? São iniciativas que nunca vão passar na cabeça de investidores capitalistas. O bom encaminhamento sublima a libido que potencializa a violência e destrói o positivo social.

O Rômulo fez uma colocação:

— Ensinar economia familiar! Engraçado, até os economistas conservadores falam nesta educação financeira. Não é um contrassenso ao consumismo capitalista?

— Sim. São as contradições desse sistema: a massa de manobra, se educada, vai consumir menos!

Respondi. Ele continuou:

— Leio muito sobre educação pelo mundo. Nos Estados Unidos, não ir à escola é crime. Garantida a matrícula, se o aluno faltar sem motivo é chamado na corte, recebe multa e a obrigação de prestar serviço na escola ou estabelecimentos filantrópicos. Ainda, junto com os familiares, é obrigado a ouvir palestras sobre o valor da escola na vida, as despesas que o governo e os pais têm com ele. Se insistir em faltas, esse aluno fica preso três dias em recolhimento próprio. E, na sequência da indisciplina, a obrigação de ficar num colégio interno até terminar pelo menos o segundo grau. E o serviço voluntário, além de ser praticado espontaneamente, soma pontos nos currículos. Em Cuba, além do substancioso conteúdo escolar, o governo vai buscar o aluno faltoso.

— Como sabemos, aqui não se mata a aula, mata-se o professor!... Marcão, caímos no abismo e ainda não chegamos ao chão. Às vezes sou meio idiota e acredito que vamos encontrar uma rede para nos salvar. Pergunto, o que devemos fazer com urgência fora da escola?

— Companheiro, os meios de comunicação, ao influenciar as famílias, atingem em cheio as crianças. Agora, essas famílias, ricas ou pobres, reféns dessa diversão e de um mundo sem tempo para nada, parece que não percebem que vão piorando seus valores sociais e morais de acordo com aquilo que são obrigadas a consumir. Eu também fico descrente no futuro. Sem dúvida, as pessoas que criaram essa situação são é criminosas! Como diz o padre João, será que ninguém tem família? Será que não pensam que o desdém com a responsabilidade social sempre volta como um bumerangue envenenado? A coisa tá feia! Agora, quase tudo que a escola tem que proporcionar pode ter continuidade em casa, das ações que despertem o raciocínio aos exemplos que a vida nos apresenta. Os pais tem que adotar seus filhos antes que alguém na rua o faça. Largar os eletrônicos e levar a molecada aos parques para andar e conversar, a museus, às apresentações de boa música, jogar e ir ao futebol, ou praticar e ir a outro esporte, andar de bicicleta, as compras necessárias, circular por livrarias e lançamentos de livros, ensinar a falar baixo, a se alimentar com disciplina e adequadamente, a observar a estética, a contemplar o que é belo, a se organizar, a ser tolerante, selecionar espetáculos e ir a cinemas e teatros, viajar, de ouvir as dúvidas e ser sincero, apresentar pessoas diferentes e interessantes, a ficar antenada nos fatos diários à sua volta, abraçar o filho e desenvolver o altruísmo. Pai e mãe têm que contar suas experiências positivas na vida, os filhos vão gostar, porque todo pai é um herói, e mãe é mãe. É a famosa gestão do conhecimento. Tudo isso é saudável, bem diferente de levar o filho ao boteco para ver todo mundo bêbado contando piadas desrespeitosas, de incomodar mulheres como se fosse um ato positivo, de desrespeitar gays, lésbicas, pessoas com deficiências ou mal arrumadas, de incentivá-lo a dirigir com tenra idade, de levá-lo à kidzania para aprender a ser um consumista praticante, de ensinar os filhos a fazer compras desnecessárias nos shoppings, de levar a molecada para ver megashows de idiotas, ou não se incomodar que esses jovens fiquem trancados no quarto com os amigos, durante horas.

— Além disso, muitos desses pais não se preocupam com o que acontece nas portas das escolas, e sim com o conteúdo que é passado aos alunos, incentivando essa babaquice de proibir um ensino político mais amplo. Sem saber o que falam, preferem rotular e perseguir o professor, mas não observam nem denunciam o traficante que conquista o filho — lembrou o Remo.

Continuei:

— E tem mais uma observação curiosa desse nosso lamentável e descontrolado cotidiano, que pode ser feita a qualquer instante: o consumismo midiático enfiando cada dia mais esses saquinhos de salgadinhos, batatas fritas e refrigerantes na população. Em qualquer espaço que você se encontrar, vai observar o povão comendo esses produtos químicos criminosos e jogando as embalagens em qualquer espaço de chão, nem amassam. É uma mastigação nervosa a qualquer hora: na rua, no ônibus, no trem, no metrô, cenários que encarnam a gula de Belzebu. Criaram uma geração de gordos onde as crianças são as maiores vítimas desses encantadores venenos que iludem. São manufaturados gordurosos que não saciam a fome, enganam o cérebro e detonam o corpo. Não é possível alguém se alimentar bem com esses produtos, que, além de não recomendados, são digeridos de forma impulsiva. Na grelina, a alimentação tem que ser boa e na hora certa. Depois não adianta ficar procurando e tentando fazer dietas milagrosas, matando ainda mais o corpo e a mente. As sequelas de um corpo deformado são permanentes, nem plástica resolve, ficam para o resto da vida. Vejam as velhas fotos de São Paulo, e não precisam ser muito antigas; fora as vítimas de algum metabolismo natural, não havia tantas pessoas obesas circulando pelas ruas.

— A tecnologia avança para que vivamos mais, e a ambição das indústrias para que vivamos menos. Nesses saquinhos de pseudo-salgadinhos ou nos refrigerantes deviam colocar alertas como nos maços de cigarro: "Isto é um veneno que só faz engordar!" Quando ficamos sabendo como são elaborados certos produtos, principalmente os originários de carnes, não dá para acreditar em nenhuma embalagem encantadora. O Brasil é medalha de ouro no uso de transgênicos e de agrotóxicos não autorizados ou acima dos limites... Engraçado, não que estivessem certos, mas os alimentos não tinham prazo e ninguém morria, só se uma lata estivesse estufada, enferrujada ou o produto visivelmente estragado. As linguiças secas ficavam brancas de tão velhas, será que já tinham papelão, cabeça de porco ou química que ressuscita carne podre? Comia-se doce e ninguém tinha tanto colesterol. Hoje o prazo é de vida, a sua vida, condenada por conservantes, acidulantes, corantes, gordura trans... o diabo... Toda comida era orgânica... Mas vou largar os venenos alimentares e partir para outro, crescendo nossa conversa... te pergunto: e as instituições? Está tudo dominado? Tudo bem, ou precisa mudar alguma coisa? Eu vejo uma querendo engolir a outra, e o povo desatento, se escoando por numerosos bueiros.

— Companheiro, você sabe, precisa mudar tudo. Se o crime organizado prospera nos vácuos deixados, os legalistas precisam cobrar de quem tem que exercer essa legalidade. Quem manda é o poder Executivo, mas tem deixado muito espaço aberto para os outros poderes. O poder Legislativo em Brasília é a piada pronta construída pelo povo, cada dia mais conservador e retrógrado, só conseguindo se impor através de ameaças, chantagens e abusos fisiológicos. Os legislativos estaduais, além da piada, quando não são verdadeiros apêndices, só dizem amém aos governadores. Pelo mesmo caminho servil do Legislativo vão os Tribunais de Justiça. Pelos rincões do país, muitas decisões judiciais têm ficado nas mãos dos promotores, sociais-democratas, que, bem acordados, são os galos das comarcas. O

Judiciário, como na significativa estátua de duas cabeças, é uma potência acomodada e sonolenta nas instâncias menores, mas nas maiores vai pelas bordas, não perdendo nenhuma oportunidade para impor sua judicialização na política e atender, sem nenhum recato, a recursos originários e protelatórios de festejados e poderosos causídicos. Não tolerando críticas a fatos evidentes, eles ainda usam a figura de Ruy Barbosa, esquecendo o que disse o polêmico baiano na época: "A pior ditadura é a do poder Judiciário; contra ela, não há a quem recorrer".

— Nossa! Bodes criticando a chibarrada! – apimentou o Companheiro.

Continuei:

— São escandalosos esses ligeiros habeas corpus fornecidos a abastados, como são vergonhosos esses pedidos de vistas, para que ministros sentem nos autos para esperar, por alguma razão, os anos passarem. E não adianta o velho e calejado coveiro alertar: *tempus fugit* – é a verdade que foge. Quanto aos privilégios de alguns advogados, na história recente, ficou claro que os interesses lucrativos e o descuido na formação excessiva de doutores possibilitou que muitos que escrevem gato com j e cachorro com x recebessem diplomas universitários. Depois das tradicionais São Francisco, PUC e Mackenzie não serem mais exclusivas, a maionese desandou, mas entre os milhões de formados em Direito, por que só meia dúzia comove essa burocrática, morosa e estranha Justiça? Os seres humanos são iguais perante as leis, e todos têm direito a recurso aos tribunais. Mas o hermetismo assusta e subestima o leigo, aqueles necessitados que precisam de justiça diariamente, que, saturados, só enxergam que a sorte repentina nas ações judiciais só aparece para os grandes ladrões dos pequenos, que mesmo sobre custódia ou autuados em flagrante, veem sempre aparecer um causídico diferenciado, que por quantias mirabolantes, e através de fórmulas mágicas, libertá-los de imediato. É a pureza de alguns habeas corpus, obtidos por inúmeros advogados, que legalmente se enriquecem com dinheiro sujo. E todos os leigos perguntam: até quando o infeliz das periferias vai ter que ficar lendo a velha regra do ditado: pobre furtando sabonete, flagrante, madame furtando bolsa de marca, coitada, cleptomaníaca. Na realidade, essas defesas privilegiadas se concretizam através de pouca eloquência, o hermetismo está mais na mensagem antes e o destacado e badalado timbre com o nome do advogado depois, que pode ser o filho de um mega operador do Direito, tudo associado a simbolismos. No expediente forense, os atentos sabem da originalidade dos procedimentos interlocutórios vindos de muito desses escritórios; mesmo iniciais, muitas são elaboradas sobre minutas de promissores estagiários. Estudantes rapidamente contaminados pela retórica, por formalismos e termos incompreensíveis até para colegas, que passam a ser úteis para esses velhos e consagrados advogados. Porque muitos desses jovens estagiários são ligeiros nos interesses pessoais e acabam colocando em prática aquilo que fermenta em suas cabeças: cláusulas e alíneas fresquinhas que acabaram de aprender na faculdade. E também por estarem curtidos numa decoreba de sabedoria marcada em suas mentes. Afinal, é o conteúdo do embalo ferrado nos estudos exigidos para o próximo concurso público. E hoje, para rechear qualquer bolo jurídico com doutrinas, jurisprudências e brocardos latinos, é só consultar a internet.

O Rômulo acrescentou:

— O espetáculo final na arena dos operadores do Direito vem sendo melancólico. O Supremo, tão aparentemente garantista depois do regime militar, tem saído de trás das cortinas de forma sinistra. Virou amigo íntimo dos decadentes conservadores do velho circo e elegeu alguns inimigos para enfiar sua espada incandescente, esquecendo ou ignorando o desassossego dos menos favorecidos. A coisa esquentou de tal forma que o pano da Constituição tem sido constantemente chamuscado.

O Companheiro voltou para o primeiro ato:

— E nas arquibancadas desse teatro injusto, fora toda a burocracia, os interesses e esses poucos grandes escritórios, encontramos as incontáveis médias e pequenas quitinetes advocatícias, sem muita influência, mas ligeiras nos lucros. São os que preferem ser reconhecidos por suas estratégias de tumultuar e congestionar a saturada Justiça, para receber eternos honorários ao invés de saudáveis e rápidos acordos.

E o Remo voltou a destilar o verbo:

— O grande uruguaio Eduardo Galeano definiu o que vocês disseram: "A Justiça é como as serpentes, só morde os descalços". Agora pergunto, do eleitor descalço, pé-de-chinelo, ao ministro do Supremo, vocês acham que todos votam de acordo com a consciência?

— Uma boa indagação! respondeu o Companheiro, que continuou: — É difícil dizer certas verdades... como foi dito... Outra, por que temos, no estado laico, que chamar certos desqualificados, debaixo de uma cruz de Cristo, de excelência? Vão todos eles à merda! Mas, vamos lá, o povo também só fala em inércia, impunidade e demora da Justiça, sem conhecer o que acontece no intestino da cobra. Onde eu vivo, no triângulo zen, ouço de juristas que considero dignos, reclamações de que os juízes se ligam mais aos procedimentos do que ao conteúdo, e que tudo rola porque estão enroscados numa burocracia crônica, onde não há tempo para conhecimento pleno dos fatos e decisões sob a luz da absoluta razão, enuviando a dosimetria da pena. Que aumentam os juízes que combatem o crime organizado, ou que acabam enfrentando os que se acham donos de rincões pelo Brasil, entrando esses magistrados numa situação que necessita a cada dia de mais proteção. Que a Justiça está entupida pela imbecilidade de milhares dessas ações inconsequentes e protelações de outras, que citamos. Que as faculdades deveriam abrir a mente dos alunos para serem menos metódicos, úteis para a sociedade, tentando pacificar e ajudar os menos favorecidos, desburocratizando e descomplicando o fácil. Ao invés de bitolá-los de como ingressar em juízo por qualquer asneira, protelar, recorrer ridiculamente até as cortes interplanetárias, congestionando a justiça, para depois taxá-la de morosa. Menos frescuras jurídicas e latinice e mais objetividade. Diante desse mundo arcaico, ouço também que o Ministério Público, mais jovem, cresceu tanto que cada promotor se acha a própria instituição; o bem e o mal, o início e o fim de tudo, em tudo. Embora indispensáveis na nova engrenagem dessa sociedade em que não vislumbro esperanças, acho, por parte de quem tem que fiscalizar e propor ações em defesa da população, uma puta incoerência, sacanagem e péssimo exemplo com os demais cidadãos essa abrangente garantia de prorrogativa de foro, copiado do arcaico judiciário, em que um acusado continua a receber salários, mesmo afastado pelas mais terríveis acusações, muitas vezes sigilosas, situações que não acontecem com os demais mortais da administração pública e mesmo para o homem comum. Por que os promotores só podem ser investigados e denunciados por outro promotor? E por que essa anacrônica e também abrangente vitaliciedade, que não cabe mais no mundo moderno? Vejo também magistrados, que também estão nesse iate, que depois de muito custo são "punidos" e vão curtir uma bela aposentadoria às nossas custas. Por que no Brasil existem esses privilégios nojentos, como tantos outros que beneficiam somente elites que já vivem bem? E por que essas excelências vivem inventando e pedindo mais e mais privilégios e dinheiro público? Logo vão pedir auxílio para um café colonial ao lado das salas de audiências, para a graxa no sapato, para lavar as meias e as cuecas... e para o happy hour, que ninguém é de ferro. Esse circo perverso só desanima o cidadão honesto e comum.

O Rômulo embalou o assunto:

— Prestei alguns concursos públicos, desses que não exigem muita coisa. Passei num para o cargo de servente, contínuo, porteiro, e fiquei menos de um ano. Aprendi muita coisa, e conclui: o encosto parece ser uma doença generalizada. Infelizmente, convivemos com uma casta de privilegiados, situada numa enorme faixa de funcionários públicos burocratas pelo país. São pessoas que prestam concurso simplesmente para garantir emprego, sem se importar com o que vão fazer e suas responsabilidades com o dinheiro público. Empossados, quando não conseguem um desvio de função com algum padrinho, ignoram suas obrigações cotidianas, se acomodam e reclamam das poucas horas que ficam nas repartições. Muitos só batem o ponto, outros nem isso fazem, mas ninguém deixa de ir atrás de qualquer penduricalho salarial, notas supervalorizadas até da média com pão e manteiga do boteco, e a contar diariamente, quanto falta para a aposentadoria, não se incomodando com o futuro do país e nem com a bolha dessa burocracia, que obriga qualquer governo a constantes reajustes fiscais para sustentá-los e que pode estourar a qualquer momento. Antigamente matavam o tempo no tricô e palavras cruzadas, hoje, na internet e celulares. Outra faixa, menos burocrática, entra no funcionalismo público disposta a trabalhar além do necessário, não se importando com salários, penduricalhos e férias no papel. São apenas estimulados com a intimidação e os ganhos que calculam obter com a nomenclatura do cargo que vão exercer. Uma teia de corrupção contínua, que contamina os recém nomeados, e desmoraliza qualquer governo. Pessoas que recebem dinheiro ou vantagens, em cargos públicos, se cometem desonestidades objetivas, como corrupção passiva, concussão, ou subjetivas, casos do tricô, uso particular e contínuo da internet, tem, deliberadamente, culpa consciente da sacanagem. Garantias de emprego e carreira devem ser para cargos técnicos e de responsabilidade direta na vida civil da sociedade, para evitar a influência de políticos de passagem. Mesmo assim, com melhor controle externo e rigorosa fiscalização popular, executada também quando das nomeações de confiança à disposição de políticos. Outra ideia é que se permaneçam as carreiras do funcionalismo como estão, mas acabem, para todos, com a estabilidade. O pessoal vai ficar mais esperto e menos acomodado.

O Companheiro deu o seu enfoque:

— Para justificar a entrega do que é nosso ao capital estrangeiro, dizem os que criticam, mas dela se beneficiam, que as estatais não são mais igrejinhas, mas catedrais de apadrinhados. É uma estratégia crítica bem diabólica. Acredito ser mais fácil saneá-las, com plano de cargos, carreiras e salários... do que entregá-las ao indiferente e mortífero capital estrangeiro. Veja a irresponsabilidade da Vale com a barragem de Mariana, o deboche e o atraso para cumprir as condenações. Escolas públicas de ensino superior são frequentadas por alunos brancos, por grandes recursos, e com poucas mulheres. Dessas catedrais ninguém reclama. Só quando algum governo pede uma retribuição para que eles atendam os mais necessitados, em lugares distantes, é que há uma gritaria geral. Ofendem, no caso dos médicos, seus colegas estrangeiros que chegam para fazer um trabalho mais preventivo, caso dos cubanos, diferente dos interesses de uma multinacional. Ficam ouriçados, programam micaretas domingueiras na avenida Paulista, e postam agressões contra governantes eleitos que não são do gosto deles. Eu digo para um desses que eu conheço: "Médico cubano é escravo da solidariedade, médico brasileiro é escravo das indústrias farmacêuticas".

Continuei:

— E esses ouriçados entreguistas ainda dizem que a polícia é um flanco aberto para a corrupção. Privilégios e mal uso de verbas, salários incompatíveis, aposentadorias precoces, ricos usando escolas públicas e não retribuindo com nada, e esses tantos abusos do erário público, o que são então? E em qualquer canto encontramos um significativo número de funcionários em funções de fiscalização, que trabalham nas ruas, guichês e gabinetes, com óculos escuros, e que todos sabem que possuem patrimônios incompatíveis com seus vencimentos.

— Mudam-se os governos, mas esses venenos velados da sacanagem se irradiam nas menores fresas do serviço público. Sobrevivendo as intempéries e quase invisíveis, eles matam o pequeno cidadão que quer ter um comércio, uma indústria, prestar serviço ao país de forma honesta. Sem eles, a nossa carga tributária, sem dúvida, seria bem menor. Os brasileiros empreendedores, para subirem na vida, e não serem puxados pelo rabo, tem que acariciar uma cobra de duas cabeças: uma, desses agentes corruptos do serviço público, e a outra, serem aceitos no hermético clube dos talheres de prata e avental especial da sua região. Até quando essa jiboia dicéfala, que engole suas presas capturadas pelo rabo, vai comer nosso futuro? o Remo, sorrindo, observou e lançou a pergunta.

O Companheiro comentou:

— Marcão, esse rapaz está sempre antenado no cotidiano, e além de gozador é venenoso. Quando começa uma pesquisa então, envolve o Rômulo, fica sem comer e dormir, passa o dia numa lan house e a noite na biblioteca Mário de Andrade.

Continuei:

— Remo, às vezes nos enganam dizendo que mataram a jiboia. Papo para a plateia, porque cortam é parte do rabo, não as cabeças, conscientes de que ela crescerá pior! Estamos rodeados de serpentes, mas, enquanto essa viver, precisamos nos organizar e ficar atentos para não sermos puxados ou sofrer picadas sorrateiras. Há progressos na nossa sociedade, mas carecemos de transparência e rapidez na diminuição dessas injustiças rasteiras. Como a defesa do consumidor e outros direitos difusos e necessários. Por que só agora estão sendo despertados no cidadão? São direitos que não brotaram agora, quantas gerações morreram sem tomar conhecimento deles? A instituição que deveria exercê-los esqueceu, e só agora, com a democracia mais aberta é que lembrou? O rombo da Previdência começou porque suas reservas sagradas foram gastas em obras como na construção da ponte Rio-Niterói, onde até hoje não se sabe quantos trabalhadores morreram. Na construção ditatorial da rodovia Transamazônica, que destruiu arbitrariamente muitas reservas florestais e poucos conheciam a palavra ecologia. E aí foi a consolidação do reino das construtoras. Mas as ações e denúncias desses abusos não partiram, como outros tantos, de quem sempre teve a obrigação legal de fazê-los. Na época, essas revelações ao mundo sobre o sumiço de trabalhadores e arbitrariedades contra a natureza, foram provocadas pelos jornais clandestinos, panfletos, manifestações de arte, reuniões de esclarecimento em ambientes fechados, apelos e comunicados internacionais, missas e até por tribos indígenas. As instituições necessárias para o funcionamento de um país não podem se retrair por imposições autoritárias, devem protestar se forem colocadas de lado, e agir continuamente naquilo que são suas obrigações legais. Os impedimentos para a aplicação dos direitos comuns aos cidadãos honestos são decorrentes das dificuldades que os poderosos vão criando no cotidiano dessa própria sociedade, e eles precisam ser cobrados por quem tem esta obrigação. Numa administração pública harmônica, no caso pontual o

Ministério Público, em nada se pode diferenciar de qualquer outro serviço público. Imaginem se o Ministério da Saúde tivesse parado de funcionar durante o período obscurantista só porque alguns milicos doentes tivessem achado que ali era um foco de comunistas. Todas as instituições devem servir à pátria, em conjunto, a qualquer momento e situação, mesmo adversa. O lapso temporal de uma instituição necessária na vida do país deixa sequelas por gerações seguintes, como as que se omitiram durante a ditadura militar. Não adianta apurar esses crimes contra a humanidade depois de quarenta, cinquenta anos.

— A esperança da fiscalização sempre fica para os promotores, mas, nesta época, toda a corrente para puxar a justiça enferrujou, e os "ajustes de conduta" eram os seguintes: os carrascos torturavam, os peritos se omitiam, a polícia relatava o que não via mas via, os promotores não denunciavam, e os juízes, em continência, davam a sentença, debochando dos advogados: "As provas apuradas são robustas... por crime contra a segurança nacional" – observou o Rômulo, concluindo as colocações.

— Ajustes de conduta... hoje é tão bonitinho! Mas as decisões finais não cabem ao Judiciário? – pergunta sem resposta que o Companheiro fez, e que logo engatou uma outra: — E a eleição para juiz de direito nos Estados Unidos? Não seria uma boa por aqui? Até a Bolívia parece que já adotou.

Respondi:

— É um sistema de alguns estados norte-americanos que aparenta ter transparência e economia. O eleito tem mandato determinado, salário fixo, não tem carreira, e sua atuação se limita às comarcas. Mas em alguns estados, o sujeito precisa se filiar a partido político, e em outros necessita de financiamento de campanha, e aí é aquela velha história do toma lá, dá cá, da troca de favores, dos anéis de interesses. Por aqui, se os nossos compatriotas já fazem das eleições políticas um circo, imaginem quem eles poderiam eleger para o Judiciário. Na Bolívia, a questão da eleição de juízes para tribunais e Conselho da Magistratura envolve toda a força histórica da representação indígena. A disputa em concursos públicos de provas e títulos, acredito, talvez seja a melhor opção na busca do vocacionado. O problema não é tanto dos transitados em julgados, embora com um viés histórico mais ideologicamente conservador, e sim da arrogância no uso das prerrogativas, corporativismo e o abuso nos vencimentos e penduricalhos, que parecem aqueles gigantescos lustres com incontáveis pingentes, ofuscando quem tenta olhar, e que os pobres coitados da limpeza, se equilibrando em estruturas perigosas, é que os mantêm ativo.

— É o Brasil, um país de muitas letras no papel e poucas palavras na ação. Vejo e convivo, dia e noite, a vida vivida nas ruas, ao vivo e nas dores, poetizei... gostaram? – perguntou o Companheiro que em seguida questionou: — onde estão os responsáveis pelo Estatuto da Criança e do Adolescente, os burocratas da tarde, durante as noites infantis aqui da cracolândia? Você sabe, não sou chegado em polícia, mas uma verdade precisa ser dita, esses intelectuais de gabinete só despertam pela madrugada, para ferrar um soldado que, cansado de humilhação, reagiu, ou se um policial civil, numa emergência, enfiar algum menor dentro da viatura. Onde está a proteção legal e a assistência social que o estatuto prescreve a essa meninada na rua? Elas não tem que ser diuturnas? Faz muito tempo que durante o dia as crianças brincavam. Sejamos claros, a lei tem que proteger, e quem tem a responsabilidade, agir com atitudes preventivas práticas, contínuas e diuturnas. Porque, depois que uma criança ou adolescente comete um crime bárbaro, não podemos tirar a razão de quem diz que a lei não protege, mas acoberta o menor. Quero voltar para a atuação das instituições durante a ditadura militar. Marcão, por me sentir prejudicado, por ter o país vivido esse longo período de exceção, sou chato, não me conformo, e sempre vou procurar informações e opiniões. Hoje, a força do legislativo, do judiciário e promotores, para criarem esses constantes penduricalhos em seus holerites é um absurdo que eu não aguento mais ouvir. Pergunto, onde estavam essas forças do legislativo, do judiciário e promotores, mais a da fiscalização pública e privada, e de tantos órgãos que só agora são tão persistentes, durante a ditadura militar?

— Todos acovardados! – respondi.

— Sim... claro! É o que a gente sabe... faltou coragem... tinham medo da marcha das botas, e hoje abusam da liberdade... Mas ainda prefiro esse abuso, porque acredito que a opinião pública, mais cedo ou mais tarde, vai subir no palco, escrachar essa encenação, e definitivamente rasgar o pano de quem fecha essa cortina quando está com poder, e no poder... Falo assim, mas no fundo sou um incrédulo. Mesmo sem botas, a elite conservadora vem sempre com uma estratégia. Para impedir qualquer avanço popular, ela tem sempre uma pílula de veneno escondida na meia.

— Companheiro, o quadro é ruim, mas temos que ficar espertos com essas reações, não podemos voltar ao recente obscurantismo. Por qualquer insignificância eram abertos inúmeros e absurdos IPM, inquérito policial militar, e remetidos às

Auditorias Militares. Promotores e advogados eram figura de retórica, e os juízes eram ameaçados pela cassação sem aposentadoria – conclui.

Ele continuou:

— Depois da tal "reabertura", a violência policial militar passou a ser contra pobre, preto, prostituta e petista. Os julgamentos militares passaram à justiça comum, ótimo, mas as apurações continuaram no corpo fardado dos quartéis. Resultado, recentemente, desapareceram ou se prescreveram mais de mil inquéritos elaborados nas casernas. O golpe político acabou, mas continuamos com os frutos das arbitrariedades militares no cotidiano. E volto ao que dizíamos, e lamento, incrível como o efêmero é mais rápido em nosso país. Com o fim da ditadura, a impressão era de que nossa democracia seria um exemplo. De repente, a abertura se retraiu, a estupidez retornou e se ampliou num tempo surpreendente. Para as pessoas de vanguarda, agora não há o medo da prisão imediata, da tortura material das botas. Você é livre para ser acuado diariamente, reprimido violentamente pelos cachorros e cavalos do choque da PM, para ser torturado psicologicamente pela ampla mídia dominante...

— A liberdade tem que transcorrer plena, constante, saudável, bem usada, observada e fiscalizada. Como vocês falaram, estar sempre cristalina, senão, é facilmente represada pelas forças contrárias. E a posterior barragem, se romper de forma irascível, suas águas libertinas inundarão os poucos riachos cristalinos. E se essa libertinagem não for novamente corrigida, suas águas voltarão a ser represadas pelas mesmas forças de contenção! – comentou o Remo.

— E assim rolam as civilizações... Você tomou algum chá da turma do Daime?... Nem os outros animais tem liberdade plena! – brinquei.

— Marcão, dentro do assunto, a Polícia Civil não foi no mínimo omissa ao participar da ditadura militar?

— Companheiro, ela foi prejudicada por não ser independente. O regime militar utilizou a sua rede de caguetas, que agia no meio do crime comum, e que era a "inteligência" da época. Depois, a ditadura estudou as maldades da guerra argelina e introduziu métodos ianques de tortura, dado por divisões da CIA que aqui vinham para selecionar policiais e levar para doutriná-los no Panamá e na IPA, Academia Internacional de Polícia. Um instrutor francês de nome Aussaresses trouxe sua experiência criminosa, principalmente na Argélia, e depois o experiente agente americano Dan Mitrione completou os ensinamentos para os milicos da Operação Condor. Depois de descobertas tantas barbaridades, o presidente francês

Jacques Chirac cassou a mais tradicional honraria do país, dada a Aussaresses, a Legião de Honra. E Mitrione, que em Belo Horizonte, para ensinar tortura, pegava aleatoriamente um indigente como cobaia, para mostrar aos repressores brasileiros suas técnicas, foi justiçado com a morte, pelos tupamaros, no próprio Uruguai. Com toda essa formação e articulação, foi mais fácil aplicar essas lavagens cerebrais nos alunos que se formavam por aqui. A infusão foi tão penetrante, que até velhos policiais na carreira, em sua maioria, absorveram esta filosofia funesta e apoiaram o regime militar. E a instituição, nessa paranoia, acabou vendo seus membros virarem piada. O público se divertia ao comentar que muitos policiais, antes de dormir, olhavam debaixo da cama para ver se não tinha nenhum comunista.

O Companheiro continuou:

— Velhos camaradas me informavam de todo esse cenário. Da mesma forma que construiu cultura, a França também cavou muita cova nesse mundo de horrores. Aqui, ela influenciou muito na criação do SNI, do esquadrão da morte, da Operação Bandeirantes. E ainda hoje é uma meca para muitos oficiais da PM, que adoram viajar para esse país, sem prejuízo para o bolso. Mas o principal nesta história toda foi o Truman, o significativo 33º presidente dos Estados Unidos, um homem de privilegiada graduação, que, com um discurso bonito, anunciou suas benevolências para ajudar, ou tentar livrar, os países pobres das garras do comunismo. Diferenciando os caminhos da mão direita e esquerda, anunciou o Ponto IV, em 1949. Por aqui, devido à Segunda Grande Guerra, os norte-americanos já tinham montado uma base em Natal, no Rio Grande do Norte, e tudo foi facilitado para a prática desse plano. Logo, em 1953, os ianques acertaram a introdução do ensino do *management* com a Fundação Getúlio Vargas, e tudo ficou mais fácil para a americanização do ensino de administração no Brasil. Finalmente em 1958, o plano preventivo da doutrina Truman, que já agia oculta nos "motivos humanitários", chegou abertamente ao Brasil através do USAID, a pretensiosa agência dos Estados Unidos para o desenvolvimento internacional: um lobo camuflado e zeloso de seus interesses, acompanhado de perto pela CIA. E posteriormente, em 1961, às escancaras, através da Aliança para o Progresso criaram na cidade de Natal, o bairro Cidade da Esperança. Antes do golpe, o embaixador Lincoln Gordon pediu ao seu presidente, recomendado pelo adido militar Vernon Walters, amigo do general Castelo Branco que a "Frota do Caribe" se mobilizasse para as costas do Espírito Santo, na irônica operação "Brother Sam". Roberto Marinho sabia de tudo, e nada divulgou.

No século passado, o Brasil recebeu alguns investimentos interessantes do capital americano como a Fordlândia, no Pará, que não deu certo, e o projeto Jari, entre o Pará e o Amapá, que prosperou. Claro que observados pela inteligência ianque, mas não com o enfoque do Ponto IV. Devido o nosso país, para não ter vazamentos de informações, ter adotado a internacional "operação de preto", para a base de Alcântara, no Maranhão, e as usinas de Angra, fica difícil saber o que ocorre de bem ou mal dentro desses espaços. Mas, para conhecer o que o Estados Unidos fizeram e fazem, é só desvendar aquela mulher quase imperceptível no topo do Capitólio, o Congresso norte-americano. Ou ler as publicações de dezenas de brasilianistas, como Ralph Della Cava, James Naylor Green, John Dinges.

O Rômulo comentou:

— Os cidadãos de tio Sam se alimentam de McPetróleo, respiram cocaína, vendem armas nas lojinhas das maternidades, na moeda se acham iluminados, e ainda confiam em Deus. Se necessário, desestabilizam qualquer galo no galinheiro de seus interesses. Pearl Harbor, Torres Gêmeas e inúmeros exemplos menores não serviram de lição. Continuam na determinação de suas ambições, e para tanto, não faltam banqueiros abrindo caminhos políticos. As sondas ianques foram buscar água em Plutão sem conseguir transformar a nossa água marinha em potável. Suas indústrias desenvolvem inúmeras armas químicas, mas poucas na eliminação de simples doenças. Estimulam conflitos para continuar trocando armas por petróleo, mas não conseguem conter os traficantes que furam suas fronteiras. Para quem sai pelo mundo pregando o evangelho a toda criatura, tudo parece muito estranho e contraditório. Como em outros setores, suas multinacionais não permitem remédios eficazes.

Cuspi meu chiclete na "boca de lobo", engoli a saliva e continuei:

— Esse ilusionismo exotérico que eles utilizam não vem convencendo a mais ninguém, há muito tempo, nem a eles. E já que as provocadas primeira e segunda Guerras Mundiais não serviram para a pretendida implantação do novo ordenamento, agora eles reforçam as "bem intencionadas" missões religiosas e ONGs, cujo propósito é desenvolver e gerenciar um trabalho de inteligência constante. São fachadas que vão de encontro as lutas dos ambientalistas e indigenistas, que às na ingenuidade, nada percebem. Como denunciou Monteiro Lobato, no caso do petróleo, a intenção é engessar o futuro para depois explorá-los no momento certo. O ganancioso olhão de Washington, que tudo vê, já está voltado para os trilhões do nosso pré-sal. Para tanto, como na Venezuela, o olhão, que tem irmão em qualquer canto, está tentando várias formas de desestabilizar nosso país. Mas, no auge de tudo, em pleno ano de 1972, ocorreu um pequeno freio nessa tentativa dos ianques implantarem aqui a sua nova ordem, invadindo a nossa soberania. O próprio Congresso norte-americano obrigou o seu governo a encerrar as atividades de alguns serviços secretos no Brasil, pela repercussão internacional causada pelo excesso de torturas e mortes. Desse período, para a polícia civil, ficaram sequelas difíceis de serem cicatrizadas, mas muita coisa mudou. A instituição hoje não tem a matéria Polícia Política, e foi pioneira no ensino dos direitos humanos. Entramos na quarta geração pós 1964, mas os policiais civis ainda sofrem com esses ressentimentos entre artistas, sindicalistas, políticos e fechados intelectuais. Esses últimos, muito mais que os outros, não tem muito o que falar, porque, antes e depois da ditadura militar, pouco se propuseram a estudar a polícia como doutrina ou em trabalhos a nível superior. Todos reclamam da insegurança pública, mas há um desinteresse acadêmico e um desleixo na aplicação das leis, principalmente por quem tem o dever de fiscalizar e pelos que tem o dever de aplicá-las. Em muitos lugares do país, uma autoridade policial que representa, pede uma temporária ou preventiva, ou quer comunicar a detenção de um menor infrator, numa sexta-feira, ou véspera de feriado à noite, raramente vai encontrar um promotor ou um juiz para tomar conhecimento e autorizar tais pedidos. Vai ter que ficar com o preso, ilegalmente, muitas vezes contra a própria segurança da sociedade, e esperar até o primeiro dia útil. Agora, se o acusado fugir, essa autoridade policial vai virar parte da ocorrência e receber amplas visitas inesperadas. Uma realidade constante e ignorada, que deságua num desestímulo para as carreiras policiais, e um incentivo a erros e desvios de função. Nas políticas públicas em relação a polícia civil, percebe-se um propósito claro de serem massacrados em seus vencimentos, principalmente os aposentados. Uma segregação ainda com base no que ocorreu pós 1964, e que a instituição, mais que necessária e muito viva, sente cotidianamente: o cheiro constante de urubus à sua volta. De um lado os promotores, omissos na ditadura, querendo engolir suas funções, e de outro, o crime organizado, querendo que a corrupção domine seu organismo.

— E a militarização da polícia? - perguntou o Companheiro.

— Estamos falando do que foi e do que ficou da ditadura militar. Todos tiveram sua parcela de responsabilidade em tudo que desaguou nesse país que vivemos. A

Polícia Militar foi formada em 1969, com a junção da Força Pública com a Guarda Civil, como força reserva do Exército. Acho que não preciso dizer mais nada. Formada na pior época da história, a década de 1970, mais esperta e articulada, ela prendia as pessoas e levava para os DOPS da vida, para os civis "trabalharem" e se queimaram com esses presos políticos. Já era para ser extinta, é um entulho do autoritarismo, essa hierarquia só é adequada para as Forças Armadas. Mas as esquerdas, que tanto combateram o militarismo na sociedade civil, embriagadas pelo poder, acabaram adorando essas inúteis e perigosas assessorias fardadas. A Policia Militar não deixa escapar nada a seu favor, se for preciso, manda um soldado levar bexigas em festinhas infantis ou uma soldado trocar até as fraldas dos filhos de influentes. Na PM, existem dezesseis oficiais na reserva para um na ativa – nenhuma previdência aguenta isto – recebendo holerites bloqueados e acumulativos, e efeitos cascatas, o que não ocorre em outros cargos públicos. Nela, os oficiais aquartelados, com tempo de sobra, fazem cursos de aperfeiçoamento em áreas que não lhe dizem respeito, depois lucram com palestras. Aos subalternos, adestram os infelizes para a guerra e não para a cordialidade e a prevenção do crime. Senhores da razão, subestimam os praças chamando-os de jurunas e menosprezam os membros das carreiras jurídicas, menos os promotores, porque por aí descobriram um conveniente atalho: o de se infiltrar na instituição, através de concursos, para aumentar o seu leque de influências e ambições. Em 1983, o governador eleito Franco Montoro, seguindo o que foi elaborado por grupos de trabalho compostos por cada área da administração pública, conhecido como Sorbonne, montou o seu secretariado. Só faltou a PM, porque além de veladamente proibir seus membros de participarem da elaboração do projeto, ia removendo os que se atreviam a entrar na conhecida Sorbonne. Foi o caso do tenente-coronel Paulo Neves, transferido para Presidente Prudente. Com o secretariado já definido, o professor Manoel Pedro Pimentel foi para a Secretaria da Segurança Pública. Na sequência dessa hierarquia, para delegado geral foi indicado Maurício Henrique Guimarães Pereira, um dos líderes elaboradores de um plano renovador conhecido como Nova Polícia. Quanto ao comando da PM, era aguardar o lobe dos militares paulistas e a definição do Exército. E logo surgiu um nome desconhecido por todo o grupo da Sorbonne, o do cel. Nilton Viana. Era o início das liberdades democráticas e esse resquício ditatorial quebrou todo o plano de colocar a polícia mais próxima dos anseios da população. Logo no início da gestão de Montoro, uma bem orquestrada onda de saques a estabelecimentos comerciais começou pela zona sul e se alastrou pela cidade. Ignorando os fatos, e alegando os mais absurdos motivos, os oficiais retiraram seus subordinados das ruas. Fora esses inconformismos políticos com a democracia que estava chegando, manifestantes arrebentaram as grades do palácio dos Bandeirantes e ninguém reagiu, os policiais que não estavam gostando da maior fiscalização e controle de seus atos, pela nova administração, se alinharam a esses movimentos contestatórios. Ajudados pelo massacre constante da velha imprensa conservadora e irresponsável, essas forças oposicionistas logo acabaram com a Nova Polícia, e os policiais corruptos conseguiram novamente colocar seus vagões nos trilhos e correr pelas estações do crime... O que ocorre na PM, e ninguém quer ver, dá para preencher muitos talões de ocorrência... Até a Defesa Civil é comandada por militares. É um Estado dentro do Estado.

O Companheiro, entusiasmado, mudou o foco:

— A nossa história ainda não julgou as pessoas arbitrárias que no tal regime de exceção tiveram consciência de suas barbaridades. Deveriam ser imediatamente julgadas, mas não, falta a força da legalidade e cobrança pública que argentinos e chilenos tiveram.

Respondi:

— São crimes políticos, contra a convivência humana, de domínio, de abuso de poder, não podem ser prescritos. E relatos históricos de excessos não podem ficar só no registro. Já que não vemos o julgamento adequado do poder público, o cidadão comum tem que dar veemência à crítica – porque todas as instituições e corporações civis tiveram culpa na ação ou omissão. Quanto à luta armada é a história do gato. Acue um gato, deixe o animal sem beber, comer e fique cutucando e persistindo na provocação. Ele, na primeira oportunidade, vai te atacar com o instinto originário de felino selvagem. Duvido que os brasileiros acuados, que lutaram nessas trincheiras e deram suas vidas, tivessem a fim de ver o país em guerra. Conheci muitos deles, não tinham a índole de matar uma formiga. O terrorismo inconsequente da repressão oficial gerou o terrorismo suicida dos inconformados.

— Marcão, você não acha que são absurdas essas indenizações que o Estado brasileiro vem pagando a perseguidos políticos durante o tal regime de exceção? Tem gente ganhando uma mansão só porque peidou na frente de um general. Estou decepcionado com o cinismo de tanta gente que admirava, mesmo alguns que voltaram do exílio.

— Concordo plenamente. Você, que é um verdadeiro companheiro, que viveu a história do país, como poucos, sabe bem da vida de muitos contestadores que nunca foram revolucionários. Levantavam a voz contra a ditadura só nos botequins, entre amigos e bêbados. Também estou decepcionado com algumas pessoas que considerava como patriotas. O velho zelador do prédio onde moro, que sempre votou em quem indiquei, agora comenta que sente uma dor no peito quando vota, até nos partidários. Diz ele que a cada eleição se incomoda cada vez mais com os candidatos desqualificados e cínicos que surgem com promessas absurdas desmascaradas em pouco tempo e a rapidez com que mudam de ideia ou trocam de partido. Como ele é politizado, eu argumento que os partidos políticos, infelizmente, formam uma colcha de retalhos na votação final de um projeto. Nenhum deles, mesmo sendo maioria, por terem poucos vínculos com ideais, consegue impor representatividades, e se não fizerem coligações e acordos até antagônicos, não sobrevivem. E que, mesmo assim, muitos reclamam que acertos redondos saem publicados completamente tortos. Falo que há necessidade de uma grande evolução, para que essas representatividades sejam ao mesmo tempo mais amarradas aos ideais e independentes no plenário. Não estou conseguindo mais argumentar, dia desses ele praticamente me notificou, estava desiludido e revoltado, disse que não aguentava mais ver os chantagistas que se dizem aliados, exigindo cargos no segundo, terceiro e intermináveis escalões, que as legendas se assemelharam, que prometem as mesmas coisas, são patrocinadas pelas mesmas empresas e que decidiu, em razão dessa promiscuidade, e dos trânsfugas que mudam de partido por interesses pessoais, não votar mais em ninguém. Lamentou que as mudanças que os partidos prometem, exatamente por esses acordos com patrocinadores e partidos oportunistas ou de aluguel, imobilizam a governabilidade e desta forma, como o que eu também disse, qualquer ideal partidário se exaure quando chega ao poder. Como esse meu amigo zelador, muitos cidadãos estão vendo tudo isso e não sabem o que fazer, a não ser evitar o voto. Lembrei do jornalista Sebastião Néri quando fala das "bancadas da madrugada": passam o dia numa ferrenha oposição, durante a noite, qualquer acerto muda a situação. A grande quantidade conservadora de bajuladores arraigados e aproveitadores descarados, que circulam pelos edifícios públicos, principalmente na capital do país, não aceita os ideais progressistas de quem vence uma eleição. Em razão dessa intolerância de quem sempre mandou, criando suas castas impenetráveis, é que temos que engolir esses sistemas de cotas, delegacia da mulher, do idoso... Fragmentações e separações de minorias, que acabam muitas vezes instituindo situações injustas. Será que essa é a única forma de compensar as barbaridades institucionalizadas cometidas desde o nosso descobrimento? Ao invés de todos terem oportunidades iguais, que realmente é muito difícil, mais pela evolução da nossa cultura escravocrata, intolerante e homofóbica, temos que engolir esse sistema de cotas que também é ingrato e até perverso? Contudo, esperamos que tudo seja passageiro, porque embora seja um delírio, aguardo o acordar dessas elites para a nossa realidade, afinal, o crime em geral evoluiu e asfixiou suas privacidades, precisam reagir, e as religiões estão crescendo tanto!...

O Remo observou:

— Quer ver outra coisa mais sacana e oportunista dos políticos atuais, é quando pedem o aumento do número de vereadores. Isto nunca vai ser um benefício para o povo. Me assusto quando vejo alguns espertos que se dizem de esquerda agirem nesses contextos da direita. Tudo não passa de proselitismos que cada um faz na sua área distrital. Absurdo que só incha a máquina pública, ao invés de realmente atacar os privilégios e dar oportunidade a todos. Alegam o aumento da representatividade, isto é uma refinada sacanagem... Acredito que os conselhos populares talvez seja a melhor forma de representar os cidadãos.

Acrescentei:

— Sim, seria uma ótima tentativa, mais próxima de ser fiscalizada pelas pessoas. — Continuei: — E você acha que os herdeiros das capitanias hereditárias vão deixar? É igual o imposto para veículos automotores, o pobre é obrigado a pagar do seu pau velho, e os bacanas com seus iates, lanchas, helicópteros, jatinhos, nadinha. E ainda reclamam de que taxar remessas ao exterior e impostos sobre grandes fortunas e propriedades é coisa de comunista.

O Rômulo interrompeu:

— Dizem que o problema é o homem. Rousseau concebeu, na espécie humana, duas desigualdades: uma, natural ou física, estabelecida pela natureza, e a outra, moral ou política, dependente das convenções estabelecidas e autorizadas pelo consentimento dos próprios homens. Certo! Que homens fazem as convenções? Os que estão no poder. De que forma? Eleitos pelo povo? Que povo? Uma massificada maioria de pessoas vítimas da guerrilha mediática, pelo consumismo e pela alienação cotidiana?

O Companheiro concordou com a cabeça e continuou no seu embalo:

— Você, Marcão, que estudou esse direito burguês, de textos maravilhosos e práticas horripilantes, quer dizer, onde a mesma letra pode ser viva para os poderosos e morta aos pobres, onde o legal não é sinônimo de justiça, sabe bem das colocações na área penal que vou fazer, e volto ao assunto segurança pública por achar extremamente preocupante, pois se a esquerda e a intelectualidade se omitiram, só agora, com o punhal na garganta é que estão abrindo os olhos e tagarelando. A situação é grave, porque quem entra no mundo do crime, como analisamos, vê que está fácil. Acabaram os lampejos de moral e ética, que parece piada nos antigos criminosos. Hoje, nenhuma vítima é perdoada, apareceu a oportunidade para uma ação, a decisão imediata é atacar, pode ser idoso, aleijado, a mãe, e até as beatas das igrejas. O crime virou um ato mecânico sem nenhuma mágoa. Ladrões entram numa creche, pode ser de pobre ou de rico, matam barbaramente umas vinte crianças e as professoras. Comoção por vários dias, julgamento ao vivo na televisão, finalmente são condenados a duzentos anos, em penas que não podem passar de trinta. Os advogados de defesa aproveitam o marketing e dizem que vão recorrer. Por bom comportamento, ganham a redução da pena, se arrependem, viram pastores, pedem perdão aos familiares num programa televisivo de domingo, e escrevem livros que vão ser muito bem vendidos. Se os criminosos forem menores, a denominação vai ser de ato infracional, e levados a cumprir "medidas punitivas" até os dezoito anos, recebendo ensinamentos criminosos em tempo integral, dentro de abrigos que são referência. Local onde educadores, psicólogos, assistentes sociais e médicos não se entendem com os seguranças, por motivos óbvios, porque há muito tempo os criminosos é que determinam os salves para o Estado fazer comédia. Nesse clima, fica quase impossível uma ideal semi liberdade. Esses tradicionais depósitos de seres humanos, com sua pedagogia da criminalidade, no passado eram designados por Casa dos Expostos, e, na era moderna, uma hora chamado de Serviço Social de Menores, outra de RPM, Retiro Provisório de Menores, outra de Pró-Menor, outra de Febem, outra de Fundação Casa, e que logo vai ser definitivamente chamado de Escola Técnica do Crime. Depois dessas marcantes passagens, essas crianças ou adolescentes ficam livres, zerados nos fichários criminais, e como os seus rostos foram encobertos e o seus nomes só divulgados pelas iniciais, a população honesta fica sem saber quem passa na sua frente, ou para quem vai abrir a porta de casa. Esses jovens que cometeram esses tais atos infracionais, e não são poucos, sejamos realistas, com antecedentes que causam inveja em grandes sanguinários do planeta, voltam para as ruas pós-graduados, insensíveis, e com uma frieza incorporada para as piores violências. Instruídos que são para contrariar leis badaladas por sabichões, se tornam indiferentes a qualquer legislação que aprendem ser impraticável. O debate sobre a maioridade penal é interessante porque envolve a questão das oportunidades humanas aos cidadãos. Mas se governo e sociedade são omissos? Claro que, até os dezoito, o Estado deveria ser responsabilizado pelas crianças e adolescentes fora da escola, e que, até os doze, as crianças, embora todas vivam num mundo de exemplos negativos, a começar pela internet, deveriam estar sob a responsabilidade de todos que a rodeiam, com observações diuturnas para acreditarem na vida, porque os exemplos positivos é que são, e tem que ser, os maiores. Mas poucos assim fazem, porque elas, sem consciência crítica para discernir mensagens persuasivas, estão sendo é levadas, no seu cotidiano, para um buraco negro, reféns que são de publicidades inconsequentes. E quem está preocupado em fiscalizar esse dia a dia e dar o melhor encaminhamento? Diante da distância dos teóricos em cargos executivos, e da leniência dos executores das leis, acredito que só as grandes empresas, principalmente as alimentícias, é que mostram interesse. Elas estão bem atentas a essas questões infanto-juvenis, mas para agir ao inverso: estimulando ações práticas de consumo compulsivo, em merchandising nas escolas disfarçados de eventos educativos, nas estratégicas prateleiras dos supermercados e no maldito condicionamento televisivo. Esses empresários se lixam pelos prejuízos sociais derivados desse consumismo infantil. Ninguém questiona que essas vazias promoções comerciais prendem a atenção e tomam o tempo que uma criança deveria estar dedicando às brincadeiras saudáveis e necessárias; que campanhas fáceis, apelativas, maliciosas e desnecessárias despertam para valores negativos e uma prejudicial erotização precoce. Um dos piores exemplos são as publicidades de alimentos que estão causando compulsividade, transtornos mentais e físicos irreparáveis. Num país onde milhões de crianças e adolescentes vivem na miséria econômica e educativa, elas, que não conseguem discernir, não vão sair adquirindo, mas induzindo os pais a trocarem a compra de frutas e verduras por uma famosa guloseima qualquer, ou um brinquedo idiota. Concluindo, com todo esse bombardeio comercial, e permeada por exemplos de que para existir socialmente devem possuir bens materiais, o que estamos preparando para o futuro, com esse aprendizado de último mundo e leis de primeiro? Preciso falar? E aonde chegaremos? A questão está colocada, mas vou poupar vocês da resposta. Não vamos perder tempo, porque nada parece que vai mudar.

— A desatenção com esses modernos depósitos infanto juvenis de carentes, que você citou, vem de décadas. Na época da ditadura militar, os menores confinados no RPM eram obrigados a acordar às quatro horas da madrugada para marcharem descalços. Depois, recebiam, sem banho, um mísero lanche as nove da manhã. Todos os meus amigos que passaram por lá morreram ainda jovens – comentou o Rômulo.

— Depois da minha introdução, quero continuar na área penal e fazer algumas perguntas. A quem deve subordinar a polícia? Eu disse:

— Companheiro, em qualquer julgamento, temos que ter a acusação e a defesa. Uma instituição pública, como a polícia, não pode estar a serviço exclusivo de uma ou de outra parte em qualquer processo. A polícia, ou fica como está, com o Poder Executivo, ou muda para o Poder Judiciário, o que na minha opinião é a mais razoável.

— E nessas faladas investigações civis, direitos difusos, o Ministério Público não usa outras instituições?

— Não! Ele requisita informações, como qualquer pessoa pode fazer para qualquer poder. E o cidadão precisa ficar atento para cobranças, porque novas legislações surgem em seu benefício e não estão sendo observadas, como a Lei da Transparência, ignorada por muitas prefeituras e grande parte do próprio Judiciário. O que os operadores do direito reclamam é que, enquanto as investigações criminais têm prazo para serem apresentadas à Justiça, as investigações civis, sem forma, controle, prazo, direito de defesa e satisfação a ninguém, ficam a bel prazer dos promotores, para serem instauradas ou arquivadas. Muitas vezes a imprensa, no calor dos fatos e pressa na notícia, passa informações distorcidas ao povo. Fora o delegado que prende em flagrante, quem determina uma prisão é o juiz!

— E voltando ao Judiciário, Marcão, como você disse, parece que o Supremo Tribunal Federal gosta de dar cartas em vácuos políticos...

— Sim, e não tem sido para sanear, como muitos acham até razoável, mas para tentar mostrar a força pessoal de cada um, deixando transparecer a vaidade e o ranço político que carregam. Isto não pode ser chamado de uma imparcial suprema justiça. Porque fora, o pobre sente que o único supremo a que ele pode chegar é o céu. Na terra, só se a imprensa transformar algum infeliz num enredo sensacionalista, para ganhar audiência. Você já viu rico ficar mais que algumas horas em cadeias de delegacia de polícia? Se o rico, por alguma falha de percurso for condenado, vai esperar seu trânsito em julgado amparado nas poltronas de amplas coberturas, enquanto, quase a metade dos presos, descobertos de qualquer amparo, e tecnicamente inocentes, aguardam julgamentos em diminutas celas.

— Mas tenho visto alguns ricos irem para a cadeia!

— Meia dúzia, para fazer merchandising. E porque em algum momento foram amigos ou tiveram contatos com algum esquerdista destacado. A grandiosa massa de ricos desonestos continua despreocupada e intocável.

— E se o pobre que ficou mofando na cadeia for absolvido, ninguém o compensará pelo tempo de vida perdido e espremido numa desumana cela. Enquanto, livres, no mar de paradoxos que vivemos, milhares e pesados mandados de prisão ficam boiando na nossa frente. Confesso que, por pura sorte, nunca fui preso politicamente, mas fui detido duas vezes, a primeira fiquei dois dias para averiguação de um homicídio que nem sabia da existência. Claro, fui libertado, mas foram, sem dúvida, meus piores momentos na vida. Mas também meu maior aprendizado, nunca tinha visto esse lado da marginalidade. Aprendi que esses cumprimentos de penas em delegacias são ignorados por todos, e principalmente pelos altos escalões da administração pública. Que os policiais não são funcionários da Justiça, mas recebem essa sobrecarga de responsabilidade. Sem perspectiva de solução, esses policiais acabam cuidando, diariamente, daqueles que um dia prenderam. Vi como é difícil, porque não tem espaço, como os carcereiros lutam para não misturar nas celas: presos temporários, bêbados, travestis e até os invioláveis menores, com os presos que já estão condenados. O entra e sai de presos dá desespero, não dá para acreditar em ninguém. As refeições e lanches são fartos, o que falta aos famintos nas ruas sobra nos latões de lixo dessas cadeias. Realmente, todos são pobres, não se percebe a presença de ricos. Por falta de espaço, fiquei pasmo com um condenado que dormia de pé, amarrado nas grades. Essa é a ressocialização que muitos enfrentam, amostras vivas das tantas desumanidades que as elites patrióticas preferem ignorar.

— E a segunda vez que foi detido? – perguntei, sorrindo.

— Tenho ódio mortal da ganância imobiliária. Podendo, vou às manifestações. Já apanhei feio na luta contra os loteamentos criminosos em mananciais e nas construções que destroem o patrimônio histórico. A última foi na entrada de uma dessas grandes empresas, na Paulista, daquelas que loteiam o que já está loteado, falei umas boas para um imponente diretor. Quando perguntei por que ele não loteava o túmulo da mãe dele, o velho chamou a polícia e passei mais uma noite na delegacia. Tomei café da manhã com os presos e saí sem ninguém me ouvir... mas deixei um longo depoimento na parede da cela.

— Companheiro, você, narrando esses fatos, como testemunha viva da nossa bela sociedade, endossa o que eu disse... Esses acusados chegam ao Supremo?

— Realmente, só depois de mortos... e se esse Deus que dizem de todos receber!

Continuei:

— Como abordei, os ministros supremos têm descaradamente apoiado conservadores que não se conformam com derrotas eleitorais e ações mais sociais. E nesta cavalgada por cima da democracia são impostas regras além das formalidades e limites constitucionais. E a mídia, quando o povão protesta nas ruas contra esses acintes descarados, acaba mostrando só alguns manifestantes, em cenas mais radicais, englobando todos como baderneiros.

O Remo veio com a sua observação:

— Eu compartilhei essa observação no face, e nunca vou esquecer: "Que moral tem um Supremo que deixa um ladrão, que dá nojo pronunciar seu nome, amplamente cassado pelos suspeitos colegas que amplamente o elegeram, derrubar na Câmara uma presidenta eleita, e acerta com esse mesmo ladrão, e seu réu, a aprovação de mais um aumento injusto de seus desproporcionais vencimentos?"

— Revoltante! - respondi. — Depois, cortaram a cabeça do gatuno que todos já sabiam ser contumaz. Como você disse, um agradecimento antecipado, porque aquela massa corrupta e sem moral, na Câmara, teve orgasmo ao se pronunciar naquele circo armado, presidido pelo Cunha e destinado ao público midiopata. Aquele espetáculo do impeachment de uma presidenta eleita, sem uma gravidade que justificasse o ato tão extremo, foi uma das cenas mais deprimentes da nossa história. Guardo o nome de todos!

— Eu também! A história não vai esquecer daquele domingo, foi o mais puro golpe kafkaniano! - embasou o Remo.

Continuei:

— Mas com toda essa judicialização pretensiosa na política, um despretensioso embrião alternativo vem crescendo, a justiça restaurativa, que sai de padrões tradicionais da pena e entra em soluções em que prevalece a conciliação e a mediação.

Para uma justiça oxidada, parece ser um bom lubrificante. Algumas ocorrências de menor potencial ofensivo já estão sendo resolvidas em delegacias especializadas, com equipes bem compostas, tentando solucionar pequenas demandas. E está sendo saudável, principalmente para os mais necessitados, porque diminui a ansiedade da espera dessa justiça tradicional, tão demorada e capenga. Mas essas máquinas enferrujadas e orgulhosas, zelosas e obedientes aos interesses que engrenam os poderes, sabemos, é muito forte, demoram para assimilar inovações, vamos aguardar.

O Rômulo filosofou:

— Na nossa existência, não tem como implantar ou restaurar a justiça, nem pela forma dos homens, nem através da luz divina. Ela existe, mas é utópica no seu manuseio. O Estado nunca foi ou vai ser harmonioso, portanto, não deveria citá-la em sua organização material, mas sim preservá-la na sua abstração, criando condições para que ela exista. A justiça é ampla e tem que fluir, não pode haver fatos que a confrontem. Depois disso, o que ocorre são ajustamentos em regras ao gosto e ao costume de cada agrupamento humano. Com a injustiça consumada, não há saída. E o Estado deveria era criar outros nomes para seus tribunais, locais que julgam, mas não trazem de volta a justiça. O que o homem faz para viver em mínima harmonia, são acertos, acordos, negociações, arbitragens, reconciliações, condenações e vinganças, mas nada que restaure ou repare aquilo que foi confrontado com a justiça, as sequelas são irreparáveis. O judiciário pode tratar, mas não é a justiça. Quanto à divina, promessas, flagelação, isolamentos, expiação, podem ser penas pelo reconhecimento do erro, mas também, em nada repara ou restaura a justiça das injustiças cometidas. E o debate zera quando alguém defende um deus que cospe fogo em sua própria criação.

O Companheiro contrariou:

— Acho que a justiça existe e pode ser restaurada. Desde de que a lei aprovada respeite os princípios da Declaração dos Direitos Humanos, adequada aos costumes temporais de cada agrupamento humano, e seja rigidamente respeitada e aplicada de forma isonômica. Mas, pessoal, quero voltar para outra materialidade, a dos gastos públicos… Falávamos em educação. Eu leio que juízes, promotores, carreiras no Congresso e alguns aspones do Legislativo recebem o triplo, cinco, dez ou mais vezes que mestres universitários, cientistas e pesquisadores, sem falar dos miseráveis professores que alfabetizam nossa população em distâncias que nenhum desses burocratas conhecem. Será que é a tal meritocracia como sinônimo de força e poder? E tem mais, esse pessoal, injustamente privilegiado, todo ano ainda pleiteia aumentos maiores que a inflação, e também de substanciosos penduricalhos, como o auxílio paletó... residencial... só faltam formalizar o das prostitutas. A cara de pau é tanta que logo vão pedir. Ao cobrar esses aumentos absurdos, essas autoridades vão perdendo, além da vergonha, o respeito que deveriam merecer. O país supervalorizou carreiras e aposentadorias privilegiadas para juízes, políticos, diplomatas, e precoces idas para a reserva de militares que nunca foram a uma guerra. E esses ainda com substanciosas regalias para familiares, depois da morte. E na sombra vieram promotores, defensores e todas essas urtigas burocráticas. Sou um idiota, ainda espero a revolução, virei um viciado em ler e guardar o nome de todos esses privilegiados que têm um batalhão de assessores burocráticos, e desses políticos nepotistas que, em atos secretos, vivem criando cargos para distribuir a seus apaniguados. Passam o mandato nomeando, na cara dura, além de parentes, puxa-sacos, amantes, caseiros e assessores de gabinete que moram léguas de distância, uma quantidade invisível de palpáveis fantasmas. Outra vergonha é a doença crônica das pessoas em cargos públicos para se apossar de automóveis do patrimônio de todos. E não querem só para eles, tem que ter para a mulher, filhos, o diabo, e com motorista. Você entra nas garagens de assembleias, tribunais, congresso e vê aquela quantidade absurda de motoristas e veículos à disposição das autoridades, e logo próximo dali, pontos de ônibus e estações lotadas de trabalhadores tomando canseira. Alguns não se limitam a automóveis, querem até jatinhos de graça. Vejo países em que o rei anda de bicicleta e viaja em avião de carreira. Para uma nação que necessita de verbas para a sobrevivência de milhões de crianças, é uma puta sacanagem esses vencimentos, acumulações sem fim, bem como esses atos de mordomias, extremamente egoístas e cegos. Outros, que falo, e nunca vou me conformar, são os que roubam escandalosamente as verbas para a compra de medicamentos aos carentes, os que desviam dinheiro da merenda escolar e os que cometem barbaridades com qualquer grana dos mais pobres. Muitos desses ladrões ainda mandam o excesso de seus holerites, ou o dinheiro desses assaltos as nossas verbas, para paraísos fiscais. Outros constroem mansões em áreas de reserva ambiental, em cima da areia das praias, em condomínios repletos de luxos desnecessários... e não duvido, decoradas com madeira ilegal, derrubadas da Amazônia. O artigo da lei que permite que bens apreendidos de imediato e em definitivo com traficantes de droga poderia também ter criminalizar essa cambada. Quero ver quando as subjetivas ferramentas jurídicas se materializarem na verdade das armas. Chega de direito, eu quero é a tal justiça! Essa, é a única coisa que espero encontrar, como um agnóstico-torcedor, do outro lado da vida: justiça! Porque aqui na terra, meu delírio é ver esses caras num julgamento revolucionário, com transmissão ao vivo!... Para encerrar, o que mais revolta nesses imunes é a pose intelectual de donos da verdade. Eles é que são os maiores deliquentes, não os menores. E por acharem que cláusulas pétreas vão proteger o sono eterno em berço esplêndido... estão enganados. Rochas precisam ser detonadas para novos caminhos. Eu sonho com os justos entrando nessas cavernas obscuras, sem janelas de luz, para um rito de congelamento definitivo!

Interrompi:

— Companheiro, é melhor você levantar e dar uns tapas no baseado daquela molecada ali, próximo do laguinho. Sente o cheiro, vai te acalmar, você tá muito tenso!... Brincadeira!... Esses sanguessugas estão envoltos naquele olhão de Washington, eles são insensíveis e não se intimidam. Estão mais preocupados com o pedalinho da dona Marisa do que com quem fez precariamente um Maracanã e cobrou dez. Mas vamos continuar, também não adianta se tornar inafiançável, criar ou aumentar a pena de meia dúzia de crimes hediondos só porque sai na imprensa, e deixar essa putaria de corrupção, tanto a encalacrada como a rasteira, correrem soltas. É a indiferença geral de quem chega a um poder publico qualquer, quando não ficam inebriados, fazem-se de cego. Muito bem, a ambição é da natureza humana, e vai ter sempre o inconsequente que quer mais, mas entre nós, pelas facilidades, os larápios estão indo além, querendo tudo. Para tanto, mudam rápido de lado quando percebem sinais de mudanças políticas que os bloqueiem.

O velho amigo continuou no mesmo ritmo:

— São é materialistas! Para subirem e se firmarem ironicamente como representantes públicos esses homens se utilizam muitas vezes de acordos escusos, mentiras, promessas impossíveis, coligações com o inimigo, ajuda financeira desconhecida, ação entre amigos, o diabo. E como você disse, para se eternizarem, mudam rápido, até de ideologia, se as perspectivas forem boas. Tudo, sem fugir aos interesses do triângulo formado pelos latifundiários, empresários gananciosos e especuladores financeiros. Dentro de seus gabinetes são homens só no gênero e públicos só pelo cargo. Fora, são insensíveis, nunca vão conseguir sentir os anjos que pedem uma simples moeda nos faróis, nem os espíritos que dormem nas embalagens de papelão pelas ruas.

O Rômulo acrescentou:

— É a oligarquia desse triângulo, e a proteção do olhão. O orçamento está nas mãos deles, o povo não tem vez. Tudo tem que estar voltado para o privado, a curtíssimo prazo, enquanto viverem, para poderem usufruir. Nunca pensam ou vão pensar em projetos para o futuro da pátria.

Afirmei:

— É verdade! Eles ficam puxando o elástico do presente e esquecem que eterna é só a morte. Nunca pensaram que, cem trilhões de anos para trás ou para a frente, nada significa para a eternidade. O país pode estar quebrando que eles ainda vão passar por coitados, sempre alegando que ganham pouco. Todos querendo o absurdo da isonomia salarial com os ministros do Supremo ou com o presidente da República. Sem dúvida, é muita cara de pau, não querem nem saber de obedecer hierarquias, a amplitude da responsabilidade de um cargo, a capacidade e o preparo para as funções que exigem especialização e intelectualidade: o que interessa é a garantia do bem remunerado cargo e a assessoria de seus capangas. Se essas ambições cegas não respeitam as capacidades administrativas e técnicas da escala do poder, imaginem se vão refletir sobre uma das mais simples praxis de Karl Marx: "De cada qual segundo a sua capacidade; a cada qual segundo a sua necessidade".

Em cima, o Rômulo colocou um outro lado ideológico:

— Infelizmente, a burocracia ainda é uma doença infantil, mas curável, no esquerdismo. O povo russo tem grande semelhança com o nosso, eles também sofreram com esse costume nefasto de misturar interesses de parentes e amigos com os poderes. Mas lá, pelo menos, já tiveram uma primeira revolução, e esse erro estratégico, que enfraquece administrações e deixa flancos abertos, evoluiu a partir da metade do século passado e deu um bom chumbo para os inimigos. Mas sempre se aprende. Embora por aqui, por esse princípio nefasto e secular estar mais enraizado, acredito num fim demorado. Sintam, por exemplo, a hipocrisia do que ocorre hoje com o próprios discursos de mudanças. De um lado aparece um juiz de primeira instância, abrangendo todo o território nacional, com poderes de imperador, prepotente e parcial, com discurso de que vai acabar com a corrupção que faz parecer que começou anteontem, perseguindo pessoas selecionadas e preservando os velhos camuflados e calcificados espoliadores das verbas públicas. E, de outro, a grande massa, numa morbidade social induzida por uma alienação que ninguém contraria, continuando a trocar votos por empregos e favores.

Continuei:

— O povo honesto deve ser mais contundente e cobrar cidadania dos mais próximos, dos que convivem ao lado e que acreditam em noticiários dirigidos e fazem essas barganhas de votos. Alertar para as propostas irresponsáveis dos políticos, e depois aprender a observar, na vida dos eleitos, a transparência dos fantasmas ao seu redor, palpáveis ou não. Porque muitos desses vultos são assessores que sugam o dinheiro público, não são vistos, e ainda passam parte dessa grana a seus criadores. O povo honesto tem que ir atrás, descobrir e divulgar os nomes dos homens públicos que fazem esses acertos escandalosos nas mais variadas licitações, assinam nomeações secretas, se envolvem em caixas pretas ou caixa dois, não apresentam justificativas de verbas próprias, possuem um segundo, terceiro holerite mensal, gastam indiscriminadamente com cartões corporativos, traficam influência, encobrem a evasão fiscal, crimes cibernéticos, participam da venda de sentenças, fazem sabotagens com o seguro desemprego, superfaturam obras públicas ou cometem os mais variados crimes contra o povo, diuturnamente. Em muitas pequenas cidades, quase a metade da população, sem fazer quase nada, mama nas tetas das prefeituras. Você falou da evolução da sacanagem, da metade do século passado até os dias de hoje. Aqui, os corruptos evoluíram além das expectativas, se eram milhares, poucas décadas depois chegaram aos milhões, do macro que ganha no papel do edital ao micro que ganha no papel higiênico.

O Remo, que tinha saído devagar, muito gentil, veio com dois copos de plástico, tamanho grande, de café com leite. Para poder sorver com tranquilidade, todos, por alguns bons minutos, ficamos em silêncio.

VI. Delações seletivas

O Rômulo logo ficou de pé, deu uma espreguiçada e, muito empolgado, voltou ao assunto:

— Essas facilidades para as grandes sacanagens e roubalheiras que colocamos ocorrem por culpa dos partidos políticos. Aceitam qualquer candidato, fazem qualquer acordo e fogem dos ideais. Depois de eleitos têm que ajeitar o que fizeram e acomodar o que prometeram. Nesse quadro, os de direita, frios, calculistas e sem ideal, não encontram problemas. E os de esquerda, acreditando que todo mundo está junto se perdem, e nem percebem que na primeira queda do disjuntor a mídia vai culpá-los pelo apagão nacional. Tirando os partidos oportunistas e os que deliram nos extremos, atualmente o Brasil está amarrado a três grandes agremiações políticas. É como alguém que organiza uma ampla festa infantil, mas fica na mão de três malandros de grande prestígio. O primeiro, PhD em dissimulação, se sentindo em plano superior, sorrateiramente, sem se importar com a preferência das crianças, obriga a dona da festa a comprar as guloseimas nas grandes lojas indicadas e privatizadas. O segundo, sempre no poder, mas sem querer aparecer no plano principal, por ser fisiológico por opção, também amarrado às grandes lojas, para atender seus convidados, obriga a dona da festa a colocar as guloseimas em todos os espaços da casa, até no banheiro, e ainda ficar com parte dos doces. O terceiro, querendo aparecer, precipitadamente obriga a dona da festa a fechar os olhos para as crianças carentes que vão aparecer, em maioria, e que costumam encher os bolsos com doces para levar para casa. Fora dessa grande confraternização, quase fraterna, as agremiações malandras, sem grande prestígio, que sobrevivem de sobras e estão prontas para tudo, procuram alguma fresta para participarem da festa. Moral da história: se esta reunião infantil for investigada por alguma denúncia anônima, os empregados, como testemunhas, vão dizer que presenciaram crianças furtando guloseimas. E a imprensa vai destacar, com tarja preta nos olhos, as fotos dessas crianças correndo com as mãos cheias de doces.

Ironizei:

— Tarja preta nos olhos de quem?... Dureza é que essas reuniões "infantis" são realizadas nos mais distantes rincões da pátria amada. Nada tendo de inocente, elas não passam de confraternizações herméticas, em que muitos iniciados na política procuram penetrar, não para mudar o social, mas para sua promoção na vida... Contra esses domínios e regalias do poder, vamos encontrar, procurando na nossa história, mesmo nos períodos ditatoriais, ou mesmo dentro da imprensa aristocrata, grande parte de jornalistas bem mais atuantes, com crônicas e charges bem cáusticas. O povo lia mais, e o que era mais saudável, essas críticas atingiam todos que erravam, com pouco engajamento e sem o poder da mobilização midiática de hoje. Atualmente, grande parte do povo não percebe que embarca em noticiários cada vez mais bem elaborados, que se aproximam do público, mas que são perversos e contra seus interesses. Preocupado em sobreviver, o cidadão do presente tem um excesso de atraentes informações inúteis, mas não está lendo, ouvindo nem vendo o que realmente interessa para ele e para o coletivo.

— Na dominante imprensa atual, desvairadamente reduzida a poucas famílias, estamos vendo uma corrente lucrativa em cima do bom papel. Um despertar tardio e oportunista de denúncias. Onde circulo, com o casal de amigos aqui, ali no triângulo zen, somos chegados a alguns donos de bancas e lemos com tranquilidade tudo que é impresso e que nos interessa. Sinto que praticamente desapareceram das bancas as publicações contestatórias ou que faziam as pessoas questionarem o noticiário dessa conduzida e massacrante mídia de poucas famílias. Mídia que só depois de um bom tempo do fim da ditadura, com a democracia mais consolidada e com menos perigo, é que começou a divulgar essas enxurradas de delações.

— Como você disse, o oportunismo apareceu com a democracia consolidada. Companheiro, você deve ter percebido que a continuidade dessas delações, que nunca foram feitas de forma tão massacrante, passou a ter um conteúdo subjetivo, um viés dirigido a um alvo certo, onde o fato foi substituído pela panfletagem. Num país onde muitas dessas empresas capitalistas da mídia devem aos cofres públicos, ou estão amarradas a algum favor recebido no passado, ao denunciarem alguns políticos mais progressistas no poder, em esquemas antigos e bem conhecidos, principalmente na área de obras públicas, é porque há um grande esquema e uma cobertura muito forte por trás. Veja como em pouco tempo esse circo armado dos vazamentos seletivos, e acusações em fase de investigação, cresceu. Viraram espetáculos midiáticos que relegam ao lixo um princípio sagrado na Constituição, o da presunção de inocência. Qualquer cidadão honesto e esclarecido sabe que patifarias são praticadas há séculos, e que prosperaram nas últimas décadas, principalmente nos poderes executivos e empresas estatais. O tão badalado presidente Juscelino Kubitschek foi quem abriu as portas para o enxame das empreiteiras, e a ditadura militar foi quem deixou elas tomarem conta da casa. A corrupção não se restringe ao Estado. Com esse amplo domínio, essas construtoras foram incentivando megaprojetos, de forma precipitada ou inadequada, mas muito interessante para todas as partes. Quadrilhas foram sedimentando seus tentáculos na administração pública, das pequenas prefeituras aos grandes ministérios, em esquemas do pequeno ao grande fiscalizador, do distribuidor ao controlador, todos impondo as regras do jeitinho. Acordos que se enraizaram impunemente e nenhum repórter investigativo teve a coragem de enfrentar e denunciar, porque, com a mesma composição genética da safadeza, a ponta do paletó da grande imprensa sempre esteve presa na porta. E também, para não perder clientes, até governamentais, ela nunca se aprofundou em críticas e investigações. Nesta tranquila conjuntura, por se sentir inatacável, e na falta de uma grande mobilização popular, a direita conservadora dominou. No país, sempre faltaram mecanismos legais mais enxutos, e o excesso de legislações conflitantes, só serve para que advogados astutos liberem seus clientes em poucos dias. Com o advento de novas administrações e transparência governamental, as revelações desses bastidores deteriorados foram crescendo, e a liberdade total nos notíciários ganhou uma proporção maior na denúncia desses acertos obscuros que sempre consumiram partidos e ideologias. E aí é que surge, para delírio da classe dominante, o alvo que procuravam para transferir a responsabilidade dessa corrupção escandalosa que sempre corroeu a nação, o envolvimento de esquerdistas recém, ou refém, chegados ao poder. Na história do país foram efêmeros os momentos de liberdade, e por estarmos vivendo, há algum tempo, numa democracia dita plena, isso não é bom para esses poderosos que sempre exerceram suas nefastas influências. É um delírio pensar que os que vivem do lucro fácil vão diminuir seu ritmo e se sacrificarem em benefício do outro, em razão de uma mudança política popular. A democracia, da forma como é praticada, quando abre as portas para vencedores – idealistas sem força econômica –, é atingida por constantes balas perdidas. Quem sempre posou com talheres de prata nunca vai aceitar que famintos, que comem com a mão, usem talheres, nem de plástico. Como também não aceitam tomar banho, vestir boa roupa, sentar-se a volta de sua mesa, orar e se empanturrar. Nunca tivemos uma administração pública que priorizasse os interesses dos menos favorecidos, com políticas voltadas para a inclusão social e crédito a pessoas de baixa renda. Isso mexeu com essa rede aristocrática que sempre explorou o país. Nossa corrupção endêmica é um camaleão que contamina pelo deslumbre da riqueza rápida, contagia os incautos, muda de cor e usa o envólucro das coligações partidárias, tudo para não perder a continuidade dessa ampla rede de cobiças. Para esses conservadores, um governo popular é perigoso, tem que ser contaminado pelas safadezas e depois escrachado. Para tanto, contam com uma imprensa conivente, onde essas empresas-familiares que monopolizam as comunicações, massacrem o público e alarmando diuturnamente no noticiário a falsa ideia de que a corrupção acabou de chegar. Nunca lembraram, nos tantos programas especiais que fazem, que tudo começou com os velhos larápios europeus enganando e abusando dos que aqui viviam na mais plena tranquilidade: os índios e suas mulheres. Da absurda venda de cargos públicos para os que aqui vieram extrair cruelmente nossas riquezas, das capitanias bem hereditárias, dos vendilhões do império e toda a teia de favores e interesses da velha a nova república, chegando-se a ditadura militar de 1964, instalada com empresários iguais aos que tinham os ideais escravocratas do passado, e que numa agravante, ainda calou com a tortura os críticos, artistas e até chargistas.

— Marcão, quem não se lembra, mesmo com a violenta censura, dos casos do banco Halles, do banco União Comercial, Coroa-Brastel, Lutfalla, da Dow Química, esta, comandada antes e depois de exercer cargo governamental, pelo general Golbery do Couto e Silva, da Light que foi comprada quando se aproximava o fim da concessão. Dos bilhões de dólares aventurados em usinas nucleares. Dos quatrocentos pacotes de manteiga que um ministro se enlambuzava por semana, dos 6.800 pãezinhos que um outro consumia por dia, denunciados em reportagens do jornalista Ricardo Kotscho. Do espaço que a construtora Camargo Corrêa tinha na construção de obras públicas, uma roubalheira que se espalhou rapidamente para outras empresas do gênero, que quase afundaram o país. Da fortuna que o ex-presidente da Petrobrás, na época da ditadura militar, Shigeaki Ueki, acumulou, levou para o Texas e até hoje ninguém questionou. Do antigo e poderoso banco Nacional de Minas Gerais, do senador Magalhães Pinto, um dos idealizadores do golpe de 1964, que fraudou suas contas antes de ser vendido para o Unibanco. E o Proer, que serviu depois para proteger instituições financeiras falidas, salvaguarda que nenhum cidadão até hoje tem quando não paga em dia os seus compromissos.

— Companheiro, quem quer ver o país passado a limpo não pode esquecer de nada. Depois, dentro desses tantos escândalos, estratégicamente esquecidos, vieram os anões do orçamento, justificando que ganharam dezenas de vezes na loteria, os sanguessugas das ambulâncias, os vampiros na compra de medicamentos, o gabiru das merendas, que voltou agora na liderança legislativa paulista, a confraria de obras só realizadas na planta, Banestado, banco Marka, denúncias dos precatórios, propinodutos, trensalões, os nebulosos DNER, Sudam e Sivam, onde ninguém foi punido, o castelo medieval construído em Minas Gerais pelo deputado federal e também corregedor da Câmara, Edmar Moreira. Os escândalos da Embratur envolvendo o senador Jorge Bornhausen. Do deputado Hildebrando Paschoal, marcado como deputado da motosserra. Os crimes que o famoso "Engavetador Geral da República", no governo FHC, arquivou, e a mídia nunca cobrou. Da venda do Banespa, que em menos de três meses, o Santander, empresa da Opus Dei, tirou o que investiu e agora aciona o Carf, órgão do Ministério da Fazenda, para não pagar impostos, como outras gigantescas empresas como a Gerdau, RBS, Ford, Mitsubishi, Safra, Bradesco, Bank Boston, Pactual, BRFoods e muitas outras. Um escândalo que corre pela Polícia Federal com o nome de Operação Zelotes, com nomes pouco divulgados, onde também só vazam os seletivos, e que passa três vezes os valores dos desvios da Petrobrás. Dessa operação, o público não toma conhecimento, porque envolve patrocinadores e os próprios poderosos grupos de comunicação. Como os envolvidos em operações através da Mossack Fonseca, no Panamá, quando, por cautela, só citam o nome dessa empresa no noticiário quando a repercussão é internacional. Os ratos mordem os sapatos, mas não sobem na mesa dos apresentadores, principalmente da Globo. Ninguém lembra da tentativa de transformar a Petrobras em Petrobrax para facilitar sua venda aos falcões internacionais. E as infindáveis e incontroláveis viagens nacionais e internacionais de jatinhos, quando não da FAB, há muitos anos, dos poderosos, seus familiares e bajuladores, com o dinheiro tirado das necessidades, e gosto sempre de repetir, de quem não tem esparadrapo em hospital público. Sobre essas raposas da época da ditadura militar, o grande jornalista José Carlos de Assis publicou três livros esclarecedores – *A Chave do Tesouro, Os Mandarins da República e a A Dupla Face da Corrupção.* E o cronista Silvério Alves DMadriaga também escreveu um excelente texto sob o título *A enciclopédia dos escândalos*, que relaciona por volta de quinhentos casos de corrupção da ditadura militar até o dia que publicou a matéria. É muito cinismo de grande parte dos cidadãos brasileiros que vão protestar em elegantes avenidas, ou bater panelas em sacadas gourmet, ignorando fatos históricos e atuais, e só agora, bem agora, pedir honestidade. Além de praticarem acintosamente a sonegação, esquecem que essa doença da esperteza está diariamente no seu próprio comportamento trivial, ao corromper em tantos exemplos do dia a dia, qualquer um que apareça no caminho ou atrapalhe suas intenções. Para depois posarem de santos. Qualquer deslize de pessoas públicas deve ser imediatamente denunciado, só que essa imprensa, se tivesse boas intenções, sairia das pontualidades marcadas, como as vindas de um procurador que dá palestras sobre honestidade em igrejas em que os pastores, além de não pagarem impostos, tomam os bens dos incautos. Ou de um juiz claramente parcial, que todos conhecem, que ignorou os envolvidos num escândalo tão claro como foi o do Banestado. Abririam o leque, não perdoariam ninguém, voltariam a um passado recente, que ainda fede, que muitos estão vivos, ou com sucessores na ativa. Bem como analisaria melhor os vazamentos seletivos passados por policiais mal intencionados, principalmente em época de eleições, que por estarem descontentes com o chefe, a hierarquia da instituição ou o governo, por questões pessoais ou salariais, não passam informes, ou mesmo informações mais sérias dos procedimentos, e sim esses vazamentos ainda investigados e com críticas direcionadas e inconsequentes.

— Assim como o respeito ao segredo de justiça, a delação premiada também exige provas, e num primeiro momento não pode ser divulgada para o prazer de jornalistas e comentaristas safados que não se identificam ideologicamente com os acusados – comentou o Rômulo.

Continuei:

— Esses nomes não podem ser jogados ao precipício dos escândalos, sem direito a um grito de defesa. Estranho também é que a justiça, mesmo condenando, se omite, ao não observar o cumprimento de sentenças, quando um acusado, por exemplo, obtém o sagrado direito de resposta. Violações que órgãos impressos condenados não observam, publicando num canto esquecido do jornal ou revista, e não em manchete, o que havia anteriormente estampado. Nenhuma grande mídia respeita os termos da lei que diz que o espaço para a defesa deve ocupar o mesmo da ofensa. Um direito que vai além da lei comum, está na Constituição, nos direitos individuais e coletivos: "É assegurado o direito de resposta; proporcional ao agravo, além da indenização por dano material, moral ou a imagem". E a reparação desses danos pode ser estendida aos sucessores. Um direito que o Brizola pleiteou, teve que recorrer ao Supremo, venceu, e o Jornal Nacional, com o Cid Moreira, foi obrigado a se pronunciar a seu favor. Uma proporcionalidade de resposta heróica e sensacional, que pela composição da justiça atual, acho que nunca mais vai acontecer. Eu me divirto ao assistir esse direito conquistado pelo Brizola em alguns flashes no you tube. Se grandes executivos começam a ser denunciados ao público em razão de investigações e operações corajosas, só agora transparentes, outros, ainda soltos, chantageiam e manobram com ameaças de boicotes. É o caso dos grandes sonegadores, que se denunciados pela imprensa, retiram suas publicidades. E que não é o caso das grandes construtoras, que pouco recorrem a publicidade, porque, como sabemos, não precisam. Nós temos que saber das fraudes feitas em licitações e peculatos que ocorrem e ocorreram, dos palácios aos chefetes. Se condenados e já morreram, os sucessores devem devolver os bens indevidos, e os historiadores registrarem seus nomes como ladrões. Se vivos, devem responder de imediato, com a prisão preventiva decretada. Da mesma forma que todo desvio das verbas para as necessidades primárias que vão para o bolso de prefeitos descarados, com a conivência de vereadores, e que muitas vezes ainda são reeleitos. A transparência nas operações batizadas da Polícia Federal, que poderia ser uma evolução saudável, infelizmente se tornou maquiavélica e partidária. Uma pena, porque os enredos são muito bem armados, poderiam ser mais honestos, imparciais e realmente sanear o país. Geralmente uma revista semanal obtém a informação privilegiada lá de dentro e faz uma reportagem denúncia no sábado. A notícia tem seus desdobramentos durante a semana, principalmente no Jornal Nacional. Depois, aparece um acusado, não condenado, algemado com as mãos para trás, sem poder esconder o rosto, colocado ilegalmente em exposição pública, sendo filmado e escrachado por todos os ângulos. E o *playboy* apresentador dizendo rapidamente e com um sorriso irônico : "A Globo teve acesso (*só ela*) aos autos, e ao depoimento de fulano...", e depois:

“nossa reportagem entrou em contato com seus advogados e não obteve retorno” ou, laconicamente: “em nota, fulano disse...”. Dessa forma, eles evitam qualquer entrevista de rua e não dão espaço a esses antecipadamente julgados, ainda em fase de investigação. Vai uma autoridade policial qualquer raspar a cabeça de um acusado. Mas a federal pode cometer esta ilegalidade televisiva. Ninguém tem o direito de humilhar as pessoas, principalmente as autoridades públicas. Raspar, sem permissão, os cabelos de alguém é injúria real. Usando os princípios de Goebbels, eles incutem subjetivamente a notícia distorcida na cabeça das pessoas, tiram os sociopatas dos armários, incentivam o macarthismo, bem como as amebas retardadas a convocarem passeatas pelas ruas elegantes das cidades. Delação premiada não é sinônimo de condenação. E muitos acusados aceitam a delação premiada depois da inovada tortura, a do esgotamento emocional. Aí, na edição seguinte da revista, surge uma nova denúncia que estavam guardando e que todos já sabiam. Percebe-se, no rol desse cenário, que aparecem muitas insinuações e ameaças a terceiros, num teatro orquestrado por toda a grande imprensa e quase despercebido pelos leitores incautos. E a esmagadora maioria dos grandes corruptos e sonegadores não são tocados por essa mídia escrita e eletrônica, ou por serem os próprios, ou por terem essas grandes empresas envolvidas como clientes, que são bancos, indústrias de automóveis, de produtos alimentícios, de bebidas e serviços. Porque, sabemos, as grandes construtoras abertamente escrachadas nunca precisaram fazer anúncios publicitários. Depois de toda esse espetáculo contagiante, se o acusado mais fraco ganhar posteriormente uma ação, o seu direito de resposta vai encontrar obstáculos piores do que num órgão impresso, vai se exaurir no meio de fortes publicidades.

O Companheiro elogiou:

— Falou tudo! A lista dessas operações batizadas vai somente para essa grande imprensa. A orquestração é tamanha que juízes deliram e dão entrevistas apregoando suspeitas, antes do julgamento. Que isenção é esta? Isso é crime! As críticas a tudo isso são minimizadas e sutilmente esquecidas. E os espaços ao acusado, nessas divulgações, são colocados de forma tão ardilosa, que mais parecem o depoimento de um condenado, definitivamente julgado. Denúncias de corrupção são ótimas, mas os recados têm sido dirigidos para as correntes de esquerda. É o jogo político do capitalismo para não perder poder na tempestade e salvar seus investidores dos excessos da inclusão social. Para eles o que vale é a esmola e o uso inadequado da caridade. Quem não teve o destino de nascer privilegiado tem que ter seu limite, nada além do pão com mortadela, prato feito e carne de segunda, e nem pensar em restaurantes, táxis, shoppings ou viagens de avião. Quando você falava dessa gente, lembrei do Banco do Brasil, quando empresários do sul e coronéis nordestinos pegavam o dinheiro desse banco a juros bem abaixo do mercado... nunca devolveram e ainda foram anistiados. Agora fazem essa guerra, querendo todo ladrão na cadeia, até quem furtou um clipes. Sim, todo mundo na cadeia, até eles, que estão é muito vivos. E, se temos que aumentar impostos, tem que ser para as grandes fortunas e essas poderosas igrejas! O impostômetro é miudeza perto do sonegômetro, o painel dos grandes comerciantes, que não informa as manobras sonegadoras efetuadas por eles, antes de tudo chegar ao consumidor final. Que estabelecimentos, do menor ao maior, buscam, e até mantêm nos departamentos financeiros, contadores especializados em sonegação. Sem falar que o imposto de renda que incide sobre bens de sobrevivência e sagrados salários são claramente fiscalizados. Enquanto lucros que excedem a uma lógica de mercado, heranças, rendas perversas de vagabundos rentistas e aumento indiscriminado e suspeito de patrimônios fogem de taxações e são obscuramente fiscalizados. Fora os preços sobrepostos sem nenhuma necessidade, estoques mal intencionados de mercadorias, em manobras que estimulam ardilosamente a inflação e têm a clara intenção de desestabilizar governos progressistas. Essa associação deveria também verificar a movimentação financeira de muitos filiados, que em vários ramos de comércio, lojas em shoppings, ou até casas noturnas, possuem dez, vinte, trinta funcionários e meia dúzia de clientes por semana, permanecem em atividade por longos anos, e para o público, a lavagem é só do chão.

Emendei o assunto:

— Esse painel público da rua Boa Vista, que acaba incentivando a desobediência civil, deveria informar que não é de hoje que o nosso país é uma das piores nações em distribuição de renda, tanto da parte governamental, quanto da iniciativa solidária das pessoas. Governamental, pela irresponsabilidade da crescente distância entre o valor dos milhares de cargos privilegiados do funcionalismo e o salário mínimo. E quanto às pessoas, é aquele acinte que os abonados mostram para com os carentes: casas com várias suítes fechadas e reguladas até para os parentes com menos recursos, vários veículos de grandes marcas estacionados, sem uso, nas garagens, várias propriedades em praias, fechadas e destruídas pela maresia, várias propriedades nas montanhas, fechadas e consumidas pelos cupins, várias áreas na

Amazônia para desmatamento, várias viagens de fim de semana aos mais distantes cassinos, muito dinheiro para manter a corrupção e várias aplicações em nome de terceiros ou na lavagem de dinheiro em empresas fantasmas... Acintes que só quando a receita federal, ou uma instituição financeira, pede uma declaração de bens ou uma carta de crédito a esta gente, é que verificam que poucos desses investimentos estão em nome desses abonados... A única grande caridade que esse pessoal faz é colaborar na construção de novos templos. Quanto aos trabalhadores que dormem nas ribanceiras, e incomodam quando morrem em desabamentos, atrapalhando o fluxo de vias públicas, nenhum centavo. Nem para ajudar na manutenção de uma escola pública, na construção de bibliotecas, museus, teatros, quadras de esporte... porque tudo isso é perigoso, coisa de comunista! Esse absurdo painel eletrônico, com cobertura da grande imprensa, ignora a sonegação, não fala a verdade, estimula a desobediência civil e manipula muito bem a massa. Isso faz parte do terrorismo econômico!

— Igual ao pato para os patos da avenida Paulista, onde um dos seus idealizadores é o maior sonegador do Brasil! – comentou o Remo.

— Ouçam! – interferiu o Rômulo: Um opulento, ao entrar na igreja, se incomodou com um mendigo cheirando suor humano, que tentou acompanhá-lo até o banco, sussurrando um lamento. Fugindo do incômodo, e prevendo aquele abraço na hora final do cerimonial, num ato nada discreto, mas para que todos se iludissem com sua bondade, o altivo dispensou o rasteiro com uma bela esmola, segurando seu braço e retornando-o até a porta. O fino extrato da sociedade não quer o aroma desses viventes, nem na igreja!

— De onde você tirou isso? – perguntou o Remo.

— Inventei agora, para uma pequena reflexão. Nós estamos muito tensos!

Continuei:

— E para isso, o altivo corrompeu o rasteiro. Você falou em igreja, além das famosas ilhas que guardam o dinheiro roubado pelo mundo, e de países como a tal civilizada Suiça, onde milhares de brasileiros mantém contas por desvio de verbas, evasão de divisas e remessas ilegais, e que a mídia nunca vai divulgar por razões óbvias, há líderes religiosos descobrindo novos encraves, o verdadeiro paraíso deles, onde o dinheiro, embora cansado de tantas viagens, volta limpinho.

— Esse pessoal das lavanderias e paraísos fiscais também aplicam, na cara dura, em ações e imóveis nos Estados Unidos... e sem ninguém reclamar. O país aceita eles de boa, afinal, são os reis das fraudes financeiras e manipulação de mercados – observou o Rômulo.

Continuei:

— Outro espetáculo batido é quando os milionários promovem caridades aos necessitados, algo que até poderia, mas nunca solucionou a questão dos carentes. O que interessa nesses "espíritos de fraternidade universal" são os descontos no imposto de renda, paliativos que mostram uma falsa benevolência ao grande público. Encenações que só servem para promover socialites, quando seus jantares e bazares saem em destacadas fotos nas colunas sociais. Se tivessem boas intenções, iam além, distribuiriam livros, levariam a molecada para teatros etc. Como o Rômulo disse, na realidade, quando agem assim, estão devolvendo uma parcela imperceptível do que levaram na acumulação de suas riquezas, em ações ou omissões desonestas. Da mesma forma, quando são maquinadas essas megaempreitadas promocionais de solidariedade, amplamente divulgadas pela mídia. Tudo só visa o lucro ou vantagens, porque essas campanhas geram mais publicidade positiva para os investidores do que para os que recebem as esmolas. Poderosas empresas se promovem doando até casas e veículos em programas de grande audiência na televisão, ou colaborando em comoventes *shows business*, tipo Criança Esperança. Ou investimentos pedindo uma bondade e divulgando um produto, tipo Big Mac Feliz. Para eles, essas ações são bem mais lucrativas do que saldar os impostos que sonegam, dividir parte de seus lucros ou incluir carentes. Quanto aos políticos tradicionais que participam do mesmo esquema, também é mais vantajosa uma campanha para recolher agasalhos do que destinar verbas diretas para a solução do problema.

O Companheiro emendou:

— Ninguém quer saber do bem estar social dos outros, nem porque estamos entre os últimos países quanto à distribuição de renda. Agora, o que também presenciamos nesses últimos anos na grande imprensa é o seguinte: quando o comércio perde, num governo popular, de um mês para o outro, uma fração de centésimo de sua ganância vira manchete no Jornal Nacional, debates com os apologistas da desgraça e na mídia geral do dia seguinte; além de vários editoriais, artigos e entrevistas com esses apologistas. Como você falou, são os esquemas reacionários do terrorismo econômico. Se um produto é vendido para o consumidor, normalmente, sem sofrer intempéries da natureza, por quatro vezes mais que o produtor, depois dessas fofocaiadas da imprensa, passa a ser vendido a oito, dez vezes mais do que o valor estacionado do produtor. E para terminar esse quadro de sacanagem, um comentarista fofoqueiro que fala quinhentas línguas, mas não conhece a do povo, chama um monte de entendidos para um programa especial de sábado, na televisão. Ele cruza as pernas, torce a boca, dá um sorriso arrogante e mete o pau naquele governo popular, o que nunca fez nos quinhentos anos anteriores. Marcão, todos esses exploradores e canalhas da interpretação só sentem a realidade quando um trombadinha encosta um caco de vidro na veia aorta de algum deles, e se expressa com atos. Eu sempre falo, nenhum desses hipócritas pode reclamar desses assaltos nas vias da vida cotidiana ou em arrastões; eles fazem muito pior.

Concordei:

— Sim, o arrastão deles é através de tudo que falei. No Congresso também sempre tem alguns moleques irresponsáveis que diuturnamente procuram azucrinar governos populares, eleitos pelas urnas. Irresponsabilidade que causa ao país um prejuízo infinitamente superior a qualquer pedida de um trombadinha com caco de vidro na mão, como você lembrou. O povo deve sim cobrar, exigir e não esquecer o nome não só dos políticos, mas também dos jornalistas que contribuem para estes espetáculos de sacanagem. Toda essa gente não faz um arrastão, eles jogam um tsunami contra a pátria.

O Rômulo continuou:

— São os olhos bem abertos do cinismo e da hipocrisia secando os bons ideais, que são cegos para os velhos esquemas viciados e contínuos entre o corruptor e o corrompido, bem à frente de todos. São esquemas que podem ser vistos do lado de fora, quando o corruptor ativo enfia o seu dinheiro no passivo e obtém benefícios como ficar livre de concorrências, à vontade para desrespeitar leis trabalhistas, ecológicas, de saúde, dos consumidores; e entre tantos esquemas contábeis, a tranquilidade para sonegar diariamente. E do lado de dentro, o corrompido passivo, que se beneficia desse dinheiro sujo e maldito através de licitações fechadas com antecedência, notas superfaturadas, remessas para empresas fantasmas, falsos boletins de ocorrência de furtos, esquemas contábeis e investimentos direcionados para acertos marcados. Além desses velhos esquemas, temos a viciada sacanagem dos administradores públicos que desafiam nossos brios com nomeações de assessores inúteis, toda a linhagem de parentes, corregilionários, amigos, amantes, gente escolhida a dedo para carreiras administrativas de poucas horas e muito ganho, cabos eleitorais, fantasmas, e o capeta para abençoar. Isso em todos os poderes;

prefeituras, governos estaduais, federais e conchavos suprapartidários. E acrescente-se ainda a esses revoltantes privilégios: horas extras, jetons, infinitos acúmulos verticais e horizontais, incorporações, viagens sem fim, notas frias, excesso de telefonemas e correspondências, recibos de táxi e serviços burocráticos suspeitos, recessos, encontros e congressos inúteis, só para fazer turismo e gastar a verba anual, dinheiro para apadrinhados políticos, e as mais variadas e estranhas doações. Sem se aprofundar aqui nas filhas de militares que viveram e ainda vivem com o nosso dinheiro. Quer tsunami mais criminoso que esses atos que eles têm a petulância de dizer que são legais, e os comentaristas televisivos não debocham?

— Santa Máfia! Marcão, conheço um mendigo que foi funcionário público e diz que peculato para o pequeno funcionário é cadeia no ato. E para o grande, sindicância pra nada, ou a aposentadoria remunerada!

— Companheiro, os crimes às vezes são os mesmos, mas as condenações são diferentes. É o espírito de corpo ou de porco, a marca que abrange o país. Os caras perderam a cabeça, só falta cortar, iguais na falsa revolução francesa e outras revoltas menos famosas. Movimentos históricos que pouco muda mas que, por algum tempo, os larápios ficam mais espertos, e a humanidade cresce um pouco. Esse mendigo, seu amigo, mostrou parte do quadro que vivemos: a injustiça da justiça e a cara de pau de quem se considera o dono de uma função pública que exerce de passagem, eleito ou nomeado. Mesmo os efetivos, muitos apodrecem no cargo e ainda procuram fórmulas mágicas de passá-lo para sucessores. Parece que ninguém têm a mínima consciência de que o interesse é público, nunca individual ou familiar. Quem errou não tem só que perder o cargo, mesmo efetivo, tem que ir para a cadeia… Imunidade é como cuspir na cara do cidadão comum e honesto. Nem falo na vitalicidade, uma obtenção deteriorada, que, como comentamos, não cabe mais na dinâmica moderna, tem que acabar onde existir, de magistrados a conselheiros de clube. Sou otimista, mas no quadro em que vivemos, a cada dia vai diminuindo minhas esperanças de grandes ou pequenas mudanças. Veja o Congresso, o exemplo maior, que tem o poder de legislar. Lá você encontra centenas de obstáculos impedindo o progresso da nação. Se não houver uma costura de interesses, nada evolui. Quando, por extrema necessidade, aprovam uma lei, ela sai toda remendada e prejudicada, mordida no seu cerne por infinitos interesses, muitos representados por aquelas “bases” do inferno, mas com discursos celestiais. São sempre os mesmos, e pior, cada dia vão se diversificando e aumentando: é bancada ruralista, evangélica, maçônica, coronéis nordestinos, empreiteiras, banqueiros, empresas de televisão, jornais, fabricantes de armas, laboratórios, cartórios, indústrias alimentares, crime organizado, da bala, da bola em todos os sentidos e dos próprios poderes. Se também não tiver no meio, poderosos empresários enganadores do mercado cultural, mais preocupados em grandes produções ocasionais, que envolvam livros, exposições, música, cinema, teatro... e que não passam de especuladores camuflados, também atentos a essas armações. Vamos precisar morrer muitas vezes para ver grupos políticos mais puros e fortes surgindo nesse Congresso: como bancada dos humanistas, da ciência, da literatura, ou qualquer das artes...

— E ainda dizem que Deus é brasileiro... Nessas confrarias machistas e discriminatórias, que nem mulher tem vez, você já imaginou, nos dias de hoje, se um grupo resolver criar uma bancada de homossexuais, ou de ateus e agnósticos? Vão ser linchados em redes sociais, vão virar os novos satânicos nos programas evangélicos, vão sofrer manifestações violentas de rua, seus parentes vão ser ameaçados, vão ser xingados em lugares públicos, o ódio vai soltar pelos olhos, a vida deles vai virar um inferno! – apimentou o Remo, continuando com sua observação – Aliás, não é só na política, essas discriminações ocorrem também nas ciências e nas artes, o machismo do homem sempre foi predominante, se fechou na história humana, sempre teve seu "clubinho", dissimulou sua força física para intimidar, subestimar, e não aprendeu, mesmo quando na lama. Diz a bíblia, em Timóteo, Efésios e em tantas advertências mais pesadas, que a esposa tem que ser submissa a seus maridos... que o homem é o chefe da mulher... E os grandes pensadores são homens porque se apoderarem dos conhecimentos, principalmente da filosofia, esquecendo propositadamente da mulher. Mas, num dos momentos mais marcantes da história humana, os homens tiveram que se render a sabedoria de Hypatia, que, no ano 415, na Alexandria, por ter enfrentado esse machismo exacerbado e a radical intolerância dos fundamentalistas cristãos, foi apedrejada e pedaços de seu corpo atirados na fogueira. A partir desse episódio, foi dado início a Idade Média!

O Companheiro elogiou:

— Boa, menino! Soube que até o diabo está impressionado com esse delírio burguês neofóbico! Como o Marcão comentou da dança pré-primitiva que voltou no meio de nossos jovens, ou estamos retornando ao obscurantismo total, ou próximos do fim de uma era!

Concordei:

— Alguma coisa está para acontecer, afinal, o velho ascensorista diz todo dia, com sol ou com chuva: "Não há paz duradoura sem justiça social!"... Espero, mas o que desanima é que essas bancadas não são a voz do povo, mas é assustador saber que é o povo que dá voz a esses demagogos. O indivíduo comum não sabe que o objetivo fundamental da nossa Constituição é erradicar a pobreza, a marginalização, e reduzir as desigualdades sociais. Esses eleitores simples, abatidos moral e fisicamente, sem compreender a dimensão de um voto, acaba se animando com um brinde ou promessas vazias que só favorecem a esses refinados canalhas. Privado de valores progressistas, o nosso povo não consegue deduzir que a falta de distribuição adequada de justiça e da renda pública é muito em razão desse ato do voto. A politização popular conglomera muitos e amplos ensinamentos, e o primeiro deles é fazer esse cidadão comum ver que os poderosos fazem tudo para as coisas parecerem certo, mas não são. O cidadão comum tem de sentir todo dia que não é certo que o político que ele elegeu não defenda seus interesses, e sim o dele. Saber que às escuras, mídia e maioria legislativa, em projetos populares, juntam-se para monitorar manchetes, artigos e reportagens diárias, promovendo ações que deturpam e desfiguram leis que podiam ajudar os mais simples. Exemplo de que como grande parte do noticiário envolve interesses bem acertados, amarrados, com a chancela do toma lá, dá cá. São noticiarios que deturpam interesses dos mais carentes, como os programas populares sem conteúdo, que apenas visam a venda de produtos e banalidades culturais, tomando um tempo que poderia ser mais útil ao cidadão. O eleitor comum, sempre maioria, tem que acordar.

O Rômulo opinou:

— Tem outros tipos de barganhas que acabam entusiasmando e criando para a população expectativas de justiça, que são as denúncias escrachadas de pessoas. Fica a sensação que aqueles fatos nunca se repetirão. E, de repente, tudo desaparece do noticiário. Ninguém fica sabendo porque denunciaram aquelas pessoas, e o que aconteceu depois. Como o tempo atropela a memória, cada dia com mais frequência, aquilo fica subliminarmente na cabeça de poucos. Sem entrar na caverna dessas canalhices subjetivas, dou um exemplo análogo na publicidade. Denuncia-se marcas de água mineral contaminadas, e pouco tempo depois, uma multinacional lança, com estardalhaço, sua marca na praça. O emblemático nesse capitalismo de vantagens é ver que as pessoas escrachadas e as empresas denunciadas não reagem, continuam na normalidade e atuando no mercado.

— São muitos os exemplos! Mas lembro de uma ardilosa e insistente fritura que um órgão de imprensa fez de uma pessoa influente no poder público. O óleo da frigideira rapidamente esfriou e o resultado da chantagem apareceu: ninguém soube da anistia dada para as dívidas daquele grupo de comunicação, nem o cozinheiro! - lembrou o Companheiro.

Continuei:

— Nesses, e em muitos casos mais sutis, ninguém percebe as cortinas do esquecimento se fechando. A força da mídia é tão poderosa que, em qualquer das situações, danem-se os danos...

— Para derrubar alguém, eles se unem e massacram: reviram o passado, envolvem familiares e condenam em manchetes quem está sendo investigado, dando ínfimas linhas a defesa, somente para alardear que as instituições estão funcionando. Também ofendem moral e criminosamente quem não gostam e criticam em várias matérias e editoriais quem se revolta e dá o troco. Não desmentem suas mentiras, como não acatam os moldes do direito de defesa, mesmo quando condenados. E ficam enfurecidos quando se fala em leis reguladoras! - disse o Rômulo.

Continuei:

— Os intocáveis! O que é pior, a censura ou o cartel da manipulação? Ninguém sabe o que ocorre nos países da América latina, parece que só chegam notícias da Venezuela. Isso nunca foi liberdade de imprensa, e sim, sacanagem, patifaria. A ética para eles tem um conceito diferente. Eles jogam gasolina em todos os cantos do país para depois acusar a esquerda pela fagulha incendiária. E como falei em danem-se os danos, não posso esquecer de mencionar um exemplo não muito distante, mas cruel: o caso do infanticídio do *Jornal da República*, que teve poucos meses de vida. Foi a maior prova de que os barões tiranos que dominam as comunicações no Brasil não toleram que um concorrente, dentro da livre iniciativa do capitalismo que tanto pregam, entre no mercado dos jornais diários. O estrangulamento do *Jornal da República*, a partir da distribuição, foi enigmático, mas bem claro no objetivo: a sua morte tinha que vir o mais breve possível. Seu idealista, Mino Carta, e os amigos Cláudio Abramo, Raimundo Faoro, Ricardo Kotscho, não se corromperam ou se venderam para que fechassem o jornal. Aguentaram o quanto puderam, e as famílias aristocratas e centenárias que dominam o nosso noticiário puderam dormir tranquilas a partir da morte do *Jornal da República*. Ficaram livres daqueles que desejavam passar um outro lado da vida cotidiana, ou informações contestadoras ao grande público. A partir desse desafio marcante, os dominadores da comunicação se uniram mais. E hoje, mesmo se agarrando às pedras do abismo, continuam manipulando em bloco o que lhes convém.

— Esses jornalistas destemidos são heróis na história da imprensa. A mesma pressão sofreu a *Última Hora*, no Rio, quando foi lançada no governo eleito do Getúlio. A direita sempre teve a grande imprensa na mão! Levaram Getúlio ao suicídio, quase não deixaram JK, eleito, assumir, levaram Jânio a renunciar, se integraram aos milicos para derrubarem o Jango, ajudaram a eleger o Collor e massacraram criminosamente a Dilma – disse o Rômulo, que partiu para novas observações: — Quero perguntar e dar minha opinião: como fica a moral da justiça quando privilegiados da própria justiça são castigados com a aposentadoria remunerada, e quando imponentes advogados liberam clientes no Supremo ou qualquer canto do país, sem completar as investigações? Sem falar dos políticos acusados que renunciam para serem reeleitos, da extensa lista de envolvidos nos mais variados crimes que estão no poder, e da quantidade de executivos, que no anonimato, continuam fugindo tranquilamente do país. Para mim é a mesma coisa que traficantes resgatando seus chefes em presídios, condenados pondo fogo em colchões ou decapitando seus colegas de cela. É o circo fraterno, sem preconceitos e com a proteção de Deus, como se lê no preâmbulo da Constituição, e onde me sinto um palhaço bem sério, olhando para uma plateia gargalhando de si mesma. Depois de uma profunda respirada, ele engatou no desabafo: — "Também não me conformo com os rendimentos cumulativos desses hipócritas em cargos públicos, no país da mais injusta distribuição de rendas do mundo, porque nada se coaduna com qualquer plano de cargos e salários, em tarefas assemelhadas, a uma empresa privada. Há necessidade de mudanças radicais? Claro, mas impossível, as portas estão emparedadas para qualquer projeto de lei que tente reduzir esses privilégios, bem como os interesses escusos e os excessos de benefícios. Como o Marcão falou, vamos ter que morrer muitas vezes... porque até o clamor público é indiferente para essas magníficas e reverendadas bases do Congresso.

Depois de ficarmos um bom tempo sentados, empolgados com os assuntos, a cavalaria da PM começou a nos encarar e antes de tomarmos alguma congesta, resolvemos levantar, continuar a conversa andando e indo na direção do largo do Arouche. O Remo, sempre gozador, propôs que fizéssemos um pequeno passeio turístico de primeiro mundo: "É por uma curta linha do metrô, do mais alto padrão e tecnologia. Tem até tradução para o inglês. Vai daqui até ali, na Paulista!" Ninguém concordou, mas o Rômulo concluiu: "Só que nessa viagem futurista, ninguém avisa antes que, ao entrar ou descer, os usuários podem ser atropelados pela educação de muitos, pelos buracos nas calçadas em volta das estações, bem como pelos mendigos amontoados, dormindo tranquilamente à luz do dia, bem nas entradas desse maravilhoso transporte de primeiro mundo". O Companheiro não perdeu o embalo do assunto anterior, fez uma observação sobre o comportamento diferenciado da Câmara, que tem cérebros de todos os tamanhos, e do Senado, mais camuflado, ambos conservadores, e me perguntou:

— Você disse bem, e citou a tal constituição cidadã. Ela não acelerou os avanços já alcançados por alguns países?

— O constituinte de 1988 foi mal eleito. Faltou qualidade técnica e o interesse nacional, acima de tudo. O que predominou foram os lobes de quem tinha mais poder. Tentaram contemporizar um país sem costume democrático, sem identidade formatada e esfacelado pela ditadura militar. Pior, vários desses políticos constituintes, uns conservadores doentios, outros, cegos no ranço vingativo contra o regime militar, sem avaliarem a velocidade do futuro, criaram várias situações constitucionais privilegiadas e inexequíveis.

— Sim, e não foi uma constituição do consenso, e, sim da disputa, quem tinha mais "bala na agulha" levou. Foi aquela lista que comentamos: ruralistas, evangélicos, sociedades secretas, cartórios... - interrompeu o Rômulo, e continuei:

— Houve avanços, qualquer cidadão é parte legítima para propor ação popular que vise a anular ato lesivo ao patrimônio público ou de entidade com o Estado, à moralidade administrativa, ao meio ambiente ou ao patrimônio histórico e cultural. Pelo menos a relação dos direitos sociais, como educação, saúde, trabalho, lazer, segurança, previdência social, proteção à maternidade e à infância e a assistência aos desamparados, na forma da Constituição, estão lá. O habeas corpus e a assistência social serão prestadas a quem deles necessitar... agora, essas inclusões sociais estão muito difíceis... muita resistência. Parece que nosso Congresso, tão religioso, retrocede sem parar. Reprimem e represam demandas sociais e ainda lutam para que continue esse quadro absurdo e desumano de nossa casta social: megamilionários e magnatas intocáveis e indiferentes a tudo; ricos só pensando em serem mais ricos; uma classe média cada vez mais ambiciosa, injusta e egoísta, que não percebe que pode ser rebaixada a qualquer momento; e uma massa pobre, que sem saída, vai sendo empurrada para a indigência total...

— Marcão... cartório... vivemos numa sociedade informatizada, internet... e ainda pagamos uma puta nota para o registro, cópia, certidão e um carimbo de qualquer papel... Um absurdo!

— Companheiro, fala isso para eles... me conta depois a resposta!

— Nem vou perguntar. Resumindo a nossa conversa institucional, em nosso país a justiça é cega, mas, se ouvir barulho de moeda, ela respira fundo. Agora, Marcão, quem combate o crime organizado?

— O Brasil é o país das ironias. Já analisamos que as forças armadas, que no passado interviram na vida civil para eliminar comunistas, no presente, não combatem daquela forma o crime organizado. Não estou cobrando essa interferência em nossas vidas, é só uma colocação. Porque esse combate é função da polícia... mas o cuidado com o que entra pelas nossas fronteiras... vai além da polícia. O Exército é necessário, mas está sucateado e parece que refém de suas forças auxiliares e reservas, também conhecidas como Polícia Militar. Essas, nos estados, através de seus serviços reservados, aqui chamados de P2, têm mais tecnologia de ponta do que o próprio exército. E só servem para colher bisbilhotices políticas, principalmente de esquerdistas, informações inúteis e as que servem para sua própria defesa. Dessa forma, não conseguem nem adivinhar quando arrastões de moleques vão invadir praias, condomínios, parques, congestionamentos, delegacias e os próprios quartéis. E muito menos dos mega-assaltos. Não exercitam e não exercem o que a minha falecida titia falava: "A prevenção é o melhor remédio para tudo". No mundo civilizado, a polícia é escolarizada e preparada para conviver com o cidadão nas ruas, não adestradas para o encastelamento e a defesa de feudos. É um contrassenso claramente evidenciado, milhares de empresas particulares de segurança lucram cada vez mais com a violência, porque, na real, no comando delas, embora em nome de familiares ou laranjas, estão oficiais, muitos prematuramente na reserva, ganhando do Estado substanciosos holerites recheados de acúmulos conhecidos como cascatas, bem como policiais civis de destaque. Temos um número internacional adequado de policiais por habitante, mas grande parte trabalha em serviços burocráticos, em desvios de função, em outras secretarias, em tribunais, assembleias, guardas particulares de famílias de autoridades que estão na ativa ou mesmo aposentadas, e por aí vai. E o número desses despreparados seguranças particulares que estão nas ruas é maior que todo o contingente das Forças Armadas. Não há desculpas para que promotores de justiça não investiguem essa gente; muitos estão na direção efetiva de cargos públicos usando subordinados como empregados particulares. Se nos comandos da polícia existem servidores exercendo essas duplas atividades, impunemente, não há como não falar que o aumento da criminalidade é um grande negócio, e que a sociedade nunca correu tanto risco como agora. A segurança pública é responsabilidade de todos e dever do Estado. O Estado é representado pelos poderes Executivo, Legislativo e Judiciário. Mas o que se vê, repetindo, é uma infinidade de sabichões de gabinetes. Gente que nunca passou pelos esgotos abertos das vielas da vida suburbana, nunca atendem ocorrências cruas e cruéis com soldados, tirou plantões aglomerados com a mais pura fauna humana em distritos, visitou explosivos presídios, onde presos, mesmo vivendo em masmorras infectas, têm um alto custo para o Estado, presenciou ou analisou os gastos hospitalares com a insegurança pública, com bêbados e drogados nas mais variadas situações, foi a locais de acidentes com crianças mortas, ou passaram por uma sangrenta madrugada nas bocas. O que esses neófitos enclausurados sabem fazer é vomitar teorias em pomposos debates, seminários, congressos, fóruns etc., ganhar uns trocos e resolver porra nenhuma.

O Rômulo observou:

— Além da segurança pública, encontramos o mesmo sucateamento, principalmente na saúde, educação e transportes, tudo para favorecer empresas privadas que vendem os mesmos serviços. O mesmo caso das ONGs montadas para barrar investimentos brasileiros e que estão bisbilhotando a nossa vida ou a serviço de multinacionais.

O Companheiro continuou no assunto e me questionou:

— Como disse, convivendo e acostumado com a criminalidade nas ruas, também me penitencio de nunca ter dado muita atenção ao outro lado dos assuntos policiais. Mas vejo muito cidadão, depois de cometer um ato errado, ficar ciscando soldados na rua ou policiais civis nas delegacias para tentar suborná-los. Depois, naquele cinismo nacional, sair dizendo que a polícia é corrupta e reclamando na rua dos políticos. Observo que segurança pública é o assunto mais preocupante e comentado no dia a dia e pouco discutido no passado. Eu, principalmente a partir do momento que fiquei detido, passei a me interessar mais sobre a vida marginal e as leis. Li as partes principais dos códigos penal e processual, e *Dos delitos e das penas* do Cesare Beccaria. Identifiquei-me com Emile Durkhein, que destacou que uma sociedade em estado de anomia leva ao desespero, e em razão disso, estudou a criminalidade, o suicídio e a religião. No assunto, fui buscar Max Weber, Michel Foucault, conheci os hipócritas programas de governo dos partidos políticos, li o floreamento acadêmico dos teóricos de quatro paredes, as polêmicas sem sequência na imprensa, as estatísticas oficiais mentirosas e matérias relativas ao tema com muito mais atenção. A segurança pública tem saída, mas tem muitos cadeados na porta. Na minha época, as baixarias dos programas policiais, tipo *O homem do sapato branco* do Jacinto Figueira Junior e outros, falavam mais de brigas e poucos acontecimentos mais graves, raríssimos casos chocantes, não se via essas barbaridades diárias que assustam, traumatizam todo mundo e acabam virando da rotina, um macabro passatempo. Está difícil a sociedade honesta e o governo acordarem e dar início a uma reação, a quebrar as cadeados. Aí te pergunto, o que podemos fazer, ou aqueles que não fazem poderiam começar?

— Primeira avaliação: se tudo vem, como parece, desde a colonização, o próprio povo ampliou, e muito, essa cultura da corrupção, corrompendo e inflacionando até as gorjetas. Todos colaboraram para que se alastrasse essa endemia cotidiana, dando dinheiro para o açougueiro no supermercado moer a melhor carne e empurrar a pior para os pobres, para os garçons nas festas de casamento servirem o melhor uísque, para qualquer fiscal que o surpreenda num deslize intencional, procurando alguém conhecido nas repartições públicas para quebrar infinitos galhos, subornando o guarda de trânsito, o funcionário que vai fornecer alvarás, o encarregado de compras nas empresas, a moça da loja para fazer o melhor pacote, comprando pirataria que prejudica os artistas, indo atrás do cambista no teatro e no futebol, procurando o maître num bar ou restaurante famoso para conseguir um bom lugar, subornando o empregado de qualquer empresa que arruma um produto ou serviço mais em conta, dando dinheiro para o pessoal da prefeitura varrer melhor sua porta, para a faxineira limpar melhor o seu canto, para o submisso que abre qualquer porta, para o porteiro não se incomodar com as crianças, para o bilheteiro arrumar um número especial e para infinitos funcionários em tantos guichês. Ensinando os filhos a furar filas e embalagens em supermercados, dando dinheiro a mais para o despachante, motorista de táxi e o garçom do restaurante. E, para pagar meia, passa a vida falsificando a carteira de estudante. Dá caixas de uísque estrangeiro para o gerente do banco e um sem número de executivos, vinhos para os chefes, garrafas de pinga para os chefetes e mil brindes para encarregados que tragam algum benefício. E ainda paga a mais e recebe conscientemente a menos em outros tantos acertos de contas que acabam resultando em interesses próprios. O vírus penetrou em todos os setores e em todas as profissões. As expressões "quebrar o galho" e "jeitinho brasileiro", que muita gente usa como algo positivo, benéfico e até bonitinho, deveria ser a maior vergonha nacional, porque é a eterna procura de uma oportunidade para ser desonesto. O preço de um picolé ou de uma dose de uísque tem que ser o mesmo para todos, em qualquer praia da vida. O povo se corrompe em círculos que voltam para si próprio. Ele precisa ter na consciência a dimensão do seu limite e do seu erro. Que existe lei para ser respeitada e aplicada para o bem de todos. Se não, vai faltar moral para reclamar do outro que fez coisa pior e não foi punido. O cidadão comum precisa conhecer os princípios da isonomia que as leis nos garantem. Quem errou que assuma... Segunda avaliação, é aquela de como tudo é difícil de evoluir no legislativo, porque lá é que se faz ou se modificam as leis, para que barbaridades não mais aconteçam. Mas o nosso Congresso, como estamos cansados de falar, é composto de muita bancada comprometida. No caso da segurança pública, quem entra com boas intenções e quer mudar alguma coisa vai enfrentar o lobe dos fabricantes de armas, das centenas de empresas de segurança que lucram com o crime, dos meios de comunicação que não aceitam mudar suas programações de violência, dos que não aceitam a desmilitarização, das autoridades policiais não querendo desburocratizar os inquéritos, dos promotores querendo abocanhar a polícia, dos pseudo-intelectuais de gabinete, dos próprios criminosos, da esquerda babaca, do conservadorismo da bancada da bala e dos defensores de direitos humanos, que, como disse, nunca entraram numa favela com esgotos ao lado e crianças brincando nos milimétricos espaços em volta. Tenho uma posição detalhada que não dá para me alongar aqui na rua. Companheiro, você que já ficou detido, sentiu a situação no miolo da realidade. Quando passamos na porta do 3º Distrito Policial, vocês viram o vespeiro lá dentro? Além dos indispensáveis serviços de saúde, a polícia judiciária é a única instituição civil que tem as portas abertas diuturnamente. E que além de atender aos fatos criminosos, e bater bumbo para os loucos dançarem, tem que orientar casais que brigam às cinco da manhã. Para um dos conselhos de ética mais corporativistas, o dos médicos, vai ser sempre natural a morte suspeita de um paciente num pronto socorro. Mas uma morte natural numa delegacia vai ser sempre suspeita, e orgasmo para Corregedorias e Ouvidorias internas e externas, serviços secretos militares, controle externo do Ministério Público, órgãos de defesa dos direitos humanos, ONGs e a mídia implacável. Esses são os desaguadouros criados pós-ditadura, pela democracia brasileira, e com um tempero da vingança descabida da esquerda contra a polícia. Toda a fiscalização é importante e necessária, mas não se vê todo esse enxame em cima dos erros e crimes de médicos, engenheiros, juízes, promotores e tantas outras profissões. Em instituições públicas fechadas, longe do contato direto com os cidadãos, a corrupção ativa ou passiva é de pouco conhecimento, porque, além de bem abafada, a apuração é cuidadosa e bem elaborada, evitando a repercussão. Todos seguram a divulgação para o público de atos pessoais comprometedores dos seus pares. Num ambiente hermético, baixa o espírito de corpo e poucas punições saem desses rituais marcados. Diferente de uma delegacia, com os policiais recebendo os vencimentos mais baixos do mundo jurídico e tendo tentações maiores, como as de aplicar ou não a lei penal, ou apreender ou desviar a diversidade de bens materiais que surgem durante suas atividades. A Polícia Federal viu saneado grande parte de seus anseios e problemas. Bem desburocratizada e com seus vencimentos dignificados, aumentou sua vaidade, mas preservou a psicose contra esquerdistas. A indagação e conclusão, em muito de seus atos, do "o que faz com quem", do seu serviço de inteligência, ainda mostra esta impregnação. São as sequelas deixada pelos militares que a dirigiram por grande parte de sua história. Criada no regime de exceção de 1944, estabelecida como departamento em 1967, a Polícia Federal logo foi utilizada pela ditadura como polícia política e encarregada de promover a censura mais idiota que se fez na história do Brasil. Até na África do Sul, no tempo do aparthaid, a censura era feita por intelectuais, menos mal. Quanto aos Estados, e a segurança nas ruas, é urgente a desmilitarização de uma polícia que é mais exibicionista do que ostensiva, e passar a dar prioridade mais preventiva às guardas civis municipais. A emperrada e burocrática Polícia Civil precisa ser urgentemente reestruturada. Por não ter eleições internas e inamovibilidade, ela fica à mercê do controle político e de interesses pessoais e não profissionais, muitas vezes surgidos na sua própria administração. Isso faz que uma corrente de desonestos se aproveitem desses descuidos para tentar dominar suas repartições. Essa negligência do executivo e dos políticos com a Polícia Civil, querendo mais extingui-la do que aperfeiçoá-la, lesa o cidadão honesto. A figura da autoridade se impondo contra qualquer crime é essencial para a sociedade. Do contrário, o resgate de presos vira rotina.

— Marcão, fala mais! Olha o Remo, que não fala quase nada, só fica boquiaberto! – observou o Rômulo.

— Ele é mais jovem, tá aprendendo. Por enquanto é só. Se precisar, falo mais. Como diz aqueles novos filhinhos de papai, já bem velhinhos: "Cansei!"

O Companheiro continuou:

— Interessante também é colocar que aqui na Boca do Lixo diminuiu muito o número de nordestinos. Hoje, o pessoal é heterogêneo e vive mais uma vida indolente, como se tivessem numa praia qualquer. Com todo o desestímulo que recebo como cidadão de rua, reli *Os Sertões*, mais para continuar me envolvendo com tudo que é do meu país. Só não torço mais para a seleção brasileira... acho um bando de mercenários... O que um trabalhador comum tenta acumular numa vida inteira não chega ao que ganha um jogador, sem instrução, em uma semana. Então... vamos lá, dentro das observações que fizemos, dessa caótica cracolândia, lembrei agora de algumas pontualidades do repórter Euclides da Cunha. São denúncias em um livro que já passa dos cem anos, e nada mudou. Portanto, minha descrença no futuro só aumenta.

— A maioria das grandes descobertas e a mensagem de grandes obras literárias poucas vezes transformaram a humanidade no momento que surgiram. Cem anos é pouco! – interferi.

— Pouco? Para mim é muito, peço urgência, sei que diminuiu a migração nordestina, quebraram em parte com a figura exploradora do coronel, que hoje muitos investimentos estão com empresários mais modernos do Sul, mas os problemas sociais aumentaram sua dimensão e abrangência, mesmo com o sertanejo continuando um forte. Interessante, poucos citam o restante dessa frase famosa, que termina assim: "...não tem o raquitismo exaustivo dos mestiços neurastênicos do litoral". Não quero ser polêmico, mas testemunho esse final. Passei algum tempo em regiões litorâneas e vi muita gente, normal e com saúde, vagabundeando à beira-mar. Acho que, para os sem consciência, a praia leva à indolência.

— Companheiro, o comodismo, talvez pela contemplação do mar, pode ter uma contaminação contínua nas pessoas acomodadas, mas não serve para definir essas comunidades privilegiadas geograficamente. Posso citar variadas civilizações e cidades modernas à beira-mar que prosperaram em condições adversas, de geleiras a regiões tórridas.

— Não generalizei. Apenas lembrei de citações do autor, em reportagens há mais de cem anos, e senti que algumas esperanças ainda vão continuar no tempo. Essa vagabundagem de que falo cresceu e querem incorporar a nossa cultura. O ato de levar vantagem em tudo acabou sedimentado e virou uma aceitável regra e forma de vida. É repugnante! Não aceito, fico no meu lixo!

Respondi:

— O livro *Morte e Vida Severina*, do João Cabral de Melo Neto, escrito por volta de cinquenta anos depois, aborda, de uma forma diferente do que você colocou, o desespero e as agruras do retirante que tenta sair da caatinga e ir sobreviver no litoral. Na peça referida, que foi levada na inauguração do Tuca, na rua Monte Alegre, em 1965, o Chico Buarque deu música ao poema e colocou muito bem a situação desses milhões de Severino: "Essa cova em que estás, com palmos medida, é a conta menor que tiraste em vida... É de bom tamanho, nem largo, nem fundo, é a parte que te cabe desse latifúndio..."

— É a parte que te cabe desse latifúndio... Tudo isso continua verdade... Marcão, me emocionei! E veja o nosso progresso, a massa nacional que foi sendo imbecilizada cresceu e ainda ofende o Chico. Foram tão lobotizados que não têm condições cognitivas de entender, por um segundo, o seu conteúdo e relevância. Foram ensinados a pensar com os glúteos e só sabem rebolar, durante horas, ao bordão estridente de bandas como Calypso e suas congêneres.

— E aqui pelo sul, você concorda no dito de Oswald de Andrade: "A massa ainda comerá do biscoito fino que fabrico"?

— Ainda não! Veja o caso do Chico. Nossos "nativos" privilegiados não têm sido nada cordiais com a volumosa massa amorfa.

O Rômulo esquentou o assunto:

— Chico, Oswald, Lima Barreto, Graciliano Ramos, Drummond de Andrade, Antonio Candido... e tantos outros destacados brasileiros de palavra, nunca encontraram um fardão do tamanho deles para entrar na Academia Brasileira de Letras. Melhor assim, ficar ao lado de quem participou ou se imiscuiu com ditaduras, ex-presidentes da República que nem discurso escreviam, quem nunca se envolveu com a literatura, estelionatários literários, e dos desavergonhados que ocupam a vaga de um morto ou vivo mais valioso, deve incomodar bastante quem tem princípios diferentes. Depois, uma academia de letras que foi omissa durante a ditadura militar e homenageia Ronaldinho Gaúcho, que tem aversão a livros, com a medalha Machado de Assis, não pode ser levada a sério. Aliás, como imortal, o maior nome da literatura brasileira deve ter entrado em coma.

O Companheiro foi mais longe:

— O negócio é aparecer, ter publicidade, nem que seja cultuada uma inversão de valores. A melhor definição da ABL, e dei muitas risadas quando li, foi do poeta Augusto de Campos: "Uma instituição que considero inútil, caduca e até nociva, pelo mau exemplo que dá à cultura brasileira, acolhendo gente que nada tem a ver com literatura - velhos políticos, governantes, empresários e jornalistas conservadores - uma confraria de mediocridades, que se chamam despudoradamente de 'imortais', envergando fardões, espadas, colares e medalhas. Com raríssimas exceções".

No meio dessa fiada de conversas, e das sérias e irônicas discussões analíticas de tudo que vai contribuindo para a formação dessa cachoeira de penúrias que é a cracolândia, e tudo que nela rodeia, os três reclamaram de fome e resolvemos parar e saborear uns sandubas. Não foi um grandioso e reservado chá das cinco. Mas, por ironia, sanduíche americano e café expresso, numa padaria que fica no largo do Arouche, próxima do tradicional mercado de flores.

— Eu gostaria é de sentar numa mesinha daqueles bares ali na curva com a rua Vieira de Carvalho, acho tão romântico, e recordar o Pingão, o primeiro a se instalar... mas estamos dando um tempo no álcool! - reclamou o Rômulo, dividindo com o Remo, com muito jeito, um segundo sanduíche.

— Os cronistas da década de 1950 definiam de boca, a zona do meretrício que ficava nos limites próximos a rua do Triunfo, dos Protestantes... por ali. Depois passaram a denominar o que vai da avenida São João até a estação da Luz, de Boca do Lixo, dando uma conotação de área de prostituição barata, principalmente após o surgimento de uma nova área, mais sofisticada, na Vila Buarque. Naquela Boca do Lixo, com todos os percalços causados à sociedade paulistana, existia, embora marginal, um romantismo no ar. O convívio era mais tranquilo, mesmo entre os malandros da vida, os marginais comuns e até os grandes criminosos. Hoje, o presente é um triste quadro do futuro, onde o lixo saiu do adjetivo até simplório da crônica passada para ser materializado na dura realidade. Marcão, andamos bastante e fizemos um diagnóstico que só vai interessar as nuvens, com aquelas aparências dissimuladas de uma Nação Inversa, como você já disse, arrematou o Companheiro.

VII. Boca do Luxo

A tarde já ia embora e veio a minha preocupação:

— Estamos no largo do Arouche, e próximos do que era a região da Boca do Luxo. Mas antes de penetrarmos nessa parte do território da nossa Vila Buarque, precisamos organizar um roteiro.

— Marcão, você planeja, isso não é comigo. Para ter uma ideia de como sou organizado: morei durante anos no buraco de uma casa grande e antiga, bem no início da rua Asdrúbal do Nascimento. Pagava um "pauzinho", uma "notinha", eu e um bocado de gente, a um velho safado que cuidava daquela espelunca e era amigo do dono do imóvel. Embora com o barulho da avenida 23 de Maio, eu só despertava quando um gato passava desesperado atrás de um rato ou um policial determinado corria atrás de alguém. Pois bem, comprei algumas latas de sardinha e li o prazo de validade. Tinha uns três anos pela frente, guardei e esqueci. Quando achei e fui abrir, a validade tinha passado havia mais de dois anos.

— Eu sou organizado e também tive um episódio com lata de sardinha. Morava sozinho e recebi uma namorada. Gostava da moça e faltava algo para convidá-la a morar junto. Fiz um "pene com sardinha". Mesmo atrasada para a faculdade, ela levou a louça para a pia. Depois relatou que não dava tempo para lavar, mas jogou os resíduos, ajuntou e jogou água nos pratos. E antes de jogar no lixo, para não ficar cheirando e ajuntar insetos, lavou e embrulhou num jornal a lata de sardinha. Adorei o ato, porque poucos agem assim. Ela aceitou o convite e moramos juntos dois anos.

— Que contraste extremo comigo. Mas acho que você está certo. Geralmente o esquerdista, por ser zoneado, perde muito tempo. Isso na burocracia, na vida festiva, porque na guerrilha, se for zoneado, tá morto — completou o Companheiro.

A Boca do Luxo ficou conhecida por ser um local de prostituição mais cara e ter um mundo do crime mais requintado. Se fosse feita uma linha imaginária, seria mais ou menos, descendo a avenida São João, à direita o lixo e à esquerda o luxo. Na Boca do Luxo, as ruas que abrigavam as boates tinham um ar de uma mini Las Vegas, um entra e sai constante e muitas luzes. Eram quase juntas, e uma ou outra se distanciava do foco maior entre a rua Bento Freitas e Major Sertório. Embora muitas dessas casas fechassem ao clarear do dia, ou depois do último cliente, grande parte da boemia com mais recursos escolhia a garota, fazia o acerto e ia embora pela madrugada. Existiam boates que entravam pela manhã, mas era diferente de hoje, onde o ápice do agito ocorre quando o dia está clareando, uma das grandes diferenças entre o boêmio e o baladeiro. E, como a designação do manjado vigarista evoluiu para o incógnito estelionatário, o punguista, aquele tradicional batedor de carteiras, que escolhia suas vítimas e distinguia o otário do pobre, também. Os novos ladrões, para conseguirem cartões de crédito e celulares, não se habilitam para o furto, sequestram qualquer um, e por uma asneira qualquer, matam. Interessante também lembrar que a figura do rufião, cafetão, explorador de mulheres, praticamente não mais existe na forma passada, além da prostituição passar para as mãos de empresários e do tráfico internacional. Os travestis, que aumentaram em grande número, nunca aceitaram esta submissão. A prostituição em São Paulo começa uma história mais popularizada quando ainda estava no Bom Retiro, em uma área com casas fechadas, que as mulheres sinalizavam para seus clientes através das frestas. Depois de ser extinta por decreto, se concentrou na rua dos Protestantes, Aurora e imediações. Nas décadas de 1950 e 1960, alguns grandes nomes do mundo do crime, que exploravam mais as prostitutas, ficaram famosos. Muito em razão da nova forma de administrar o lenocínio. As mulheres passaram a não ficar mais enclausuradas nos prostíbulos, indo buscar os clientes pelas ruas. Não tinham essas denominações atuais de "mulher de programa" ou "profissionais do sexo", eram consideradas "mulheres de vida fácil", "mariposas", putas mesmo. Na disputa pelo domínio dessa zona que só mais tarde passaram a chamar de Boca do Lixo, dois nomes sobressaíram, pelo endeusamento da crônica policial, bem mais que outros inúmeros e alguns reservados marginais da região: Hiroito e

Quinzinho. Brigaram algumas vezes por disputa de pontos, mas dentro dos riscos da competividade marginal, não era uma disputa em forma de guerra, como se vê hoje, ninguém delatava, o cagueta era manjado, as famílias eram preservadas e a palavra era um compromisso poucas vezes desrespeitado. Nas brigas predominava a habilidade de uma navalha, hoje substituída pela praticidade de uma faca. Claro que ouve tiros e mortes, mas fica longe do mundo atual, com chacinas intermináveis. O crime não era organizado. Quem conseguisse trazer qualquer quantidade de maconha do Paraguai, e contribuísse com o chefe, podia vender aonde quisesse, à vontade. Hiroito, um paranaense que veio ainda criança para São Paulo, foi acusado de matar violentamente o pai, o homem que lhe deu esse nome em homenagem ao imperador japonês. Se impondo por essa razão e por ser mais líder e empreendedor, para alguns, ele é que acabou ficando com o título de rei da Boca do Lixo. Hiroito leu muitos livros durante suas prisões, escreveu seu depoimento, e era também mais violento ou retraído na hora certa, diferente do Quinzinho, estilo mais romântico e maneiro, embora suas cabeçadas numa briga derrubassem qualquer inimigo. Quinzinho teve parte das mulheres na exploração do lenocínio, bem como das casas de jogos, e se aventurou pela Boca do Luxo. Chegou a ter o domínio de um prédio com prostitutas, na esquina da rua Bento Freitas com a rua General Jardim, bem ao estilo dos tradicionais edifícios de "viração" instalados no início da rua Barão de Limeira e na rua dos Andradas, prostíbulos populares, tradicionalíssimos em São Paulo, que permanecem ativos até hoje. Com tudo a seu favor, Quinzinho não dominou as regiões de luxo da noite, no estilo da velha boca, como alguns na época sugeriam, que são as ruas de um pedaço da Vila Buarque e que os frequentadores chamavam de Boca do Luxo ou Vila Boate. Tudo porque nessas ruas começava mais uma evolução na forma de se explorar a prostituição. Poucas boates tinham um único dono, a maioria era comandada por vários investidores, inclusive policiais, o que diminuiu muito a cafetinagem da forma antiga. Os moradores não gostavam dessas expressões pejorativas do bairro, porque não era bem assim, a área da Vila Buarque é bem maior e não se restringia àquele pedaço hoje quase inexistente de boates. Quinzinho jogou futebol por um bom tempo no Estrela do Pari, seu bairro de origem, e algumas vezes no Vila Nova. À parte a prostituição, os clandestinos jogos de *pif paf* que viravam dias, o incipiente contrabando de joias, perfumes e pouquíssimos eletrônicos – eram raros os sacoleiros e não existiam linhas de ônibus clandestinos constantes para o Paraguai –, as drogas que os dois líderes mais vendiam eram a maconha e as anfetaminas. A cocaína também era comercializada, mas não tão disseminada como agora, e a heroína sempre teve uma clientela padrão e limitada. Embora fosse fácil encontrar, a turma do Hiroito se especializou em comercializar "bolinhas" ou "garrafinhas", principalmente para menores, o nome dado às pílulas e às ampolas injetáveis de Perventin, vindas principalmente da Argentina, que, junto com o Dexamil, foi a preferência da molecada por muito tempo. Nessa época, os Beatles tinham rostos sadios e ainda não tinham viajado nos alucinógenos, e eram raras as mortes por overdose. Não existia o ice em forma de cigarro, nem crack, nem merla, nem LSD, nem special k, pó de anjo, poppers, nem as tantas novidades que aparecem a cada dia, principalmente nas festas rave. Era mais temerário o uso do "boa noite Cinderela", porque não existiam mega casas noturnas, onde quase ninguém se conhece, as pessoas eram mais próximas.

O Companheiro lembrou:

— Eu fiz algumas viagens longas com alguns caminhoneiros. Eles bebiam o mais simples para não dormir, uma coca-cola com café e raramente tomavam um comprimido mais perigoso, atualmente são um dos maiores consumidores de anfetaminas, o tal rebite. Algumas drogas sempre foram vendidas livremente nas farmácias, depois os estudantes alavancaram as vendas, o governo criou as tarjas pretas e receitas retidas, e hoje esses medicamentos são balas de côco em comparação com as constantes novidades que aparecem no expandido e espantoso mercado ilegal dos entorpecentes. O lança perfume era liberado, aí o Jânio Quadros proibiu. Quem da época não se lembra da Rhodia em alumínio e da Colombina em vidros, as marcas mais famosas.

O Remo perguntou:

— Por que o Brasil, com seu potencial turístico, não mantém cassinos estratégicos, para desenvolver algumas regiões, por exemplo, no interior do Piauí?

Respondi:

— A ideia de uma Las Vegas no deserto se restringiu a uma época em que as pessoas pensavam na sobrevivência exclusiva do homem, extraindo indiscriminadamente tudo que a natureza produz, num desperdício irresponsável e sem nenhuma reciclagem. Lá, a população cresceu além das previsões, a carência de água se agravou, tiveram que eliminar os belos gramados e o rio Colorado agoniza. Em menos de 50 anos, Las Vegas, se continuar nesse ritmo, vai desaparecer. A decadência surge em qualquer circunstância humana, mas só a percepção dos sintomas, e não a cega ganância, pode evitar catástrofes. No mundo contemporâneo e extremamente capitalista, a decadência vem chegando rápido, veja a cidade de Detroit, até recentemente a meca do automóvel. Os empresários dispensaram indisfarçadamente o ser humano para automatizar a produção, depois passaram a explorar a mão de obra barata em outros países, empurrando Detroit e seus moradores para o abismo. Como as grandes empresas nunca se preocupam com os trabalhadores comuns que erguem suas riquezas, quem ficou na cidade foi abandonado. Há cinquenta anos atrás, a proporção no mundo era de um rico para doze pobres, hoje um rico para mais de quinhentos pobres. A concentração da riqueza para poucos aumentou, a tecnologia cresceu e detonou os empregos. Não sei o que vai ser, principalmente das grandes metrópoles.

O Companheiro deu outro exemplo, e depois brincou, meio assustado:

— A natureza está se vingando por todos os lados, as geleiras estão derretendo, o mar crescendo, os tubarões aparecendo cada vez mais e engolindo os incautos. Indiferente, a ganância imobiliária continua com seus dentes afiados, construindo condomínios e altíssimos edifícios em orlas que as ressacas aumentam a cada ano, a mata circulante seca, e os ecossistemas desaparecem. Nem os norte-americanos cometem essas barbaridades contra a natureza. Também tenho medo da nossa cidade de São Paulo, com o aumento progressivo desses "indigentes sem salvação"!

Continuei:

— Pode ser, mas na nossa metrópole coisas piores crescem indiferentes: muros abstratos com o concreto da discriminação e da intolerância... Mas, respondendo ao Remo no caso do Piauí, dentro do politicamente correto do mundo atual, a consciência ambientalista, mesmo perdendo batalhas para algumas máfias imobiliárias, não está permitindo, no sentido mais amplo, esses megaprojetos em locais que, mesmo inóspito, estrangulam o meio ambiente. A natureza, que nunca aceitou essas ocupações sem respeito ao equilíbrio, agora vem reagindo e dando o troco das agressões sofridas a cada dia com mais contundência. Quanto ao jogo de azar no Brasil que você se referiu, ele foi legal de 1933 a 1946. Pouco depois dessa data, surgiram inúmeras tentativas de nova legalização, principalmente de cassinos. Mas nada chega a plenário. Antes de qualquer prosseguimento, os congressistas recebem a assessoria imediata de quem explora as loterias no país, a visita de donos de cassinos nos países vizinhos, e inclusive gente de Las Vegas, cidade que recebe muitos brasileiros. Até os bicheiros colaboram nessas empreitadas. Os nossos políticos, muito conservadores, ficam sempre "confusos" e nada avança. Atualmente, como cresceu demais a ansiedade dos brasileiros pelo jogo, agora voltados a incontroláveis apostas online, pela saturação dos países vizinhos, pelo envelhecimento aristocrático de Monte Carlo, pelo aparecimento de encantadores centros de jogatina, mas distantes, como Macau, pode ser que essa demanda consiga "prosperar" em projetos por aqui. Entendeu, menino?

— Sim, e muito! – ele respondeu sorrindo.

— Marcão, nesse longo circuito da Boca do Luxo que você narrou, não foi esquecido o Som de Cristal? O local foi frequentado por grandes dançarinos e pelas mulatas mais bonitas da cidade – lembrou o Rômulo.

— Claro que não, ia terminar. Nós éramos menores de idade e entramos muitas vezes disfarçando, para comemorar aniversários, que sempre ocorriam. Os bailes não eram animados por pequenos conjuntos musicais, com recursos eletrônicos, como é hoje; eram grandes orquestras, com cantores famosos, até internacionais. E foi no Som de Cristal que os tropicalistas evidenciaram as apresentações do seu movimento renovador, gerado na música *Alegria, Alegria,* de Caetano com os guitarristas argentinos do Beat Boys, e iniciado na noite das bananas, no programa do Chacrinha. Logo, o Caetano e o Gil foram presos. E como eu já comentei, tudo por terem cometido o crime de inovar os comportamentos estéticos que vivíamos. Contestando o que os tradicionais diziam que era do povo, eles polemizaram na definição do que era a linha evolutiva na nossa música. Entre os rebeldes com e sem causa, que produziam na nossa música, os tropicalistas desenterraram composições, muitas vezes malditas, e abriram um leque, mudando até a coreografia de seus shows de auditórios, denominados de Panis et Circenses. A presença de Dalva de Oliveira, Araci de Almeida, das irmãs Dircinha e Linda Batista e o desfile de Grande Otelo assustaram aqueles que ainda não tinham entendido os poetas Augusto e Haroldo de Campos. Significativo foi o caso de Vicente Celestino: convidado para um dos shows no Som de Cristal, ele morreu horas antes no hotel Normandie. Toda essa salada mista importunou as cabeças intelectualmente estáticas ou pasteurizadas, que há muito cantavam no galinheiro. Do batuque do quilombo ao samba do morro, do samba canção à bossa nova, finalizando no tropicalismo, tudo me iluminava. Depois, pouca luz eu vi na nossa música. O encontro de Chico e Caetano, em 1972, num show, no teatro Castro Alves em Salvador, depois do retorno ao país, e ainda na escuridão do regime, para mim, encerrou e lacrou o ponto mais alto da nossa música. A partir daí, dois e dois são cinco.

O Companheiro continuou:

— O Som de Cristal foi isso aí! São Paulo tinha grandes gafieiras e bares com bilhar 24 horas. Eu tinha um primo que morava com a gente na Amaral Gurgel, era menor de idade e bom de taco, os maiores apostavam nele, lá no bilhar da rua das Palmeiras. Nos jornais, não era proibida a divulgação de matérias com menores que viviam irregularmente, e ele foi entrevistado na cara dura, com fotos, por vários jornais da época, ficou famoso. Fumava, por dia, mais de dois maços de cigarros Macedônia, um dos famosos "quebra-peito". Ficou viciado também no baralho e dois meses depois de completar a maioridade foi espancado e morto por três sujeitos na esquina da rua Vitória com a Conselheiro Nébias, próximo onde ficava o famoso restaurante Tabú. Vingança de acertos não cumpridos na jogatina.

Interrompi:

— O dono do Tabú também foi assassinado, num assalto. E o restaurante fornecia, gratuitamente, sopa aos presos nas delegacias. Próximo dali, na rua Timbiras, lembrei do restaurante Bosque de Viena, que servia comida espanhola com música paraguaia. E, na praça João Mendes, o Carioca, que servia comida chinesa.

— Por falar em rua das Palmeiras, vocês lembram da rádio Nacional? – perguntou o Rômulo, continuando: — Ali sempre foi minha área. Do Silvio Santos, estático e tímido, apelidado de Peru, lendo as publicidades nos intervalos do programa Manoel de Nóbrega. Da interminável novela *A Fera do Mar* com o Ronald Golias. Todos apresentavam o programa de pé, no horário do almoço. A Hebe Camargo, começando sua carreira, cantava ao vivo, junto com o Cauby Peixoto, Roberto Luna, Agostinho dos Santos, Salomé Parisi. A Leny Eversong, com sua voz de cantora de ópera, que vivia se apresentando em Las Vegas, o Willian Fourneaut, com seu poderoso assobio, e tantos outros. Os conjuntos que acompanhavam os cantores eram os conhecidos Rago ou do Betinho. Um dia, quando anunciaram a Ângela Maria, que tinha voltado do exterior, a rua ficou lotada, o auditório era muito pequeno, e ela entrou carregada. Antes do programa o Valter Foster apresentava a Conversa do Meio Dia. Eu, molecão, quando entrava cedo no auditório, não gostava de ouvir essas conversas, porque não entendia nada. Depois, à tarde, a Sarita Campos fazia um programa com vários pedidos de caridade. Não perdia as músicas da Parada de Sucesso do Hélio de Alencar e também o programa do Antonio Aguillar, que se tornou um pioneiro, com seu Ritmos da Juventude. Quanta gente famosa começou nessa rádio, que foi embriã da TV Paulista, que virou TV Globo, e a rádio passou a se chamar Globo. O quarteirão da rádio Nacional foi totalmente derrubado, virou um canteiro para uma área técnica do metrô.

— Parece a mesma rua, mas a rádio Nacional ficava antes da rua das Palmeiras, na Sebastião Pereira, quase em frente a grande loja Clipper – corrigiu o Companheiro.

— Sim, era comum o pessoal misturar o nome dessas ruas. A das Palmeiras era onde ficava o Lord Palace Hotel, com seus 170 quartos, local que era conhecido como o recanto dos artistas e da concentração dos jogadores do Palmeiras. Depois da decadência e abandonado, foi invadido pelos sem teto – disse o Rômulo.

Em seguida, o Companheiro cobrou uma decisão: — Pessoal, vamos mudar de assunto e continuar a caminhada... ou desistir. Daqui do Arouche, que rua vamos seguir?

— Espera aí, claro que vamos continuar, mas, antes, não posso deixar de narrar as belezas do que era esse largo do Arouche, principalmente aqui na parte da Duque de Caxias. Foi um dos pontos mais bonitos que vi do centro de São Paulo. Suas árvores, uma próxima da outra, dava um ar de floresta. Uma densidade que quase não se conseguia penetrar. Embora bem menor, tinha um ar como o do parque Trianon. Uma pena, lamentável, nunca mais recuperaram aquela sensação agradável desse largo... só ficou, atrás das floriculturas, uma centenária árvore, o xixá. Vamos lá, daqui do Arouche podemos entrar na rua Rego Freitas e virar a direita na rua Santa Isabel, local do primeiro colégio Oswaldo Cruz. O seu curso técnico em química era uma badalação. Na Santa Isabel, não precisamos ir até o fim, ela vai sair em frente ao tradicional Pronto Socorro da Santa Casa, vamos virar e subir a rua Amaral Gurgel.

— Marcão, concordo, nessa Rego Freitas, nos primeiros anos da década de 1950, eu já era uma criança de rua e lembro da inauguração do primeiro supermercado self-service nessa área da cidade, o Peg Pag. O primeiro da cidade tinha sido o SirvaSe na rua da Consolação, próximo à avenida Paulista – observou o Companheiro. Respondi:

— Foi um sucesso. Meus pais achavam o máximo. Era frequentado pelo povão e todos se divertiam com as compras daquela forma. Anos depois apareceu o Tip Top, na Major Sertório, antes da instalação de um boliche e do La Licorne, próximo da minha casa, na Vila Nova. Outra inauguração que causou um reboliço no bairro foi o Mappin Odeon, na Consolação, entre a avenida São Luiz e o a avenida Ipiranga, num trecho em que a rua depois foi alargada; uma loja de departamentos que durou pouco, e que ficava quase em frente a badalada choperia Franciscano. Eu tinha um primo que trabalhava na casa Zacarias de pneus, na rua Barão de Limeira, "no famoso 477", uma publicidade que pegou e que até hoje os antigos citam em brincadeiras.

Caminhamos bastante, e já no fim da rua Amaral Gurgel, quase no túnel embaixo da praça Roosevelt, o Companheiro se emocionou:

— Aqui, nesse quarteirão sem moradias, em razão do Minhocão, que vai da rua Major Sertório até a Consolação, existia uma grande concentração de cortiços. Foi meu primeiro lar. Quando minha mãe, grávida, passou mal, e antes de tentaram levar a coitada para a rua para pedir uma carona para Santa Casa, ali perto, eu já tinha nascido num daqueles quartos. Dois anos depois, num parto igual, minha mãe morreu. E a minha irmã, que tinha sobrevivido, desapareceu aos oito anos, nunca mais soube se está viva ou morta. Coitada, furaram sua orelha quando era neném, infeccionou, ficou uma coisa horrível, e ela depois ficou um bom tempo doente, com pneumonia. Aliás, acho sacanagem com as crianças, que, sem autonomia do seu corpo e sem saber como vai ser seu futuro, têm suas orelhas furadas por adultos, desenham tatuagens, fazem circuncisão... sem comentar o que os outros selvagens da África fazem com o clitóris de milhões de meninas. Meu pai, muito católico, não perdia a missa das seis horas da manhã na igreja da Consolação. Nas Sextas-Feiras da Paixão fazia questão de carregar o andaime na procissão, que ia até a avenida São Luís e passava em frente à rádio América, local onde também desfilavam os blocos carnavalescos. Por ironia, meu pai morreu do coração, de fadiga e tristeza, na demolição das casas da rua Amaral Gurgel. Nesse ambiente, vivi minha infância com amigos que se enveredaram para o crime, onde poucos se salvaram. Além da atmosfera de temor, com constantes assassinatos dos conhecidos, vivíamos num ambiente de ansiedades. Os moradores só falavam no dia que teriam de sair dali para a construção da avenida Nova Ipiranga. O quarteirão acabou vindo abaixo, mas o projeto da avenida foi esquecido pelo prefeito Paulo Maluf. Acabaram construindo esse monstrengo conhecido como Minhocão, um elevado que agora chama João Goulart, mas deveria continuar com seu verdadeiro e adequado nome de batismo – Costa e Silva!

Continuei:

— Costa e Silva, uma bela ironia! Soa mais com os mendigos que dormem debaixo desse monstrengo, eles, além de manterem a tradição de miserabilidade do local, prosperaram. Não existe mais a recolha familiar de um cortiço circunspeto, como os da antiga Amaral Gurgel, agora se vive em buracos, ou às escâncaras, ao ar livre, debaixo das marquises, ninguém mais se preocupando com baratas, ratazanas ou qualquer lixo em volta. Um dia desses passei de carro, estacionei na rua Cunha Horta e desci para ver o que não estava acreditando, uns pasmados do Conselho Tutelar procurando os pais de duas crianças que estavam perambulando pela cidade e tinham o endereço familiar em um desses locais. Estavam devolvendo as infelizes para o seu lar, cumprindo obrigações estatutárias, como se tudo fosse normal, como se vivêssemos uma nova configuração familiar nesse mundo moderno. Em razão dessa ideia do elevado, reformaram, num primeiro momento, a praça Roosevelt, para a construção dessa imensidão de cimento, sem vegetação, bem ao estilo insensível da ditadura. Toda essa área concretada ficou em cima do antigo espaço que era todo de asfalto, mas que pelo menos servia para um amplo estacionamento, uma feira de quarta e sábado e o último comício dos candidatos aos cargos executivos de prefeito, governador e presidente da República. Nessa praça, que uma segunda e terceira reforma também nada humanizou, percebe-se sempre a eterna falta de conservação e o crescimento de um grande número de desocupados e viciados. Ao lado de sua destacada igreja, a Nossa Senhora da Consolação, preservada, alguns destaques da noite e requintes se diferenciaram na história desse amplo local, onde até um circo, o Sdruws, criação nonsense do Juca Chaves, se instalou por algum tempo. Nas calçadas ao redor, do lado onde fica a rua Gravataí, tínhamos o primeiro La Licorne da empresária Laura, que depois mudou para a rua Major Sertório e que em razão de suas belas mulheres foi frequentado por celebridades internacionais. E também dois colégios importantes: O Visconde de Porto Seguro, antiga Escola Alemã, que mudou em 1974 para o Morumbi, e o Colégio Comercial Frederico Ozanan, ao lado, com uma das melhores fanfarras da cidade, que posteriormente mudou para a rua Augusta, onde encerrou suas atividades. Do lado oposto, as boates mais chics se destacavam por sua frequência, como o Djalma's, Zum Zum, Stardust, essa frequentada pelo estilista Dener, o primeiro na sua área a saber usar o marketing pessoal, desmunhecando e ao mesmo tempo beliscando mulheres maravilhosas. Na mesma calçada, celebridades também passavam pelo restaurante Baiúca, próximo de onde existia um singelo cinema de arte, o Bijou, que levou este nome em homenagem à primeira casa de projeções de São Paulo. Seus filmes revolucionaram muitas vidas, a minha completamente. Quase não perdia as obras de Pasolini, Antonioni, Fellini, Bergman, Buñuel, Godard, este o mais proibido pela ditadura. Significativas também foram produções brasileiras voltadas para a cidade, como *São Paulo S/A*, de Luís Carlos Person, onde, já em 1965, o cidadão comum sentia a terrível pressão do progresso industrial e financeiro, bem como o crescimento desordenado e desumano da cidade. *Terra em Transe*, do Glauber Rocha, também foi um dos muitos filmes que conseguiram mexer com minha cabeça. O cinema novo foi uma proposta interessante contra a enxurrada de chanchadas alienantes e das magníficas produções da decadente Vera Cruz, a "Hollywood brasileira", mas não teve o impacto que se esperava.

— Marcão, sem interromper suas lembranças, queria fazer só uma colocação. O Glauber Rocha, no fim da vida, já não era o mesmo, andava falando umas coisas estranhas, elogiando o Geisel… será que se estivesse vivo não ficaria igual ao Arnaldo Jabor, Ferreira Gullar…?

— Companheiro, sem desejar o mal para ninguém, acho que a morte salvou sua reputação… Quanto ao nosso poeta, o tempo às vezes é ingrato com as pessoas que tiveram um passado brilhante. Com toda sua babaquice política, Salvador Dalí, pela sua obra, também não merecia morrer daquela maneira… mas é o tempo!… Deixa eu continuar nos meus sonhos. Entrei muitas vezes no cine Bijou sem saber o que ia assistir, mas na certeza que sairia de lá atordoado e feliz. Eles não passavam filmes sem conteúdo intrigante, eram sempre colocações e questionamentos que consideravam essenciais para a vida. Quando não entendia, voltava para assistir novamente. Eu conseguia sair da letargia que o massacrante cotidiano sempre nos impõe. Ficava aliviado ao me identificar com as mensagens, viver a emoção maravilhosa da sabedoria, nada mais, podia morrer tranquilo. Era ali e no cine Coral da 7 de Abril. No teatro, também aprendi muito. E o que mais marcou na minha vida foi a peça de Chico Buarque, *Roda Viva*, em 1968, que girava em torno do uso e descarte de artistas pela televisão, como o próprio Chico, Ivan Lins e outros. Ela rolou no Galpão do teatro Ruth Escobar, invadido pelo CCC-Comando de Caça aos Comunistas, como sempre, num ato de anticomunismo irracional e doentio, em que, além dos danos materiais, artistas foram agredidos. Mas, se nessa violência o CCC mordeu a isca e fez com que a peça cumprisse seu papel na história, o resultado final, naquele momento do país, foi desastroso. Ele acabou contribuindo, involuntariamente, para a chegada mais rápida da mordaça geral, e perseguições que o governo ditador preparava e aguardava justificativas para a sua aplicação. Foi a chegada decapitadora do AI-5, bem como do devastador decreto-lei 477, esse, para tentar acabar com a política nas escolas e universidades. O José Celso Martinez Corrêa, diretor do *Roda Viva*, levou a peça para Porto Alegre. Lá, ele conta que o Exército cercou o hotel, invadiu os quartos, bateu, sequestraram a atriz Elizabeth Gasper e, depois de torturas psicológicas com todos, jogaram o pessoal no ônibus de volta para São Paulo. Sempre inconformado e incansável, ele fez outras montagens, antes e depois do *Roda Viva*, sempre próximas de moldes inovadores e contestadores, como *Rei da Vela, Galileu Galilei, Don Juan* e *Pequenos Burgueses,* levados no meio do golpe de 1964, entre outras encenações necessárias. Em 1972, lembro do *Gracias Señor.* "Somos explorados mas somos lindos!", dizia. Uma produção coletiva, dividida em pequenas sequências e que tratava além da política, da lobotomia, onde repolhos representavam cérebros esquizofrênicos. E uma utropia (utopia tropical), através do te-ato, era a proposta com o público. Esse saudável martírio de oito horas no teatro Oficina, em dois dias de apresentação, logo totalmente censurado, teve muito do nova-iorquino Living Theatre, um grupo que sempre se juntou às causas sociais. Interessante lembrar alguns acontecimentos ridículos que ocorreram na ditadura militar. O pessoal do Living Theatre foi preso em Ouro Preto, por porte de maconha, e dois anos depois, com o grupo fora do país, foram inocentados. Interessante é que após esta prisão, eles foram transferidos para Belo Horizonte, e lá só acabaram ficando alguns dias. A pressão internacional foi muito grande, logo foram soltos, e por vingança do regime militar, acabaram expulsos do Brasil. Tudo por força de um manifesto assinado por Bob Dylan, Alberto Moravia, John Lennon, Pasolini, Marlon Brando e outros que pediam ao governo brasileiro a liberdade para o grupo.

O Companheiro comentou e também lembrou de um caso que repercutiu no exterior:

— O Flaquer, um dos líderes mais truculentos do CCC, mais tarde reconheceu seus erros e, antes de falecer, se encontrou com o Zé Dirceu, na década de 1980. Disse que o grupo agia com força porque não conseguiam enfrentar a esquerda no campo das ideias... Marcão, teve o episódio do maranhense Manoel Conceição Santos, líder camponês, preso arbitrariamente, e o papa Paulo VI também teve que pedir ao tirano Médici, presidente da nossa República, que parassem de bater no homem. Em meio a essas perseguições que ainda envergonham as pessoas de bem no país, lembro de vários pedidos vindos do exterior para que terminassem com esses crimes governamentais por aqui.

O Remo interferiu:

— Sou mais novo, mas adoro o Ballet Stagium. Soube que eles começaram em 1971, uma ousadia ao regime militar. Mesmo na repressão sofrida, as sementes lançadas pelo casal Marika Gidali e Decio Otero, em alguns momentos com Ademar Guerra, vão sempre florescer em novos tempos.

— Compartilho! Essas vergonhas repressivas que citamos vêm de longe! – respondi. Uma das causas da nossa independência foi a "liberdade" para se traficar escravos. A conquista da nossa soberania é um feito histórico, superficialmente comemorado, e nunca analisado e criticado em seus detalhes, como esse em que o negro ainda sente as sequelas. Na época, essa causa foi bastante condenada pelos segmentos humanos mais avançados que já atuavam na Europa...

O Companheiro continuou:

— O pessoal do CCC era tão perturbado – e parece que esse metabolismo paranóico está voltando pior – que era capaz de jogar uma bomba numa creche, só por ela se chamar Chapeuzinho Vermelho. Um pessoal contrariado criou o CC do CCC, mas não prosperou. Eu sempre disse que esta violência não era sinal de força, mas de fraqueza mental. Quando a Luiza Erundina foi eleita prefeita de São Paulo, eles tentaram se reunir para programar alguma coisa. O ridículo minou as pretensões. Em 1968, o polêmico artista Flávio de Carvalho homenageou o poeta espanhol Federico Garcia Lorca, fuzilado no início da guerra civil espanhola pelos fascistas de Franco. Na praça das Guianas, logo depois da rua Estados Unidos, ele montou uma bela escultura, que uns lembraram das montagens de Miró, outros dos móbiles de Calder, e o velho jardineiro de um simples galo estilizado. Terminada, ela foi inaugurada com a presença de Pablo Neruda. Em 1969, o CCC foi lá e jogou uma bomba. Em 1971, o autor restaurou a sua criação e a levou para a Bienal. Polêmica, a embaixada espanhola não gostou, mandou recado, e ela voltou para o depósito da prefeitura. Flávio de Carvalho morreu em 1973. Em 1979, alunos da ECA e da FAU, da USP, se apoderaram da obra, fizeram uma nova restauração e a levaram para o vão livre do MASP. Os parasitas que pararam no tempo deles não gostaram, mas não teve como, a escultura voltou para o seu lugar de origem. E por enquanto, continua por lá.

Continuei:

— Como você citou, triste é sentir que essa paranoia cresce e fermenta entre os devoradores de coxinhas especiais, principalmente das padarias de grife, que vendem produtos pelo dobro do preço e crescem em número pelos bairros burgueses. Essa gente assentaria esta índole idiota se saboreassem obras literárias e contribuíssem para o aumento de livrarias... Lembrei também da escritora Cassandra Rios, homossexual assumida, que colocava essa questão em seus procurados livros e foi a autora mais censurada durante o obscurantismo que tivemos que viver, chegando a ser condenada... Pessoal, e a história do teatro de Arena na pequena rua Theodoro Baima? O primeiro nome que surge na minha lembrança é o de Augusto Boal. Esse homem, usando técnicas do Actors Studio de Nova Iorque, buscou uma dramaturgia bem nacional, criou o teatro do Oprimido, inspirado no educador Paulo Freire, ideia que foi e ainda está espalhada pelo mundo como uma metodologia que só produz benefícios. E que por essa razão foi indicado para o premio Nobel da Paz. Aqui, os dois sofreram, por longos dias, as humilhações do regime militar, na visão dos golpistas, eles não serviam para o Brasil.

O Companheiro lembrou:

— Às segundas-feiras, de graça, tinha shows musicais com artistas novos que depois se consagraram e, nas quartas-feiras, os tradicionais bossarena. Aquele som dos ensaios à tarde me inebriava. À noite, às vezes, eu esquecia que tinha que ganhar uns trocos tomando conta de carros e deixava essa missão para os colegas. Não perdia nenhuma dessas canjas e adorava os conjuntos de bossa nova com jazz. Fiquei apaixonado, no bom sentido, pelo bailarino norte-americano Lennie Dale, um sujeito bacana, que fazia apresentações maravilhosas no pequeno espaço do Arena e ensinou a Elis Regina a dar aquelas tradicionais balançadas de braços. Eu já era conhecido e respeitado por todos e ninguém se incomodava quando eu entrava no teatro com minhas vestes rampeiras.

— Eu já entrava direto, à tarde, nos ensaios — disse — e certa vez comecei a batucar num atabaque, e o Airto Moreira, baterista do Sambalanço Trio, gostou, me chamou e começou a me ensinar, naquele mesmo dia, a dar as primeiras batidas numa bateria, a segurar as baquetas, a dar os movimentos certo nos braços, preparo físico para persistentes batidas em alguns ritmos e acompanhamentos, e outros macetes. Em mais duas oportunidades ele prosseguiu nessas inesquecíveis aulas de bateria. Quando comecei a me entusiasmar, ele, que já não tinha mais tempo, só encerrou seus ensinamentos falando a mim de alguns exemplos de bateristas e para eu continuar, que tinha muito futuro. Batuco bem, sou elogiado, mas nunca procurei uma oportunidade. Depois da sua vitoriosa participação com a cantora Tuca, no Festival Nacional da Música Brasileira, cantando Porta-Estandarte do Geraldo Vandré e Fernando Lona; e do Quarteto Novo, que eram três, ele, o Theo Barros e o Heraldo do Monte, quando eles acabaram enfiando o folclórico Hermeto Pascoal, nunca mais ouvi falar do Airto Moreira. Só muito tempo depois é que descobri, xeretando a revista Billboard numa banca, que ele tinha se consagrado nos Estados Unidos. Ele e sua esposa Flora Purim, a brasileira que por quatro vezes foi considerada a melhor cantora de jazz.

— Você tem razão em considerar tudo isso como música intelectual brasileira, nunca como música popular brasileira. Marcão, tinha também aquelas peças *Arena conta Zumbi, Tiradentes*... que tiveram grande repercussão e foram muito divulgadas pela América Latina. Quando chegou a vez de contar Bolívar, a censura proibiu. Essas apresentações eram interessantes e com excelente conteúdo, os atores, nos intervalos, mudavam os papéis na própria peça. Os criativos cenários eram do incessante Flávio Império. Importante também foi a I Feira Paulista de Opinião, onde artistas analisavam aquele momento político brasileiro. Assistia, de graça, e observava os agentes do SNI, Serviço Nacional de Informação, criado em 1964, porque, qualquer cidadão comum percebia, pelas reações inusitadas, que eles eram espectadores diferenciados.

— Companheiro, com o tempo, o pessoal do teatro resolveu não esquentar com esses agentes, para não ficar na paranoia. Porque acabou se tornando mais que manjado quando o SNI infiltrava seus "cachorros" gratuitos e secretas remunerados nesses espetáculos. Também era assim nos sindicatos, reuniões estudantis e tudo que contestasse o regime arbitrário. O SNI funcionava na rua Martins Fontes... Nessa sequência de apresentações no Arena, todos reconheciam que a criação que acabou segurando financeiramente o teatro, por volta de 1960, foi a montagem de uma peça com abordagem operária, mas que acabou sendo muito assistida pela burguesia: *Eles não usam black-tie,* do italiano, mas muito mais brasileiro, Gianfrancesco Guarnieri. Muito grato a esse ator, Guarnieri circulava pelo Arena e era ouvido em tudo que se referia ao teatro. Ele depois ficou famoso pela participação em grandes telenovelas, tendo, ao mesmo tempo, uma atuação política muita ativa e positiva na vida artística brasileira.

— Essa burguesia que você falou frequentava mais o TBC, o Teatro Brasileiro de Comédia. Presenciei um palavrão, dito na peça *Depois da Queda*, em 1965, que fez vários conservadores abandonarem o espetáculo. Marcão, como um bom bebum, não posso esquecer do bar em frente ao Arena, o Redondo. Quanta gente famosa eu vi tomando suas biritas naquelas mesas simples do bar. A moda cobiçada em jeans era a famosa e internacional calças Lee, nada ainda de Levi's ou Wrangler. No Brasil, as roupas AB tinham lançado de forma pioneira a calça Rancheiro, que virou o neologismo "calças rancheiro", feita num tecido muito pesado. Depois, veio a Alpargatas Roda, que criou a Rodeio e a Far West, usando o famoso brim coringa sanforizado, e depois de muito tempo a Topeka, com jeans coloridos, e a USTop. Uma fábrica desconhecida começou a confeccionar uma calça escrita no couro – sLEEp – imitando a norte-americana. Todos tiravam um sarro em cima de quem usava essa imitação bem mal feita. Também foi criada a calça Zé Beto, e que, da mesma forma que as outras, tinha um couro atrás, no passante, com o nome em letras destacadas, no mesmo estilo da Lee. A Maria Bethânia, que já tinha se consagrado no teatro Opinião do Rio de Janeiro, comprou uma calça dessa, a Zé Beto, branca, e não tirava do corpo. Ela ia todo dia no Redondo e era motivo de uma velada gozação. Por falta de tempo para cuidar de vinco e roupa passada, todos começaram a aderir a esses jeans. Até o Antonio Fagundes, com um bem largão, que quando iniciava sua consagrada carreira e fazia de tudo no Arena foi até bilheteiro. Ele incentivava os grupos estudantis de teatro, e todo mundo que frequentava aquele rico ambiente, a participar daquela vida, tentar ser um artista. No Redondo, também sentava em volta das mesinhas, sem tomar nada, a Gal Costa, que antes de conhecer o Marcos Lázaro, empresário do Roberto Carlos, se chamava Maria da Graça.

— Companheiro, depois do *Arena canta Bahia*, que ela participou, ganhei uma raridade, um compacto, com um longo autógrafo, gravado pela Gal Costa como Maria da Graça, guardo até hoje. Foi o seguinte, ela começou na bossa nova, depois foi empresariada pelo Marcos Lázaro, paparicou a jovem guarda, mas acabou ficando com os seus conterrâneos no movimento tropicalista. Mas foi o empresário Guilherme Araújo que deu a sugestão do novo nome. Infelizmente, o Arena foi fechado no ano nebuloso de 1972, quando o governo procurava fortalecer o SNT - Serviço Nacional de Teatro, criado no Estado Novo. Interessante também foi a apresentação do espetáculo *Hair*, no teatro Bela Vista, que também encerrou em 1972. Entre os artistas, diziam que todo mundo trabalhou no *Hair*. Nesse ambiente, e a partir dessas experiências, minha vida evoluiu para uma compreensão melhor do cotidiano do país e da vida em geral. Foi um dos motivos que tentei, por várias vezes, entrar na Filosofia da USP, na Maria Antonia. Assisti muitas aulas de Geografia, a faculdade era aberta, não era difícil você participar de tudo aquilo. Mas quando removeram covardemente os cursos para os barracões da Cidade Universitária, senti, pelo tempo que me sobrava, que não tinha condições. Foi aí também, nessa passagem para o Butantã, que um grande número de alunos parou de ser bonzinho. Sofrendo atentados no CRUSP, acuados pelo mentalidade do regime militar, e por essas decisões medrosas da administração pública, muitos partiram para a guerrilha, cada um se identificado com a melhor linha de luta para suas convicções. Esta guerra conservadora contra os estudantes, alimentada pela intransigência da ditadura militar, acabou empurrando grande parte da inteligência jovem da época, por não suportar tanta repressão, para os movimentos armados organizados que já estavam atuando. Outros contestadores, mais titubiantes ou com problemas pessoais, ficaram confusos, mas se dispuseram a fazer alguma coisa contra o regime reinante. Muitos, revoltados, dispersos e longe da família, não foram para lugar algum e desistiram de tudo. Dos que ficaram, poucos terminaram seus cursos naqueles anos de chumbo. Com a repressão exarcebada e sem o ímpeto de 1968, a faculdade foi declinando. Minha irmã, Ana Lúcia, ficou, teve paciência e sofreu muito naquelas fornos dos barracões para poder cursar ciências sociais. Por fim, nos últimos anos, os bicudos depredadores do governo estadual estão levando essa universidade para a privada.

O Companheiro, fã dos festivais e de Edu Lobo, ganhador de dois festivais da Record, informou do acontecido com Marília Medaglia, a intérprete de Ponteio, vencedor do terceiro festival. Seu marido, o teatrólogo Isaias Almada, acusado de terrorista, foi intensamente torturado quando ela estava grávida. Não era verdade, e ela abalada, perdeu o filho nos primeiros dias de vida.

O Rômulo, como fã dos que convivem e produzem em cima da riqueza das ruas, não esqueceu de outro autor maldito para a ditadura militar, que foi Plinio Marcos, perseguido por suas obras, como *Dois perdidos numa noite suja, Navalha na carne, Quando as máquinas param* e outros textos tirados das tralhas das sarjetas. Ele foi descoberto por Patrícia Galvão, a marcante Pagu, mulher de Oswald de Andrade, uma mulher difamada por ser comunista, e que entre tantas atividades positivas foi escritora e teatróloga. Pagu, que também viveu numa época difícil, foi contemporânea da também marcante mexicana Frida Hahlo, que recebeu Trótski em 1937 e tem a imagem exótica e vida pessoal mais explorada do que seu amplo talento. Como fazem com a imagem de Che Guevara, é a ganância do capitalismo, o lucro a qualquer custo. Plinio Marcos começou como camelô, inclusive para poder vender seus trabalhos.

Continuando, o Rômulo prosseguiu no embalo, mas mudou o ângulo:

— Muitas vezes, quando o bolso esvazia, também viro camelô. Dentro do capitalismo, embora não pagando impostos, me sinto um honesto no desespero, embora a maioria sonhe em ser um grande comerciante. Claro, nada a ver com as máfias de camelôs, é outro enfoque. Cito aquele que não tem índole de criminoso, como a maioria, e que vai revender qualquer coisa para sobreviver. Falo do desempregado, da lógica de uma pessoa que vira camelô, suas necessidades prementes, como a do sagrado alimento no estômago e do sono noturno em local adequado. De outra forma, ele vai esmolar sua comida e dormir em qualquer porta fechada, particular, do comércio, ou de uma igreja qualquer.

O Remo emendou na última citação:

— E nestas é que vejo algumas contradições humanas. Primeiro, penso que para estar com Deus não necessita estar num templo edificado. Segundo, acho um contrassenso ver os religiosos fecharem suas portas durante a noite, deixando seus semelhantes ao relento.

O Rômulo continuou:

— Todas fazem isso, em qualquer lugar. E dentro do assunto, pergunto a todos, por que Jesus surtou ao entrar no templo de Herodes, e com um chicote destruiu bancas e espalhou as mercadorias dos camelôs, parecendo alguns fiscais das regionais quando não recebem suborno? Será que todos eram desonestos? Por não pagarem impostos ou serem os mafiosos da época? Mesmo assim... não era para uma violência dessa. Diz a bíblia que estavam vendendo as coitadas das pombas para o sacrifício, no câmbio negro, e dentro da igreja que não era deles, mas do pai de Jesus. Esse pai não é proprietário de todo o mundo? E será que esse Deus, todo poderoso, obriga ser reverendado somente dentro de igrejas e exige o sacrifício de cordeiro para os ricos e pomba para os pobres? E mais, animais sem defeito físico. Que incoerência e tirania é essa? Bem, está na hora de Jesus voltar e dar uma passadinha no Brasil, tem muito mais gente vendendo, dentro das igrejas, e até via internet, além de fumaça, água de torneira, escova de dente ungida e lenço suado. Essa história dos mercadores no templo é para mim no mínimo maluca!

O Companheiro ironizou:

— Se eu fosse bispo de crente ou de católico, diria: "Quanta ignorância!"

— Você quer se divertir ou se irritar? É só assistir esses programas de crentes com os tais missionários interpretando os versículos mais bonitinhos da bíblia. Levam para onde querem e falam as maiores abobrinhas. E mais, repetem as passagens mais fáceis, porque das polêmicas eles passam longe... Dá vontade de ligar e pedir para eles lerem e comentarem alguns bem intrigantes. Mas, vamos lá, vou cometer mais uma heresia: "Para o juízo final, pelo que parece vai todo mundo, até brasileiros, será considerada a maioridade penal e inimputabilidade? Esse julgamento vai retroceder para quando o homem ainda era um macaco? Ou é só a partir de Adão e Eva? Outra, e os que morreram, desde dos primórdios, sei lá, estão esperando aonde? Estão reencarnando? Tá! E os que não estão? Se demorar muito, vai ser abatido da penalidade esse tempo de espera ou não? E as crianças e os inocentes? E os santos e os mártires? Tão de boa? E os autores de genocídios e outras barbaridades? Também estão de boa ou estão sendo cozinhados num panelão de água quente? Céu e inferno já existem? Se tem gente lá, quem julgou? E, por maior o pecado, o infinito não é um exagero? Até no Brasil tem redução de pena. Por que, na Santa Ceia, não têm negros, nem orientais, e Deus já sabia dos indígenas pelo lado da América. Todas as religiões têm uma resposta gloriosa a tudo isso. Nem vale a pena querer saber de tantas explicações, porque, pelo que estou sentindo, a qualquer momento, um maluco, em nome de algum deus, vai acionar o aplicativo do seu celular e mandar tudo, literalmente, para o espaço.

— Oh, Rômulo, chega! Essas coisas você não pode falar! Como eles dizem, tudo é interpretação evolutiva do homem, que você não sabe de nada... nem eles — Completei, brincando.

Ele insistiu no assunto:

— Interpretação... isso é delírio radical de quem não tem flexibilidade e argumento. Embora me sinta mais leve nas minhas meditações, perante a natureza crua, com vento no rosto, adoro visitar o ambiente fechado e pesado das igrejas, de qualquer religião, são lugares excelentes para observar, transcender e refletir além da física.

Para amenizar as várias polêmicas apresentadas, meus três acompanhantes confessaram serem apreciadores de corais, principalmente dos cantos gregorianos da igreja de São Bento. Lamentaram não ter sido frequentadores mais assíduos de ambientes artísticos, como cinema, teatro e shows, por razões financeiras, porque, quando entram, o espetáculo é de graça. Mas, mesmo do lado de fora, continuam sabendo de tudo que acontece, até nos bastidores. Demonstrando cansaço e andando devagar, o Companheiro fez questão de parar e apontar um antigo lugar de encontro dos amigos de infância:

— Você vai lembrar, vamos entrar nessa rua de um quarteirão, a Maria Borba, antes de subirmos a rua Cesário Mota até a Consolação. Vamos passar num ponto que por volta de quarenta anos se chamava bar do Fernando. A rapaziada do bairro, devido amizade originária dos times de futebol do Vila Nova, Vila Buarque e Nice, nas sextas-feiras à noite já matava a saudade do sempre excitante bairro. A área nunca foi muito tranquila, mas observe hoje o número de travestis que invadiram o pedaço.

— Nossa, é verdade! – exclamou o Remo.

— Então, para você ver, estamos por volta de oito da noite, e a concentração deles já é muito grande. Mas a poluição geral desse pedaço, agora com muitos bares, me emociona mais! Essa área sempre foi barra pesada. Morei aqui na Amaral, depois dormi muito nessas calçadas, até naquele hotel da Maria Borba... Marcão, já estou bem exausto, porque o tempo está muito quente. Vou pedir para alguns mendigos me emprestarem alguns papelões... Vou dar uma sugestão, ficarmos por aqui e te encontramos amanhã. Que tal?

A proposta foi feita porque o Companheiro estava realmente se arrastando. E os dois amigos convidados logo concordaram. Eu disse que um hotel na área era barato e fazia questão de pagar a permanência deles. Eles recusaram, falando que não queriam se desgastar, porque, pela aparência, o porteiro com certeza não ia permitir que entrassem. Insisti, dizendo que pagaria com antecedência. Não adiantou, rejeitaram até dinheiro, e combinamos que eu pagaria, no dia seguinte, o café da manhã.

Ao olhar com mais atenção o local onde era esse pequeno hotel na Maria Borba, me lembrei de um morador, o Xavier, um estudante que usava capa e cabelos compridos, igual ao do Zé Dirceu, o acompanhava nas passeatas e gostava de fazer discursos relâmpagos. Embora boa pinta, era mais baixo e mais moreno que o Zé. A admirada Betty Faria tinha uma grande paixão pelo Xavier, e ele sumiu. Ela passou algumas vezes em nossos pontos de encontro, perguntando por ele, e da última vez eu disse a ela que o tinha encontrado em Paraty e nunca mais.

Sem estar muito cansado, fui embora com a memória quente e alegre, revirada pelas mais loucas recordações. E, no caminho para casa, veio ao pensamento uma viagem interessante que fiz ao Rio de Janeiro. Corria o ano de 1972, em plena Idade Médici, o tempo mais obscuro, arbitrário e nojento da história brasileira. Não havia divertimento sadio para o espírito ou culto para o intelecto, tudo era censurado para que não se levantasse questionamentos. Mas o regime patrocinava manifestações ordinárias e alienadas para o público, que não passavam de aglomerações forjadas. Eram desfiles e shows, com muitos artistas entreguistas, muita parafernália e nenhum conteúdo. Apresentações que eram bem divulgadas e muito exploradas pelo poder. Os esclarecidos, sem saída, sentiam repugnância e revolta ao ouvir o recado da música *Eu te amo meu Brasil*, que até hoje dá calafrios. Tudo era uma forma de controlar o povo que, infelizmente, hoje, mesmo com a liberdade para outras opções, continua manipulado de outras formas, assistindo principalmente musicais, com muito brilho externo no palco e pouca luz no interior das pessoas. Naquele contexto ditatorial, o popular e apreciado futebol, principalmente com a Copa de 1970, foi a maior vítima dessas manipulações. No meio da mediocridade nacional, o Palmeiras tinha um belo time de futebol e eu não perdia suas apresentações. Meu alívio para tanta frustração e censura. Pelo Brasil, corria o segundo campeonato brasileiro, e para ver dois jogos no Rio, em outubro, tirei férias forçadas. Da estação Roosevelt (conhecida popularmente como estação do Norte) fui sozinho de trem ao Rio. Nessa viagem maravilhosa, me amargurei com o que aprendi sobre o presidente Washington Luís, quando disse: "Governar é abrir estradas". Ou era ingênuo ou estava à serviço do capital externo, através das industrias automobilísticas e petrolíferas. Deixo a resposta dessa indagação para os historiadores. O "trem de aço" ou "trem de luxo" eram os apelidos que o povo tinha dado ao trens da Central do Brasil que a partir de 1950 faziam o percurso Rio/São Paulo e Rio/Belo Horizonte, com os nomes oficiais respectivos de Santa Cruz e Vera Cruz. Saindo do Rio, os caminhos bifurcavam em Barra do Piraí, o maior entroncamento ferroviário do país. A política econômica e as prioridades do governo Juscelino Kubitschek, o famoso "plano de metas", fez que várias indústrias automobilísticas se estabelecessem no país. Prioridade que terminou, na prática, com as estradas de ferro nacionais. Vítimas dessa pressão anti ferrovias, muitos desses percursos para passageiros foram absurdamente abandonados. O trecho Rio-São Paulo ficou parado de 1990 a 1994, quando inventaram o "Trem de Prata". Com toda a excelência, não tinha o charme natural do passado. Durou pouco, mataram esse prazer em 1998. Uma das saudades mais gostosas da minha vida foram essas viagens durante a minha infância. Minha mãe adorava levar um paté de fígado, onde uma pecinha abria a lata em volta, para colocar no pão. São José dos Campos não tinha nenhum prédio, Taubaté já tinha dois e era considerada a capital do vale. Muitos artistas, com medo de avião, faziam essas viagens ferroviárias. Bem, nesse relato, cheguei numa bela tarde, por volta das 17 horas, na estação D. Pedro II, no Rio de Janeiro. O povão já invadia os trens de subúrbio naquela ânsia de retornar para suas casas. Ainda se podia viajar pendurado nas portas abertas. Desci com minha malas e me hospedei num daqueles hotéis baratos em volta da praça Tiradentes. Deu tempo de sobra para ir ao Maracanã assistir Palmeiras 1 x 0 Fluminense, gol do meu amigo Leivinha. No estádio, acompanhando a mim e uma bandeira estendida na grade, quatro palmeirenses e alguns torcedores do Flamengo. Acabou o jogo e saí na maior paz. No dia seguinte fui procurar a Vanessa, uma amiga manequim que ficou muito comentada depois de uma reportagem na revista *Realidade* em que mostrava, antes, uma mulher feia de cara limpa, e depois, como ela poderia se transformar, ser bela, através de maquiagens. A conheci após um dos shows e debates de qualidade que a Fundação Getúlio Vargas promovia durante o espinhoso ano 1970. Ela estava num encontro com o grupo Lobo de teatro, de Buenos Aires, a cantora De Kalafe e a atriz Malu Rocha. No Rio, não a encontrei, ela tinha acabado de retornar para Roma com o casal Franco Rubartelli e a manequim Veruschka. Posteriormente, tiveram um longo caso, ela e a colega. Veruschka, a manequim mais famosa da época, trabalhou com Andy Warhol e Salvador Dali, além de participar do filme *Blow-Up* de Michelangelo Antonioni. Magérrima, ela ainda influenciou uma tendência de que só mulheres magras fariam sucesso. Até hoje, muitas meninas sonhadoras ainda acreditam nesta ilusão e morrem de anorexia e inanição. Na volta de Roma, Vanessa dizia que aprendeu a curtir o hedonismo da época, o prazer a qualquer custo. Entrou como aeromoça na Varig e acabou morrendo naquele acidente em que o avião teve que pousar num campo de cebolas próximo ao aeroporto de Orly, em Paris. Alguém fumava no banheiro, o que posteriormente foi proibido. Naquele voo morreu um outro amigo, o cantor Agostinho dos Santos. Quantas vezes jogamos futebol de salão contra o seu time do Bixiga, o Boca Juniors. Além de algumas celebridades, também morreu o então presidente do Senado, Filinto Müller, figura nefasta no governo de Vargas e ainda dando cartas na Idade Médici. Foi um traidor da Coluna Prestes, que, expulso, vingou-se entregando Olga Benário, a mulher de Prestes, a Hitler. Algum tempo depois do acidente, em homenagem a Vanessa, recebi da Varig um convite para uma cerimônia religiosa na sua cidade natal, na Alemanha. Tinham lido o endereço na agenda dela que foi encontrada, faltou a passagem. Como nessa viagem ao Rio não tinha encontrado a Vanessa, fechei a conta no hotel e na sequência do dia peguei o "elétrico" para Santa Cruz, subúrbio carioca. De lá parti no "macaquinho" para Mangaratiba. "Elétrico" e "macaquinho" eram alguns dos apelidos que os cariocas davam aos trens suburbanos. Nesta cidade, tive que ouvir a "Hora do Brasil", com notícias do regime, na praça, de um alto-falante estridente e que ninguém tinha a ousadia de reclamar. Mais tarde, encontrei um contestador, antes de entrar num baile, no clube dos Mangarás. Era um marinheiro, fardado, se lamentando aos altos brados, do atraso de seus soldos. Não estava bêbado e falava umas verdades bem contundentes contra o regime. Vibrei. Ninguém passava perto, parecia um leproso. Preocupados, num momento oportuno, amigos deram cobertura e ele saiu correndo, desaparecendo na escuridão de uma rua. No dia seguinte fui para o Abraão (Ilha Grande). Sai às nove e meia e cheguei depois do meio-dia. Passei direto pelos guardas que ficavam no cais e ninguém me importunou. Hospedei-me num hotelzinho chamado Mar da Tranquilidade. Já era noite, e eu, ainda na praia, fui convidado por umas meninas para um bailinho com conjunto de presos. Receoso, fui e acabei me sentindo à vontade. Eram presos comportados, educados e esclarecidos. Por volta de onze horas da noite, eu, duas meninas e um rapaz conversávamos num banco das ruelas. Me identifiquei como estudante de jornalismo e o rapaz se gabava de ser um grande "puxador de carangas", que cumpria pena de sete anos. Quando ele contou coisas engraçadas relativas ao crime e a sua técnica, as meninas reclamaram que já tinham ouvido a mesma história várias vezes. Dia seguinte, um sábado, também tive que ouvir as conversas de um receptador que puxou papo na praia. Foi bom porque senti que dava para tentar abordar sobre o outro lado obscuro da ilha. Ele já era um idoso e conhecia esse outro lado desde 1934. Muito à vontade no lugarejo, acabou narrando as torturas que faziam no passado, com o mar cobrindo as celas e os presos tendo que dormir nos intervalos das marés em corredores estreitos, encostados uns nos outros, ou, para não ficarem muito molhados, quando acordados pela maré alta, com os pés na parede e o ombro em outra. Do enterro do preso na areia pela manhã, cobrindo grande parte do corpo, e em alguns casos, só com a cabeça de fora, até a tarde. Quando o preso se desesperava, tinha um custo posterior, as vezes torturas bem piores. Que, quando um desses presos ficava doente ou morria, diziam que era a beribéri. Ao perguntar dos presos políticos atuais, titubeou, mas disse que eram uns coitados que não saíam da cela. Afirmou não saber dos tipos de torturas que recebiam, só confirmando e criticando a perseguição a eles, escamoteando o assunto. Talvez para compensar a conversa, disse que tinha condições de me levar para uma visita do outro lado. E aí desviou para falar da beleza da região e dos portos exclusivos dos grã-finos, um privilégio, e foi interessante saber desses detalhes. Disse-me que o local tem 124 praias e que os escravos e o pessoal da revolução de 1932, em que muitos acabaram presos, esconderam muitos tesouros pelos morros. No domingo, não me senti à vontade para tentar ir à Vila dos Dois Rios, o local onde ficavam os condenados mais perigosos, os políticos e a colônia agrícola. Fiquei receoso com a movimentação de parentes de presos e a preocupação dos guardas. Resolvi ir à praia Preta para ver o antigo lazareto, que existiu desde o império e que o povo chamava simplesmente de leprosário. O local, em várias ocasiões, também serviu de presídio. E o que sobrou de escritos nessas ruinas, eu li com atenção e tudo demonstra uma revolta terrível dos presos contra a humanidade. Lembrei de Graciliano Ramos, encarcerado como tantos outros heróis, e sua obra inacabada, *Memórias do Cárcere*. Engraçado é que foi Carlos Lacerda, que já tinha abandonado seu ideal de jovem e virado um ferrenho anti-comunista, quando governador do Rio de Janeiro, quem mandou derrubar esse lazareto. Na segunda-feira, para ir ao outro lado, não pedi para ninguém interferir e me identifiquei como estudante. Sem empecilho, o único problema era arrumar uma carona para atravessar a ilha. Fiquei esperando das dez da manhã às quatro da tarde, só passava viatura lotada. Aí, um sargento, cansado de me ver, parou um caminhão que passava e mandou eu entrar correndo. A cabine e a carroceria estavam lotadas. Mesmo assim, fiquei na porta. Não pararam de conversar entre eles, pouco entendi, falavam de comida, amigos, sarro dos outros, numa gíria diferente. Pouco se expressaram comigo, só alertaram de cobras, buracos na estrada... Logo, descobri assustado, que todos eram presos, os da cabine e da carroceria. Chegamos em vinte minutos. Entrei, só mostrei o RG, falei que só queria conhecer o lugar, mas não pude passar do saguão; fiquei parado, sem ação, e ninguém abriu a boca, só ficaram me observando. Constrangido, comecei a ler a burocracia dos comunicados do mural quando um soldado veio comentar que tinha a ala dos comuns e dos políticos, e que só o oficial autorizava visitas, e insinuando que eu tinha que cair fora porque se aproximava a hora do jantar. A única cena que observei foi o espetáculo das roupas penduradas nas janelas das celas, era igual a Casa de Detenção e tantas outras. Para não levar meu pedido, do soldado ao oficial, perguntei se podia dar voltas lá por fora, ver a bela praia que estava brava e tenebrosa. Deixaram-me à vontade, o tempo estava nublado e fiquei zanzando, vendo as várias plantações de milho, mandioca, horta e as poucas casas com seus jardins bem floridos. Anoitecia e não aguentava mais o ar pesado e o tédio horrível quando vi o motorista que tinha me dado carona retornando para o caminhão e perguntei da volta. Ele não deu certeza, e aquilo me causou um calafrio. Mas aguentei e continuei andando, até que, para minha surpresa, já era noite, um oficial me chamou e perguntou se eu não queria aproveitar uma carona de volta. Parou um jipe que vinha vindo, mandou eu entrar, pulei no banco traseiro, tinha três soldados da pm. No caminho, perguntei, se caso não pegasse a carona, se poderia dormir por lá. Na maior tranquilidade disseram que sim, numa casinha junto a portaria. E que já tinha acontecido algumas vezes com parentes de presos. Na conversa entre eles presenciei algo interessante, um passou para o outro, sem preocupação com a minha presença, livros recomendados pelos presos políticos. Rapidamente vi o título de alguns, *A História da Riqueza do Homem* de Leo Huberman, *Capitães da Areia*, o primeiro volume de *Os Subterrâneos da Liberdade*, ambos de Jorge Amado, e *Geografia da Fome* de Josué de Castro. Não sei se entenderam, mas senti ali o que aconteceu depois, esses presos especiais tentaram melhorar a cabeça dos praças e politizaram grande parte dos presos comuns. Sem abandonar o que aprenderam na vida do crime, muitos presos saíram graduados em política e táticas guerrilheiras. Deu no que deu, ensinamentos que serviram para o surgimento do Comando Vermelho no Rio e incentivo para os Serpentes Negras em São Paulo. Embriões de pouca valia, porque na realidade as organizações criminosas optaram pelas estruturas capitalistas. Fiquei com vontade de doar o exemplar de *Quarup*, do Antonio Callado, que tinha na bolsa, e também de recomendar alguns livros que tinha na ponta da língua, mas resolvi ficar quieto, foi melhor, não sei qual seria a reação, poderiam blefar em cima de mim. Esse presídio de Dois Rios foi implodido pelo governador Leonel Brizola em 1994. De volta ao Abraão, estava na praia lendo uma revista e vi toda a movimentação da Madame Satã com aquele seu chapéu característico. Era um negro homossexual de vida marginal que se destacou na década de 1940 no Rio de Janeiro. Assumido e defensor das prostitutas, ficou famoso por sua postura e por enfrentar a polícia com toda a sua arte na capoeira e defesa pessoal. Chegou a dar umas pancadas no Mario Vianna, famoso e truculento juiz de futebol. Ele cumpria pena por homicídio e andava à vontade pela ilha, com livre acesso a tudo. Depois de ficar me observando, quando conversava com algumas meninas que eu tinha conhecido, me chamou. Disse que tinha perguntado para elas se eu era parente de alguém dali ou turista. Afirmou que era difícil alguém ficar por ali, como eu estava, sem ser convidado pelos moradores. Me assustei, mas logo mudou e mostrou simpatia, ele era a cara da ironia, pegou no meu braço e foi andando e perguntando se tinha gostado do lugar, o que eu fazia, onde morava, papo furado. Depois, calado, me puxava e não parava de circular do cais à fábrica de farinha de sardinha. Eu estava incomodado com essas andanças e senti que ele estava era bem preocupado com alguma coisa. Pedi licença, saí fora, e ele nem deu bola. Como fiquei por ali, observei que ele sumiu. Não indaguei nada para ninguém, e ele só voltou e parou num bar, no fim da tarde, bem mais tranquilo. Foi quando voltei a falar com ele. Gentilmente mandou eu me sentar. Não deu para engatar nenhum assunto, porque a todo momento passava um para falar alguma bobagem ou se juntando ao lado. Ele era respeitado, mas passava a sensação que vivia no mundo da lua. Já escurecia quando eu ia começar uma conversa mais séria, cheguei a perguntar das histórias de seu canivete, porque ele tinha fama de ser um exímio manipulador de armas brancas, mas não consegui continuar. Senti que ia me responder, mas passou um senhor, ele levantou de imediato, deu um sinal de despedida para todos e entrou numa viela conversando com o sujeito. Fiquei altamente frustrado, e indignado com tanto assédio, pensei numa máquina fotográfica que não levava, e não vi mais a figura. Ele morreu quatro anos depois. No meu último dia na ilha, acordei às cinco da manhã para pegar uma carona no barco Bolinha que levava carne para o lugar. Já em Angra dos Reis, fiquei até as quatro da tarde para embarcar para Paraty. Tinha quebrado a embarcação de linha e muita gente esperava a lancha há algumas horas. Quando chegou, todos acabaram embarcando e fiquei com medo do excesso. Chegamos às nove da noite, num atracamento às escuras, o que era raro de acontecer naquela linha de navegação fluminense. No trajeto, fiquei chocado com os relatos e o que eu estava vendo, a destruição e o aterramento de praias lindíssimas para a construção da Rio-Santos. Hoje, com liberdade, duvido que os movimentos ecológicos deixariam isso ocorrer. Foi mais um dos tantos arbítrios da ditadura militar contra a natureza, como a Transamazônica e a destruição das cataratas de Sete Quedas, que conheci e não gosto nem de pensar. Em Conceição do Jacareí, no meio do caminho, o pessoal precisava descer de barquinho. Hoje, a estrada e seus automóveis quebraram essa atração selvagem. Em Paraty, encontrei na praia com o poeta da cidade, o Zé Kleber, que continuava loução, mesmo depois da fracassada comunidade que tinha iniciado em sua fazenda próxima do município. Advogado, ex-promotor, homossexual assumido, chato para alguns, era um inovador e empreendedor. Bons papos. Recordamos do pessoal que jogava no Paratiense A.C., do bar Canal, na beira do rio, e de seu bar, o famoso Valhacouto, inaugurado em 1964 e frequentado por pessoas de esquerda e intelectuais. E que durou por volta de três anos, depois de ameaças e tiros na porta. Ficava num casarão preservado, tinha na entrada um mapa da cidade de Paris e no fundo um jardim maravilhoso, bem ao estilo das casas maiores da cidade. Nesse bar, eu lembrei dos meus papos com a Leila Diniz, uma mulher maravilhosa, bem informada, sempre ao lado dos amigos perseguidos, que para fugir do assédio e de algumas reuniões mais chatas de sua galera do cinema, entrava meio escondida e sentava numa mesa no fundo do Valhacouto. Eu também gostava desse canto do bar e ela acabava ficando na minha frente, brincando e falando poucos palavrões em relação à entrevista que deu para o Pasquim e que resultou, coitada, no Decreto Leila Diniz, uma regulamentação que aumentou a censura à imprensa. Não sei se por que me via com pessoas da esquerda pesada, ela me fazia perguntas de alguém não tão politizada como eu imaginava. Mas, como toda boa atriz, tinha uma excelente memória. Como gostava de brincar, ela enchia a boca de Campari e depois jorrava entre os dentes e a língua, como um chuveirinho. Lembro de ter tentado a proeza e cuspido em seu rosto. Ela deu gostosas gargalhadas. Tudo nela me despertava um puta tesão. Muito tímido e duro, nunca tive coragem para insinuações, ou uma bela cantada, o que não seria difícil. Ela ficava pouco tempo no bar, porque sempre alguém vinha buscá-la. Com ela tudo não passava de um beijo de despedida, pelo menos com muito carinho. Leila Diniz, além dos locais que ficava com sua equipe de cinema, também se hospedava na fazenda do Zé Kleber, onde até ele participou de alguns filmes, e outras vezes, em fins de noite, na casa de uma das "três mosqueteiras", amigas descontraídas e famosas que viviam juntas e participavam da vida cultural da cidade. Zé Kleber não se conformava com a morte de Leila Diniz, em junho daquele ano, num acidente de avião em Nova Déli, aos 27 anos, idade fatídica para tantas celebridades, tanto da música, como Noel Rosa e Janis Joplin, e figuras mais recentes, como das lutas revolucionárias, como a Iara Iavelberg, a Helenira Rezende e tantos heróis. Naquela noite que estava na cidade, combinei com ele de ir num dos bares da moda, o Pilão. Cruzei na rua com o Júlio Cesar, o "Julinho Paraty" e no bar, continuando o papo, recordamos do *Consulado de Paraty* na galeria Metrópole, em São Paulo, da herança da *Vamos Nessa* e *Quero Essa*, duas cachaças tradicionais da cidade, e dos insolentes que um dia esperaram o padre dormir para passar o filme *Noite Vazia* com todas as cenas amorosas de Norma Benguel e Odete Lara, às dez da noite, na parede da igreja matriz da cidade. Para não sair de sua rotina, o maluco beleza do Zé Kleber, no bar que estávamos, cheio de turistas estranhos, depois de declamar algumas de suas poesias, fez um discurso enaltecendo a cidade, metendo o pau nos destruidores do patrimônio e das matas. No fim, fez uma promessa que acabou cumprindo: soltar todo o seu gado na pista, numa das tantas inaugurações da Rio-Santos. Ele tinha essas manias, quando fechou o Valhacouto, mandou o povão entrar na hora do almoço e consumir tudo que tinha nas prateleiras e na cozinha.

No dia seguinte subi a serra de ônibus, naquela estradinha boa para desafio de rally, e que continua até hoje assim. Em Guaratinguetá consegui uma carona para o Rio de Janeiro de um gerente do Bradesco, de Dodge Dart, que estava indo buscar a esposa. Naquela época não era difícil conseguir carona. O duro era aguentar conversa mole e elogios aos militares. Com dor no estômago de ouvir tanta beseira, dei uma de mané, concordando com tudo. Era um sábado, chegamos no Rio por volta de oito da noite e fui direto para o Maracanã, assistir Palmeiras 1 x o Flamengo , gol novamente do Leivinha. Entrei no estádio com minha mala de roupas e ninguém revistou. Estendi minha bandeira e assisti o jogo com mais cinco palmeirenses. Vibramos com o gol e nenhum adversário xingou. Como no jogo anterior, só senti os cariocas meio tristes. As torcidas organizadas da época não te hostilizavam como hoje, vinham te cumprimentar. Achava um barato o Tarzan, torcedor do Botafogo, respeitoso, com aquele colar gigante de lantejoulas, formando a estrela do time. Os torcedores, sempre amigos, do Vasco, perguntando do pessoal de São Paulo. Em campo, os clubes não inventavam camisas, usavam seus uniformes com as cores tradicionais, sem publicidade. O campeonato brasileiro, por ter dado certo, foi muito usado pela ditadura militar. O regime restringiu o país a dois partidos políticos, a Arena, situação, e MDB, oposição. Ficou famoso o slogan: "Onde a Arena vai mal, mais um time no nacional". Teve um campeonato brasileiro com 94 clubes. Nesse jogo, saí do estádio numa boa, peguei o ônibus e me hospedei no mesmo hotel que estava. Não nego que corri riscos, mas hoje é quase impossível.

No domingo, depois de me inquietar, naquela época, com a louca expansão da Barra, fui a uma festa de rua no morro de Santa Tereza. No tempo de meus pais, quando morava na praia de Icaraí, em Niterói, essas festas eram bem diferentes, não tinha hippies comercializando suas criações. Atualmente eles se incorporaram a qualquer acontecimento folclórico do país. Dessa forma, matam um pouco a criatividade e as diferenças regionais. Eles vendem os mesmos badulaques de norte a sul. Tomei um Grapette e quando descia no gostoso bondinho de Santa Tereza pensei, os burocratas do trânsito devem estar procurando um motivo para não preservar essa maravilha. Nesse mesmo dia, peguei minha mala e embarquei, tranquilo, no último ônibus para São Paulo.

VIII. A medula do bairro

Por volta de nove horas, o Companheiro, o Rômulo e o Remo me esperavam na rua Maria Borba, limpos e barbeados. Junto a seus amigos da rua, tinham se lavado numa casa abandonada. Subimos a Cesário Mota e, na esquina onde se inicia a rua Maria Antonia, voltamos para a rua da Consolação, à procura de um bar que só avistamos do outro lado. Antes da travessia, ficamos imaginando como essa área era totalmente diferente, a Consolação era estreita, e nessa esquina de três ruas havia uma sempre lotada pastelaria com caldo de cana. Já no bar, onde permanecemos por um bom tempo, começamos um exercício de imaginação, onde as lembranças de tudo em volta, grudava uma na outra. A pastelaria comentada ficava junto a uma sequência de casas que foram derrubadas para o alargamento da Consolação. A seu lado tinha a tradicional loja de lustres Victoratto, sempre cheia de gente, porque na frente havia um ponto para quem utilizava dos bondes que subiam a Consolação ou viravam para a Maria Antonia. Essa loja, do pai do Sidney, com os irmãos Tina, Nenê e Célia, era também um ponto de encontro dos amigos. O casal proprietário, seu Valdemar e dona Alzira, um dos pioneiros da transformação da rua num grande mercado aberto de lustres, recebia todos com simpatia e brincadeiras. O Companheiro lembrou que logo depois desse trecho da rua ser ampliado foi criada uma lanchonete que se tornou famosa, a Pink, e que certo dia, em frente a essa loja, um japonês e um camarada, que levavam uma bomba num fusca, e até hoje ninguém sabe para onde, explodiu no fim da madrugada. E lembrou mais: "Eu morava numa pensão da Maria Antonia, num quarto ao lado do Corvinho, um velho companheiro, que, quando acordava e antes de dormir, acendia um "baseado" de maconha e colocava uma toalha molhada no vão da porta, para conter o cheiro, coisa de bobo. Tinha medo, o vício não era tão alastrado. Algumas pessoas da pensão, quando sentiam aquele aroma, ficavam bravas, mas ninguém criava caso. Por essa pensão passaram muitos amigos que optaram pela clandestinidade, e eu os protegia. Mas, juro, eu não sabia de nada, quando ouvi aquele estrondo na Consolação, quando clareava o dia. Logo fui ver o ocorrido, e nunca esqueço dos tantos pequenos pedaços de carro e de carne espalhados. Esses estilhaços foram até o muro do Instituto Clemente Ferreira, do outro lado da rua, famoso pelas chapas de pulmão obrigatórias em qualquer escola".

Eu acrescentei:

— Eram o Ishiro e o Sérgio, dois combatentes. Logo pegaram os documentos, confundiram as siglas revolucionárias e foram rapidinho para a residência deles. Estava todo mundo era atrás do dinheiro das ações dos grupos armados, e principalmente do dois mil e quinhentos milhões de dólares que poucos dias antes tinham sido levados da casa da amante do ex-governador de São Paulo, Adhemar de Barros, a famosa "dr. Rui". Ação que foi realizada em Santa Tereza, no Rio de Janeiro, e a inteligência do regime militar não descartava a hipótese do dinheiro ter voltado para São Paulo. Um delírio, ou uma estratégia para incentivar os agentes policiais, porque, na procura de dinheiro, poderiam descobrir novos aparelhos. Afinal, naquele ambiente impune da repressão, até a tortura era livre.

— Marcão, confundiram as siglas?

— Sim. As siglas revolucionárias que você conhece. Não quero citar a confusão no caso dessa bomba, porque todas tinham o mesmo ideal, combater o regime, e não quero cometer impropriedades. Mas era muito comum os departamentos repressores ficarem perdidos quando uma grande ação armada era executada. Para mim, na luta contra o regime militar, não deveria ter aquelas dissidências, rachas, cisões e divisões que surgiram em demasia. Foram centenas as siglas contestadoras e revolucionárias que apareceram nas décadas de 1960 e 1970. Presenciei a formação de um grupo que não chegou a dez, que nunca saiu disso, e que posteriormente deu a impressão de ser um exército formado. Exemplo igual foi a guerrilha na serra de Caparaó, apoiada pelo Leonel Brizola, a primeira a se armar contra a ditadura militar. Vinte heróis com táticas de Sierra Maestra, usadas na revolução cubana, e que por várias razões não tinha a menor aplicabilidade por aqui. Brizola foi um homem de muita coragem. Era governador do Rio Grande do Sul e resistiu contra aqueles que não queriam a posse de João Goulart, o vice de Jânio Quadros, que renunciou inesperadamente em 1961. Ele criou a Rede Radiofônica Nacional da Legalidade, que atingiu grande parte do sul do país e países vizinhos. O movimento contra a ditadura deveria ser uno, mas nos atos bem executados, por pequenos grupos, a repressão ficava confusa. Eles perdiam muito tempo para identificar quem tinha realizado a ação revolucionária. Por esse ângulo, a divisão era uma boa estratégia.

O Companheiro concordou, e já no banco do balcão do bar, onde todos se acomodaram, ele voltou para o roteiro da conversa e apontou:

— Essa rua aqui do lado, a Caio Prado, tem para a época que vivemos, no mesmo local, uma história em dois capítulos. Primeiro, o Colégio Des Oiseaux, instituição católica, de origem belga, e somente para o sexo feminino. As meninas tinham que usar uma saia abaixo dos joelhos, de pregas, com fitas coloridas na cintura, representando o ano letivo que cursavam. Raramente você via uma menina dessas, com uniforme, zanzando pelo bairro. As mais petulantes, no bom sentido, exibiam e comentavam o livro *Le Phénomène Humain* do teólogo Pierre Teilhard de Chardin, em francês, e que foi proibido num primeiro momento. Os veículos entravam dentro da escola, deixavam ou iam buscar as alunas em frente a um prédio maravilhoso, criminosamente demolido em 1974. Nessa época, um funcionário desse colégio, amigo do meu pai, me levou na academia Wilson Russo, que ficava ali perto da igreja da Consolação, e mesmo gostando mais de ler do que luta corporal, passei uma tarde brincando no ringue. Um técnico gostou do meu estilo e tive a maior oportunidade da minha vida, quando disputei alguns torneios de boxe. Desde criança eu ajudava a família no que podia, mas nesta do boxe eu tive que me dedicar. Fiquei pouco mais de um ano, e não deu certo, por razões familiares. Meu pai ainda estava vivo e tentou me sustentar nessa iniciativa. Mas tudo empacou, mesmo recebendo uma ajuda de custo, vivia sem dinheiro. Também não aguentei ver a família na pior, o coitado do meu pai ganhava uns trocos abrindo a porta dos carros dos bacanas, que desciam na rua, ou guardando lugar para os motoristas que chegavam em eventos, não tinha muito essa de tomar conta do carro. Depois virou pipoqueiro, por um bom tempo, na porta do Des Oiseaux, e mais tarde vendedor de machadinha, o famoso doce quebra-queixo, na rua Augusta. Nos fins de semana, ele recolhia jornais para vender nos açougues ou montava um caixote para vender velas no cemitério da Consolação. Ele era um excelente observador e sarrista, relatava com muito humor tudo que via e ouvia dos bacanas. Nesse colégio da Caio

Prado, as fundadoras, que eram da congregação das Cônegas de Santo Agostinho, acompanhando a expansão da cidade, encerraram as atividades dessa escola por volta de 1967, porque já tinham construído num bairro nobre que se formava o Colégio Nossa Senhora do Morumbi. Posteriormente, o prédio ficou fechado até ser alugado para o cursinho Equipe... Capítulo dois, em 1972, no pior ano da Idade Médici, esse cursinho fervia de alunos que tinham um comportamento completamente diferente. Seus professores, a maioria de esquerda, estimulavam o pensamento crítico e a participação constante no cotidiano, tudo para tirar o país da letargia que todos viviam. Os shows que o cursinho patrocinava nos fins de semana foram antológicos, não tinha espaço para a alienação. O Serginho Groisman é que cuidava de tudo. Foi ali a primeira apresentação do Gilberto Gil depois de voltar do exílio. Assisti a quase todos e de graça. Não tinha frescura, ninguém criava caso se vissem você furando para entrar. Era para todos assistirem.

— Também fui em muitos desses shows! - interrompi. Foi o último rescaldo de 1968. Mas os homens da repressão já tinham se infiltrado nas manifestações políticas paralelas, que ocorriam fora das aulas, e resolveram dar um fim nessa época tão produtiva e maravilhosa. Prenderam vários professores do cursinho, que, junto a alguns alunos, desapareceram e ninguém sabe até hoje onde estão. Quando demoliram aquele prédio utilizado pelo Des Oiseaux e o cursinho Equipe, senti um sabor de vingança. A maioria dos países, em qualquer regime, preserva seus patrimônios históricos. Aqui, vivíamos num regime que além da exceção, primava pela vingança. Se pudessem, derrubariam Brasília, por ter sido criada por um comunista, Oscar Niemeyer. Não sei como não mandaram trocar o nome do bife à cubana por bife à redentora ou a salada russa por salada 31 de março.

— Redentora era a palavra que os milicos usavam para designar o golpe... Redentora da estupidez... Em 1975, prenderam, sem nenhum alegação, o pacifista argentino Adolfo Perez Esquivel, que em 1980 acabou recebendo o prêmio Nobel da Paz. Em 1976, 112 países, em homenagem aos 200 anos do Ballet Bolshoi, anunciaram a apresentação de *Romeu e Julieta* na televisão. O Brasil foi o único que censurou esse espetáculo. O filme *Laranja Mecânica*, depois de muito tempo, foi liberado com bolinhas pretas sobre quem estava nu... Mas vamos mudar o papo, senão vamos gastar muito tempo relacionando essas situações ridículas, que muitos querem de volta... Seu pai tinha várias alunas desses colégios de ricos, o Des Oiseaux , Sion etc.

— Oh, Companheiro... mães de alunas! Gente da alta sociedade que ia aprender pintura em porcelana, no atelier da rua Dr. Vila Nova, 284, minha casa e local de muitos acontecimentos históricos. Meu pai, o mestre João Gama, foi um nordestino vindo de pau-de-arara de Simão Dias, destacada cidade sergipana. Lugar de nascimento do também saudoso companheiro Marcelo Déda, deputado federal e ex-governador de Sergipe. O velho era um artista nato, estudou no Liceu de Artes e Ofícios de São Paulo e se tornou uma referência na pintura em porcelana. Reproduziu várias quadros clássicos e pintava retratos que impressionavam. O horário de suas aulas era disputado por mulheres milionárias, que vinham com seus motoristas particulares. Eram desde senhoras tradicionais até as namoradas do Juca Chaves. A Letícia e a Ana Maria, esta de sua famosa música, se tornaram grandes amigas de minha mãe, Antonia Rosa Gama, uma especialista em contornos a ouro nas porcelanas em branco ou já pintadas, que fazia seus trabalhos ouvindo as várias radionovelas da rádio São Paulo. Além de objetos e obra de meu pai, guardo com carinho o torno de ferro que ela usava para fazer esses filetes.

— Marcão, perguntei porque conheci sua família. Fui numa exposição boca livre que seu pai fez num casarão da avenida Paulista, esquina com a alameda Casa Branca, onde hoje fica o edifício Conde Andrea Matarazzo.

— O casarão ficou um bom tempo vazio e já tinham projetado esse prédio, que demorou a ser construído porque tinha que ser leve, sem muito cimento, e nem muito alto, em razão do túnel 9 de Julho, que passa embaixo. Nessas exposições, os bacanas é que ofereciam o local, a estrutura e o coquetel. Meu pai era um artista inocente, nunca explorou ninguém. Morreu quase sem recursos. Essas suas notáveis mostras individuais e coletivas consagraram definitivamente a arte da pintura em porcelana no Brasil. As peças confeccionadas por ele se encontram em sua maioria com um grande número de admiradores. Também em coleções e museus não só no Brasil, como de vários países. Certa vez, o consulado norte-americano encomendou uma placa com a reprodução da foto de Jaqueline Kennedy. Foi entregue na visita de Robert Kennedy ao Brasil em 1965 e se encontra num museu de Washington. E o cantor Roberto Carlos também encomendou uma placa de porcelana com a foto da Nice, sua primeira esposa. Nessas homenagens, meu pai não cobrava nada de ninguém, nosso dinheiro era curto e minha mãe ficava enfurecida... Companheiro, eu tenho uma história interessante com o Robert Kennedy, nessa visita ao Brasil, acho que você não estava. Como os Estados Unidos financiaram o golpe, através do IBAD, IPES, ADEP e vários cursos, principalmente para policiais, ele, embora democrata, veio cobrar a fatura e um maior rigor contra os esquerdistas. A guerra fria estava no auge. Em São Paulo, tinha sido construído um novo edifício do Sesc-Senac, o do número 228 da Dr. Vila Nova, num terreno em que um prédio pronto, da própria entidade, teve que ser demolido, anos antes, por rachaduras em sua estrutura. Localizado na mesma calçada da minha antiga casa, hoje, só funciona nesse edifício a administração do Senac. A molecada da rua tinha ficado chateada porque a reconstrução desse prédio acabou com um extenso cimentado nos escombros do edifício anterior que servia como uma espécie de quadra para se jogar futebol. Corria o mês de novembro de 1965, e o senador e candidato a presidente dos Estados Unidos veio inaugurar esta nova sede das duas entidades dos comerciários. Entrou com a comitiva, recebeu homenagens, e já na rua, em frente ao prédio, ele resolveu fazer um discurso para o público, que era grande. Não pensou duas vezes, subiu em cima de um veículo Deuphine azul que estava estacionado. Falou, foi aplaudido e amassou toda a capota do veículo. Quando desceu, eu estava do lado, ele pôs a mão no meu ombro e perguntou, fazendo sinais com o dedo, "how much?", quanto era? Como eu fiquei pasmo, ele apontou para um dos assessores, entrou no carro oficial e foi embora. Falei depois que o carro não era meu, o segurança marcou a placa, fez mais algumas anotações e também foi embora. Procurei, mas não fiquei sabendo quem era o proprietário do veículo. Se esse episódio ocorresse hoje, tirariam mil fotos pelos celulares, e eu estaria mundialmente conhecido através do you tube.

— Nessa eu não estava! Como o Rômulo fez cara de não lembrar, quando você falou das siglas, explica, principalmente para o Remo, o que significavam essas letras que você mencionou.

— Foram criações diabólicas feitas antes da ditadura para preparar o golpe. O IBAD, Instituto Brasileiro de Ação Democrática, e o IPES, Instituto de Pesquisas e Estudos Sociais, dirigido pelo Golbery do Couto e Silva, o bruxo para alguns ou o satânico doutor Gô para outros. Essas siglas foram uma espécie de ONGs da época, financiadas pelos ianques, que serviram para envenenar o povo com filmes, palestras e outros meios, falando das belezas do regime norte-americano e o inferno do comunismo, tudo no sentido de fazer uma lavagem cerebral total. Nesse radicalismo mentiroso – e olha que não tinha as controladas redes sociais eletrônicas - muitos acreditavam que comunista comia criancinha. Também criaram a ADEP, Ação

Democrática Popular, nos mesmos moldes, a fim de cooptar candidatos a cargos políticos. Conseguiram o intento e fecharam a última etapa do planejado com um espetáculo de rua: induziram as carolas por convicção e as madames da alta sociedade, religiosas por conveniência, a saírem às ruas dias antes do primeiro de abril.

— Fiz cara de não lembrar porque você enfileirou rápido, mas sempre soube disso. E principalmente dessa marcha feminina. Mais envolvido e útil para o povo brasileiro era o ISEB – Instituto Superior de Estudos Brasileiros. Por ter uma direção mais progressista, os velhos paranóicos e os direitistas mal intencionados diziam que era coisa de comunista. Dias depois do golpe de 1º de abril, esse instituto foi fechado.

— Então, Rômulo, continuando, eu e nosso velho companheiro de infância, o Daniel, acompanhamos essa marcha das mulheres, pelas paralelas, foi uma observação histórica e interessante. Organizado pelas frentes da direita, o desfile teve uma proteção completa do governador Adhemar de Barros. Faixas com colocações delirantes não faltavam, mas longe do ranço de hoje, que inclui desbundes, fantasias, maquiagens, desenhos, xingamentos e agressivas palavras de ordem... a elite era mais educada e menos paranóica. Essas mulheres acharam que aquilo era um manifestação popular, e depois de apoiarem os milicos após o golpe, logo sentiram que aquela marcha era profana e encomendada, bem como o próprio golpe, que mesmo dentro dos mesmos ideais delas, não tinha nenhuma raiz ou apelo popular. Mas, cristãs, conservadoras e cheias de ódio, tiveram que se calar diante das denúncias de torturas feitas por Dom Hélder Câmara, de Olinda e Recife, que para elas e o regime militar, era o "arcebispo vermelho", porque criou, com enorme aceitação popular, a Ação, Justiça e Paz, administrada pelo padre Henrique, que, depois de ameaçado pela CIA e CCC, foi torturado e morto, um ano depois de celebrar missa em memória de Edson Luis, assassinado no restaurante Calabouço, Rio de Janeiro, em março de 1968. Posteriormente, ninguém conseguiu desmentir o que relatava o cardeal Evaristo Arns sobre os assassinatos que a ditadura militar simulava como suicídio, fossem em São Paulo, na famigerada "casa da vovó" da rua Tutoia, ou em outros porões pelo Brasil. A cúpula da Igreja Católica ainda tentou alguns diálogos de contenção com os comandantes militares, o que foi chamado de comissão bipartite. Os bispos não conseguiram grandes avanços por aqui, mas conquistaram a simpatia internacional. Com esse estímulo, várias missas começaram a ser celebradas para esses brasileiros mortos covardemente. A primeira foi para o Alexandre

Vannucchi Leme, estudante da Geologia da USP, morto em 1973 e enterrado como indigente. Ele, como o presidente da UNE, em 1972, Honestino Guimarães, e outros que foram covardemente atropelados pelos calhordas dessa rua Tutoia. A tortura contra o metalúrgico Manoel Fiel Filho, que simplesmente guardava exemplares das publicações do partido, também não pode ser esquecida. A encenação do falso suicídio de Manoel foi tão grave que o próprio governo militar acabou trocando o comandante do II Exército.

O Remo fez sua colocação:

— Essas mães que desfilaram pedindo o golpe militar, não sei se avaliaram a cagada que fizeram. Devedores de obediência aos norte-americanos, os milicos sula-mericanos criaram a Operação Condor e barbarizaram os jovens contestadores que heroicamente lutavam contra esses subservientes. Pela conteúdo expostos dessas senhoras e milicos, esta operação deveria se chamar América Latrina. As madres da Plaza de Mayo não sei se já lembraram dessas antagônicas mães brasileiras.

— Toda essa merda começou pelo nosso país, e essas mortes mais articuladas em São Paulo, que culminaram com o assassinato do jornalista Vlademir Herzog, aconteceram após a criação de novas siglas pós-golpe, que, ao invés de institutos, passaram a ser chamadas de operações, com a mesma proteção externa. Os milicos simplesmente registraram, algum tempo depois, o que já estava criado, a OBAN, Operação Bandeirantes, órgão repressor do Exército; e na sequência dos arbítrios, fizeram a junção dos famigerados DOI-Destacamento de Operações de Informações com o CODI-Centro de Operações de Defesa Interna, união também conhecida por esse desrespeitoso nome de "casa da vovó", que ficava ao lado de uma delegacia de polícia e próximo ao comando do II Exército. Sem detalhar locais de congestas em grandes empresas colaboradoras, como o impercebível barracão da Volkswagen em São Bernardo.

— Um jornalista perverso e irresponsável, chamado Cláudio Marques, foi quem cobrou a prisão do Herzog, endossada pelo deputado e depois governador Marin... Companheiro, tudo foi realmente dessa forma! E para tentar passar uma imagem mais amena e "patriótica", eles montaram uma equipe jornalística para um órgão divulgador dessa masmorra, a *Folha da Tarde*. Passaram a chamar, em manchetes, opositores ao regime de bandido, dando as piores qualificações, e tranquilamente modificando, nas reportagens, o cenário de seus próprios assassinatos. Absurdos que tentavam justificar nos seus noticiários, amplamente acobertados pelo regime. Esses repressores sangrentos, transformados em jornalistas, e todo o aparelhamento da redação, foram gentilmente cedido pelo dono da empresa, Octavio Frias de Oliveira. A linha editorial da *Folha da Tarde*, logo após o golpe, era diferente, dava esperança nos leitores esclarecidos, mas essa invertida radical, de crítico ao regime a um diário oficial desse centro de torturas chocou os velhos leitores. E nessa transformação, não houve acordo, camaradagem, ética... os jornalistas anteriores foram radicalmente presos.

— Marcão, o que me assusta é que o mesmo cenário sinistro criado por esses jornalistas perversos e irresponsáveis do passado está voltando bem mais forte no presente. Na mesma proporção, para impedir qualquer reforma popular, voltaram a criar, diabolicamente, novos *think tanks*, institutos como Empiricus, IIRSA, Millenium, Global Peace, Mises, Liberal, Ordem Livre... onde as pessoas envolvidas, e a quem devem obediência, são assustadores. – completou o Companheiro.

O Remo cutucou:

— Sem esquecer das fundações Roberto Marinho, Lemann, Itaú Social... Todas especializadas em desestabilizar governos progressistas.

— São as rédeas dos Estados Unidos para nos afastar dos BRICS, dominar o pré-sal e não perder o controle... A historiadora Beatriz Kushnir disse, num excelente trabalho sobre a época, que a extinta *Folha da Tarde*, dirigida pelo representante da TFP, Antonio Aggio Junior, era o cão de guarda dos torturadores. Isso é bem significativo, porque demonstra o quanto a *Folha de S.Paulo*, autora da palavra ditabranda, para designar a ditadura militar, foi colaboradora com a repressão, a ponto de nunca ter sofrido censura. Ao contrário dos também bajuladores e coniventes *O Estado de São Paulo* e *Veja*; que sofreram censuras contundentes, porque às vezes cometiam umas extravagâncias. No fundo, tudo foi bem conveniente para todos. Esses órgãos, mesmo denunciando corrupções endêmicas, nunca estiveram ao lado do povão, a linha de todos sempre foi de lutar radicalmente contra as transformações sociais – comentei, continuando: — Quando falei do Robert Kennedy, vimos que a intenção dessas tenebrosas siglas foi muito bem assimilada por quem já estava a serviço dos ianques, como a nossa imprensa... Por volta de 1960, aconteceu uma coincidência interessante, no catolicismo nacional, em relação às tendências políticas. Enquanto essas senhoras criavam, com o apoio da tradicional Liga das Senhoras Católicas, e de grandes empresários conservadores, à direita, a União Cívica Feminina, os jovens católicos, à esquerda, juntaram a JEC, Juventude Estudantil Católica, a JOC,

Juventude Operária Católica, e a JUC, Juventude Universitária Católica com outros segmentos progressistas e fundaram a atuante e histórica AP, a Ação Popular. A AP liderou a UNE por alguns anos, tornou-se maoísta em 1968, e em 1972, sofreu uma perseguição tão forte do regime que muitos de seus membros desapareceram para sempre. Debilitada, acabou se alinhando ao PCdoB.

— Sim, desaparecidos!... muitos amigos e conhecidos nossos! – o Companheiro balançou várias vezes a cabeça.

Depois de passarmos um bom tempo no balcão e porta do bar, tomamos vários cafés, descemos andando a Consolação e, sem interromper o embalo do empolgante papo, continuei: "A partir de 1972, essa hecatombe para o aniquilamento total das esquerdas foi muito bem preparada, atingiu até o sizudo PCB, o partidão, que vinha numa calmaria desde 1964, amigo da burguesia progressista, aceitando uma derrota sem luta e criando grandes dissidências internas. Ao mesmo tempo que foi conquistando adeptos nos segmentos militares, o PCB estava sendo monitorado. Foi mais uma lição, não aprendida, de que com essa elite conservadora não tem acordo. Descobertos, foram covardemente massacrados, em 1973, pela Operação Radar. Um dos líderes, o tenente Piracaia, morreu meses antes, da mesma forma que Vladimir Herzog, Manoel Fiel Filho e tantos outros patriotas. O coronel Vicente Sylvestre, da Polícia Militar de São Paulo, foi preso e torturado, e ainda sofreu uma persistente perseguição velada nos quartéis, como milhares de outros militares idealistas pelo Brasil afora". O Rômulo, meio distraído, cortou o embalo da minha narrativa, mas fez uma importante lembrança:

— No dia 1º de abril de 1964, na porta do Clube Militar, no Rio de Janeiro, um adolescente passou e gritou: Jango, Jango, Jango! Foi imediatamente fuzilado por um major do Exército.

— A história não destacou esta covardia, nem valorizou esse menino!... O que as revistas semanais tradicionais fizeram naquela época foi exaltar as operações militares, em edições especiais. Não falaram do garoto, mas deram grande cobertura ao incêndio da UNE, como se fosse um ato heróico. A *Fatos e Fotos*, revista da editora Bloch, que sempre destacou belas mulheres em suas capas, foi a pior, a mais descarada... Invertendo o quadro de 1964, o conteúdo político-social do golpe militar poderia ter sido diferente? O que você acha? – sorriu o Companheiro, fazendo a irônica pergunta.

— É a questão do se. Se as Forças Armadas com todo o vigor que tinham não fossem envenenadas pelo sangue ianque, se seus líderes não servissem de bobocas e devessem obediência ao Tio Sam nem seus líderes fossem realmente nacionalistas e não abrissem os braços às multinacionais; se não gastassem toda essa energia e força de forma inconsequente contra os intelectuais; se dado o golpe seus homens fossem colocados nas fronteiras para evitar o tráfico de armas e drogas, bem como utilizados para a construção de obras públicas, como fazem muito bem em catástrofes, ao invés de irem aceitando o crescente lobe das construtoras; se a educação ampla e livre fosse colocada como prioridade urgentíssima, construindo-se mais escolas que cadeias; se a ordem na saúde fosse dada para a instrução pública, prevenção e a construção de ambulatórios, e que os médicos formados em escolas públicas fossem obrigados, durante algum tempo, a dar assistência em regiões carentes, com a assistência dos próprios militares; se as questões sociais não fossem tratadas como casos de polícia; se fosse feita uma campanha constante de conscientização sobre a natalidade; se a segurança pública, desmilitarizada, desse prioridade intensa à prevenção, para fortalecer a figura da autoridade legal; se as ferrovias passassem a ser o meio de transporte privilegiado; se os templos e os clubes, sem nenhuma contemplação, fossem obrigados a pagar impostos; se as grandes fortunas fossem taxadas devidamente. Se, as leis fossem reformadas e adequadas a realidade; se as instituições fossem devidamente fiscalizadas, para que funcionassem de forma imparcial; se o dinheiro sagrado da previdência social não fosse desviado e voltasse fielmente ao trabalhador que a paga e não servisse a sistemas desonestos e a uma casta que se aposenta com tenra idade; se a livre iniciativa e os meios de comunicação obedecessem rigorosamente a uma regulamentação moral e ética, sobretudo democrática e imparcial, acredito, a economia embarcaria nesse embalo e o Brasil não estaria como hoje.

— E os partidos de esquerda no poder, não poderiam ter feito essas reformas? – apimentou o Companheiro.

Respondi:

— Deveriam!... Na questão do se, eu realcei o vigor das Forças Armadas, que, mesmo num diferencial de democracia, poderia ter feito coisa melhor, diferente das dificuldades de uma democracia, dita plena. Porque essa democracia na forma que vivemos ainda é embrionária... incipiente... mal ensinada e interpretada. Para os pobres, que são maioria populacional, por serem objetos constantes de manipulação, não há sobra de energia e tempo para se politizarem e avançarem. E, para os ricos, minoria populacional, sobram as grandes áreas de decisões, das quais são dominadores. Com essa força nas mãos, mesmo derrotados numa eleição, não aceitam mudanças, envolvem e boicotam, rápida e sistematicamente, os frágeis partidos contestadores, onde muitos, os mais radicais, para piorar, são fachadas adoradas pela direita. É difícil a liberdade plena para os menos favorecidos. E com os poderosos é que está a caneta oficial da história. Observem, em acontecimentos recentes, como alguns historiadores forjam que as Forças Armadas, em 1964, estavam bem com o povo, e que a grande maioria pedia uma intervenção. Ninguém pediu nada, foi uma surpresa para o povo. E, se assim fosse, o meu se não teria sentido.

O Remo observou:

— É mais fácil o papa Francisco oxigenar e pôr o Vaticano nos trilhos da história do que mudar a mente perversa da aristocracia brasileira.

Continuei:

— Questão de berço cultural! Quem viveu, viu que essa grande maioria falada era, em 1964, na realidade, a minoria conservadora, que lutava exatamente contra as reformas propostas. Sem o poder da força, mas com a máquina da manipulação nas mãos, essas elites foram atendidas pelos militares e ganharam de presente o golpe. Mais tarde sofreram na carne as consequências dessa simbiose, mas sempre ignoraram as arbitrariedades, e hoje, mais do que nunca, continuam articuladas contra o que acham mais temerário no momento – os avanços das reivindicações populares. Como qualquer mínima proposta que bata de frente com os interesses dessa burguesia enraizada "é coisa de comunista", as madames nas compras e cabeleireiros, e os jovens, nos embalos, começam, sem o mínimo conteúdo e conhecimento do assunto, e bem instigados pelos sociopatas, suas futricas alucinadas pelas redes sociais.

O Rômulo lembrou:

— Em 1922, no Rio de Janeiro, e em 1924, em São Paulo, os tenentes fizeram um movimento revolucionário que não prosperou, mas que foi interessante na sua intenção: acabar com quem dominava o país, as oligarquias rurais e feudais, que, inconformadas com a abolição da escravatura, tinham se juntado as elites asquerosas das cidades e transformado o país num caldo político insuportável para o povo. O tenentismo, que nada tinha com os ideais revolucionários de 1917 na Rússia, foi derrotado, e viu seus articuladores taxados de subversivos, justamente por lutarem contra essas velhas articulações sagradas do capitalismo. Depois desse cenário histórico, sobrou foi para as aspirações ideológicas dos operários, que mal começavam a se articular.

Continuei:

— Rômulo, falei das conjecturas que os militares de 1964 poderiam implantar, repito, poderiam, como vencedores de um contundente golpe. Tinham tudo para surpreender, ter ignorado as forças ocultas, qualquer viés ideológico, e terem construido um futuro melhor. Nesse golpe, pela primeira vez na nossa história, as três forças estavam unidas, tinham unidade e área livre para atuar a favor do Brasil. E ações militares passadas, como essa dos tenentes, já tinham ensinado boas experiências patrióticas. Tinham tudo, mas nada fizeram naquela relação de necessidades e realidades do "se". E o que fizeram foi o quadro que expôs Carlos Lamarca quando abandonou a carreira militar: "O Exército defende os monopólios, os latifundiários, a burguesia. O povo é sempre reprimido".

O Companheiro prosseguiu:

— No Brasil, o passado não congela, flui rápido, muito calor, os refrescantes ventos tropicais varrem a memória. Marcão, essas conjecturas seriam a melhor forma de combater o comunismo que gerava tantos calafrios e paranoias. Falo sério, calaria a boca também dos que querem, sem nada fazer, que outros façam uma revolução ao clarear do dia seguinte. Todas as doutrinas de direita, infelizmente, contaminaram, ofuscaram e ainda ofuscam a rota de nossos militares. E quando imaginamos que esse nevoeiro foi dissipado, encontramos aquelas velhas madames e *playboys*, instigados pelos sociopatas, ainda ao estilo da velha estirpe, fazendo fumaça na porta dos quartéis. Temos é que clarear o caminho para a cultura e o pensar, não fugir de realidades que atropelam a qualquer tempo. E muito menos amedrontar com botas, e mais o inferno, quem é materialista e não acredita num invisível ser superior. Do contrário, vamos ver mais gente obscura bloqueando o processo evolutivo do ser humano, ao não saber distinguir um lagarto de um filhote de jacaré. Exemplo maior dessas ideias nefastas que essa gente quer impor por aqui está na Europa, onde os países mais religiosos e com governos de direita são os que mais fecham violentamente suas fronteiras para os refugiados. Para encerrar, não fique preocupado, esses desvarios quanto aos propósitos do golpe de 1964 realmente são conjecturas – nossos sonhos vão ser sempre pesadelos para eles... E agora, vamos mudar o foco... vamos voltar para a

Vila Nova? E vou fazer uma pergunta para embalar. Essa casa onde vocês moravam, e que também era o atelier do seu pai, era de vocês?

— Não. Era alugada. Ela ficou desocupada por alguns anos, porque por volta de 1950, nela tinha ocorrido um assassinato de grande repercussão. Chegamos em 1956, e aquelas duas salas da frente que você conheceu sempre serviram para meu pai dar suas aulas de pintura em porcelana. O espaço de dois quartos abrigava a família: meus pais, eu e quatro irmãos. Eu dormia em frente ao forno de queimar as porcelanas, imagine a tortura que passava em dias de verão. Não reclamo, era um bom tempo. Além do fato de morar num bairro tão rico de cultura e política, frequentar cortiços, movimentos clandestinos e, ao mesmo tempo, festas na casa dessas milionárias, alunas do meu pai, tudo isso fez eu entender que sempre temos algo a aprender na vida.

— Tirando o ambiente dos milionários, que nunca frequentei, eu também aprendi muito com as divergências!... - colocou o Companheiro, continuando: Recordando as molecagens, você lembra quando a gente ajuntava uma quantidade de meias de nylon, usadas pela mulherada, e fazíamos uma bola para jogar, descalço, nos meios dos paralelepípedos da subida da Dr. Vila Nova? Tenho os dedões do pé até hoje lesionados pelos chutes errados que dei naqueles pedaços de pedra. Quando a vizinhança chamava a polícia, vinha sempre a RP 40 da Guarda Civil, uma viatura que ficou famosa entre nós.

Paramos num canto da calçada do posto de gasolina da Consolação, esquina com a Caio Prado, formando uma rodinha. Quase atropelados pela saída imprudente dos motoristas, andamos mais um pouco e nos encostamos na grade do Instituto Clemente Ferreira. Entusiasmado, o Companheiro não parou de falar e cobrar:

— Agora, conta pra gente recordar, antes de entrarmos ali na Maria Antonia, o que foi o time do Vila Nova.

— Essa é uma longa história. Meu pai não tinha dinheiro para pagar o meu curso ginasial. Prestei exame no Senac da rua Galvão Bueno. Passei e foi um alívio, porque, com doze anos, eu estudava, geralmente pela manhã, e trabalhava à tarde num escritório. A escola parecia longe, mas o ônibus elétrico Machado de Assis/ Cardoso de Almeida servia para a ida e a volta. Quando as aulas eram à tarde, vez ou outra resolvia voltar a pé, atravessava uma longa ponte sobre uma mata onde hoje passa a avenida 23 de Maio, vinha pelo Bixiga, e chegava em casa à noite. Coisa de moleque, tudo para economizar a passagem e comprar um simples pastel de queijo, na esquina da Galvão Bueno com a São Joaquim. Eu ajudava a família, e quando consegui um cargo melhor, antes dos 16 anos, o presente do meu pai foi deixar eu ficar com esse meu primeiro salário com aumento. Eufórico, fui na rua 25 de Março e comprei dois jogos de camisa, com listas verde e branco, uma com listas mais largas e com numeração, para o primeiro quadro, e outra com listas menores e sem numeração, para o segundo quadro. Foi uma festa no bairro, e em 7 de maio de 1961 fundamos o C.A. Vila Nova, com sede na minha casa.

— Tinha uma polêmica, se Vila Nova era com dois eles... o que ficou resolvido? - perguntou o Companheiro.

— Interessante, os antigos diziam que o nome da rua, com dois eles, era uma homenagem a um médico sanitarista. Fiz uma pesquisa superficial e não encontrei nada, preciso procurar o decreto que criou a rua. Na prefeitura consta que o nome foi dado em razão de um estadista e literato português do século 18, formado em direito pela Universidade de Coimbra. Sinceramente, acho estranho. Diferente de Major Sertório, que foi vereador e vice-presidente da Câmara Municipal de São Paulo em 1887; Cesário Motta Junior, médico, secretário do Interior no primeiro governo de Bernardino de Campos; Amaral Gurgel, formado em Direito pela Faculdade de São Paulo, onde foi diretor, depois deputado, também conselheiro do Estado de São Paulo, e que ocupou interinamente a presidência da Província; Marques de Itu, fazendeiro, monarquista, duas vezes vice-presidente da Província no século 19 e que prestou grande ajuda à Santa Casa; e quanto à General Jardim, nenhum registro de destaque. Da Maria Antonia e Dona Veridiana, eu conto depois... Embora nas placas de rua constem os dois eles, decidimos por um só, que já era costume no uso comercial. Antes dessa fundação do clube, eu já tinha conseguido reunir uma turma grande de moleques, que se tornaram grandes amigos, quando em 1958, na Copa do Mundo, eu coloquei um rádio bem grande na janela da minha casa, para ouvir os jogos do Brasil na Suécia. Não se usava o verde e amarelo em qualquer coisa, que nem nas copas atuais, raros exibiam uma bandeira brasileira ou referências a coisas do país, ninguém usava camisas iguais às da seleção, muito menos esses adereços que são vendidos, principalmente na rua 25 de Março. Era só bombinhas de festas juninas, rojão, confete e serpentina. A copa de 1958 foi um sucesso, na última partida, no 5x2 contra a Suécia, tinha mais de cem pessoas na rua para ouvir o jogo, de pé, sentadas nas guias ou nas cadeiras que coloquei na calçada. A partir daí muitos se conheceram melhor e vinham sempre se reunir na porta de minha casa. Para arrumar jogos para o time formalizado, colocávamos anúncios na coluna gratuita que cuidava do futebol da várzea, do jornal *A Gazeta Esportiva*. Os convites eram um oferecimento para disputas em campo adversário. Muitas vezes entrávamos de bicão em algum dos campos de futebol oferecidos pela prefeitura, numa enorme área que ficava entre o Nacional A.C., margens próximas do rio Tietê, e fim da avenida Pacaembu, e sempre jogávamos. Como eram dezenas de campos, sempre tinha um sobrando entre os mais esburacados ou lameados. Burocraticamente era obrigado a requerer o uso desses espaços na prefeitura, nunca solicitamos, mas sempre que resolvíamos ir sem autorização aparecia um adversário fazendo a mesma coisa. Quando não, fazíamos longos treinos. Os fiscais não implicavam, viam a cara da nossa turma e só alertavam da necessidade do alvará. Como não tinha vestiários, trocávamos de roupa em algum canto. No bairro da Vila Buarque e imediações, não tinha time para a molecada jogar, só os de adultos, como o próprio Vila Buarque, na rua da Consolação. A notícia da fundação do Vila Nova se alastrou pelas redondezas e aparecia uma multidão querendo jogar. Todos se declarando bons jogadores de linha, quer dizer, de ataque. Diante dessa procura, resolvi que a camisa nove era minha e ia com ela no corpo. Era uma balbúrdia para escalar o time, uma discussão, sempre no campo do adversário. Você deve se recordar que algumas vezes, quando não existia bom senso e tinha muita gente para jogar, eu me irritava, arremessava as camisas para cima e quem pegasse jogava. No fim, o pessoal acabava se acertando, mas tinha sempre aquele pirracento dizendo que não ia jogar mais, que ficava em volta do campo e na primeira oportunidade aceitava entrar no lugar de alguém. Conseguimos bons resultados na nossa história, mas alguns episódios foram interessantes. Não sei se você estava na Vila Brasilândia, contra um time chamado XI Brasileiros, quando disputamos uma taça oferecida por eles. Na várzea, quando alguns times ofereciam uma taça, é porque tinham tanta certeza da vitória que até desafiavam e propunham que, caso o jogo terminasse empatado, o visitante é que levava o troféu. Nesses desafios, era sintomática a proposta dos mandantes na questão do árbitro, todos falavam a mesma coisa: "Vocês apitam o primeiro jogo e nós o principal", a taça oferecida sempre valia para o jogo principal. E nesse embate na Brasilândia, ocorreu o inesperado para os donos da casa, a cada gol deles, íamos lá e empatávamos. Já tinha escurecido quando fizemos o quinto gol, 5x5. Não conformado, um sujeito deu um chutão na bola para o meio das casas em meia construção. Sumiram com a bola, acabou o jogo. Só que essa bola era nossa, tínhamos furtado dos internos do Mackenzie. Logo, um diretor do time anfitrião propôs: "Vocês levam a taça e nós ficamos com a bola!". Aquela hora, fazer o quê? Aceitamos uma estranha taça bem velha, mais para podermos retornar tranquilos... Na rua Maria Antonia havia um cortiço que tinha os fundos para o Mackenzie. Os internos desse colégio possuíam um campo de futebol de terra, hoje transformado em várias quadras. Por vezes, esses internos, principalmente nos feriados, desafiavam nosso time para um jogo amistoso. Éramos um bando de maloqueiros jogando contra aquele time de filhinhos de papai, principalmente do interior de São Paulo. Lembro que vencemos uma, perdemos outra e depois empatamos. Ficou faltando a "negra", que nunca aconteceu. Quando dava, algum dos nossos sempre furtava uma bola de futebol para o nosso time, era de fabricação norte-americana, eles tinham muitas e sem controle. Em volta desse campo de futebol, todo sábado que coincidisse, ou fosse depois do dia 4 de julho, o Mackenzie patrocinava uma festa bem norte-americana. Era o dia inteiro de festa azul, vermelha e branca, com desfiles, exibições malabarísticas e muito sanduíche de salsinha com mostarda, acompanhado das suas tradicionais marcas de refrigerantes. Nosso time chegou a jogar contra o colégio São Luís, e no Imaculada Conceição, na região da avenida Paulista, onde existiam bons campos de futebol, hoje inexistentes. Prosseguindo, uma ocasião, meus dois irmãos mais velhos, o Oswaldo e o Waldemar, que dirigiam um supertime de futebol de várzea na fábrica que trabalhavam, a Plastar, em Santo Amaro, trouxeram dois jogos de meia brancas usadas, que pareciam de lã, para o Vila Nova. Jogamos umas duas vezes. A mãe de um de nossos amigos trabalhava numa casa que tinha máquina de lavar roupas, coisa rara. Ela jogou as meias e bateu, virou uma massa. Coitada, não sabia o que fazer. O filho ainda levou o material para mostrar para a turma. Foi engraçado. Esse time da Plastar ganhou um torneio amador em São Paulo e fez a preliminar contra o Parreirinha, time do Nilton Santos, no jogo Santos 4 x 2 Milan, no final do mundial de clubes de 1963, à noite, no Maracanã. Outro episódio interessante do Vila Nova foi contra um time chamado Bahia. Eles jogavam no meio da famosa favela da Vila Mariana. Hoje, o local abriga um conglomerado de prédios de padrão e quem passa pelo local nem desconfia o que foi ali no passado. Era um domingo à tarde, o povo lotou o campo, e fomos bem recebidos. Como era comum na várzea, o primeiro jogo foi do segundo quadro, o time mais fraco, os reservas. Tudo bem, quando escalei o primeiro, tinha um centro-avante vindo do Leão do Morro da Vila

Madalena, bom de bola, que não podia ficar de fora. O que fiz, mandei dois jogadores do primeiro quadro vestirem a camisa do segundo e junto com nove com a camisa do primeiro e mais o goleiro, entramos em campo com doze. As camisas eram quase iguais, e os calções e as meias eram brancas. Todo nosso pessoal achou uma loucura, ficaram com medo pela quantidade de público, falei que ia segurar as pontas, toparam a parada e entramos em campo. A todo momento, durante o jogo, alguém chegava no meu ouvido e sussurava: "Marcão, você é louco, alguém ainda vai contar!" "Marcão, a hora que descobrirem vai dar confusão!" E eu firme, qualquer coisa assumiria o erro e eu é que sairia de campo, para acalmar algum rolo. O jogo terminou 1x1. Um fenômeno, ninguém percebeu, talvez por acharem que a gente era miserável demais e não tinha uniforme suficiente, nem contaram. Ainda nos serviram algumas bebidas fortes, naquela época não se bebia cerveja como hoje, era mais fácil tomar um fogo com rabo de galo, a famosa pinga com vermute. Ganhamos a taça e saímos bêbados e felizes. Na terça feira saiu a ficha do jogo na coluna da várzea de *A Gazeta Esportiva*. Claro, tinha passado a escalão com onze jogadores. Em outro episódio, agora administrativo, o monsenhor Bastos da igreja da Consolação mandou pedir para que nossas partidas fossem realizadas no sábado, porque no domingo, os nossos jogos pela manhã ou a tarde, estavam atrapalhando as missas. A razão era que os coroinhas da igreja, bons de bola, não estavam cumprindo suas obrigações. Aceitei a sugestão. Depois, o pessoal da própria igreja fundou o Nice, mais estruturado, uma sequência do Vila Nova, que encerrou suas atividades.

— Muito interessante! Eu joguei poucas vezes no Vila Nova, me recordo de alguns desses episódios, e lembro bem dos jogos que a gente tinha que pegar o trenzinho maluco da Cantareira, os clássicos contra a molecada pó de arroz do Mackenzie, e um jogo que falaram que seria no Taboão, uma parte do time foi para o Taboão da Serra e outra para o Taboão de São Bernardo, e ainda tinha o de Guarulhos. Não lembrava de alguns detalhes que você citou, mas foi assim mesmo. Você esqueceu, e eu lembro bem, do dia em que foi marcado um jogo contra a Escola de Polícia, na rua São Joaquim. Era um sábado, chegamos e os portões de entrada estavam fechados e sem ninguém, o campo ficava nos baixos, bem no fundo. Aí apareceu um funcionário assustado, junto com um guarda civil, avisando que o jogo tinha sido adiado, e que ninguém podia entrar por causa da renúncia do Jânio Quadros, um dia antes. Foi muito marcante, eu tinha lido a notícia da renúncia, com centenas de pessoas estáticas, no viaduto do Chá, em um luminoso rotativo muito visto, que tinha em cima do prédio que fica em frente aos Correios e na esquina da avenida São João com o Anhangabaú, local do centenário bar Guanabara.

O Rômulo interrompeu:

— O Guanabara teve que mudar da rua Boa Vista em razão do metrô. Para mim, que penetrei, convidado por amigos, nesse bar e no Fasano da praça Antonio Prado, digo, eram as melhores coxinhas de São Paulo. O Fasano, hoje referência nos Jardins, tinha outros endereços na cidade, antes do seu jardim de inverno no conjunto Nacional, na Paulista, local visitado por celebridades artísticas internacionais e por Fidel Castro, na sua primeira vinda ao Brasil.

— Verdade! Então, esse jogo contra os alunos policiais foi realizado duas semanas depois, sem problemas. Quanta saudade desses amigos. O Vicentão, meia esquerda, amigão, bom de briga. O Rubinho na ponta direita, o Zeca, bom goleiro, o Matheus na esquerda, o Cristão na defesa, Sidney de meia, Luizinho de volante, o Daniel, o Binho, os baianos Zé Luiz e Fernando, os irmãos Orlando e Osvaldo... Esses dois tinham uma banca de revistas em frente a loja Victoratto.

Continuei:

— Engraçado, se imaginarmos, essa banca era quase em frente daqui onde estamos, quase na ponta da descida da Cesário Mota. O Osvaldo achava engraçado o jornal *Notícias Populares* e me guardava alguns exemplares. Esse jornal fez grande sucesso quando passou a destacar, em manchetes sensacionalistas, a Piacinha, apelido que eles criaram para a praça Leopoldo Fróes. Nesse local, *playboys*, desocupados, viciados e marginais passaram a se reunir em frente ao teatro, todos os dias, para ações das mais diversas: usar drogas, se exibirem, furtar carros para curtir a rua Augusta, brigarem e fugirem da polícia. A barra ficou mais pesada quando começaram a assaltar para manter os vícios, as vaidades e os gastos nas casas da rua Augusta, principalmente do Lancaster, onde eram assíduos frequentadores. Nos domingos, antes do programa Jovem Guarda, alguns artistas passavam pela manhã na Piacinha. Ficaram famosos nomes como Paulinho Boca Mole, Cidinha Tiroteio, Uruguaio, Inacinho e a mais famosa, a Lucinha Bang Bang, que mais tarde se tornou alta funcionária pública. Eu tinha o primeiro exemplar do *NP* que exibia umas manchetes sem graça, bem diferentes em relação as apelações que depois passaram a fazer na primeira página. A minha coleção antiga acabou se deteriorando e acabei jogando fora. O sonho da molecada viciada em futebol era jogar à noite no campo do Maria Zélia, no bairro do Belenzinho, uma vila operária criada no início do século passado. Todo o pessoal da várzea queria ter esse gostinho de jogar futebol durante a noite, parecia uma sedução. O campo do Maria Zélia foi o primeiro e era um dos poucos campos de futebol amador a continuar iluminado. Você lembra, não jogamos lá por falta de dinheiro. Tinha que pagar para jogar nos torneios que organizavam, como em outros que eram realizados pela cidade. Chamados de festival, pouquíssimos times tinham patrocínio de empresários, e as despesas eram principalmente com bebidas, embora tudo tivesse que ser rateado. As churrascadas eram raras. E a comida servida era o normal: carne assada e maionese quando a festa era mais chic, e sanduíches, salgadinhos fritos e picles no repolho quando a recepção era mais modesta, tudo feito pela mulherada, nada de delivery. A maconha era bem discreta, hoje o "baseado" une os adversários, todo mundo fuma junto. O Vila Nova rodou São Paulo inteiro, jogamos até com os menores que cumpriam pena no RPM, na Celso Garcia. Pegamos esse trenzinho da Cantareira, que você falou, para enfrentarmos quase todos os times da região do Horto Florestal. Esse transporte público parecia o trenzinho das gambiarras: um vagão diferente do outro, um trajeto cheio de curvas e que passava atrás de casas quase no meio da linha, era divertido. Só lembrando, Buenos Aires já tinha metrô havia muito tempo.

— O Vila Nova tinha até uma sede social, com piscina e tudo... - brincou o Companheiro.

— Que sede social? Tá louco? - respondi.

— A piscina que ficou abandonada pelo colégio Rio Branco!

— Puxa... é verdade... aquilo foi uma loucura! O colégio tinha mudado para a avenida Higienópolis, depois de inaugurado em 1960 pelo Juscelino Kubitschek. Meu pai, inclusive, também pintou um quadro em porcelana, com um motivo patriótico, para deixar na Fundação de Rotarianos de São Paulo, a pedido das famílias Gasparian e Nazarian, grande parte alunas do meu pai. O antigo prédio da Vila Nova, com a piscina no fundo, bem como o enorme terreno vizinho ficaram abandonados por alguns anos. O tempo foi passando e a molecada percebendo que não tinha vigia, começou aos poucos a invadir a piscina. A notícia se alastrou pelas redondezas a ponto de não ter espaço para andar ou nadar, até as meninas participavam. A água parada ficava verde, e como o motor não dava para ligar, pois ficava trancado, o pessoal jogava uns litros de água sanitária. Poucos aproveitavam o enorme terreno ao lado para jogar futebol, uma área que o colégio usava para dois campos de voleibol e um amplo estacionamento, espaço em que foi construído o Sesc Consolação e o teatro Anchieta, inaugurado em 1967. A atração era a piscina, ninguém estava preocupado com a saúde, pulavam do trampolim, e alguns chegaram a levar a família. Vez ou outra aparecia uns funcionários do colégio, entravam na parte da frente, e antes de chegarem ao fundo, o pessoal, espantado, fugia por um outro terreno vazio, vizinho, e que dava para a rua Cesário Mota. Era só esses funcionários irem embora, e a molecada voltava de imediato. A direção do colégio, por questões sanitárias, chegou a trocar a água umas três vezes. A turma se recolhia quando tinha gente cuidando do motor e voltava a invadir na primeira oportunidade. Muita gente quase morreu afogada e, entre idas e vindas, a frequência desse espaço invadido durou bem mais de um ano. Cresceu tanto, que num feriado de muito calor, tinha tanta gente, que até senhoras circulavam pela Vila Nova, de maiô, fazendo parecer que a rua se localizava numa cidade de praia. Justamente nesse dia, foi o fim, à tarde apareceu a rádio patrulha da Guarda Civil, com algumas guarnições, e colocou todo mundo para fora. No dia seguinte, os proprietários contrataram algumas pessoas para morar e tomar conta do lugar. Logo, a Faculdade de Economia e Administração ocupou o prédio. Acabou a mamata, como você disse, e a partir daí o Vila Nova foi desalojado de sua sede social.

— Foi muito divertido e um delírio, eu não saía de lá. A água era um nojo total, e ninguém ficou doente. Mais tarde, no terreno ao lado do colégio, mais o da área da piscina, foi construído o que primeiro se chamou Centro Esportivo e Cultural Carlos de Souza Nazareth. Depois, em 1981, a designação mudou para Centro Cultural e Desportivo, em 1984 para Sesc Vila Nova e em 1993 para atual, Sesc Consolação. O teatro Anchieta nunca mudou de nome. Algumas vezes joguei futebol de salão nos andares que foram construídos na área onde ficava essa famosa piscina... que, por coincidência, no mesmo local, no térreo, também foi construida a piscina coberta desse Sesc. Depois de falar e detalhar esse novo prédio da Vila Nova, inclusive das grandes peças no teatro Anchieta, o Companheiro me questionou com mais uma:

— Marcão, você andava com uma camisa da União Soviética e dizia que era do Bradesco, conta isso aí!

— Você está com boa memória. Eu trabalhei na compensação do Bradesco, que ficava na rua XV de Novembro. O presidente era o Amador Aguiar, um homem que não usava meias e era, para a época, um choque e uma diversão para os funcionários.

Ele, abertamente, financiava o DOPS. Fomos convidados para participar de um longo campeonato interno de futebol, na Cidade de Deus. Montamos um time com os jogadores disponíveis que trabalhavam nesse prédio central. Num sábado pela manhã, estádio lotado, chegamos para o primeiro jogo do torneio, numa chave com mais nove times de agências. Desde a nossa entrada em campo e durante a partida percebemos um reboliço, um mal estar entre os membros da comissão esportiva e de diretores. A razão: eu e o chefe da nossa seção, o Agostinho, um comunista convicto, ficamos encarregados de montar o time da XV de Novembro, e por falta de jogadores, tivemos que unir três sessões que funcionavam no prédio: a nossa, compensação, a conta corrente e o pessoal, e juntamos as iniciais, estampando em camisas bem vermelhas, CCCP, igual a União Soviética. Não preciso falar que foi o nosso único jogo naquele campeonato que prometia grandes emoções, e que na primeira partida fomos expulsos, e isso antes de 1964. No início da semana seguinte, todo mundo ficou preocupado de ser mandado embora, ou pelo menos os responsáveis. Não aconteceu nada, pedi demissão depois de alguns meses e o Agostinho seguiu sua carreira no banco. Fiquei com algumas camisas e as usava por farra.

— Marcão, imagina se fosse depois do golpe de 1964!

IX. A razão do Calabar

Voltamos, bebemos água na torneira do posto de gasolina da esquina da Caio Prado, nos encostamos na parede, e o Companheiro não deu trégua, continuou indagando:

— E o bar Calabar, que funcionou no mesmo endereço da sua casa?

— No ano de 1972, lançaram à venda, apartamentos na planta, na rua Marquês de Itu, no terreno de um destruído casarão da família Prestes Maia. Preservação histórica também era coisa de esquerdista, tanto que só depois da abertura dos anos 1980 é que os historiadores conseguiram conter e ir atrás do que estava se perdendo. Vizinho ao casarão derrubado, o outro, de número 663, conseguiu ser salvo. Ele foi construído em 1896 e era da Santa Casa. Esta instituição, afetada pelas finanças em baixa, não conseguiu impedir o avanço da insolente especulação imobiliária. A casa por dentro foi destruída, ficando só a debilitada parede da frente, para desabar, a qualquer momento, de forma natural e criminosa. Pois bem, o edifício a ser construído, o Carolina Prestes Maia, era financiado pela Caixa Econômica Estadual. Fiquei sabendo através de artistas que o negócio era bom. Adquiri um apartamento que foi entregue no prazo. Meus pais, no início, ficaram receosos de mudarem para o novo endereço, nunca tinham morado nas alturas. Mas, minha mãe, quando viu que ia ser vizinha de Bruna Lombardi, Carlos Alberto Riccelli, Sergio Monte Alegre e outros, ficou encantada. Logo virou grande amiga da mãe do Ney Latorraca. Na rua Dr. Vila Nova acabou ficando o atelier do meu pai, e no espaço que sobrou, uma sala, um quarto grande e uma varanda, comecei a receber os amigos para ouvir boa música, muitas censuradas, e discutir, coisa rara depois de 1968, a política do momento, sempre após as seis da tarde. A turma dos Novos Baianos, antes de criarem uma comunidade na Cantareira, tinha montado um apartamento descontraído na rua General Jardim, que ganhou o nome de "Casa de Deus", e eu achava interessante o clima das reuniões que faziam. Depois que mudaram, o pessoal mais politizado da *Casa de Deus* passou a frequentar as noitadas na minha casa e espalhar para os amigos, o que acabou formando um grande número de pessoas. A ideia maior de todos que iam a minha casa não era a de se "entorpecer além do álcool", mas discutir política e ouvir um som de qualidade. As reuniões cresceram tanto que resolvi montar o Calabar, um nome bem sugestivo, que coloquei antes do Chico Buarque e o Ruy Guerra lançarem sua peça. Na entrada do bar, eu preguei uma placa com os dizeres: "O pior analfabeto é o analfabeto político – Bertold Brecht". Alguém, depois, levou uma foto do Dráusio do MMDC, um daqueles estudantes que morreram em 1932, na praça da República, no movimento constitucionalista, porque ele morava na rua Dr. Vila Nova. Tinha também dois quadros para responder: "Quem morreu e não está sabendo?" e "Qual foi a maior invenção do homem?" Imaginem as respostas, era super engraçado, alguns até censuravam. O Calabar virou um ponto de encontro da esquerda e de artistas de teatro, porque eu abria às seis da tarde e fechava depois do último cliente, sempre depois das três da manhã. A partir da meia noite, por questão de segurança, eu fechava a porta e para entrar tinha que tocar a campainha. Em várias ocasiões eu encerrei o expediente depois das dez da manhã. Antes do Calabar, e mesmo depois de fechado, alguns amigos transformaram a minha casa num ponto de debates e para guardar e distribuir várias publicações. Tudo começou porque eu, desde garoto, sempre gostei de guardar jornais e revistas interessantes, com fatos históricos da política e do futebol. As discussões sobre as experiências da revolução cubana e Che Guevara, o maoísmo, e os ensinamentos do vietcongue Ho Chi Minh varavam horas. Eu tinha uma prima mais velha, que era do partidão, que trazia pra gente, bem antes de 1964, as revistas *Cuba* e *União Soviética,* bem como o jornal *Voz Operária* da década de 1950, e os mimeografados pós 1964, que depois passou a se chamar *Voz da Unidade*. Após o golpe, ela, com receio, deixou comigo sua coleção de material "subversivo", diminuiu suas visitas e sumiu, não sei se está viva ou morta, ainda vou pesquisar. Na época mais pesada da ditadura, às vezes, um só exemplar clandestino rodava e muita gente lia, diferente dos livros, que eu emprestava e sumia, ninguém devolvia. No meio da turma que ia em casa, grande e heterogênea, nunca teve confusão em razão de tendências. Eu emprestava para todos, exemplares raros, que iam desde o *Novos Rumos* do PCB e *Brasil Urgente*, fechados em 1964, e para o próprio pessoal da própria AP. Eu tinha todas as primeiras *Veja*, que eram bem mais democráticas. Dentro de casa, a militância distribuía, ou vendia de tudo: *O Trabalho*, da trotskista Libelu (Liberdade e Luta); *Refazendo*, da AP e MR8; *Caminhando*, do PCdoB; *Versus, Repórter, Luta Operária, Coojornal, Em tempo, Ex-, Preto no Branco, Convergência Socialista, Independência Operária, O São Paulo*, da Cúria Metropolitana, que o Rivaldo Chinem nos levava em primeira mão, e tantas outras, vindas de todos os lugares. Havia muito material impresso, bem escrito e infelizmente pouco lido. A quantidade desses textos livres, mimeografados, muitos com excelentes ilustrações, foi muito grande, dava tristeza ver aquele material tão útil não conseguir chegar as pessoas certas. Só dois exemplares, A *revolução na revolução* de Régis Debray, em livro, e o *Mini Manual do Guerrilheiro Urbano*, do Carlos Marighela, mimeografado, eu não emprestava para ninguém, tinha que ler ali mesmo. Um distraído, um dia levou os dois, foram buscar na casa dele. Em 1970, na rede de supermercados Pão de Açúcar, surgiu um guia de informações sobre a cidade, chamado *Bondinho*, que era distribuído gratuitamente, e o pessoal que fazia também nos levava, assim que saia. Muito interessante, logo foi para as bancas e encerrou suas atividades em 72. Essas publicações, estilo *Realidade*, que ainda tenho os dez primeiros números e mais alguns, romperam com aquela frieza das publicações tradicionais e colocaram o leitor no campo do questionamento dos fatos, com matérias cruas, amplas e belas fotos, num exercício de liberdade e cultura. Essas publicações duravam pouco, mesmo driblando a censura, uma hora a editora não aguentava, e todos iam para a cadeia. Um registro importante também, no meio daquela escuridão, foi o lançamento de um livro/revista chamado *Argumento*, da editora Paz e Terra, do Fernando Gasparian, com excelentes artigos ilustrados pelo Elifas Andreatto, que também confeccionou capas de discos antológicas. Para variar, não passou do quarto número. Na minha casa também corriam vários panfletos clandestinos que muitas vezes nem conseguia ler, e a lista que o pessoal começou a fazer, e que sempre aumentava, dos presos e desaparecidos políticos. Escondia esses materiais debaixo de duas camas de solteiro que ficavam em casa. Eu tinha muito cuidado, e um pouco de medo; o receio maior era com os meus pais, eles não avaliavam o risco daquele vai e vem. Num alarme falso que recebi, tive que desovar todas as minhas revistas *Cuba* e *União Soviética* debaixo das árvores da praça Leopoldo Fróes.

— Quando eu vejo o que faz hoje quem pertenceu a esses segmentos, principalmente da Libelu, fico pasmo. Como pode um ser humano mudar seus ideais tão radicalmente? – exclamou o Rômulo.

— Acho que a maioria, dentro de suas áreas, ainda conserva uma fleuma idealista! Ser esquerdista exige muito sacrifício, e muitos só permanecem nesta luta se vierem nesse ambiente desde criança. A maioria dos burgueses, e pobres desinformados, rebeldes na juventude, depois de formados, se acertarem minimamente suas vidas, profissional e economicamente, se indireitam de novo – observei.

— Claro que há raras exceções... Vocês lembram, que baseado no filme *L'armata Brancaleone*, o pessoal da Libelu gritava: "Branca! Branca! Branca! Leon! Leon! Leon!", Era uma referência ao primeiro nome de Trótski. – brincou o Companheiro.

O Rômulo continuou:

— No meio daquelas publicações heroicas, fui fã do *Pasquim*! Que maravilha ter aquela luz no meio daquela escuridão reinante. Argh! Que alívio e prazer comprar a edição fresquinha, ops, que chegava às bancas. Interessante que ele surgiu na época em que o regime militar começava a endurecer, em 1969, e um ano antes do lançamento do *Charlie Hebdo*, em Paris. Chegou a tirar mais de duzentos mil exemplares e durou até 1991. Os incêndios em bancas que vendiam publicações que contestavam o regime eram constantes, prejudicavam as vendas, e as editoras não aguentavam. O Jaguar com o seu Sig, o camundongo que caracterizou o *Pasquim*, comandou a patota formada pelo Millôr Fernandes, autor de haikais e de traços breves e contundentes nas críticas; Paulo Francis, que selecionava e envenenava o noticiário internacional, obrigando os leitores a limar sua bílis; Henfil, com suas criações sarcásticas do cotidiano; Ziraldo, mais leve no humor; Tarso de Castro, Sérgio Cabral, Prósperi, Claudius, Fortuna, Ivan Lessa, Sergio Augusto, Caulus, Redi, Miguel Paiva, Luis Carlos Maciel e outros tantos colaboradores, como os artistas da MPB que aguentaram e levaram a publicação adiante em 1970. Nesse ano, o Pasquim foi invadido pela polícia, que prendeu todos que estavam na redação, dizem, até o Sig. Participando por fora, o global Nelson Motta já subia na carroceria da música brasileira. Essa patota sempre foi irreverente, não tinha hierarquia na redação e, como diziam, raciocinavam em bloco. Se cometeram exageros, foi uma permissão, diante das arbitrariedades cometidas pelo regime militar. Para mim, o *Pasquim* foi um dos poucos protagonistas históricos, que lutou de forma constante, contra as baionetas pontiagudas. Seus instrumentos foram muito mais contundentes.

— Talvez o único acontecimento em que o *Pasquim* perdeu o rebolado foi quando o Fernando Gabeira exibiu sua tanga de crochê, esquentou até a frieza do Jaguar. Anos depois tentaram reanimar a publicação, mas destoou no tempo, ficou anacrônico, o primeiro foi mais necessário e marcou uma época... Pessoal, deixa eu continuar na história do Calabar. Certa vez, antes do meio dia, tocou a campainha desse nosso bar e atelier. Olhei lá de dentro e vi que era o José Papa Junior, diretor da Federação do Comércio, Sesc-Senac, um extrema-direita que mais tarde confessou ter patrocinado, junto com empresas nacionais e multinacionais, a OBAN, Operação Bandeirantes, o ascendente órgão repressivo do Exército contra as esquerdas. Fiquei cabreiro, o cara era governista, mas abri a porta e o atendi na calçada. Ele, gentilmente, narrou que muitas vezes descia a rua, vindo da Maria Antonia, e que achava estranha aquela casa fechada, com luzes amarelas lá dentro, e um som gostoso, interessante e de qualidade. Agradeci, falei que era um bar de artistas, a maioria de teatro, e à tarde era um atelier de pintura em porcelana. Ele ficou espantado, não quis entrar e agradeceu por ter matado a sua curiosidade. O bar despertava a atenção de quem passava, pelas músicas, a maioria censurada, e os discursos malucos que eu fazia na porta, principalmente para o pessoal que ficava na fila para entrar no Anchieta, teatro que fica quase em frente onde era o bar.

— Eu lembro dessas maluquices. Você alegava que era um happening, hoje mais conhecido como intervenção, e chamava indiretamente todo mundo de alienado. Quebrou um disco, acho que do Dom e Ravel, na cabeça de um cara, na porta do teatro Anchieta. Não sei como não foi preso! – observou o Companheiro.

— O medo tomava conta do povo. O pessoal da fila fazia sinal de positivo e raramente alguém se manifestava, e os que queriam depois entrar no bar faziam com o maior receio. A música que mais tocava, em alto e bom som, era o *Apesar de Você* do Chico Buarque. Dele, a gente tocava também *Roda Viva, Quando o carnaval chegar, Calabar* e outras significativas. No repertório também tinha, entre tantas produções contestadoras, as músicas de protesto de Geraldo Vandré, Gonzaguinha, com *Comportamento Geral,* MPB4, *Cabeça* do Walter Franco, *Procissão* do Gilberto Gil, *Diz, Aparecida* do Ivan Lins, poemas de Carlos Drumond de Andrade e a antológica gravação do discurso do Caetano Veloso no Tuca, em setembro de 1968. Nesta apresentação, sob vários objetos jogados da plateia, ele reclamou de ser proibido de cantar *É proibido proibir*. Uma composição inspirada no movimento parisiense de maio daquele ano, onde tudo se ousou. Interrompida a apresentação musical, veio o discurso, no meio das guitarras dos Mutantes. Ele disse, resumindo: "Vocês não estão entendendo nada, nada, absolutamente nada. Hoje não tem Fernando Pessoa. Quem teve a coragem de assumir essa estrutura de festival e fazê-la explodir foi Gilberto Gil e fui eu. Vocês não diferem em nada daqueles que foram ao Roda Viva espancar os atores! Viva Cacilda Becker! Eu e o Gil tivemos coragem de entrar em todas as estruturas e sair de todas. E vocês? Se forem em política como são em estética, estamos feitos! Chega!" Quem no bar ouvia esse discurso pedia para repetir duas, três vezes, era uma loucura. Um pessoal da pesada tinha trazido do Chile uma fita com as canções de protesto do Manduka, um músico brasileiro, filho do poeta Thiago de Mello, que por lá estava, e as censuradas da Mercedes Sosa. Todo mundo gostava, mas não sabia quem era esse brasileiro vivendo no Chile. Manduka depois voltou ao Brasil e, embora tenha feito um trabalho muito rico pela cultura brasileira, está sendo pouco lembrado. Ele morreu em 2004 e foi, além de músico, artista plástico e escritor. Viveu no Chile, México, Cuba e Europa. Fez trabalhos com Geraldo Vandré, Augusto Boal, Dominguinhos e o percussionista Naná Vasconcelos. Ganhou festivais e no Brasil trabalhou na Rede Globo, onde também recebeu prêmios internacionais pelo seu trabalho. O irônico nessa história de músicas proibidas é que a censura recolhia esses discos pelas principais lojas da cidade, mas esquecia das pequenas, principalmente de uma que ficava no largo General Osório, quase em frente ao DOPS. O dono era um velhinho esquerdista, ex-artista de circo, morador na rua Cesário Mota Junior, e avisava a gente das novidades. Nunca ninguém desconfiou.

O Companheiro lembrou de uma passagem interessante e comentou:

— Marcão, um nosso amigo de infância, o Itamar, trabalhava numa agência de publicidade na rua Minas Gerais, e fiquei sabendo que ele te levou, em primeira mão, a melhor pesquisa que eu considero sobre a música brasileira. Foi feita em todas as regiões do país, com excepcional qualidade, pelo dono dessa agência, que foi um dos nossos maiores pesquisadores musicais, o Marcus Pereira. Ele, como publicitário, inovou ao lançar o café Pelé na primeira página da *Folha de S. Paulo*; e como incentivador da música brasileira, criou a Discos Marcus Pereira, lançando Cartola aos 66 anos, e outros preciosos músicos que estavam no fim da vida e totalmente esquecidos. E com o Luiz Carlos Paraná, fundou o Jogral na galeria

Metrópole, que depois mudou para a rua Avanhandava e encerrou as atividades na rua Maceió. Por ser amigo do português José Afonso, grande participante da Revolução dos Cravos, em Portugal, e ter lançado no Brasil a música *Grândola Vila Morena,* Marcus Pereira foi perseguido pelo DOPS.

— Depois de uma bola de futebol que ganhei dos meus pais quando era moleque, foi o melhor presente de Natal que recebi. Foi uma retribuição a uns discos que tinha dado ao Itamar, para ajudá-lo numa pesquisa. Eram alguns 78 rotações da Rozenblit, selo Mocambo, do grande compositor nordestino Nelson Ferreira, eu tinha a Evocações número 1 e só faltava alguns até o número 7, uma das principais obras sobre o frevo. Amigos ingratos desfiguraram a minha coleção do Marcus Pereira, levando alguns discos e não devolvendo, ainda tenho uma parte. Voltando ao Calabar, interessante também era a forma que eu administrava tudo aquilo, sozinho. Nas prateleiras da cozinha, que tinha sido da minha mãe, eu guardava um estoque de bebidas destiladas e os condimentos necessários. Em duas geladeiras, as cervejas de garrafa, não se comercializavam latinhas. Em outras pequenas prateleiras, em cima da pia, eu mantinha prontos os únicos petiscos da casa. A linguiça calabresa seca cortada em vinte e duas rodelas grandes, que numa frigideira tefal eu fritava com um pouco de água até secar. E o queijo provolone em fatias grandes, cortado em oito pedaços, com azeite e orégano. Nada de pão. Servia e recebia os valores no próprio balcão. Muitas vezes o pessoal do teatro chegava de madrugada e trazia alguma coisa comprada ou furtada, até frango congelado, muitas vezes do supermercado Eletro da praça Roosevelt, o único que ficava aberto vinte e quatro horas. Eu me virava e inventava na hora um rango para os esfomeados. Sempre deu certo.

O Remo cobrou de estarmos tanto tempo parado, e recomeçamos nossos passos. Atravessamos a Caio Prado e calmamente a enorme faixa de pedestres da agora avenida Consolação, travessia totalmente lotada e agitada. Começamos a entrar na rua Maria Antonia, o Rômulo comprou dois maços de cigarros e enquanto abria, paramos novamente. E lá veio nova pergunta para mim: "Eu soube que vocês do Calabar fizeram uma passeata em defesa do teatro Leopoldo Fróes?" – indagou o Companheiro.

— Não foi bem uma passeata, como noticiado na época. Foi o seguinte: uma turma de artistas e frequentadores do bar, numa noite, começou a recordar da infância no bairro, porque muitos tinham a mesma idade e moravam nas imediações. Estavam revoltados com a destruição do teatro Leopoldo Fróes e a decadência da cultura infantil em razão do regime político que vivíamos. Cada um ficou de encontrar mais contemporâneos, e todos concordaram em marcar uma data para fazer alguma coisa. Passaram alguns dias e surgiu a ideia de um encontro na frente do antigo teatro. Marcaram a data e todos se reuniram na porta do Calabar, num sábado às onze da manhã. Tinha muita gente e alguns repórteres. Depois do meio dia, descemos a rua Dr. Vila Nova na maior farra e paramos no espaço ao lado da quadra, em frente de onde era a entrada principal do teatro. Nessa rua, a General Jardim, ninguém esqueceu da tradicional Escola de Sociologia e Política de São Paulo, cujos alunos participaram ativamente do movimento estudantil de 1968, e alguns acabaram presos e outros desaparecidos. Também na mesma rua, número 182, do importante teatro Aliança Francesa, inaugurado justamente em março de 1964. Para o nosso encontro, ninguém conseguiu levar nenhuma ex-professora e também não localizaram o Roberto Piva, que morava na Major Sertório, edifício Jacobina, em frente à biblioteca infantil, um consagrado poeta da geração beat, que gostava de declamar, na praça, seus versos eróticos e ideias místicas. Conforme combinado, as meninas levaram salgadinhos, lanches, tortas, e os homens garrafões de vinho, estava muito frio. Foi um piquenique cultural. Encenaram parte de peças de teatro, fizeram comício, contaram piada, imitaram celebridades, dançaram, foi inesquecível. Deram a ideia de uma passeata maior, mas ninguém quis sair dali, o trauma de 1968 ainda estava na memória. Os rapazes lamentaram terem esquecido de levar algum objeto do passado, porque cada um lembrou de uma diversão infantil: pião, bolinha de gude, peteca, patins, jogo de taco, tamboréu, patinete, bilboquê, corda, bola de meia para queimada, tudo que evocava as brincadeiras sadias que eram praticadas e que estão no caminho da extinção, até a de apertar a campainha das casas e sair correndo, ao invés de entrar nas casas, amarrar, barbarizar, ou matar as famílias, como estamos vivendo na rotina do momento. As meninas lembraram do passa anel, amarelinha e das músicas politicamente incorretas como "atirei o pau no gato e o gato não morreu..." e "...ter filhos que não possa sustentar." Alguém não esqueceu das pipas sem cerol que empinavam na praça Roosevelt, e os enroladinhos de papel com ponta, que não era maconha, para atirar, através de um canudinho qualquer, nas casas de abelhas. E um outro lembrou dos carrinhos de rolimã que a turma descia, com um pedaço de pau como breque, pelas calçadas ao lado da Santa Casa, na Marquês de Itu, incomodando os doentes.

— E veja que no tempo que essa turma que você está falando protestava, e já evocava o passado, não tinha celular, nem internet, nem computador. Se eles soubessem, na época, que as crianças de hoje não brincam, nem conversam entre si... E que até quando vão ao banheiro levam o tal de smartphone, tablet, videogame... nunca iam acreditar – comentou o Rômulo.

— Tem razão. E a situação de hoje é quase sem saída, porque os pais, amarrados, nada podem fazer. É como disse, o progresso tecnológico foi muito rápido: o homem não está preparado para ter nem uma panela de pressão. As crianças estão desnecessariamente hiperativas e, muitas, em razão do sedentarismo, já apresentam deformidade nas vértebras, tendinite nos dedos, desgaste nos olhos e sofrem publicamente com a famigerada obesidade. Em casa, as mães com remorso de deixarem os filhos em creches e jardins da infância, deixam as crianças conviverem, no pouco tempo que ficam juntas, e ocupada nas tarefas da casa, num excesso de liberdade. A molecada acaba ficando folgada, indiferente, egoísta e sem sentimento de culpa. Parecem que são de uma geração já interada com a robótica. Estamos roubados!... Voltando àquele encontro na praça que hoje se chama Rotary, lá pela tarde, sem razão nenhuma, algum vizinho chamou uma viatura da polícia. Chegaram, todo mundo ficou quieto, desceram, viram todo mundo comendo, falamos que era para comemorar alguns aniversários, não entenderam nada e foram embora. O teatro Leopoldo Fróes foi inaugurado em 1952, como um espaço infantil, embora artistas como a maravilhosa Cacilda Becker tenham encenado concorridas peças para adultos no período da noite. Durante vinte anos, bem ou mal, serviu de complemento para a biblioteca infantil Monteiro Lobato, ao lado. Porque em 1972, sempre esse ano, o teatro foi derrubado, para mim, criminosamente. Não havia motivo, a não ser o de brecar o desenvolvimento de cabeças mais pensantes. Prometeram criar um centro de artes, mentira, abandonaram o entulho e só muito depois fizeram uma quadra para futebol de salão e um parquinho bem mixuruca para as crianças. E toda essa "grande" obra se encontra até hoje por lá. Em 1974, a praça que era conhecida como Leopoldo Fróes passou oficialmente a se chamar praça Rotary. Nesse encontro, o pessoal também lembrou da biblioteca infantil. Ela partiu de uma iniciativa pioneira, de um grupo de intelectuais preocupados com a cultura, e foi criada em 1936 por Mário de Andrade. Ele era diretor do Departamento Municipal de Cultura e nomeou a dedicada educadora Lenyra Camargo Fraccaroli para organizar, numa pequena casa da rua Major Sertório, o patrimônio dessa biblioteca que posteriormente passou para um casarão, do senador Rodolfo Miranda, na rua General Jardim. A professora Lenyra permaneceu nesse seu trabalho até 1962. Não confundir com outra, na mesma época, que também se dedicou à cultura infantil e que fundou a *Folhinha de S. Paulo*, que foi a Lenita Miranda de Figueiredo, a famosa tia Lenita, estupidamente torturada no DOPS. Na biblioteca infantil, desde a fundação, também foi criado um jornal de nome *A Voz da Infância*, onde adultos famosos, como Monteiro Lobato, liam e davam opiniões. Em 1950, na véspera do Natal, a criançada recebeu um grande presente, o prédio novo da biblioteca, onde se encontra até hoje. Em 1955, a biblioteca infantil recebeu o nome de Monteiro Lobato, que tinha falecido em 1948. Em 1965 foi criado o Timol – Teatro Infantil Monteiro Lobato, onde dois dedicados nomes, hoje consagrados na dramaturgia, Iacov Hillel e Marcos Caruso, iniciaram um trabalho que ainda permanece em atividade. O pessoal antigo também lembrou das professoras: a dona Sula, que exigia muita atenção no ensino do xadrez. Ela criou uma turma tão boa que alguns alunos foram participar do clube do xadrez que ficava na rua Araujo; a dona Norma, ensinando passos de danças numa discoteca muito bem selecionada; também lembraram da dona Maria Amélia e do dedicado grupo que ensinava e apresentava um teatro de fantoches, muito bem organizado, e que sempre se apresentava, para uma grande plateia infantil, tanto no espaço interno, ou nos jardins da praça, para o público externo. Todas as segundas-feiras, à tarde, as professoras organizavam duas sessões de cinema no espaço do teatro Leopoldo Fróes. Eram filmes selecionados que prendiam a atenção de todos. O teatro lotava e todos se comportavam durante as exibições. Para conseguir os ingressos, os jovens tinham que ler durante uma hora, em qualquer dia da semana, um livro curto ou páginas de uma obra indicada pelas professoras. Essa leitura de uma hora também era obrigatória para quem quisesse ter acesso à gibiteca, onde depois podia ficar à vontade. Tinha garoto que ficava lendo gibi até a biblioteca fechar, eu era um deles. Depois desse piquenique cultural que você achava ser uma passeata, os participantes resolveram criar um abaixo-assinado para encaminhar a algum órgão da prefeitura, criticando a destruição do teatro, pedindo uma maior atenção do poder público com a histórica biblioteca infantil e a volta do nome da praça para Leopoldo Fróes. Sinceramente, não sei no que deu tudo isso.

— Algum órgão público deve ter encaminhado para a cesta seção – ironizou o Rômulo, que completou: — Acho que foram vários happenings intercalados!

Respondi:

— Não nego que sempre gostei dessas ações na rua, com conteúdo. Frequentei a Escola Brasil, em 1970, com os artistas Baravelli, Fajardo, Resende e Nasser, que, inspirados no que já tinha desenvolvido o experiente Wesley Duke Lee, criaram instalações, sem rigor pedagógico, que incentivava a captação e a criação dos alunos. Acabei participando do V Jovem Arte Contemporânea da USP, da Bienal Nacional e de outras manifestações. Por fazer instalações agressivas e colocar uma panfletagem muito pesada e radical na minha arte, fiquei um pouco isolado. Participei muito de grupos que faziam essas performances e discursos relâmpagos na rua, depois diminuí o ritmo.

— Rômulo, você não estava, mas lembrei de uma ação de rua que prosperou, e ela pode ser enquadrada dentro dessas performances que vocês estão falando. Uma ocasião, após um aniversário na Bela Vista, eu fui embora e três meninas ficaram para pegar carona no fusca do Marcão. Depois, elas me contaram o que esse maluco e o Daniel acabaram fazendo na avenida 23 de Maio, ainda em construção. Conta aí!

— Só existia uma pista em direção ao aeroporto, era madrugada, pouco trânsito. Paramos logo no início para mijar e acabamos pondo em prática uma ideia que surgiu naquele momento. Chovia, e resolvemos pegar umas mudas de seringueira que a minha mãe tinha deixado no banco de trás do carro, e enfiar aleatoriamente no meio daquele canteiro cheio de barro. As meninas gostaram, acharam umas madeirinhas e pedrinhas, e colocaram em volta das mudas. Resultado, os caras que trabalhavam na obra pensaram que a prefeitura já estava arborizando a área, não mexeram em nada. Até hoje estão lá, essas sete ou oito árvores enormes, na parte mais larga, algumas quase invadindo a pista, sentido aeroporto. Depois, esse maluco aqui se entusiasmou e plantou um abacateiro e uma árvore comum em frente de casa, na Vila Nova, mudas que também pegaram, viraram árvores gigantescas e estão lá...

— Para continuar na rua Dr. Vila Nova, só mais uma, a escola de samba? – perguntou o Companheiro.

— Tínhamos acabado de assistir o desfile das escolas de samba na avenida Rio Branco, em 1965, no centenário do Rio de Janeiro. Entusiasmado, voltei com esta ideia alucinante de montar uma escola de samba. Ela evoluiu, alguns marmanjos do Som de Cristal gostaram, os alunos da economia fizeram uma lista de adesões e promoveram até uma festa para arrecadar dinheiro. Ia se chamar Escola de Samba Império da Vila Buarque, nas cores branca, verde e vermelho. Fizemos um plano bem interessante, a ideia rolou por alguns meses, mas terminou porque nós, moleques sonhadores, espertos, mas ingênuos, não procuramos patrocínio legal, contraventores ou algum mecenas interessado em lavar dinheiro. O arrecadado acabou ficando para o futebol de salão do Vila Nova.

— Agora chega, vamos voltar aos assuntos políticos - cobrou o Companheiro, que continuou: — Marcão, a gente está falando muito do ano de 1972. Para mim, por inúmeras razões, esse período se resume numa só palavra qualificadora, o ano do mau. Se os anos dourados tinha desaguado em 1968, com fatos inesquecíveis, um paraíso delirante, quatro anos depois também houve um descarrego, só que de fogo, tudo virou um inferno em chamas. Parece que os anos anteriores a 1972 represaram tudo que não prestava para o país. Embora bom, esqueci muita coisa de 1968, mas esse desabar de 1972 foi um martírio tão grande que sou capaz de lembrar os seus 365 dias. É claro que fatos terríveis ocorreram depois desse ano, mas para mim, foi o período que perdi covardemente os amigos mais próximos, me revoltei, me engajei na luta armada e fiz o que pude para protestar e reagir. Durante esse ano, foram poucos os acontecimentos bons e marcantes, só lembro de um, quando assisti ao lançamento do jornal *Opinião,* do Fernando Gasparian, um tabloide com matérias nacionais de alto nível, traduções do francês *Le Monde* e o inglês *The Guardian*, foi um alívio intelectual. Ele foi formado por algumas boas cabeças que vieram do Centro Brasileiro de Análise e Planejamento, o CEBRAP, que por ironia ainda é patrocinado pelos Rockfellers da Ford. Tinha alguns amigos na gráfica e recebia quase todos os números, que mais tarde doei para um professor levar para a Unicamp. Em 1975, apareceu um outro, nos mesmos moldes, o *Movimento*, do Raimundo Pereira, e um grande número de intelectuais e ilustradores. Ameaças, prisões e incêndios em bancas também decretaram o fim dessas publicações, que duraram de cinco a seis anos, numa carência intelectual até hoje sentida. Marcante também nesse ano foram as ações de campo, quando a guerrilha do Araguaia cresceu e ganhou grandes batalhas.

O Rômulo lembrou:

— Foi o ano também que o governo militar comemorou, a seu modo, o sesquicentenário da independência do Brasil. As comemorações entraram pelo ano. E no dia 7 de setembro foi festejado aqui em São Paulo, os 150 anos da proclamação da liberdade do país do reino português. Para encenar, trouxeram de Portugal os restos mortais do imperador D. Pedro I. Eu vejo a história da humanidade com reservas, ela quase sempre foi escrita por quem tem o poder. E veja as coincidências do que falo, nesse ano de 72, foi preso por esses bloqueados mentais do regime militar, o mestre Joel Rufino dos Santos, um dos maiores conhecedores da nossa cultura negra. Eu sempre o admirei, porque, embora historiador, confiava mais na literatura do que na história.

Continuei:

— Pessoal, o governo Médici tentava apresentar ao mundo o tal "milagre econômico brasileiro", ou simplesmente o "milagre brasileiro". Uma política econômica que estimulava e facilitava a concentração de renda dos ricos e aumentava a pobreza através de um dissimulado arrocho salarial. Os velhacos, que já tinham muito, tiveram todas as facilidades para ter muito mais. Os grandes empresários bajuladores e oportunistas, ao lado do regime, tinham livre acesso às grandes empresas estatais. Esburacaram o dinheiro da previdência para a construção de obras faraônicas e suspeitas, onde as grandes construtoras começaram a ter um poder de manobra, tanto em obras, como em eleições, incontrolável. Como comentamos, a corrupção corria solta e a imprensa, censurada, nada podia fazer. Aumentaram a dívida externa e criaram uma incontrolável inflação galopante. Iludiram os trabalhadores do campo, que sem destino fixo, acabaram nos grandes centros urbanos, aumento, o subemprego e o número incalculável de favelas. O economista Celso Furtado, porque escreveu um magnífico e realista levantamento sobre a *Formação Econômica do Brasil*, e foi o estrategista da Sudene, Superintendência do Desenvolvimento do Nordeste, que feria interesses sedimentados, foi cassado pela ditadura. A Sudene incomodava, porque foi criada para bater de frente com os coronéis e suas indústrias da seca. E incentivava investimentos diversificados na região, para evitar que toda essa área ficasse à mercê dessa meia dúzia de donos ou de monopólios externos. Como era de se esperar, a Sudene foi totalmente enfraquecida depois de 1964. A inflação disparou por incompetência, diferente dos dias de hoje, estimulada para desestabilizar governos populares. O pobre perdeu de vista sua distância do rico e na bolsa de valores a "bolha especulativa" disparou e foi estourar mais tarde nos governos democráticos. Era a filosofia do doente regime militar, onde uma simples reclamação mais forte de um trabalhador comum, afetado seus direitos, era enquadrada como uma atitude comunista. Chico Buarque, censurado, teve que inventar o pseudônimo de Julinho da Adelaide para protestar na música. Contra essa política econômica, ele compôs uma música que no meio dizia: "...É o milagre brasileiro/

Quanto mais trabalho/ Menos vejo dinheiro..." Foi uma época ufanista, com as músicas engajadas da dupla Dom e Ravel, como *Você também é responsável* que o ministro da Educação, Jarbas Passarinho, colocou como hino do manejado Mobral. Dos mesmos autores foi a artificiosa *Eu te amo, meu Brasil*, tocada e cantada pelo conjunto *Os Incríveis*. Um plástico era distribuido para ser colocado nos automóveis com os irritantes e provocantes dizeres ufanistas: "Brasil, ame-o ou deixe-o".

O Rômulo continuou:

— A programação ao público do sesquicentenário foi cheia de pão e circo, e no meio das frases tipo "ninguém segura esse país" foi inventada uma mini copa do mundo de futebol. Criaram uma "Taça Internacional Independência de Futebol" ou simplesmente "Taça Independência". Em razão das torturas que rolavam pelo país, e ninguém na época divulgou isso, várias nações foram convidadas e se recusaram a participar daquela armação. Alemanha Ocidental, Áustria, Bélgica, Espanha, Holanda, Itália e Inglaterra, além de não comparecerem, enviaram poucos jornalistas. A repercussão internacional foi pífia e os ditadores de plantão ainda tiveram que engolir três países comunistas: URSS, Iugoslávia e Tchecoslováquia. E dois remendos, as seleções da África e da América Central e Norte. A final foi no Maracanã, com uma vitória do independente Brasil sobre os colonizadores portugueses por 1x0, gol de Jairzinho no final da partida. Eu estava lá, aguardando uma manifestação que não deu certo, muita repressão. Cuidadosamente, o pessoal só espalhou alguns panfletos.

Continuei em 1972:

— Esse jogo teve uma comemoração popular ridícula, para o governo, uma festa embriagadora. No fim, ficou como os homens do regime queriam. Eles também se aproveitaram de um filme pronto, sem recurso oficial, do cineasta Carlos Coimbra, chamado *Independência ou Morte*, para jogar para a plateia. A produção, com a participação de Tarcísio Meira e Glória Menezes, ficou com a sensação de que era para comemorar aquela festa militarizada... Ainda em 1972, lembro de um episódio meio surrealista. Era uma sexta-feira, e dois amigos na clandestinidade apertaram a campainha de casa e entraram correndo. Claro que levei um susto. Tinha conhecido melhor os dois numa viagem maluca pelo rio São Francisco, em 1967, onde já estavam num trabalho político. Na volta para São Paulo, ficamos mais próximos e participamos de vários encontros, e embora soubesse da situação deles, há muito tempo não os via. Eles foram objetivos, queriam a minha ajuda para pichar, de madrugada, as paredes do teatro municipal ou imediações, a região do Ibirapuera e a o clube Pinheiros. Nesses locais, no sábado, haveria comemorações com o governador dos milicos, Laudo Natel, vários políticos e militares envolvidos no regime. A ditadura tinha convidado vários gringos para as festas, o que motivou ainda mais as pichações. Não lembro das várias frases propostas, mas a maioria era sobre o sesquicentenário. Topei a parada, marquei o local para o encontro e fui no meu carro, com o Daniel e a Vitorinha, dois companheiros que moravam em casa. Nós três levamos duas latas de tinta látex branca, tingidas de preto, e duas brochas, material que tínhamos em casa. No carro deles, os dois também estavam com tinta e pincel. Eram duas horas da manhã, rodamos o teatro e não encontramos condições seguras para executar aquela ação. Os dois companheiros na clandestinidade ficaram extremamente nervosos, mas não teve jeito, muitas viaturas rodando. Nas imediações da Assembléia Legislativa e do Círculo Militar, com todo o risco de estarmos próximo do comando do II Exército, demos cobertura para que eles pichassem tranquilamente toda a região, e mais a avenida Brigadeiro e o parque do Ibirapuera, uma loucura. Nos dispersamos e voltamos a nos encontrar próximo do portão principal do clube Pinheiros, na rua Tucumã. Eram quase quatro horas da manhã, não tinha ninguém na rua, cada um ficou num ponto estratégico e sobrou para mim, mais calmo e que tinha uma letra melhor, escrever a frase principal, na porta do clube, local que eles elegeram para a principal pichação. Não entendi o porquê da escolha da frase, mas não discuti, disseram que era coisa resolvida, alegando que pessoas certas iriam ler e refletir sobre a pichação. Antes, os dois já tinham escrito, rapidamente, com a nossa cobertura, em vários pontos da região, a frase padrão: "Abaixo a ditadura". Uma neblina forte ajudava, mas também colocava em risco aquelas ações. Mas me concentrei e fiquei mais de meia hora escrevendo, em letras grandes e grossas a frase proposta: "Liberdade? Que ironia!", bem na entrada do clube. Sempre preocupado com algum guarda noturno na porta, e imaginando que estivessem dormindo, fomos surpreendidos por um vigilante, um senhor que ficou mais apavorado do que nós. A sorte é que já tínhamos terminado a escrita e já guardávamos o material. Não deu outra, entramos rápido no carro e fugimos em disparada, preocupados com a anotação da placa. Não precisa dizer que saí dali com a garganta seca, louco para tomar um mé. Mais adiante, os dois clandestinos simplesmente abraçaram a gente, acharam tudo engraçado, agradeceram e disseram que tinham que sumir. Às onze horas da manhã daquele dia, junto com o casal de companheiros, voltamos, e corremos o risco de passarmos rápido em frente ao portão do clube para ver os acontecimentos. Um quantidade enorme de autoridades nas imediações, e para a nossa surpresa e euforia, a frase estava lá, talvez por ser muito grande ou terem ficado constrangidos de apagar aquilo na frente dos estrangeiros, sei lá o que rolou. Só sei que ficamos extremamente felizes porque valeu o sacrifício. Depois da tensão, também demos muitas risadas. Para curtir mais, retornamos à tarde, e aí já tinham encoberto a pichação, pintaram toda a parede de azul escuro, a cor do clube.

— Se esses dois que você fala foram presos depois pelo Cenimar, órgão repressor da Marinha, eu os conheci. Depois do rio São Francisco, eles fizeram um levantamento do impressionante vale do Jequitinhonha – comentou o Companheiro.

— Sim, em algum momento você os conheceu, estavam no seu grupo de ação! Um era carioca, e por ter trabalhado em pesquisas marítimas, foi encaminhado para a ilha das Flores, no Rio de Janeiro, para morrer no mar, e o outro, passados alguns anos, por atirar bem, foi metralhado na rua, numa "casa de caboclo", naquela velha cilada montada pelos órgãos de segurança.

— Eram eles mesmos. Vocês fizeram um levantamento muito legal do rio São Francisco!

— Eu não, eles! Como eu disse, o carioca era biólogo e o outro, pernambucano, era geógrafo. Foi uma aventura bem interessante no Velho Chico. Já que você lembrou, posso contar?

— Mais uma... pode!

— Saí de Belo Horizonte com um grupo de amigos e fomos até Pirapora, embarcamos numa gaiola da Companhia de Navegação do rio São Francisco, e ficamos nela por volta de quinze dias, até a chegada em Juazeiro, na Bahia, onde tem uma ponte que a liga a Petrolina, em Pernambuco. O percurso pelo rio chega a quase 1.400 km, e essas gaiolas, depois desativadas, com aquelas enormes pás girando a água para o barco se mover, são as mesmas que ainda percorrem o rio Mississippi e que os norte-americanos exploram muito bem na cidade de New Orleans e outros rios turísticos pelo país. Fizemos essa viagem no segundo semestre de 1967. Um amigo que estava com a gente, e que entrou mais tarde no Ballet Stagium, contou que, depois de alguns anos, o grupo fez a mesma viagem, em 1974, só que já numa barca, mas que foi extremamente gratificante. Pois bem, em Pirapora, embarcamos bem cedo, e o capitão do barco, um moreno alto e forte, com uma farda decorada de medalhas, impunha respeito e muito medo, principalmente nos turistas jovens, brasileiros e estrangeiros, que pensaram: "Que desgraça, vamos ter que ficar quase vinte dias com esse cara!" No segundo dia, para piorar, depois de observar e encarar todo mundo, esse capitão convocou todos os jovens turistas para uma reunião, na cobertura do barco, à noite. Óbvio que ficamos assustados e alguns apavorados. Na reunião ele foi objetivo: "Eu sei que vocês fumam maconha e vão tentar me fazer de bobo!", e continuou: "Vocês viram que o andar de baixo é frequentado pela população ribeirinha, todos aqui do primeiro andar são privilegiados, não quero conflitos e vou pedir três coisas; primeira, vou ficar muito irritado se vocês fumarem essa droga entre os ribeirinhos; segunda, tenho muito experiência com vocês, sei que não vou conter alguns viciados, portanto, vou liberar, em razão do vento, aqui o teto, de preferência à noite, para o uso dessa maldita droga". E ameaçando sair, voltou de forma repentina, apontando o dedo para todo mundo: "Terceiro, vou estar bem ali na frente, se alguém acender algum baseado e não me convidar... jogo no rio!" Ninguém achou graça, estranharam aquele circo. Alguém exclamou depois: "Esse cara tá armando, não vamos entrar nessa não!" Mas, no dia seguinte, o pessoal aos poucos foi subindo, sentando e cruzando as pernas, formando aquele círculo bem ao estilo de quem gosta da coisa. Um corajoso acendeu o charuto, rodou, olhamos para a cabine e o comandante estava lá e não olhou para trás. Com todo mundo receoso, alguém deu a ideia para que a menina mais bonita levasse o fumo para o capitão. Ela levou e não deu outra, ele saboreou a erva com conhecimento. Pela minha mãe, não fumo nem cigarro, e nas reuniões seguintes no teto do barco, só eu e um inglês não fumávamos, mas subíamos para nos divertir. Esse inglês, que vivia em Portugal, escovava os dentes com os dedos, esfregando carvão. Nessa viagem passamos pelas cidades de Januária, onde tomamos boas cachaças, pelo santuário de Bom Jesus da Lapa, Xique-Xique e as que foram depois inundadas pela represa de Sobradinho: Casa Nova, Pilão Arcado, Remanso e Sento Sé. Esses nossos dois amigos, que já tinham feito várias entrevistas, desenhos, esboços e fotos, depois do fim da viagem, em Juazeiro, voltaram para a região em que no futuro seria formado o lago e criada a cidade de Sobradinho. Eu continuei a viagem às margens do rio, em pequenos trechos de barco, a maioria pela estrada, até chegar à usina de Paulo Afonso e da mesma forma fui até Colégio em Alagoas e Propriá em Sergipe. Fiquei um dia de voltar a Aracaju e também de ir até a foz desse rio que reúne à sua volta grande parte da nossa identidade. Voltei a São Paulo na mesma época que canalizavam alguns rios da cidade. Acompanhei a insanidade daquelas obras, comentava com todo mundo, mandei longas cartas para os jornais, não publicadas, fiz minha parte. Margens de rios têm que ser de terra, e ao ar livre, para o escoamento da água e alimentação das espécies. Não se vê esse absurdo nem em córregos de cidades esclarecidas. Escoamento de esgoto é questão de cultura, e cimentar beiral de rios, ou encobri-los, é crime!

Parece que estava difícil penetrarmos na Maria Antonia. Parados, só percebemos o início de uma movimentação maior de pessoas quando fomos esbarrados. Eram estudantes saindo pelo novo portão do Mackenzie, que na nossa época era uma venda, uma quitanda na frente e um armazém de produtos alimentícios no fundo, e que ficava no meio de vários cortiços. Embora com a atual calçada bem larga, percebemos que estávamos atrapalhando o fluxo dos alunos que desciam a Consolação e paravam no farol. Fomos forçados novamente a nos locomover e continuamos num passo bem devagar. Resolvemos dividir as lembranças históricas de fatos pessoais marcantes, mas não deu, logo o embalo das conversas atropelou e misturou. O Rômulo mesmo parou de repente, apontou para a outro lado da Consolação, onde estávamos conversando, e disse: "Esquecemos do folclórico comitê político que ficava mais ou menos onde está aquele hotel próximo do posto de gasolina, onde passamos!" Eu e o Companheiro também lembramos: era do Pedro Geraldo Costa, um radialista da rádio Nacional, que foi deputado estadual e candidato a prefeito da capital e que mantinha uma farmácia do povo, onde doava remédios e distribuía sacolinhas de caridade. Tinha fila dia e noite. Ele chegou a lotar o Anhangabaú para uma chuva de rosas, em homenagem a Nossa Senhora e ao seu amigo, o milagreiro padre Donizetti, da cidade de Tambaú. Entrando na Maria Antonia, nos primeiros passos, recordamos de moradores, do asfalto em cima dos paralelepípedos, da linha do bonde e da casa da esquina com a rua Cesário Mota Junior. Era uma residência antiga, comum, com vitrais nas janelas, mas única remanescente do início do século passado, e que foi destruída para a construção de um edifício sem graça, que abriga atualmente um hotel. A edificação dessas casas mais simples, em relação às construídas em Higienópolis, se deu em razão da compra, em 1879, pela Escola Americana, fundada em 1870, hoje Universidade Presbiteriana Mackenzie, de grande parte de uma área pertencente à baronesa Maria Antonia da Silva Ramos. Ela, homenageada no prédio 117 da rua, foi uma senhora de destaque da sociedade paulistana no fim do século 19, e se encontra no jazigo de seu pai, o

Barão de Antonina, no cemitério da Consolação, cujo bronze do brasão vive na eterna cobiça dos ladrões. Outras duas grandes proprietárias dessas extensas terras, quase no centro da cidade, foram: Veridiana Valéria da Silva Prado, aristocrata e intelectual, proprietária de metade da área ocupada pela região de Higienópolis, e que depois de 1960, virou um bairro judeu. A mansão principal em sua propriedade foi preservada e usada durante anos pelo São Paulo Clube, frequentado por banqueiros. Atualmente é ocupada Iate Clube de Santos e o espaço é alugado para eventos. Dona Veridiana e seu marido, Martinho Prado, são homenageados nessas conhecidas ruas. E a terceira maior dona dessas terras foi Maria Angélica de Sousa Queiroz, uma aristocrata, possuidora de uma área rural tão extensa que hoje passa, por toda aquela antiga propriedade, a famosa avenida Angélica. Na rua Maria Antonia, caminhando pela calçada da direita, entre observações sonhadoras, questionamos o visual do presente. A sequência arquitetônica das residências foi descaracterizada, como em qualquer lugar que prospera indiscriminadamente na cidade, para a implantação de casas comerciais e bares. Uma quitanda que mantinha uma horta no fundo, como as pensões dos estudantes da USP, não dá nem para imaginar, lá estão prédios de vinte andares. A enorme loja da nossa época, a revendedora Volkswagen Mari Autos, diminuiu e mudou de lado. No espaço anterior da revendedora, o Mackenzie, como na Consolação, ampliou suas instalações, inclusive homenageando a famosa baronesa Maria Antonia. Continuamos devagar, comentando futilidades dos amigos que por lá moravam. O Rômulo lembrou do que ocorria dentro do Fon Fon, um restaurante montado depois dos acontecimentos de 1968 e que homenageava o coronel Fontenelle, um folclórico diretor de trânsito que vindo de uma boa experiência no Rio de Janeiro, modificou totalmente o tráfego de São Paulo. Era um coronel-aviador, carioca, que chamava a atenção por usar camisetas listradas na horizontal, e foi nomeado pelo governador-interventor Abreu Sodré, em 1967, com toda a pompa e circunstância, como o homem que ia tirar a cidade do caos nas ruas. Não existia engenharia de trânsito. Criou terminais de ônibus, bolsões de estacionamento, proibiu carga e descarga durante o dia e inventou as rótulas que mais tarde viraram as marginais. No seu embalo e determinação de colocar mão única em todo lugar, exagerou em algumas vias. Tirou as duas mãos de direção de algumas avenidas, principalmente da Ipiranga e São Luís. Com isso mudou a beleza romântica do vai e vem, para a frieza e agressão da mão única. Na sua curta gestão, foi a única vez que a rua Dr. Vila Nova teve seu fluxo de veículos invertido, durou pouco tempo. Numa cidade conservadora, que tem o automóvel como seu bem mais precioso, Fontenelle não resistiu à pressão e não ficou dois meses no cargo. Além de poucos terem aceito suas ideias inovadoras, ele bateu de frente com o jornal *Folha de S. Paulo,* ao tentar desativar a estação rodoviária que ficava na praça Júlio Prestes. Se deu mal, a empresa jornalística era a proprietária de toda a área do imóvel e declarou guerra ao coronel, que acabou sofrendo uma campanha esmagadora desse órgão de imprensa. Fontenelle teve um ataque cardíaco fulminante durante uma entrevista ao vivo na televisão, num programa de jurados chamado Advogado do Diabo, na TV Tupi e comandado por Sargentelli, aquele dos shows com mulatas.

— Fontenelle teve seus méritos. Foi um homem fora do seu tempo! - analisou o Companheiro, que continuou numa observação: teve uma época na televisão que teve vários programas de inquisição, todo mundo parecia o dono da verdade, humilhavam os outros, fizeram o Grande Otelo chorar, por puro espetáculo. Lembro de um que tiveram que abaixar a bola, foi com o Chico Xavier, no programa Pinga Fogo, também da Tupi, em 1971. Essa longa entrevista histórica, feita em dois programas, e por vários apresentadores, é considerada a de maior audiência da televisão brasileira. Em relação a população e número de canais da época, e pelo número diversificado de opções atuais, dificilmente esse recorde será batido. O Rômulo fez uma observação:

— Aonde você vai, encontra as televisões ligadas na Globo, mesmo que o programa seja horrível. Um velho e estranho vício, os aparelhos antigos já vinham sintonizados no canal 5, e era difícil uma boa imagem em outro canal.

Continuando, no sentido da rua Dr. Vila Nova, ficamos insistindo em observar as pessoas, e, claro, não encontramos ninguém do passado, a juventude que circula atualmente é completamente diferente, muito grande. O Companheiro lembrou da Casa do Chopp, com uma vitrola eletrônica, um tremendo sucesso para a época. Depois das risadas com recordações engraçadas, nos emocionamos em tristezas, ao lembrar de dois conhecidos, atropelados quando desciam inadequadamente do bonde, bem como da morte de alguns amigos e seus familiares, numa pensão, esquina da Vila Nova com a Maria Antonia, hoje um hotel, em razão de um vazamento de gás durante a noite. Eu, o Companheiro e o Rômulo, contemporâneos de uma época, levamos o tempo de nossas vidas para chegarmos a famosa esquina. A emoção foi grande. Por alguns minutos ficamos estáticos.

X. O ano corrente de 1968

Para alinharmos a conversa e até anotarmos as recordações, sentamos em duas cadeiras modernas, à beira da calçada, no antigo bar do Zé, hoje com a placa de seu verdadeiro nome, Bar e Café Faculdade. Todos resolveram sair da abstinência, pedimos cerveja e uma porção de queijo. E começou o filme da nossa memória, com cada um novamente desalinhando o roteiro que tínhamos traçado. O Zé, dono do bar, não está mais lá, bem como nenhum empregado daquela época. Nem uma foto que se destacava e permaneceu por muitos anos, a do finado Charutinho, um negrão mendigo que vivia manguaçado, e que não tirava o chapéu e paletó preto, bem puído. Certa vez, um estudante trouxe, do pai que tinha morrido, um paletó vistoso, listado. Ele ficou elegante, foi divertido e claro, durou pouco, ele voltou para o anterior. O Charutinho viveu muitos anos no pedaço, quando sumia era por pouco tempo, quando voltava, o pessoal se lamentava de seu retorno, na boa, porque ele enchia o saco de todo mundo, com cobranças de ajuda e gritaria agressiva. Os estudantes de esquerda o incentivavam a provocar os *boys* do Mackenzie e até o preparava para bate-bocas. Não sei quem fez sua cabeça, que quando alguém falava em Lacerda 1965, ele xingava e a turma morria de rir. Ele sabia das coisas, não era bobo, fazia o teatrinho dele para depois ganhar uns trocos. Um dia, os estudantes pegaram um doido desses da rua, com melhor aparência, o instruíram e o levaram para um debate aberto na Faculdade de Economia, com o professor da casa e depois ministro Delfim Neto. Depois de uma pergunta irônica, outra estranha, e gargalhadas da plateia, foi que a banca percebeu a armação. Foi risada para o resto do dia.

— Não era um de vocês, não? – perguntei.

Eles negaram, e o Companheiro observou:

— Naquela época tinha muito mendigo bom na rua. O Delfim Neto, antes de ir para Brasília, era professor da Economia e gostava de tomar, meio às pressas e às escondidas, uma batidinha de maracujá no bar do Agostinho, a famosa Quitanda, ou Sem Nome.

Continuei:

— Ele, as escondidas, mas o Chico Buarque chegava a passar horas lá no fundo, sozinho, com os colegas da faculdade ou com a turma da MPB. Usando até o violão que o Agostinho deixava à disposição, foi lá que ele fez alguns acordes de músicas como *Pedro Pedreiro, Ole, Olá* e outras. A Quitanda ou Sem Nome ficava na rua Dr. Vila Nova, no quarteirão e calçada da minha casa. Era uma simples quitanda. Aí, o Agostinho, seu dono, inventou de servir batidas naqueles copinhos tradicionais de vender pinga. Ele oferecia pela metade, um gole. O Chico Buarque mandava encher e cobrar duas doses. E começou a chamar o copinho cheio de Penha-Lapa, referência ao bonde e ao ônibus que faziam esse percurso. Batidas dessa forma, feitas na hora, só eram vendidas num bar, atrás da igreja de Pinheiros. Na Quitanda, tudo acabou sendo uma novidade porque o público estudantil era maior: Filosofia, Economia, Administração, Arquitetura, Sociologia, Santa Casa, Mackenzie e outras escolas mais próximas. A procura era tanta que o Agostinho começou a confeccionar as batidas pela manhã e engarrafá-las. Além de sua esposa, Dona Fernanda, ele, muito a contragosto, contratou um empregado para ajudar. Nos fins de semana a clientela levava essas garrafas para as festas. Tinha de tudo, maracujá, coco, limão, meia de seda... e as suas invenções, que todos procuravam por curiosidade, a de agrião e a de tamarindo. Não era de vodka, como agora, era de pinga mesmo. Eram batidas saborosas e só a meia de seda é que levava leite condensado.

— O Chico Buarque começava na vida artística, mas já tinha carisma, a patota corria para ver essa fera, que circulava pouco, sempre com um cigarro entre os dedos – lembrou o Companheiro.

Continuei no embalo:

— Ele era aluno da atuante da FAU, a Faculdade de Arquitetura e Urbanismo da USP, fundada em 1948, e que ainda administra parte de suas atividades na rua Maranhão, 68. Ele passava mais tempo envolto na música do que nesse prédio *art nouveau* da faculdade. Alguns velhos fãs, simbolicamente, querem mudar o nome do bairro para Vila Chico Buarque. Uma brincadeira, a designação já tem uma razão de ser, maior que o próprio bairro. No século XIX, existia na área, uma enorme chácara pertencente ao senador Antonio Pinto de Rego Freitas. Em 1894, seus herdeiros a venderam para a Empresa de Obras Brasil, de propriedade de Manuel Buarque de Macedo e o senador Rodolfo Miranda. Foi feito um grande arruamento, totalmente sem praça, que acabou se transformando na Vila Buarque. Muitos confundem este Buarque com o homônimo pernambucano, Manuel Buarque de Macedo, jornalista e político, ministro dos Transportes na monarquia, que admiro por ter ajudado a incentivar o sistema de trens no Brasil, uma locomoção criminosamente desprezada no país.

Parei um pouco e o Companheiro continuou descrevendo o Sem Nome e imediações:

— Muita gente de destaque no mundo intelectual passou pela Quitanda. A fama se alastrou rápido pelos teatros, e todo mundo ia lá. Uma portinha de garagem e uma multidão na rua. O Agostinho, bom comerciante, logo registrou sua quitanda como Sem Nome. Ele e sua mulher controlavam tudo, e quando alguém não acertava a conta, no dia seguinte ele cobrava com rispidez, não servia até a quem estivesse junto. Marcão, nessa época, como disse, eu era um mísero professor que dava aula particular de geografia e história, para uns classe média baixa e outros muito pobres. Poucos me pagavam, e eu passava o resto do dia no Sem Nome, ele ainda mantinha a quitanda na rua, mas logo desistiu e ficou só com o bar. No meio daquela gente na rua, eu é que quase nunca pagava, porque sempre filava uma birita de alguém. Preferia sempre uma dose de pinga das boas, de alguma das poucas garrafas que ele mantinha numa pequena prateleira atrás do caixa. Vi artista famoso tomando dura do Agostinho, pelas manguaças que eu tomei, e eles, por distração, não tinham pago. Aprendi muito com as conversas que eram levadas de pé, por horas, naquela calçada. Um ou outro banquinho, bem regulado pelo Agostinho, eram ocupados pelas mulheres. Nunca valorizei a dimensão do que ouvia. Muitas vezes soube da previsão da história, porque muitos fatos aconteceram depois. Pensando bem, talvez, só no bar Riviera, na Consolação com a avenida Paulista, onde alguns malucos me levavam de bicão, é que também rolavam essas conversas. Só mais tarde senti que esses papos foram importantíssimos, não era delírio de bêbado. Futuras ações foram realizadas, tanto na vida pessoal de cada um, como no teatro, cinema, televisão, política, guerrilha etc. Claro, existiam muitas brincadeiras, mas pouco papo furado... Logo depois do ápice da Quitanda, para ganhar uns trocados, comecei a passar um parte do dia ou da noite na rua Nestor Pestana, cuidando e lavando carros, bem como sendo laranja de auditório. Participei de vários programas, e o pessoal do Canal 9-TV Excelsior me admirava. Eu ganhava roupas, interagia e aí começaram a pagar todas minhas biritas, até lanche, quando a gente ia ao Sem Nome ou outro lugar. Depois, os que prosperaram na televisão e ficaram mais famosos, passaram a frequentar o restaurante Gigetto, quase em frente ao enorme espaço da TV Excelsior, ao lado de um boliche. No auditório desse canal, a incansável Bibi Ferreira comandou os programas Brasil 60 até Brasil 63, o Pelé e o Moacyr Franco tinham diferentes programas semanais, e a orquestra do Simonetti também. Eu e uns amigos, junto com os músicos da orquestra Edgar, Capacete e Bolão, no Simonetti Show, ajudávamos a fazer algumas palhaçadas que saíam do meio do auditório.

Comentei:

— O pessoal dessa TV, e muitos outros artistas vieram depois, não frequentavam o Sem Nome nos tempos mais quentes da política. E os primeiros que frequentaram o bar já tinham se tornado famosos. Eu também ia muito na Nestor Pestana curtir aquele ambiente artístico. Embora a TV Excelsior de São Paulo fosse a primeira da rede, era no Rio de Janeiro que se fazia um jornal de alto nível o Jornal de Vanguarda, dirigido por Fernando Barbosa Lima e que tinha a presença de Stanislaw Ponte Preta, Millôr Fernandes, Newton Carlos, Armando Nogueira, Villas Boas Corrêa e muita gente de qualidade. A emissora em São Paulo, que também tinha estúdios na Vila Guilherme, alugava o teatro Cultura Artística e chegou a trazer para debate Jean Paul Sartre e Simone de Beauvoir. Por ter como um de seus proprietários Mário Simonsen, um empresário que apoiou Joao Goulart, foi implacavelmente perseguida pelo regime militar. Sofreu dois incêndios em uma semana e posteriormente teve que fechar de imediato, ainda no ar, por ordem federal, em 1970. Lembro que o eletricista-chefe da emissora declarou a imprensa que não acreditava em curto-circuito, pois as instalações eram novas e tanto funcionários da Nestor Pestana, quanto da Vila Guilherme vinham recebendo ameaças de incêndio. E, em seguida, funcionários também declararam que a emissora, depois de fechada, foi saqueada por outros grandes grupos da mídia, com a complacência do regime militar. O empresário Mário Simonsen também era um dos donos da Panair do Brasil, empresa aérea que mesmo no lucro, sem nenhum desabono e proteção da justiça, também foi fechada e entregue de presente para a Varig, o sonho aéreo dos milicos. Foi a Panair que trouxe Jango de volta da China, logo após a renúncia de Jânio Quadros. Muito se falou sobre esses dois casos de arbitrariedade da ditadura, mas faltam esclarecimentos mais detalhados. Muita gente viva da época, como jornalistas, pesquisadores, universitários e historiadores, poderia dar seus depoimentos em pesquisas, reportagens ou gravando o que souberam dessas e outras falcatruas que prejudicaram a nação, como fazem, somente agora, com a Petrobras. Faltam muitos esclarecimentos em episódios marcantes e recentes da nação, como o caso Panair, Excelsior e posteriormente a decadência da própria Varig, que, na época da ditadura, era a maior empresa aérea do Brasil. Casos que não podem ser esquecidos, pois continuam rodeados de grandes incógnitas. Voltando ao famoso bar Sem Nome, nos azulejos da quitanda, o pessoal, logo no início, começou a se manifestar com frases inteligentes, desenhos, confissões de amor, recados políticos, letras de músicas e até composições musicais ou poemas feitos na hora. Depois de algum tempo virou baixaria, com palavrões e bobagens. Tinha um frustrado que insistia em escrever que virgindade dá câncer. O Agostinho, depois dessa fase histórica, já em tempos mais nublados, tentou sofisticar, montando o Chopp Sem Nome, do outro lado da rua, ao lado do Sesc, numa casa antiga que tinha comprado, reformado e como a anterior, com um precário banheiro. Não teve a mesma atração política, o local virou depois um salão de bilhar e tudo se pulverizou. O Agostinho foi procurado muitas vezes por agentes da repressão. Alguns diziam que ele era cagueta. Acredito que ele era extremamente apolítico, não ia perder aquela clientela, nem ia caguetar as contundentes conversas que deve ter ouvido. Depois, muita gente que já estava na clandestinidade, aparecia por lá, na cara dura. O grande cagueta, durante anos, era um funcionário meio gordo da Economia, chamado Edgar, muito simpático e que circulava em todo lugar. Tinha acesso a todos os setores da USP, frequentava a Quitanda, me elogiava como um bom goleiro, quando via a molecada jogando bola na rua, e falsificava carteirinhas. Posteriormente foi transferido para o CRUSP e só aí é que a turma descobriu sua encenação. A casa da Quitanda foi derrubada e hoje é um grande estacionamento, com entrada também por onde era o La Licorne. O Rômulo concluiu:

— Soube que o consagrado corredor de fórmula Truck, Adalberto Jardim, é filho do casal Agostinho e Dona Fernanda.

O Companheiro continuou:

— Não sabia! ... Nessa esquina perpendicular, Maria Antonia com Vila Nova, sabemos, foi o olho do furacão em 1968. De forma global, eu leio mais críticas do que elogios a tudo que ocorreu naquele ano. Será porque não ouve um engajamento das jovens lideranças aos partidos políticos progressistas, como ocorreu também pelo mundo? Esse fenômeno está voltando a ocorrer, agora com uma perigosa diferença. O jovem de 1968 queria uma revolução política e cobrava muito da velha burocracia dos partidos de esquerda. Hoje, sem uma revolução preestabelecida, a tecla dos protestos é contra o desgaste partidário em geral, acabou a exclusividade das esquerdas, e o movimento é anárquico, sem ter uma formação intelectual até para serem anárquicos... são inconsequentes. E olha que vivemos num mundo com excesso de informação, diferente da nossa busca pelos livros clandestinos. Se no pós-guerra sonhamos e nos decepcionamos com as vitórias, por exemplo, dos socialistas na França e Portugal, e comunistas na Itália, hoje, o jovem perdeu a referência e está perdido. A direita cresce na Europa, não pela formação política de seu eleitor, mas por decepção com o crescimento desumano do capitalismo, que nem eles percebem ou querem perceber. Da mesma forma, no Brasil, pessoas que querem a volta da ditadura não sabem ou não querem saber desse terrível passado. Não conhecem a história, não sabem das necessidades primárias do país nem onde fica o Piaui...

— A violência inconsequente desses movimentos jovens nas ruas de hoje são a mesma de 1968. – apimentou o Rômulo, de pé, com ironia e com pose de um tradicionalista rancoroso.

Respondi:

— É... larga de ser palhaço... em 1968 os presos desapareciam, hoje pagam fiança... e ninguém colocava máscara! – e continuei: certo ou errado, a violência de rua não era programada, hoje ela se apresenta com objetivos claros por fora e obscuros por dentro. Os atos são organizados por burocratas de uma minoria privilegiada, que aceitam, na boa, outras correntes mais dispostas, e com ideais mais violentos. Grande parte se esconde no anonimato, e joga a culpa em terceiros, patrocinando bandidos a quebrar bancos, lojas de automóveis, principalmente as de luxo, e por aí vai, coisas que nem os pobres vêm fazendo. Para mim, são manobras não acauteladas da PM, para jogar, em qualquer circunstância, a culpa nas esquerdas. A grande massa carente queima é pneus, submetendo-se não a líderes comunitários coerentes, mas a bandidos organizados, que, para se impor e mostrar serviço aos irmãos mais velhos do crime, exigem que adolescentes, também para mostrar serviço, queimem ônibus aleatoriamente. Naquela época de 1968, os partidos políticos de esquerda, mesmo os mais radicais, foram desgastados porque viviam flutuando na realidade da utopia, sonhavam e pouco se preparavam para as exigências de uma revolução, que nunca chegou. A repressão política, com doutrina ianque, e a letargia das representações históricas e democráticas de oposição, motivaram aquela rebeldia estudantil. Hoje, se ainda não temos aquela repressão política que desaparecia com pessoas, tudo pode surgir da cabeça desses golpistas. Mas observa-se, entre a juventude, como o Companheiro disse, a mesma rebeldia contra os partidos políticos. Com agravantes perigosos, que os progressistas não estão avaliando com mais profundeza. Desde de 68, excluindo o movimento armado, as esquerdas dormiram demais, e as veias de defesa do capitalismo cresceram, a doença da corrupção se tornou endêmica, e tudo isto não dá mais para se combater com cartazes nas ruas nem com depredações. O seguro paga qualquer dano material e ainda fatura com a publicidade do fato. A imprensa conservadora segura os impactos e tudo fica por isso mesmo. Os esquerdistas esclarecidos sabem que a sociedade capitalista, embora decadente, avançou nessas defesas, e não adianta mais as formas antiquadas de luta. Nesse embalo, as políticas partidárias contestadoras, embora mais amplas do que no passado, saturaram o exigente imediatismo dos jovens e estão levando os movimentos de rua atuais, mais uma vez sem representações formalizadas, a lugar nenhum. Um grupo pode ser organizado, ter estratégias práticas, mas se não procurar uma união com outros grupos contestadores, bem como um encaminhamento formal das demandas, morre na praia. Agora, o mais interessante é que a massa jovem mais necessitada foi surpreendida por uma novidade: os coxinhas revoltados, uma formação nova, contaminada pelos noticiário da mídia parcial e bem direcionada contra as conquistas sociais mais populares. A maioria, composta por jovens brancos e ricos, por ironia, tem entre eles, muitos beneficiários do ensino público, que adoram desfilar na avenida Paulista e encerrar as tardes numa padaria de grife. Nunca pretenderam conhecer a avenida Sapopemba, quanto mais o interior do norte e nordeste, locais infestados de médicos cubanos comunistas, como dizem. Conclusão, juntaram-se os politizados pela mídia que vivemos, e os jovens alienados que querem mudar, mas não sabem o quê. Esses coxinhas, baladeiros, que acabaram se separando dos protestos de quem precisa, não querem perceber que as mudanças começam pelo comportamento egoísta e preconceituoso deles, dentro dos muitos exemplos que comentamos, desde nossa saída da rua Direita.

— "Indigentes sem salvação", "crentes sem salvação", "coxinhas sem salvação"... estamos bem - ironizou o Remo.

— Marcão, para mim, esses jovens e toda essa elite sabem muito bem o que querem! - opinou o Companheiro, continuando: — Já comentamos que eles não suportam o pobre comprando comida de qualidade no supermercado, indo a restaurantes, dando rolezinho em shoppings, lotando saguões de aeroportos ou estudando ao lado deles, na mesma faculdade. Eles se lixam pelo fato de existir um bilionário para cada novecentos mil pobres. Outra, é aquilo que também observamos, o ato egoísta, significativo, provocativo e simbólico do cara pagar uma grana alta numa latinha de cerveja, tomar um gole e jogar essa lata quase inteira fora, no meio da rua, para o povão ver bem quem ele é. São sujeitos nocivos, que não dão uma moeda para quem pede. Sabem demonstrar aos amigos que estão no barulho das panelas, e no silêncio corrompem para pagar menos impostos, enviam dinheiro desonesto para as empresas offshores do mundo, abusam do tráfico de influências, criam "laranjas" para mandar e receber dinheiro sujo, mas bem lavado, e criticam toda origem nordestina. Rentistas, ainda chamam de vagabundo quem recebe o bolsa família. Nessa sociedade podre que vivem, eles ainda adoram fazer graça, frequentando terrenos de macumba, mesmo sendo homofóbicos, desfilando com negros em escolas de samba, mesmo sendo racistas, anunciando que viajaram no dia de votar e pagando religiosamente, com substanciosas gorjetas, os fiéis fornecedores de cocaína. Depois, reclamam da violência, e descaradamente ainda vestem uma camisa amarela da seleção, para exigir nas ruas a pena de morte e a volta do regime militar, sobre o qual eles não leram uma linha.

O Rômulo emendou:

— Esse pessoal que gosta de fazer esses desfiles nada ecléticos, em fins de semana na Paulista, tem ido muito atrás de novidades norte-americanas, como o *Occupy*, o *Tea Party*...

O Companheiro rebateu:

— Essas ações ianques são tipicamente deles. Quando chegam aqui no resto da América, copia-se a forma, mas o conteúdo prático dessas novidades acaba sendo outro, mesmo os com fundamentos direitistas, e resume-se no que disse: essas passeatas que ocorrem nos centros burgueses das capitais brasileiras, e que reúne rançosos, homofóbicos, preconceituosos, sociopatas e idiotas em geral, são de direita mas não têm nem o viés de organizações direitistas americanas, inglesas, francesas etc. O que desejam é impedir o acesso das massas a qualquer privilégio deles, os exploradores. Embora com apoio americano, vejam atualmente o nome dos movimentos de rua de direita e procure ver quem incentiva: são os focos de empresários da nossa velha e diversificada aristocracia rural e urbana. E ninguém mobiliza grandes impactos nas redes sociais sem retaguarda de empresários ou grandes sindicatos. E os leões do computador dessas micaretas, sem conteúdo literário, não conseguem analisar que se há novidades em movimentos sociais, mesmo entre os norte-americanos, é porque há um mínimo de politização. Aqui, o caldo da alienação, estupidez mental, egoísmo, manipulação da mídia e outras burrices não precisa nem de monitoramento externo, o pessoal vai para as ruas em dias programados, demonstrando sua cultura rasa nos cartazes que levam. Bem maquiados, confundem tudo, como se fosse um carnaval fora de época ou um concurso de humor. Tudo bem diferente das manifestações de esquerda. Observem nessas mobilizações constantes pelo mundo que milhares de pessoas protestam, com cartazes objetivos, e só em momentos extremos vão para enfrentamentos ou depredação de bens. Quando há arruaças, espalham sacos de lixo, e só quando tem contornos mais violentos é que há destruição de veículos. E que mesmo nas manifestações mais extremadas, que ocorrem geralmente na Europa, o pessoal depreda antes de qualquer outro patrimônio as agências de instituições financeiras e edifícios visados e determinados. Dessa forma, não causam dispersões, e convocações para novas manifestações podem se repetir no dia seguinte, ou mais dias, até com mais adesões. Os protestos bem conduzidos e permeado de razões, com comissões de frente que organizam e fiscalizam, resultam muitas vezes em vitórias, com mudanças de regras sociais e até de governos. Fechando, o que se constata nessas manifestações pelo mundo afora é que a grande maioria das populações que vão às ruas, mesmo de países pobres, tanto de qualquer tendência ideológica, é que há respeito àquilo que é de todos: o patrimônio público. No Brasil tudo é diferente e inconsequente, se um ônibus ou um trem atrasa, os caras depredam aquilo que eles próprios necessitam diariamente: quebram assentos, vidros, a mobilidade das estações, botam fogo nos coletivos, em veículos de pobre, placas de trânsito, orelhões, caixas do correio, o diabo. Um prejuízo que só atinge esses próprios descontrolados, que sem ser, acabam agindo como malfeitores, porque os grandes criminosos, aqueles que incentivam tudo isso, ou estão na boa dentro de cadeias, ou fora, isolados, levando uma vida de bacana. E esses grandes criminosos, quando estão soltos, não diferem da própria aristocracia, locomovem-se de helicópteros e lixam-se para essas barbaridades idiotas, inúteis, que causam atraso de vida aos próprios usuários. É a falta de cidadania e politização, porque a pretensão real de uma passeata só aumenta sua adesão se for, pelo menos nos primeiros momentos, insistentemente pacífica. Mas como nós quatro concordamos, ninguém no planeta mata mais o futuro do que nós brasileiros: aqui os próprios alunos preferem a cegueira das escolas depredadas à luz da construção dos mestres. O antropólogo Lévi-Strauss afirmou que o Brasil passou da barbárie à decadência sem conhecer a civilização.

Aplaudi as observações dos amigos e continuei:

— E ele definiu essa decadência, há décadas atrás. Imagine se observasse hoje. As comunicações, em geral, deram uma dimensão maior às mobilizações, mas misturou todo mundo, do politizado ao idiota. O cara lê a convocação na internet e vai. E aqueles que convocaram a mobilização, sem suscitar a quem possa interessar, quando vê aquela multidão, sem conhecer ninguém, não sabe para que rumo direcionar aquela massa. Foi o que aconteceu na primavera árabe, que terminou com poucas conquistas. No Egito, ela assustou o poder deteriorado, mas os militares enraizados em seus interesses, em pouco tempo tomaram novamente o poder, e se vingaram, matando até os eleitos democraticamente. Avaliando 1968, tirando os anarquistas e extremistas, grande parte da esquerda não aceitou o que dizia Daniel Cohn-Bendit, o líder que mais apareceu para o mundo. E suas palavras parecem ser enquadradas no mesmo cenário de hoje: "A sociedade alienada deve perecer de morte violenta. Queremos um mundo novo e mais original. Recusamos um mundo onde a certeza de não morrer de fome seja trocada pelo risco de morrer de tédio. Somos realistas, exigimos o impossível". Se o jovem não tiver paciência, organização e representação, daqui há alguns anos, mesmo com as redes sociais, vai fazer tudo igual, e ver que o poder estabelecido engole, em pouco tempo, qualquer movimento contestatório e disperso nas ruas, até mundial. Mesmo assim, defino 1968 como um ano de conquistas, tinha um foco político maior. No Brasil, as manifestações ocorridas nesse ano foram coincidentes, vivíamos dentro de uma ditadura militar, a amplitude política foi maior, e mesmo assim, muitas transformações de costumes e comportamentos aconteceram. Os nossos jovens, além de também viverem saturados com essas tradições e marasmos mundiais, sentiam aquele peso terrível da repressão. Nesse embalo, as reivindicações foram ampliadas, e a dimensão mais significativa do que em outras partes do mundo. A França, como a maioria dos países que houve agitações semelhantes, vivia numa democracia. Analisando esses atos em grandes centros do ocidente, podemos afirmar que se não houve nenhuma revolução política, pelo menos alguns hábitos sociais desgastados mudaram. Até o filosofo Jean-Paul Sartre concordou com os líderes de 1968: "Vocês ampliaram os limites do possível". Afinal, o homem precisa ser revirado constantemente. Acho que, no geral, toda aquela juventude mundial reagiu aos comportamentos estáticos que se sedimentavam e movimentos dessa magnitude sempre interferem e mudam o relacionamento das pessoas.

O Remo observou:

— Essas reviradas também ocorrem nas guerras e ditaduras. Por estar em condições adversas, o homem acaba refinando seus pensamentos e daí brotam cabeças com pensamentos mais profundos. O que pode não ocorrer numa sociedade livre, mas extremamente acomodada, como vocês relataram.

Concordei e continuei:

— Foi o que aconteceu com o europeu, eles estavam esquecendo o fim da última guerra mundial e se aquietando demais a uma vida fútil, inconsequente e desinteressada nos problemas humanos mundiais. O que foi feito além de Paris, como no México, Tóquio e em outras grandes cidades do mundo, até nos Estados Unidos, foi significativo. Muitos jovens norte-americanos, recrutados, se recusaram a ir à guerra do Vietnã, os negros fundaram o Partido dos Panteras Negras contra o racismo, houve a negação ao nacionalismo pelos hippies e o conflito mais politizado dos estudantes de Berkeley, na Califórnia. Somado as consequências da invasão da Tchecoslováquia, pelo pacto de Varsóvia, para reprimir a "Primavera de Praga", tudo isso incomodou a direita e acordou a esquerda. Infelizmente, em alguns lugares a repressão foi violenta. Talvez, nem seus líderes utópicos podiam imaginar que o ano de 1968 mudaria alguns valores sociais desgastados, não mapas políticos, como muitos outros desejavam.

O Rômulo continuou no tema:

— Além de Hebert Marcuse, um dos líderes intelectuais dessa época, também considero e destaco o psicólogo e psicodélico Tim Leary, amigo do John Lennon, defensor do LSD, e que foi expulso da universidade de Harvard por ter feito experiências psicotrópicas com os alunos. Depois de sua morte, ele teve uma homenagem à altura, foi cremado e suas cinzas foram lançadas no espaço por uma nave espacial norte-americana.

O Companheiro rebateu:

— Embora nas manifestações de 1968 muitos hippies tenham se juntado nas ruas aos estudantes, a liderança do Tim Leary não era do que falamos. Não vamos nos alongar com todas as vertentes que influenciaram 1968, senão iremos longe. Acredito que o sociólogo e filósofo Hebert Marcuse foi o que mais se destacou, mas não como referência. Não esqueço de alguns amigos, estudantes de psicologia da PUC, explicando, por horas, para um grande número de interessados, debaixo de uma árvore próxima ao Sem Nome, o livro *Eros e Civilização*. Um gozador fez uma desenho parodiando Jesus falando aos apóstolos, com o pessoal de copo na mão, o chão de paralelepípedos e a porta da quitanda cheia de frutas e legumes. Como gostaria de ter essa ilustração histórica! Eu era um maloqueiro interessado, e marxismo só fui começar a entender anos depois.

O Rômulo interrompeu o Companheiro lembrando de outros livros, depois continuou:

— Só para finalizar... em cima do polêmico Marcuse, sintetizando o que ele disse a respeito da opressão, das oportunidades, da evolução do homem... e do que estamos comentando. E coloco essas observações num fenômeno interessante e bem sensível que vem ocorrendo aqui no Brasil... Vocês não acham que durante a repressão surgiram muito mais intelectuais do que no momento alienante desse início de século?

— Sim! – respondi. — Como o Remo também observou, parece que acuado o homem vai mais às profundezas de sua mente, pensa e se desenvolve mais. Mas é uma verdade perigosa, pois isso ocorre mais numa faixa de intelectuais politizados, que possuem uma amplitude de pensamento, porque o inteligente comum estanca e se ajeita com a massa alienada. Esse ajuste ao poder também se dá com os gênios e superdotados; digo isso porque a maioria desses dão louvores a qualquer senhor do bem ou do mal, desde de que os alimente com uma simples banana. Acredito que nesse bolo também pode ser incluída a acomodação dos especialistas, aqueles que estudam tudo sobre uma área e desconhecem as coisas mais elementares e essenciais da vida, aquelas que até as crianças e os mendigos sabem. O maior exemplo do que estou expondo foram os intelectuais politizados, férteis, e mais úteis para a evolução do homem, que falei no início, e foram podados na década de 1970, durante a ditadura militar. Sobraram só aqueles inteligentes espertos, a produção natural dos cientistas, e os especialistas de plantão. Aí, nesse vácuo, a violenta repressão fez crescer as religiões, as seitas, a autoajuda, a ficção científica, a busca do sobrenatural, do transcendental, do misticismo, dos discos voadores: e uma verdadeira confusão existencial se instalou entre as pessoas do nosso convívio. E, claro, nessa os endinheirados transformaram todo esse contexto num grande comércio lucrativo. E mais, vítimas das crueis publicidades, os cidadãos passaram a cuidar mais da aparência e do corpo, as novelas aumentaram de audiência, e o teatro virou comédia. O *Fantástico* cresceu, e a F1, bem como o voleibol, entraram na concorrência do batido futebol. Tudo foi muito massacrante e manipulador, entramos numa vida supérflua que embriagou literalmente as multidões e conquistou gerações desatenciosas. Nesse período alienado e com uma repressão violenta e massacrante, o cidadão comum foi acuado e a grande maioria acabou se tornando completos idiotas. Repito, a década de 1970 foi a maior desintegradora dos valores positivos que cresciam na nossa história. E, nessas situações, é quando, no equilíbrio natural das coisas e da história do homem, voltam a emergir os intelectuais de cabeça mais aberta e imunes a essas situações tolas. Eles lutam desesperadamente pela reconquista da liberdade e criam entre seus pares, formas inteligentes e radicais de lutas, atitudes que normalmente não fomentam quando se encontram num regime de convivência natural entre cidadãos.

O Remo encerrou o assunto:

— Aí vem a enxurrada da liberdade, alimentando um terreno sem sementes plantadas!

O Companheiro concordou com a cabeça, e como num veículo em velocidade, passou direto, da terceira para a quinta marcha:

— Se, no fim do século passado, as alquimias, feitiçarias e o ocultismo dos caridosos homens de bens já vinham sendo desvendados, com o crescimento da internet, tudo, em menos tempo que imaginávamos, parece que vai sendo escrachado de vez. O que os pokémons levantaram, e o que o WikiLeaks fez, abrindo a todos as confidencias internas de diferentes países pelo planeta, calculo que com as constantes surpresas que a tecnologia tem apresentado, tudo é só o começo do começo, porque já tem gente conversando e confidenciando até com a geladeira de casa. E se a robotização é geométrica, pelo menos para mim, antes de morrer, vou respirar aliviado:

sempre torci por esse dia, em que o homem, no ridículo dos seus segredinhos, cada um achando sua verdade o juízo definitivo, fosse um dia escrachado.

Continuei:

— WikiLeaks, drones, grampos, pokémons, câmaras num grão de arroz... vem aí um mundo em que cada dia fica mais difícil de defender questões de privacidade, direito de ser esquecido, restrições religiosas... A única tentativa de freio para quem fala o que quer pelos cantos do mundo está sendo a ameaça do medo, na forma de atentados materiais e letais. Atos de vingança de extremistas, em que por pior que sejam os danos, nunca vão impedir o avanço da tecnologia. Atentados podem despertar para problemas localizados, que grande parte do mundo desconhece, mas, embora seus autores possam tentar justificar, afirmando ser a explosão de longas injustiças, podem também colocar, muitas vezes, a parte vingada como vítima. Quer saber a conclusão que tiro de tudo isso? Nenhuma, porque, se a tecnologia pode cercear cada dia mais os atos terroristas, a cabeça humana, na direção contrária, ainda mais com a progressiva liberação das drogas, viaja cada dia mais para o imprevisível. E Descartes, quando disse que "daria tudo que sei em troca da metade de tudo que ignoro", só ficaria hoje um pouco mais feliz, com a existência do google.

No assunto, e dentro dessa abertura informatizada, o Rômulo partiu para alguns reflexos personalizados que vivemos:

— Tirando a questão da invasão da privacidade, que não sabemos até aonde vai afetar o individualismo dos cidadãos, se constata, nessa dinâmica irreversível da informatização, um lado positivo, irônico, mas preocupante: o escracho das redes sociais. Elas ajudaram a desmascarar, como nunca, e em pouco tempo, as pessoas rancorosas, maldosas, debiloides e perigosas, paranoicas e sociopatas que viviam camufladas ao nosso lado. Em breves sessões de análise, através do conteúdo de mensagens, em diálogos abertos ou discussões das mais leves as mais pesadas, esse escrache fez com que as pessoas se entregassem espontaneamente, formalizando diagnósticos que psicólogos e psiquiatras demorariam anos.

Emendei:

— Verdade! Uma realidade tão aberta e séria, que por outro lado vem causando inimizades irreversíveis. É muito interessante, e sem dúvida, preocupante, ver as pessoas abrindo baús, algumas surpreendendo com a franqueza, e acabando magoando, por simples palavras mal colocadas, alguns amigos e parentes, com quem, antes das redes sociais, nem se comunicavam. Não sei se é certo dizer:

a sinceridade pode se bela, mas prefiro alguns nomes fora da minha tela, ou, o mundo é muito dinâmico para eu ficar me desgastando com bobagens de parentes, prefiro deletar os inconvenientes. Acho que a intolerância deve ser combatida em nosso próprio ego, até quando somos atingidos pelos mal educados ou gratuitamente agressivos. Temos que ter a paciência e a tranquilidade da tentativa do diálogo, ou dar aquela tal de resposta à altura. Se bloquearem, nada de estresse, temos que ter a consciência de que cumprimos nossa parte. Mesmo que as colocações sejam fortes, sem agressões, os diálogos têm que ser consistentes e levados até para a diversão, mas com final feliz. Ao apagar as pessoas que pensam diferente, você cria inimigos e passa a desconhecer suas armas, principalmente se forem mal intencionados. E tem uma agravante que as pessoas envolvidas nas redes sociais precisam analisar, cada dia que passa, e com muita cautela: discussões inúteis são iniciadas porque muitos acreditam em sacanagens e mentiras encomendadas, alardeadas pelas redes, e de formas nada sociais. E que podem, em razão dessas contaminações que semeiam discórdias, até criminosas, esses novos meios de comunicação perder o crédito. Se os técnicos da genialidade não criarem fórmulas para minimizar esse quadro, vão deixar seus seguidores decepcionados e sem perspectivas confiáveis para o futuro.

O Rômulo continuou:

— Você fala de conversas entre pessoas normais e das mentiras que prejudicam esses relacionamentos. Mas, se esse novo tecido social de comunicação fez evoluir o conhecimento e desmascarou muitos enrustidos perigosos, tem uma situação muito pior, entre os ditos normais, ele deu voz a uma multidão de imbecis, que ficam livremente tentando tecer, e cheios de razão, sobre assuntos que desconhecem. E é impressionante o número cada dia maior de notícias fúteis e idiotas. Está me parecendo uma forma canalha de tomar o tempo, confundir e estacionar a mente dos incautos. Umberto Eco disse que as redes sociais criaram um tipo nefasto, o idiota de aldeia convertido em portador da verdade.

— E estão sendo epidêmicos, cada vez que procuro me atualizar, vejo crescer o desfile de tolices com ares de saber absoluto – completou o Remo.

O Companheiro sugeriu a mudança de assunto, mas voltou à colocação inicial:

— Contudo, o homem não vai desistir de seus eternos grupos fechados, vai sempre se empenhar para resguardar seus segredos, nem que seja no blefe!

E o Remo, para não deixar de brincar e ser irônico, continuou:

— Tudo é assim mesmo, não se preocupe com os segredinhos, o mundo vai ter sempre a turma do Bolinha brigando com a turma da Zona Norte, a Glorinha se apaixonando pelo dinheiro do Henriquinho... E esqueça o blefe dos homens, na bíblia o apóstolo Lucas diz claramente: "Não há nada oculto que não venha a ser revelado, e nada em segredo que não seja trazido à luz do dia", portanto, keep calm!"

Rindo, o Companheiro continuou:

— Remo, também falo sério, como você! Eu espero sempre o melhor da vida, que é o tempo, embora eu possa não o encontrar no futuro. Ele é minha esperança, porque sempre vem repleto de surpresas, positivas ou negativas: ele derruba impérios, desmascara, implode, trás ciclones e revela. Posso não ver, mas nenhuma nova ordem vai deixar de ser velha. Como tudo pode começar de novo. Quando vivíamos encantados em 1960, não prevíamos tanta coisa ruim em 1970, e nem a reabertura posterior. A lamentar, é que o homem, nesse seu constante começar de novo, despreza as marcas que ficam e repete seus erros.

Perguntei ao Companheiro:

— Em toda essa conversa, cabe uma pergunta: "Você, no triângulo zen, nunca foi convidado para ser irmão fraterno?"

— Não tenho perfil! – ele me respondeu, dando uma gostosa gargalhada, continuando: – O bagulho é muito lôco! Mas aprendi uns gestos e sinais... quando morrer, vou fazer na porta do céu para São Pedro, pode ser que ele seja irmão, e aí vou ver se consigo entrar naquele universo, ser aceito em alguma templo, loja, sei lá!... Se não, vou pro inferno mesmo... — E continuou, rindo e olhando dos lados, como que meio receoso com a brincadeira: — Veja também que interessante, na história da humanidade, e ainda acontece, grande parte das pessoas que se destacam intelectualmente, ou são simplesmente famosas, em qualquer ramo da vida, têm sempre algum vínculo com entidades secretas. São ações em que celebridades e intelectuais acomodados acabam envolvidos pelos mais espertos, como você disse. Por suas atividades constantes, e sem tempo para pensar no início, meio e fim da vida, eles acabam aceitando qualquer instigação atraente. Não percebem que o segredo da morte não tem para ninguém. Nessa incógnita, surpreendem-me os inteligentes que passaram por bocó, deixando senhas para serem abertas após seu falecimento. Os obscuros, até hoje, procuram algum iluminado que acertou.

Continuei:

— Raros foram os aglomerados maiores de homens que não tenham inventado uma crença suprema e pregado o criacionismo de um ser superior. O homem, hesitante, mas sempre à procura do definitivo, nunca deixou de tentar explicar o impossível ou distorcer os fatos reais. Os aprofundados pensadores sabem que tudo é frágil, que o universo é infinito e que a única coisa que percebemos com clareza – como diz um amigo meu chamado Lúcifer – é o bem e o mal, porque convivemos com eles. Mesmo com as advertências atualizadas dos pecados capitais, o homem sempre vai ser o mesmo. Inúmeras mentes privilegiadas já estudaram, cada um na sua forma e sequência, esses dois polos, que podem ser definidos abstratamente como um deus ou um diabo, ou qualquer matéria ou manifestação concreta que se diferencie à nossa frente, a qualquer momento, até de forma útil, envolvidos que estamos com essas forças incontésteis: que é o claro e o escuro, a água e o fogo e tantos contrastes prontos a nos abocanhar. Todos os nossos atos são finitos para o bem ou para o mal, mesmo que o processo se inicie com um ou outro. Radicalizando, um aparente bom menino pode sair do quarto à noite e esfaquear a família. Mas como os questionamentos e o livre arbítrio são perigosos aos poderosos, é necessário ter a massa ignorante na mão e conter os ateus e agnósticos, que, quando moribundos, até para morrerem em paz com os seus, são obrigados a acreditar no que nunca acreditaram... E mesmo com tanto avanço tecnológico e pregação social, com o progresso da liberdade de expressão, das lutas contra a intolerância e até pelos direitos dos outros animais, pouco mudou. Com tristeza vemos que em algumas regiões desse tão pequeno planeta, privilegiados ainda procuram fugir da razão e radicalizar a ignorância... Mas vamos voltar para o nosso papo de 1968?

— Vamos!... Aliás, se esse seu amigo for o Lúcifer que conheço, ele vive voando... Tenho um conhecido no triângulo zen, graduado, sempre mal humorado, talvez por não ser tão alto no que pretende, obcecado no seu ritual de uísque escocês, que nunca vai me aceitar, quando me ouve, estufa o peito e diz bem alto, para me ofender: "Quanta ignorância!" Dia desses, num breve debate, ao destilar seu ódio contra os muçulmanos, e mesmo com um adesivo de Bafomé no seu carro, demonstrou desconhecer Ismael, o anjo Gabriel, bem como o simples conhecimento da maioria sunita sobre os xiitas. Sempre quis dar um troco mais forte nesse arrogante, mas não vejo necessidade, pode sobrar aqui para o ignorante... prefiro me divertir e ficar tranquilo, pois recebo a solidariedade plena dos demais. Embora ele não me aceite, sou a melhor bola do bilhar. Esse rançoso e pretencioso, achando que tem luz, quando morrer, mesmo cremado, vai feder na escuridão, como um qualquer...

— Companheiro, na incalculável insignificância do tempo que vivemos, mesmo que o homem vá viver um período de cem, ou mais anos, quem tem o direito pleno de chamar alguém de ignorante? Esse pessoal abestalhado esquece que somos todos filhos de Abraão. São os hórus com cabeça de merda! – brinquei.

Ele fechou o assunto e lembrou:

— Irmão!... Te falo uma coisa... irmandade é lugar onde raramente se encontra fraternidade... Bem, Marcão... sim, vamos voltar a 1968. Fora o amigo Remo, com menos idade que a nossa, acredito que mesmo com a censura e as restrições impostas naquela época, nós conseguíamos acompanhar tudo que ocorria lá fora e convivíamos intensamente com tudo que ocorria por aqui. Eu, por exemplo, procurava diariamente por notícias na BBC de Londres, na rádio Moscou, Pequim, Havana e até na Voz da América. Lia os jornais clandestinos e frequentava os bares mais festivos. Sem pretender ser ninguém de destaque, acompanhei a inteligência e a politização pacífica que crescia no país antes de 1964, o período do obscurantismo e a reabertura dos anos 1980. Além do sufoco da escuridão, a violenta repressão nos deixava sem ação. A revolta extravasava nos escritos em muros, portas de banheiros, banco de ônibus, notas de dinheiro... Enquanto viver, vou sempre transmitir aos mais jovens os detalhes das reuniões abertas e fechadas, das assembleias, comícios, manifestações, greves e confrontos que jamais esqueci. No meu pouco tempo de atuante clandestinidade, vi quando uma grande companheira, a Mara, quando tentava fugir de uma blitz, ser assassinada covardemente pelas costas, numa verdadeira emboscada, em plena via Dutra. Eu estava em outro carro que não foi reconhecido, e como tínhamos conseguido passar no meio do tumulto, pedi para quem dirigia que diminuísse a velocidade. Mesmo impotente diante do número de policiais, quis voltar e morrer junto. Os dois companheiros não concordaram e aceleraram, porque também íamos ser executados. Entrei em estado de choque, não sentia meu corpo e não conseguia falar. Fomos direto para o "aparelho" que ficava num sítio, na cidade de Santa Isabel. Passei dois dias à base de calmantes. O choque que tomei nesse episódio foi o mesmo que sacudiu meu corpo e perdi a voz quando soube que tinham matado o Zé Padeiro, o companheiro José Carlos Guimarães, bem aqui na esquina, na famosa batalha da Maria Antonia, entre a Faculdade de Filosofia da USP, que ficava logo aqui, na mesma calçada que estamos, e o um pessoal daqueles prédios do outro lado da rua, de tijolos vermelhos, a Universidade Mackenzie. Tinha conhecido o Zé Padeiro nas atividades do colégio Marina Cintra, junto com o Zeca, o Heleno, a Liza Vieira, que virou artista da Globo, e toda uma turma boa. Marcão, você sabe, estudei dois anos nesse colégio, e conheci seu irmão, o Léo. Nesse caso do Guimarães, meu choque foi tê-lo visto meia hora antes de sua morte, nesse mesmo trecho que passamos a pouco, da Consolação até aqui, a Vila Nova. Não tinha encontrado ele no primeiro dia desse conflito, mas no segundo, eu caminhava com amigos e o avistei um pouco mais a frente, com outro grupo. Eles pararam, bem aqui do outro lado, e eu, com mais alguns estudantes mais doidos continuamos andando naquele ar cinzento e no meio daqueles materiais de barricada espalhados do dia anterior. Acabamos correndo um grande risco, ao ir até a esquina da rua Itambé. Era início da tarde, e logo ocorreu a morte desse amigo... Sempre narro para o Remo, aqui do meu lado, fatos históricos e políticos da cidade, e agora, para ele saber, vocês recordarem e também contarem suas participações, vou tentar lembrar, desde o primeiro dia, o que presenciei nesse que foi considerado o maior conflito histórico entre estudantes paulistas... Mas o Marcão pode começar, ele viveu bem essa época e pode falar da sua experiência... que, para muitos, ainda hoje, tudo foi simplesmente uma briga de estudantes de direita e esquerda. E outros acham que foi uma provocação do regime militar para justificar as terríveis medidas que logo foram promulgadas e deram início a segunda etapa do golpe.

Senti que ele estava bem emocionado, e comecei:

— Não foi uma simples briga, foi uma guerra. Mas, do lado do Mackenzie, quanto aos alunos, não dava para generalizar como de direita. Alguns diretórios acadêmicos tinham grande influência da esquerda e o diretório central chegou a ser dirigido por Lauro Pacheco, alinhado ao Partido Libertador Acadêmico, que reunia as esquerdas internas. Mas era um foco de direita em razão de sua direção e da origem do Mackenzie College, uma escola presbiteriana norte-americana, centenária, que mantinha até internado. Por essa razão, e por concentrar um grande número de estudantes conservadores e outros radicais de direita, fortaleceram a criação, junto dos também direitistas radicais do Direito do Largo São Francisco, do CCC, Comando de Caça aos Comunistas, antes do golpe militar, em 1963. Com a participação dissimulada de policiais, foi um movimento mais encorpado que outras siglas anteriores com o mesmo propósito: AAB, Associação Anticomunista Brasileira, mais atuante no Rio de Janeiro; FAC, Frente Anticomunista, auxiliada pelo político

Adhemar de Barros e MAC, Movimento Anticomunista, que comandou o incêndio na sede da UNE, em 1964. A UNE construía e o CCC destruía.

O Rômulo continuou:

— O líder do MAC era o paranoico almirante Pena Boto. Eles foram que contra a criação da Petrobras e tentaram impedir a posse do eleito Juscelino, dizendo que seria o início do comunismo no Brasil, bem como praticaram um inédito ato terrorista no hotel Quitandinha, em Petrópolis, durante um Congresso da UNE... Esse pessoal da direita, do tipo Mourão Filho, Lacerda e recentemente dos moleques Carlos Sampaio, Cunha Lima, Aécio Neves, Marquezan Junior e tantos outros, adora se articular contra golpes em governos que não lhes satisfazem... sempre com a ajuda da mídia aristocrática, sociedades secretas e dinheiro ianque, só muda a época, os nomes e as vítimas: Jango, Dilma... Até quando? Nesses acontecimentos passados, esses radicais já vinham ameaçando os cursos-pilotos, os Centros Populares de Cultura, e as UNEs volantes, iniciativas bem sucedidas de propiciar cultura e esclarecimentos ao povo, num contraponto a massacrante alienação que tentavam implantar, e que se formalizou depois de 1964. A UNE dava continuidade pelo Brasil afora a um trabalho que já fazia o produtor teatral Oduvaldo Vianna Filho, o engajado e lutador "Vianinha". Era a prática daquilo que o sociólogo Florestan Fernandes, um dos nomes mais marcantes da história da Faculdade de Filosofia, dizia: "Contra as ideias da força, a força das ideias". O CCC tinha um apoio reservado do poder, e não era citado como clandestino. Fazia um fino recrutamento ideológico, tinha o patrocínio de algumas empresas e recebia material didático, aulas de logística e treinamento das polícias civil, das fardadas e de membros do Exército da época. Ao CCC se juntou, além dos *playboys* radicais, um grande número de policiais, principalmente civis, como os delegados Otavinho e Raul Careca, e gansos – informantes interessados em vantagens.

Lembrei:

— No meio estudantil também tinha uma espécie de operação Condor. Na Argentina, a AAA, Alianza Anticomunista Argentina, a direita peronista, fazia as mesmas besteiras. Como o CCC daqui, tinham a cobertura da CIA.

O Companheiro despertou e embalou:

— Além da CIA, muitas coberturas ainda continuam ativas por lá, o Clarin é da Opus Dei... Na Maria Antonia, no primeiro e principalmente no dia seguinte da batalha, quem estava do lado de fora viu a estratégia montada em volta do prédio da

Química do Mackenzie, bem em frente à Filosofia da USP. Quase todos armados, e não disfarçavam os rifles. Nesse segundo dia, logo cedo, estudantes e agentes davam cobertura, o tempo todo, para os que eletrificavam as grades de ferro e acumulavam pedras e outros objetos. Eles ainda invadiram um prédio em construção, ao lado, onde os estudantes da Filosofia tinham ocupado desordenadamente, no dia anterior, na tentativa de atirar pedras contra o pessoal do Mackenzie. Bem vizinho ao colégio ficava a doceria Holandesa, o estabelecimento comercial mais próximo dos embates. No primeiro dia do conflito, membros do CCC armados, também protegiam, à distância, a entrada e saída de material e funcionários nos laboratórios, tudo para a fabricação de bombas molotovs a base de ácido sulfúrico. O edifício da Química ficava bem em frente a Filosofia. E no prédio vizinho em obra, depois de tomado, eles não tiveram dificuldade de acumular uma grande quantidade de objetos bélicos ocasionais. Também levaram para o último andar dessa construção, várias caixas que depois soubemos serem de pratos. Quem observou eles subindo com aquele material não entendeu nada. Mais tarde, durante os conflitos, eles arremessaram, do último andar, esses pratos, que vinham circulando pelo ar, perdia a força, e ninguém sabia onde ia cair. Eles tinham todo esse preparo logístico, enquanto do lado da Filosofia, o pessoal, em maior número, mas com menos recursos, além das garrafas molotovs com gasolina, apelava para as pedras, pedaços de pau, telhas, tijolos e rojões. Um grande número de alunos se revezava no reforço da segurança, mas eles não tinham o conhecimento e a prática dos inimigos. Apenas ajudavam, em número, um grupo mais preparado que já fazia a segurança fixa na Filosofia. Era um pessoal que não exibia armas, seguia regras elementares de prevenção, tinham binóculos, auto falantes, faziam revistas em suspeitos para entrar no prédio, atualizavam a lista dos membros do CCC e da Polícia, e não deixavam que fizessem fotos internas, principalmente por parte da imprensa, que era atendida em local especial. A distribuição de algumas normas gerais de segurança, concentradas no último andar, era sempre para se evitar surpresas, como agir em situações de combate e enviando feridos à enfermaria ou direto para a Santa Casa em casos mais graves. E nesses dois dias, para enfrentar a cavalaria, era recomendado carregar nas mochilas à tiracolo, lenços, bolinhas de gude, pedras e até rolhas. Tomavam cuidado era com o uso do miguelito, dois pregos grossos entrelaçados, para furar pneus, alguns tinham se machucado no transporte e manuseio. Esse conflito campal começou na manhã do dia 2 de outubro de 1968, uma quarta-feira. Para obter recursos para o movimento estudantil e o Congresso da UNE que se aproximava, alguns universitários, e um grande número de secundaristas, correram pela rua Maria Antonia pedindo dinheiro. Montaram também uma barricada precária, e alguns carros paravam, na boa. Eu acabei ficando mais tempo no farol da esquina com a rua Itambé, com um grupo maior de meninas, bem naquela descida nevrálgica do Mackenzie. Não deu outra, nesse local, quando a garotada subiu um pouco mais, começaram a ser constantes os bate-bocas e empurrões, e por pouco eles não foram agredidos por marmanjos. Um estudante mais velho chegou e pediu para todos retornarem à Maria Antonia. Ainda era de manhã, e se não houve agressões físicas, segundo o comentário posterior de um radical de direita, foi em razão dos pedintes serem, na maioria, adolescentes, ter muitas meninas bonitinhas, ponto de ônibus, e muita movimentação de mulheres e idosas nas proximidades. O que não ocorreu instantes depois, na Maria Antonia, quando um ovo foi arremessado no pessoal da liderança estudantil da Filosofia, acertando uma moça.

Observei:

— Esses secundaristas faziam parte de um Congresso da UBES, União Brasileira dos Estudantes Secundaristas, e eram em sua maioria do Colégio de Aplicação, que ficava na rua Gabriel dos Santos. Uma instituição renovadora, com professores da USP, que tentava criar um espaço pedagógico mais avançado, não confessional, liberto de amarras, com questionamentos para se procurar a verdade dos fatos e da vida. Antes desse avanço, como exemplo, os livros de ciências, na parte de anatomia, não faziam referências a órgãos sexuais. Em 1970, a repressão e a censura fizeram com que essa experiência educacional perdesse o sentido.

O Rômulo, que também foi professor, com semblante sério, lembrou:

— Foi o facão ditatorial em cima dos estudantes. Não esqueçam que depois do demolidor AI-5, de dezembro de 1969, veio, em março de 1970, o decreto-lei 477 e criou uma poderosa divisão de segurança e informação para fiscalizar radicalmente as atividades políticas de estudantes, professores e até funcionários de escolas. Foi a felicidade plena daqueles que logo depois do golpe de 1964 criaram a Lei Suplicy, colocando na ilegalidade a UNE, União Nacional dos Estudantes e o nossa UEE, União Estadual dos Estudantes. Os mesmos que em 1966, também lutaram pelo acordo MEC-Usaid, MEC, Ministério da Educação e Cultura mais o Usaid, agência norte americana que financiava projetos "educacionais" em outros países. Acordo que substituia o ensino do humanismo e da filosofia europeia pela formação de técnicos, profissionais servis as grandes empresas multinacionais, numa brecha aberta pelos militares para a privatização do ensino em todos os seus níveis. Nesse embalo, eliminaram os tradicionais clássico e científico, porque nesses cursos se ensinava filosofia, ciências sociais, latim e outras matérias perigosas. Diminuiram a carga de história e enfiaram a tal Moral e Cívica. A repressão também gostava de usar a palavra aniquilar, e foi o que fizeram depois de todos esses atos castradores. Os atuantes centros acadêmicos foram substituídos pelos controlados diretórios acadêmicos. O inglês passou a ser ensinado desde dos berçários, e tudo, do primário as universidades, infelizmente até hoje, passou a ser uma máquina de produzir mão de obra especializada e alienada, um instrumento de colonialismo intelectual, cultural e científico. Quero homenagear aqui a figura de Anísio Teixeira, um educador que foi contra a educação privilegiada para as elites, e que deu ênfase ao desenvolvimento do intelecto, para capacitar o julgamento, diferente da memorização. Morto em 1971, é mais uma dívida do regime militar com a nação. O consagrado antropólogo Darcy Ribeiro, que também foi perseguido e exilado, criou, no governo de Leonel Brizola, no Rio de Janeiro, os Cieps – Centros Integrados de Educação Pública, em sua homenagem. Por fim, quero lembrar que logo depois da repressão de 1968, duzentos mil alunos, os famosos excedentes, um recorde, passaram nas instituições de ensino público e ficaram sem vagas para a qual tinham sido aprovados. Isso abriu o buraco educacional e as brechas para que faculdades particulares, de baixíssimo nível, explorassem o nosso ensino, até em cursos de fim de semana, em distantes cidades. Hoje, milhares de alunos, por tirarem zero em redação, não aproveitam as vagas do Enem.

— Bem lembrado! — comentou o Companheiro, observando: – Vejam as transformações que tivemos em tão pouco tempo: não havia referência a órgãos sexuais nem em aulas de anatomia, depois, foram reivindicadas aulas sobre orientação sexual e hoje, não há necessidade de mais nada...

Continuei:

— Nessa repressão que falamos, não podemos esquecer que o cérebro que motivou o CCC foi o do então ministro da Justiça, Gama e Silva, também redator do AI-5, que simplesmente fechou o Congresso, suspendeu o habeas corpus e deu ao presidente o poder de "cortar" a cabeça de qualquer contestador. Antes desse ato, esse ministro-cagueta, fez uma lista de todos os professores esquerdistas da USP, uma carnificina que alimentou as feras do regime. Todos foram condenados a aposentadoria compulsória e a perseguições incontroláveis. Essas interferências na vida estudantil minimizaram até o esporte. Os tradicionais jogos esportivos entre o Mackenzie e a Medicina, a Mac-Med, perderam o impacto e o charme.

— Marcão, voltando, antes desses ovos que falei, que geraram o conflito da Maria Antonia, o clima bélico já vinha desde o início do golpe de 1964, quando esses mesmos grupos radicais de direita invadiram as dependências da Filosofia, quebraram móveis e colocaram fogo no prédio. Aí ficou plantado um soldado da guarda civil, por um tempo, na porta. Essas tentativas de invasão e danos ocorreram, todos os anos posteriores, vidraças foram quebradas, até com tiros, e pichações foram constantes. Interessante, esses radicais eram maldosos, mas, ou tinham receio de consequências imprevistas, ou faziam para irritar ou mandar recados, quando, com todas as condições para incendiar, apenas chamuscavam ou danificavam livros preciosos de pensamento esquerdista. Adoravam mais era arrebentar e furtar material dos armários dos professores estrangeiros, principalmente franceses, que viviam reclamando aqui no bar do Zé. Em 67, antes daquela invasão em outubro, para destruir as urnas da eleição da UEE, e que acabaram também depredando o grêmio e quase totalmente o prédio, esses direitistas já tinham, na primeira semana do ano letivo, jogado rojões e pedras nos horários de aula. Não queriam que os alunos da Filosofia tivessem aulas, e só uma viatura parada por certo tempo na porta é que fez eles mudarem de ideia. Mesmo assim, semanas depois voltaram a carga, quando espancaram alguns alunos indefesos na porta, chamaram o pessoal de dentro para a briga, mas ficaram só na ameaça de invasão. Eu presenciei toda aquela estupidez, bateram até nas meninas. Era de manhã, e o motivo era que tinha chegado um palestrante esquerdista, estrangeiro e famoso, cujo nome não lembro, e por ali ficou muita gente circulando para tentar ouvir o convidado. Ninguém lá de dentro se manifestou ou reagiu. Inconformados, esses provocadores ainda arremessaram uma bomba incendiária dentro do prédio, um fogo grande se iniciou num material da entrada, mas logo foi apagado pelos funcionários e por quem estava por lá, inclusive muitas mulheres que gritavam revoltadas. No fim, insatisfeitos, os agressores é que chamaram o corpo de bombeiros, desnecessariamente, só para dar audiência e aumentar a confusão. Conseguiram despertar a ira de todo mundo e, em razão disso, mais tarde, vários estudantes, dos dois lados, entraram em confronto na rua, ficando vários feridos, até gravemente. Não vi essas brigas, mas quando passei à noite, ainda tinha garrafa quebrada e sangue por todo lado. Novamente, durante algum tempo, deixaram um guarda civil rondando a calçada do quarteirão.

Observei:

— Depois dessa treta do grêmio, no mês de outubro, o CCC recuou até o fim do ano. Mas no início do ano letivo de 1968, pequenas e grandes discussões começaram a ocorrer aqui nas redondezas. E as porradas começaram a crescer, o clima bélico extrapolou a região e contaminou o mundo estudantil São Paulo. Era o assunto em bares, entradas de teatro...

O Companheiro continuou:

— Então, esse clima foi até julho, quando os alunos ocuparam pacificamente a Filosofia, em assembleia permanente para discussão de novas propostas de ensino, fato que também ocorreu na PUC, Economia e Direito da USP, e posteriormente em várias outras faculdades pelo Brasil. Dessa forma, os conflitos cresceram, e o alerta máximo surgiu no fim de setembro e início de outubro, sinalizando o porvir de uma guerra. Não havia a mínima cordialidade, e os mackenzistas, ao sentirem o aumento do número de opositores circulando pela Maria Antonia, resolveram dar tiros a esmo, durante as madrugadas, nesta esquina da Maria Antonia e no prédio da Filosofia. Para não correrem o risco de matar alguém, eles atiravam para cima, e nos vidros mais altos da Filosofia, principalmente no anexo. E no interior desse prédio é que foi discutida e decidida a criação daqueles grupos de jovens que foram solicitar recursos nas ruas para o movimento e o próximo Congresso. Eu, que já vivia praticamente na rua, logo no primeiro dia, fazia número no meio dos estudantes, ajudando a tentar convencer o pessoal que passava a colaborar, estava divertido, não tinha nada a ver com a obrigatoriedade de um pedágio. Como eu falava, na manhã do dia em que eclodiu o conflito, na Maria Antonia, rua que há algum tempo o bonde 14 não circulava, mas mantinha os trilhos, a molecada que pedia dinheiro brincava como estivesse se equilibrando numa linha reta, em fila, um atrás do outro, muitos carros paravam e os motoristas até sorriam, não vi ninguém querendo briga e quem não contribuia era respeitado. Quem reclamava era alguns riquinhos do Mackenzie, mas mesmo assim, em rápidos bate-bocas. Uma hora, da porta do supermercado Pão de Açúcar, observei que tinha gente espalhada com saquinho, correndo e pedindo dinheiro, desde a Major Sertório até a Consolação. Então, quando voltávamos da Itambé, foi quando surgiram os bizarros ovos atirados, que acertaram uma moça, e que dizem, estavam podres, e se estavam, prova que os mackenzistas de direita estavam prontos para uma confusão maior. A partir daí começou uma inacreditável batalha. Quem estava na rua ficou com o sangue quente, se revoltou, e uma aglomeração cresceu na porta da Filosofia. Do outro lado, mais preparados logisticamente, seus contendores começaram a atirar pedras e se esconder atrás dos vários arbustos em volta das calçadas internas, ou no estratégico muro que rodeia essa universidade, na maior parte da Maria Antonia. De fora, não dava para visualizar esses agressores. Mas, diante da reação do pessoal da rua, também atirando pedras, não demorou para os mackenzistas aparecessem com uma grande quantidade de rojões de vara, em mais um sinal que se encontravam preparados. As lideranças da Filosofia, que discutiam o próximo Congresso, foram surpreendidas com aquela confusão, e por esta razão, o pessoal da defesa demorou para aparecer com objetos mais contundentes e bombas molotov. Naquela altura, as maiores tendências, a AP do Luís Travassos e as Dissidências do Zé Dirceu em São Paulo e do Vladimir Palmeira do Rio de Janeiro, tiveram que se unir. Por vários momentos, o trânsito ficou mais lento, mas funcionou normalmente, porque grande parte do pessoal da Filosofia e os secundaristas se deslocaram até aqui na esquina com a Vila Nova. E fugiram em razão dos tubos de ensaio, vidros e sacos plásticos com ácido, alguns misturados com cal, que vinham do prédio da Química e estavam lesionando pessoas. Em frente aos três bares que funcionavam aqui, trouxeram leite, água boricada, cobertor, para socorrer os feridos, mas nada aliviava a terrível dor da corrosão na pele. Vários estudantes sofreram lesões graves, tanto no primeiro, como no segundo dia dessa guerra. Soubemos, tempos depois, que uma moça do interior, conhecida de todos, bem lesionada e traumatizada, abandonou tudo na vida e ficou numa terrível depressão. Logo que voltei para a Maria Antonia, fiquei um bom tempo atrás de uma coluna da Filosofia, e vi que nessa esquina perpendicular que estamos, o número de estudantes tinha aumentado, e na frente da faculdade, muitos queriam invadir o Mackenzie de qualquer forma. O colégio é cercado por muros altos, e justo em frente a Filosofia, onde a parte é mais baixa, as grades são de ferro e as pontas de lanças dificultam uma transposição. Mesmo com os malucos do CCC lá dentro, pelo número de estudantes do lado de fora, alguns tentaram pular as grades e acabaram se machucando. Aqui no bar do Zé, sempre teve um grupinho que comentava que a invasão podia se dar pelos fundos do estacionamento em frente.

— Eu sempre falava isto. Ali era um cortiço e, como disse, a nossa molecada sempre invadia o colégio por esse fundo, tranquilamente, para pegar jacas em duas enormes árvores ou para jogar bola nas quadras do Mackenzie. Mas, politicamente, isto nunca aconteceu - comentei.

O Companheiro prosseguiu:

— Eu tinha muitos parentes morando nessa antiga mansão abandonada,que acabou virando esse cortiço... Então, deflagrada a guerra, ao tomar conhecimento dessa tentativa de invasão, a reitora do Mackenzie, Esther de Figueiredo Ferraz, acabou ligando para o governador-interventor Abreu Sodré, relatou o que acontecia e pediu a presença urgente da polícia. Logo, uma tropa da guarda civil compareceu e três deles tentaram ir para cima dos estudantes da Filosofia que tinham invadido a abandonada churrascaria Querência, para pegar mesas e cadeiras para a defesa e montagem de bloqueios. O pessoal enfrentou esses policiais no mano a mano, eles deram tiros para cima e depois tiveram que voltar para se juntar a tropa que veio proteger o patrimônio particular do Mackenzie, deixando os bens públicos da Filosofia, e muitos feridos que se encontravam na rua, de lado. Estava circulando, e quando o clima esquentou corri e entrei na casa de um amigo, ao lado do Magu, uma lanchonete de *playboys*, que estava fechada, e ficava na mesma calçada da Filosofia. Dessa casa vimos vários guardas civis circulando em frente ao prédio da Química e nos espaços internos do Mackenzie, nos que ficam bem mais altos, e que vão até a esquina da Itambé. Esta proteção governamental revoltou ainda mais o pessoal da rua. Depois fui até a Major Sertório, onde se concentravam alguns conhecidos. Nessa mesma data, na cidade do México, a polícia, numa repressão a uma manifestação estudantil, matou vinte e seis jovens.

XI. Os conflitos sem fim

Depois de uma pausa, levantamos para esticar as pernas. E aproveitamos para conversar com o funcionário mais antigo do atual bar do Zé. Ele só tinha ouvido falar do que abordávamos, nada acrescentou. Sentamos novamente, pedimos sanduíches e mais cervejas, e eu continuei:

— No dia seguinte, essa guerra recomeçou por volta das nove horas. Companheiro, não sei onde você estava, mas eu, como tinha dormido pouco, logo cedo, ainda na minha casa, fiquei sabendo o que o pessoal do CCC tinha aprontado. Num ataque surpresa, tinham atravessado a rua e arrancado as faixas que estavam na porta da Filosofia, inclusive uma preta, de luto, pelos acontecimentos do dia anterior. Eles não gostaram dos dizeres que saudavam os alunos do Mackenzie, numa clara alusão de que os inimigos eram os membros do CCC e outros grupos de direita, não os seus estudantes. Começou, a partir daí, uma nova batalha, iniciada pelos mackenzistas. Mesmo com tudo aquilo, não poderia imaginar o que viria logo em seguida, aquela sequência de tiros, feridos graves e até morte.

— Marcão, como no dia anterior, eu zanzava pela Maria Antonia, e pouco antes dos tiros, como disse, tinha visto o Zé Padeiro com uma turma vinda da Consolação, e como o clima aparentava uma breve trégua, eles pararam por aqui e eu, com mais alguns malucos, fomos até a porta da Filosofia, sem avaliar os enormes riscos. O pessoal gritou de dentro do prédio para que não parássemos e fomos até a Itambé. Tinha muita gente em frente ao Pão de Açúcar, local das "cinco esquinas", e, mal chegamos, uma correria de pessoas desesperadas veio da área da faculdade, em nossa direção. Eles gritavam: "tiros, tiros". Naquele instante não imaginamos que o alvo tinha sido o pessoal que estava aqui em frente ao bar do Zé. Assustados, cada um tomou um rumo, eu desci a Major Sertório e demoramos para saber que alguém tinha morrido. Acabamos encontrando a turma que veio pela Vila Nova e nos concentramos em volta do teatro Leopoldo Fróes. Ninguém sabia o que fazer, pois não se entendia nada. Alguns subiram novamente a Vila Nova, e eu acompanhei a maioria que subiu a Cesário Mota para acompanhar a passeata que já invadia a Consolação.

— Companheiro, como soube que era o Zé Padeiro que tinha morrido? – perguntei.

— Justamente na esquina da Consolação, através de uns secundaristas que reconheceram seu rosto e também estavam com ele pouco antes. Um veículo foi obrigado a socorrer. Segundo os que viram, ele já se encontrava morto. Depois do choque da notícia, não consegui acompanhar a passeata e voltei com mais dois estudantes que choravam, por uma Maria Antonia totalmente suja. Fiquei zanzando pelo bar do Zé e imediações, assistindo as pequenas batalhas que ainda rolavam. Tinha parado de beber, mas voltei a tomar alguns "rabo-de-galo". No fim da tarde, quando começou a escurecer, vi ainda alguns estudantes saindo do prédio da Filosofia na forçada, a tropa de choque tinha chegado. Depois que foram embora, o prédio ficou praticamente vazio, e nesta, o CCC se aproveitou para invadir e destruir o que pôde. Como nunca tive perfil de estudante, passei a ser só morador de rua, fiquei na cara dura vendo aquelas cenas criminosas. Os pequenos focos de incêndio aumentaram. Em frente à Química, e atrás das grades do Mackenzie, vários estudantes comemoravam. A Força Pública, uma espécie de exército paulista, preparada mais para confrontos de rua, tinha em seu quartel, ao lado do prédio do antigo DOPS, na praça General Osório, uma tropa especial para essas ocasiões. Chegaram na Maria Antonia com tudo, um carro brucutu ficou nas imediações. Depois de debelado o incêndio, à noite, um Aero Willys marron parou e levou caixas, livros, pastas e papéis, que grupos de pessoas estranhas à Filosofia, rapidamente já tinham separados. Não demorou e apareceu uma Rural, sem placas, e completou a apreensão ou furto, fazendo a mesma coisa. Pouco antes dos dois carros, policiais à paisana, viaturas e cavalaria da Força Pública rondavam e ignoravam totalmente o que os radicais do CCC faziam lá dentro. Vários repórteres escreviam, outros fotografavam, mas ninguém registrou essas ações e omissões da polícia, por medo ou incompetência, nem as marcas evidentes de metralhadoras. Nada desses detalhes foi noticiado, apenas o sensacionalismo do conflito. Depois desse corre-corre, após os tiros criminosos, horas depois a rua Maria Antonia ficou cercada dos dois lados e, num primeiro momento, ninguém passava, nem de carro, nem a pé, sem se identificar. Com muitos moradores na área circulando, os policiais relaxaram um pouco, e essa identificação só durou até a meia noite. Ficaram de prontidão, e só voltaram a pedir documentos aos transeuntes no dia seguinte, já na sexta feira. Parecia uma estupidez, porque na subida da Vila Nova, desde do dia anterior, não tinha nenhum policial. Mas, na realidade, após os conflitos, a rua tinha virado um canal de escoamento para o pessoal ir embora sem problemas. Estranho também é que antes dessa invasão do CCC, vários carros de bombeiro tinham passado pelas imediações, mas naquela hora mais grave do incêndio na Filosofia, demoraram para chegar. Tinha um que ficou parado um bom tempo na praça Leopoldo Fróes, e muitos que conversaram com os soldados acharam que estavam prevendo alguma tragédia, ou já sabiam de alguma coisa. Dizem que no ápice da confusão, foram impedidos de subirem a Vila Nova, e foram até agredidos, não presenciei essas cenas, devia estar em outro local. Como também não acompanhei a passeata, e só fiquei sabendo, lá pelas onze da noite, do tumulto que ocorreu na cidade, com veículos incendiados e muita pauleira. Marcão, um mês antes dessa guerra, num bar da Maria Antonia, do outro lado do anexo da Filosofia, eu presenciei, por volta da hora do almoço, uma puta comemoração de alguns alunos do Mackenzie. Eles xingavam tudo que era de esquerda e brindavam a prisão do Vlademir Palmeira no Rio de Janeiro e outras coisas que não entendi, talvez alguma sacanagem que tinha dado certo. Não gostei daquilo e marquei bem a cara de alguns. Mais tarde acabei denunciando um deles, que estava na cara dura, infiltrado na porta da Economia. Deram uma congesta nele, arrancaram seus documentos e o identificaram como um velho inimigo. Ameaçaram de linchar o sujeito, que fugiu, e uma foto desse entrevero acabou saindo na primeira página da *Última Hora*, com a sua casa ao fundo. Não era ninguém da família Parisi, só soube, mais tarde, que ele virou um empresário famoso. E dessa turma que tinha visto no bar, um deles, que também ganhou muita grana, acabou apoiando o Lula na primeira eleição para presidente.

— Guardei a manchete desse jornal por muitos anos, depois de ficar exibido durante a semana, na porta da Filosofia. Lá tinha um mural de comunicados e recortes de jornais, principalmente da *Folha da Tarde* e *Jornal da Tarde*. Era organizado pelo pessoal da UEE que ficava na Major Sertório... Companheiro, não sei se você lembra, desde moleque, eu utilizava, com outros garotos, por simples brincadeira, uma passagem atrás da Filosofia, na Maria Antonia, para ir ou voltar da minha casa na Vila Nova. Eu, muitas vezes sozinho, pulava o muro que ficava entre os dois prédios da faculdade, ia até o fundo, me equilibrava num beiral de cimento e pulava um perigoso vão, ao lado do prédio da Administração, que era nosso vizinho, para chegar ao telhado de casa e descer por uma escada improvisada. Bem antes de tudo, alguns estudantes que me viam nessa molecagem, eu mostrava o trajeto. E eles comentavam que era uma excelente rota de fuga, desde de que pudessem descer pela minha casa, ou se arriscassem de pular para a rua. Na quarta-feira, dia dois de outubro de 1968, saí mais cedo do trabalho e só voltei na segunda. No fim da tarde dessa quarta, com o conflito suspenso pelas forças policiais, levei a para o pessoal da UEE a sugestão de utilizar essa passagem em alguma emergência. Infelizmente, meses antes, a administração da faculdade tinha mandado subir a altura desse muro da Maria Antonia, tornando impossível pulá-lo. Mesmo assim, a turma verificou e todos gostaram da ideia, porque a saída pela porta principal da Administração já estava na mira da polícia. Alertei do perigo de pular o vão, principalmente a noite, e logo apareceram alguns dispostos a ajudar a resolver o problema. Tiramos umas telhas velhas que atrapalhavam o caminho e, ao escurecer, quando não tinha políciais por perto, pegamos umas tábuas daquele prédio que estava em construção, do outro lado da Filosofia. O difícil não foi jogar as tábuas menores pelos vãos, mas tentar passar alguns caibros mais compridos, para atrás daquele paredão, não sermos vistos, porque além das viaturas que rondavam, sem dúvida, estávamos sendo observados do outro lado, pelos mackenzistas. Mas conseguimos muitas madeiras, e ajeitamos sobre os caibros, entre os beirais mais perigosos. Entrou a noite, e a expectativa era grande, o clima de guerra fervia, a quinta-feira do dia três prometia. Desde a tarde, logo após esta primeira batalha, muita gente ficou zanzando pela rua e de vigília permanente nos dois *fronts*, durante toda a madrugada.

O Companheiro lembrou:

— Dentro da Filosofia, ao som da *A Internacional*, as meninas, que desde a ocupação faziam sopas, no restaurante do grêmio, no subsolo, com o que conseguiam, e com nomes revolucionários, passaram a pedir mais alimentos, com urgência, para as comissões.

Continuei:

— Logo após a batalha do primeiro dia, houve um reforço de manutenção e segurança geral, até com campainha. E no 5º andar, uma escala para o descanso. As frentes operárias não participaram desse confronto, mas mandaram gente especializada. A população, no geral, era simpática à causa estudantil. Alguns jovens, que ficaram do lado de fora, conseguiram pedaços de papelão e jornal, acabaram entrando pela faculdade, se abrigaram atrás do paredão do muro e permaneceram à noite por ali. Hoje, quem passa pela Maria Antonia não encontra mais esse paredão, ele foi derrubado e criaram um pequeno espaço público. A ideia de melhorar essa fuga de emergência surgiu porque percebemos as dificuldades dos estudantes, que quando aglomerados na Maria Antonia e atingidos por objetos e até tiros, ou perseguidos pela polícia, não tinham como se proteger. Eles se aglomeravam na porta da faculdade e poucos sabiam da rota fuga pela Administração. Quando o muro era mais baixo, tudo bem, ficavam escondidos por ali. Mas mesmo assim, ficavam receosos de prosseguir pelo atalho de casa, porque eles não sabiam onde iriam sair. Na época que eu comecei a mostrar esse caminho para alguns estudantes, muitos passaram tranquilamente pela minha casa. Só que quando tinha muita gente em fuga, devido ao vão, muitos precipitados e imprudentes acabavam caindo e se machucando, nunca houve lesões graves, mas o espaço era relativamente alto. Quem caía, podia sair pela janela de uma sala da faculdade, ou subir com a ajuda de uma corda, que dava um puta trabalho. Com as tábuas colocadas sobre os caibros entre as duas lajes, durante aquela noite histórica, aumentou o número de estudantes transitando por ali. Só ficou mais difícil, por ser muita gente, de sair por dentro da minha casa. Do meu telhado, bem como da vizinha garagem da Administração, a altura impedia que se pulasse direto para a calçada da Vila Nova. A solução foi preparar uma corda com nós, no estilo das teresas de pano, usadas pelos presos, que poucos acabaram utilizando, para descer para a rua. Na quinta-feira, pela manhã, quando o vai e vem não parava, apareceu uma corda verdadeira, que alguém mais experiente recomendou descer com um pano enrolado, para não ferir a palma das mãos. Os mais fracos e as mulheres, eu deixava pular para um pequeno quintal triangular na minha casa, para depois passarem pela sala de entrada e sairem pelo portão de ferro da rua. Por ser perigoso para eles e por segurança da nossa família, meus pais aceitavam, mas não gostavam dessa movimentação, viviam chamando a minha atenção. Antes da meia noite, para uma comissão designada pelo pessoal que estava permanente, dentro da Filosofia, eu autorizei o estoque de coquetéis molotov no telhado de casa, o que foi feito. Eram vários tipos de garrafas, armazenadas com muito cuidado, no beiral de cimento que dava para a rua. Um tambor de lata enferrujado, já há algum tempo escondido atrás do paredão da Maria Antonia, servia para acondicionar um pouco de gasolina, os outros ingredientes, e de lá distribuir estrategicamente as garrafas. Confeccionaram algumas durante a madrugada, e uma quantidade razoável das que estavam armazenadas no meu telhado, acabaram não sendo utilizadas no dia seguinte. Durante a madrugada, eu subia para acompanhar aquela loucura e me diverti quando apareceu uma caixa de estilingues. O Luís Travassos e o Edson Soares, vice da UNE, conheceram essa rota de emergência. Meus pais sabiam que os estudantes estavam em guerra, mas não tinham a menor ideia do que ocorria em cima da casa. Quando o dia três de outubro clareou, esse pessoal do telhado, quando transitava, foi visto pelos mackenzistas, e todos começaram a se esconder como podiam, para se proteger de possíveis objetos arremessados. E o que aconteceu durante a noite não terminou aí. Pedi várias vezes para que tomassem cuidado quando pisassem nas telhas, mas alguns descuidados acabaram quebrando algumas delas. A cozinha de casa não tinha forro, e pela manhã, depois de ouvirmos um barulho, eu e meu pai abrimos a porta e ficamos revoltados com aqueles pedaços de telha caídos, que amassaram o fogão, cobriram a mesa e se espalharam pelo chão. Eu, muito bravo, subi e pedi a colaboração para o conserto rápido daquele estrago, porque a minha mãe estava acamada, dormindo com remédios, e não tinha visto ou percebido aquilo. Desci, dei uma cochilada e, em poucas horas, trocaram as telhas comuns quebradas e, na cozinha puseram umas dez telhas de vidro. Quando subi, não encontrei mais ninguém, não consegui nem agradecer. Até hoje não sei quem fez aquilo e onde arrumaram aquelas telhas. Minha mãe adorou, a cozinha ficou super transparente, entrando até a claridade do sol.

— Marcão, eu realmente não conheci essa passagem, mas a saída pela Administração já estava manjada, ali funcionava a biblioteca da FEA e sempre ficava com muita gente. Durante o conflito, os soldados da cavalaria ficavam revoltados de assistirem tanta gente fugindo por ali, e tentavam galopar. Os animais desciam escorregando pelos paralelepípedos da Vila Nova, que nem precisava das bolinhas de gude e rolhas que a turma jogava para derrubar os cavalos. Enquanto eles perdiam tempo nesses malabarismos, ou se perfilando para se implantarem na porta da Administração, uma turma fugia, outros entravam, batiam a porta, travavam por dentro, e os cavalariços ficavam fulos porque não conseguiam conter porra nenhuma.

— Não vi essas cenas, mas minha mãe contava, os cavalos derrapavam, alguns dobravam as patas, os soldados pulavam para não cair, todo mundo se divertia. No último dia, eu ia acompanhar a passeata que saiu logo depois da morte do Zé Guimarães, mas fui alertado que ainda tinha gente no telhado de casa. Todo mundo estava atordoado com a morte do amigo, e eu fiquei assustado porque não sabia quem estava lá em cima. O pessoal da cavalaria, desconfiados por terem visto alguns estudantes saindo pelo meu portão, ficaram observando, chegaram a ver alguns malucos em cima, mas não tomaram nenhuma atitude, acredito que não imaginaram que tivesse aquela passagem estratégica. Subi no telhado, realmente tinha muita gente circulando, mas ninguém estranho à luta. O pessoal tinha ido buscar as molotovs que sobraram. Desde manhã, a pedido dos meus pais, não autorizei ninguém mais a descer por dentro da minha casa. Minha mãe estava muito preocupada, perguntou do rapaz que tinha morrido, eu disse que ela não conhecia, que ele era muito amigo do Zeca e não era da turma do Vila Nova, nem da igreja da Consolação, jovens que ela conhecia muito bem. Aliás, o Zeca é que levou suas próprias roupas para vestir o Zé Guimarães no IML. Depois me contou que teve uma forte premonição na noite anterior. Voltei para a rua e não fui atrás da passeata, fiquei com os amigos que chegavam após receberem a notícia. Ajudamos a montar um bloqueio, com tubos de esgoto, um pouco mais à frente do bar Cientista e, meio atordoados, ficamos vendo, sem muito o que fazer, embora tivesse ainda muita gente na rua, os últimos rojões e molotovs jogados entre as partes. O fogo na Filosofia já assustava quando chegou a tropa de choque da Força Pública. No momento que estava na Maria Antonia, dois interioranos voltaram a assustar meus pais. Eles estavam na Filosofia, fugiram pela passarela, sem saber onde terminava, chegaram no beiral, não tinha mais corda e, ao pularem para a calçada, escorregaram e se estapelaram no chão. Se machucaram com certa gravidade: além dos arranhões, um torceu o pé, o outro, a mão. Meus pais ficaram com dó e tentavam fazer alguma coisa. Indaguei os dois, e eles, assustados, explicaram que eram do interior, estavam atrás do muro da Maria Antonia e, ao tentarem sair para a rua, achando que o ambiente estava calmo, ouviram tiros de metralhadora – não sei se foi verdade –, houve tiros de metralhadora, mas naqueles momentos anteriores não ouvimos nada. Eles evitaram maiores comentários, talvez por receio, e amigos levaram os dois para o pronto-socorro. Desconfiei, mas não tinham cara ou trejeitos de policial. Essa movimentação na minha casa acabou sendo um transtorno para meus pais. Logo no primeiro dia do conflito, à tarde, minha mãe estava sozinha e ouviu um barulho na sala. Ela foi verificar e se chocou ao ver um rapaz da direção da UEE, que eu não conhecia e soube depois, com uma japonesa bem assustada, sentados na sala da frente. Embora eu tivesse apresentado alguns estudantes que desciam comigo do telhado, esses foram os primeiros desconhecidos que tinham aparecido. Para se livrarem do ataque que todos sofriam, eles se esconderam no fundo da faculdade e, orientados por alguém, correram o risco da passagem e chegaram no meu telhado. Desceram pela escada improvisada, que tinha acabado de trocar por uma melhor, que acabaram quebrando. Eles também se assustaram com a minha mãe, porque foi dito que eu morava sozinho e que a casa estava vazia. Nós tínhamos acabado de voltar da Filosofia, não vimos esses dois, e estávamos aqui no bar do Zé, justamente para planejar a melhoria dessa rota de fuga. Esse rapaz foi me procurar e insistiu que entraram em casa autorizados por um desconhecido. Fiquei cabreiro com eles e com quem deu a dica de casa. Confirmei a origem deles, e o pessoal no bar reconheceu o rapaz, confirmando que era da UEE. A minha mãe, coitada, ainda cuidou da apavorada japonesa e, quando voltei, ela ainda acabou servindo água, café e pão com manteiga para os dois. Meus pais sabiam dos acontecimentos, e que eu ajudava a turma, mas, para evitar mais sustos, espalhei ao pessoal da rua, que para descer pela minha casa, tinha que estar comigo. Após os tiros que mataram o Zé Guimarães, grande parte de quem estava dentro da Filosofia foi para a rua. Em seguida, algumas lideranças foram para a passeata, e outras voltaram para que o prédio da Filosofia não ficasse desocupado. O bar do Zé, aqui, na hora dos tiros, fechou as portas com muita gente dentro. A partir daí, como você disse, os alunos do Mackenzie aproveitaram da situação adversa e emocional dos estudantes inimigos, e continuaram a guerra, que depois, no fim da tarde, bem protegidos, conseguiram invadir, expulsar os remanescentes e depredar como nunca tinham feito antes esse prédio público da Filosofia. Em nenhum momento os órgãos policiais se preocuparam em ir atrás dos atiradores, que covardemente foram vistos usando suas armas em cima dos prédios da Química do Mackenzie, bem como o do lado, em construção. Daqueles locais tinham matado uma pessoa e ferido várias. E o que a polícia fez? Ficou em volta do Mackenzie, fechou a Maria Antonia e começou a pedir aquela identificação inócua dos moradores. As forças policiais, não investigativas, mais uma vez tinham sido chamadas, no mínimo, pela famosa reitora.

— Você falou em transtorno para seus pais. Coitada da sua mãe! O susto maior deve ter vindo depois, com o nosso amigo Massafumi. Eu soube que ele passava na sua casa, ela devia ficar apavorada, não? – observou o Companheiro.

— Pois é! O Massa, que a gente chamava de André, era um rapaz simples, quieto, educado, todos gostavam dele. Trabalhava no centro acadêmico Visconde de Cairu, num cursinho pré-vestibular que funcionava na rua Quirino de Andrade, próximo do IPT, Instituto de Polícia Técnica, e da ladeira da Memória. Quando vinha para a Economia, a serviço, em frente de casa, no 285, onde hoje, por ironia, funciona desde 1976, o Tribunal de Justiça Militar do Estado de São Paulo, ele passava, quando eu estava, para falar comigo. Muito politizado, logo começou a participar ativamente da União Paulista dos Estudantes Secundaristas e da Frente Estudantil dos Estudantes Secundaristas. Sempre foi muito tranquilo, mas logo, pelas circunstâncias do país, engajou-se na luta armada. Acabou indo para o grupo do Lamarca, a VPR, Vanguarda Popular Revolucionária. Depois disto, passou duas vezes em casa. Na primeira, ele tinha acabado de entrar, à noite, com alguns companheiros, numa loja da Eletroradiobrás, na rua Teodoro Sampaio. Pegarem todo o dinheiro do caixa, na maior tranquilidade, e, na saída, ao passar pela seção de discos, ele viu um long play do Creedence Clearwater Revival e lembrou de mim. Não deu outra, logo cedo me trouxe de presente. Na segunda, ele já estava sendo confundido com outro japonês e tinha virado "o japonês da metralhadora". O cartaz com a cara dele era o mais divulgado. De repente, sete horas da noite, ele aparece em casa pedindo para dormir no sofá. Como você disse, coitada da minha mãe. Mesmo gostando dele, ela se apavorou, mas não teve jeito, ele ficou. Barbudo, mais preocupado com os companheiros do que com ele, só tomou água e pouco conversou. Eu também respeitei e não questionei nada, ele logo dormiu e às cinco da manhã foi embora. Despediu-se como se fosse a última vez. Depois foi preso, mas não era de delatar ninguém. Enfiaram um pentotal sódico na sua veia, o tal soro da verdade que faz qualquer um falar até o que não deve, e tudo acabou naquelas cenas ridículas dele declarando estar arrependido de ter entrado na luta armada, e outras besteiras que não quero lembrar. Quem o conheceu e vê sua fisionomia nesses vídeos que rolam por aí, sabe que aquele não é o André. No fim, o regime militar sabendo que ele tinha enlouquecido e ia procurar a morte, fez graça e deu liberdade ao rapaz, que acabou fazendo tratamento psiquiátrico e andando com a bíblia debaixo do braço. Por achar inconveniente e perigoso para todos, nunca fui a casa de seus pais, mas tentei procurá-lo em alguns lugares, principalmente na zona do mercado central, onde ouvi dizer que ele andava. Nunca mais o encontrei. Seis anos depois de sua soltura, ele se matou. Não quero mais falar sobre ele, vamos voltar para o que estávamos comentando.

— Sim… vamos amenizar. O Remo não é dessa época, mas um dia, o Rômulo comentou comigo, sua passagem na madrugada, pela guerra da Maria Antonia. Conta alguma coisa aí! – indagou o Companheiro.

— Eu pouco vinha por aqui. Sempre morei na região do largo Santa Cecília, fui vizinho da centenária cantina Jardim de Napoli, estudei no Arthur Guimarães, pouco participei dos movimentos por aqui, mas ,claro, acompanhei o conflito desde o início. Fui engraxate e balconista dos bares na área das boates, ficava à noite acordado e, como sempre, estava vagueando. Do primeiro para o segundo dia dessa treta, cheguei de curioso por volta das oito da noite. Fui direto para o bar do edifício Três Américas, quase esquina da Vila Nova com a Major Sertório, onde tinha trabalhado. O dono pagou uns trocos que me devia e fiquei com estudantes de outros estados, até fechar. Depois, pela madrugada, passamos pela Maria Antonia, pessoal perambulando e viaturas passando. Soube que algumas lideranças estavam dentro da Filosofia, tinha uma única luz acessa na porta, e poucas lá por dentro. O Mackenzie estava às escuras, mas dava para ver vários vultos andando na frente da Química. Ficamos num bar, até clarear o dia, em frente ao PS da Santa Casa, onde muitos amigos aguardavam notícias de um estudante internado com ferimentos graves. Muito zoado, fui para o meu quartinho na Jaquaribe, lá pelas oito horas da manhã. Quando o Zé Guimarães morreu, eu estava dormindo. Aquela expectativa de novas batalhas tinha durado a noite inteira. Depois, só acompanhei a passeata de sexta feira, depois do enterro apressado do Zé Guimarães, e naquele velho roteiro. Tinha vindo do Estadão e cheguei quando já estava na avenida São João, parada em frente ao edifício Duque de Caxias, do Exército. Após os discursos e gritarias, mais uma vez o pessoal quebrou alguns pontos de ônibus de madeira, que três ou quatro entusiasmados batiam com uma das pontas na porta do Citibank. O excesso de fotógrafos chamou a atenção e exigiu cuidados, panos do rosto etc. Em seguida, o pessoal teve que só ficar observando a cavalaria protegendo a Secretaria da Educação no largo do Arouche. Daí fui embora.

Continuei:

— Completando o que dizia sobre o conflito… Passava do horário de almoço do dia 3 de outubro de 1968, eu estava exatamente aqui, de pé, não tinha essas mesinhas. O bar do Zé estava aberto, mas os dois ao lado, o do meio e o Cientista, seus donos já tinham abaixado as portas, logo que foram reiniciadas as batalhas. Falaram que o prédio em construção tinha sido tomado pelo CCC e que viram muita gente armada subindo nesse prédio, para se posicionar em pontos estratégicos. Num primeiro momento, não percebi ninguém se movimentando com armas, mas, com os olhos focados nos prédios, logo me surpreendi, ao avistar, daqui do bar do Zé, uns dez caras se ajeitando no beiral do telhado do segundo prédio do Mackenzie, logo depois da Química. Estavam armados com vistosos rifles, espingardas, sei lá, provavelmente também tinham revólveres, pistolas. Depois de claramente se exibirem, eles se agachavam por algum tempo, depois se levantavam, repetindo a encenação. Em certo momento, um, que estava com camisa e calça branca, ficou sozinho de pé, gesticulando, a frente de outros quatro enfileirados e agachados. Logo, os outros em volta foram embora, o espaço entre eles ficou maior, e só ficaram os quatro agachados. O de pé também se agachou, ficou na frente, e todos ficaram mirando, com aquelas armas de grosso calibre, acintosamente, o pessoal aqui no bar. Incrível, entre nós, os que viram aquilo não queriam acreditar no que podia acontecer. E não demorou para essas ameaças se concretizaram, bem aqui nessa calçada. E só quem estava próximo é que ouviu o barulho dos projéteis que perfuraram a porta sanfonada do bar aqui do lado, que hoje é essa livraria. Eu, ingenuamente, ainda olhei de perto e vi três perfurações, bem próximas uma da outra, na parte de baixo, que quase ricochetearam no chão. Os caras do telhado desapareceram, e aquele aglomerado de gente que estava no meio da rua não percebeu o ocorrido. Aí eu gritei: "Estão atirando em nós!" e fui me proteger aqui na descida da Vila Nova. Mesmo com esta ameaça, o grosso do pessoal na rua, não sei porque, não ouviu, ou não acreditou, continuaram juntos como alvos, subestimando esses radicais do CCC, que estavam bem armados e prontos para essas ações assassinas. Além desses nos telhados, o pessoal, dentro da Filosofia, já tinha notado a forma militaresca, mesmo à paisana, dos homens perfilados e bem posicionados abaixo do prédio da Química e atrás das grades de ferro do Mackenzie. O cenário era atemorizante, mas o pessoal da rua demorou para sentir a realidade e tomar precauções. Poucos se dispersaram após os tiros, muitos, como você, que não sabia que estava nessa, ainda correram o risco mortal de se locomoverem até a porta da Filosofia no meio daquela quantidade de gente armada. Com o sangue quente na cabeça, pode ser, que alguns do lado de cá tenham se encorajado para um ato suicida: de enfrentar os caras armados. Sei lá, foi o destino, porque com todo esse risco, só vi uma parte se juntando, calmamente, na entrada da Vila Nova, mais para sair do foco de risco. Passou um certo tempo e várias rodinhas foram se formando, estava numa próxima ao portão de casa quando ouvi uma gritaria e pessoas berrando que tinham matado um jovem na Maria Antonia. Minha mãe saiu na porta, pediu para a gente ficar por ali. Cautelosos, voltamos a subir a Vila Nova e no meio daquele tumulto e desespero, ninguém soube quem tinha sido baleado, eu mesmo não podia imaginar que era o Zé Padeiro, o Guimarães, que tinha tomado um tiro no ouvido, de uma arma calibre 45, vinda, com certeza, na minha opinião, justamente daquele prédio do Mackenzie e provavelmente daquele cara de roupa branca, pela impressão de ser o mais treinado. Mais tarde, soube-se que ele era um militante do CCC de nome Ricardo Osni, que morreu tempo depois em um acidente de automóvel, recebendo honrarias militares no enterro. O Guimarães, mesmo depois de socorrido para o Hospital das Clínicas, alguns amigos não acreditaram que era ele, e saíram à sua procura. Tudo porque, além de circular um nome falso da vítima, pouco antes também tínhamos visto ele, de longe, com uns secundaristas, na entrada do estacionamento do cortiço. Soubemos depois que era um grupo que esperava alguém para praticar alguma ação planejada. Imediatamente, após esse crime, os líderes de todas as correntes do movimento estudantil que se encontravam na Filosofia chegaram ao local do atentado. Alguém passou a camisa ensanguentada do Guimarães para o Zé Dirceu, no meio daquele material usado para barricadas. Um pouco antes, ele tinha feito uma chamada em cima de um Volkswagen. Na sacada de uma casa, na rua Dr. Vila Nova, onde morava um músico que acompanhava Araken Peixoto, irmão do Cauby Peixoto, o Zé fez um discurso emocionante, que empolgou, mas que poucos captaram, porque o estado emocional de todos era de fervura. Em seguida, ele acabou, naturalmente, comandando a passeata, que cresceu pelo caminho. O clima tinha aquecido com o aparecimento de mais feridos, até por tiros. A ebulição fez a panela de pressão explodir, e naquele instante não dava para aquela multidão voltar e entrar na Filosofia, o risco era muito grande. Além dos tiros, as tropas de choque poderiam chegar a qualquer momento, para proteger, uma vez mais o Mackenzie. A solução foi mesmo sair em passeata para algum local, não planejado, do centro da cidade. E a grande massa se dirigiu em direção à Consolação, acompanhados pelo Zé Dirceu, presidente da UEE, e o Luís Travassos, presidente da UNE. Mesmo com riscos, um número bem menor resolveu ficar e continuar na defesa da Filosofia.

— Alguns estrategistas teóricos disseram que foi um erro, que o pessoal deveria ter voltado para a Filosofia, porque estavam em maior número, e invadido o Mackenzie - observou o Rômulo.

— Como foi discutido, a dimensão desproporcional dos armados, para uma reação violenta dos não armados, era o objetivo do Estado. E os inimigos eram os pequenos grupos extremistas dentro do Mackenzie. Seria uma carnificina, com muitos mortos! - respondi.

— Heróis! - ele disse.

— Seriam naqueles dias. Depois, com a abertura política, seriam lembrados do que seria a "chacina da Maria Antonia". Não valeria a pena perder vidas pensantes num país tão carente. A força conservadora e militar era muito grande. Contudo, mesmo com os alunos e professores unidos, foi o último foco de resistência, antes de um AI-5 e um 477 há muito tempo programados. E veja que esses alunos e professores da Filosofia acabaram ficando depois à própria sorte, com a conivência sutil e medrosa da Reitoria - respondi.

— Esse prédio era da Filosofia? - perguntou o Remo, e eu resumi:

— Foi construído pelo Liceu Rio Branco, em 1925, e funcionou nesta área que começava na Maria Antonia e se estendia até o prédio onde era a Administração, na Vila Nova. Depois, o liceu foi fechado e comprado pelo José Ermínio de Moraes, que mudou seu nome para Colégio Rio Branco, e doou, em 1946, para a Fundação de Rotarianos de São Paulo, que tinha sido recém fundada. Na sequência, o colégio mudou de endereço e passou a funcionar na Vila Nova, 285, em frente a minha casa. E só em 1960, depois de o Colégio Rio Branco mudar para a avenida Higienópolis, é que a Economia começou a atuar nesse antigo prédio do colégio. E aqui na Maria Antonia, a Filosofia, depois de passar por vários locais após a sua fundação em 25 de janeiro de 1934, é que se instalou definitivamente nesses dois prédios, em 1949, cuja construção principal levava o nome de Ruy Barbosa e o anexo de Joaquim Nabuco. A Filosofia tinha tentado sobreviver em vários outros endereços; na rua da Consolação, avenida Tiradentes, avenida Brigadeiro Luis Antonio, praça da República, praça da Sé... Aqui na Maria Antonia, 294., depois de 1970, para se recuperar dos prejuízos do incêndio criminoso no seu acervo, o prédio ficou fechado por alguns anos. Mas a ida definitiva para a Cidade Universitária se deu em 1970, ainda nos barracões. Com a desocupação, o espaço foi cedido à Junta Comercial de São Paulo, que nada tinha a ver com a rica história do local. Em 3 de outubro de 1988 passou a ser patrimônio público e abriga hoje o Centro Universitário Maria Antonia, bem como o teatro da USP. O conteúdo histórico desse prédio, a Faculdade de Filosofia, Ciências e Letras da USP, com poucas intervenções arquitetônicas e ainda com suas colunas grego-romanas, foi definido pelo físico José Goldemberg como "a maior densidade intelectual por metro quadrado que jamais se reuniu em São Paulo".

— Passado alguns dias após essa guerra... - perguntou o Rômulo — ...Vocês foram para Ibiúna?

Respondi:

— Dava para qualquer um ir. Todo mundo aqui na Maria Antonia articulava suas tendências, a semana inteira foi de discussões, todos sabiam que o Congresso ia ser no sítio Murundu. Chegava gente do Brasil inteiro, depois se espalhava, maior bandeira, uns foram, outros não, e outros ainda achavam que devia ser no CRUSP, no campus da USP. O clima político interno estava pesado, e os mais moderados estavam preocupados com um possível surgimento, nesse Congresso, de duas UNEs. O CCC estava em recesso e deixou a repressão por conta do DOPS. Alguns dias depois da prisão dos congressistas, em Ibiúna, o pessoal do CCC ficou ainda mais ressabiado; o norte-americano Charles Chandler, que esteve no Vietnã, e depois na Bolívia, por ocasião da morte de Che Guevara, se encontrava no Mackenzie desde o início de 1968. Marcado por essas e outras participações, ele foi assassinado pelas forças revolucionárias. Mas a direita nunca deixou de agir, dias antes dessa morte, no Rio de Janeiro, dentro do terror cultural que reinava, eles incendiaram a Civilização Brasileira, do Ênio Silveira, um herói da resistência, que na porta da sua livraria mantinha uma faixa: "Quem não lê, mal fala, mal ouve, mal vê". Durante a semana inteira em Ibiúna, o carioca, líder estudantil, Jean Marc Von der Weid, da AP, mobilizou bem os delegados, com o apoio do Luís Travassos. Posteriormente, depois das prisões, os estudantes realizaram vários congressinhos e acabaram levando, por uma pequena margem, o grupo de Marc Von para a presidência, nesse que foi o 30º. Congresso da UNE. O PCdoB, que no início dessa era se juntou com a AP, em eleições posteriores passou a ser maioria entre os coligados, ocupando a liderança da entidade por muitos anos seguidos. Em Ibiúna, importante também lembrar das consequências de um curso policial dissimulado, promovido pelos norte-americanos da CIA, dois meses antes do 1º de abril de 1964. Foram ensinamentos mais reservados, específico sobre política, e que exigia o compromisso dos policiais para futuras missões. Entre as cobranças posteriores, uma foi feita a um desses alunos, nessa diligência policial em Ibiúna.

O Companheiro interrompeu:

— Por questões pessoais, levantei todo esse esquema de cursos que eram dados pelo Ponto IV para toda a América latina. No Brasil, participava o insano brigadeiro Burnier, que em 1968 tentou desviar o Para-Sar de suas nobres funções para cometer atos terroristas, como explodir o gasômetro do Rio de Janeiro e pôr a culpa nos comunistas. Igual ao caso do Riocentro em 1981, em que o castigo chegou antes, e semelhante ao plano Cohen, do desequilibrado capitão Mourão, em 1937. As ordens terroristas de Burnier não se realizaram devido ao heroísmo do capitão Sérgio Macaco, em abril de 1968, que denunciou esse delírio e acabou sendo perseguido por esses conservadores de direita até a sua morte.

Continuei:

— Em São Paulo, a coisa foi acintosa. Uma sala na antiga Escola de Polícia da rua São Joaquim ficou conhecida abertamente como sala do Ponto IV. Era mantida pelo consulado dos Estados Unidos e comandada pelo policial norte-americano Peter Costello. Havia esses cursos referidos, e muitos foram feitos em menor escala, em vários lugares do Brasil. Mas esse que falo, como disse, foi especial, antes do golpe, longe do estabelecimento policial. Habilitaram vinte e pouco agentes e cobraram serviço e fidelidade. Um deles, o Brucutu, segundo se apurou, e ele mesmo declarou depois, foi designado para ir a Ibiúna tirar serviço do Zé Dirceu no próprio local, em questões políticas, não estudantis, e se preciso fosse torturá-lo ou matá-lo. Assim que a polícia chegou ao sítio, logo puseram o presidente da UEE dentro da viatura, e o Brucutu foi impedido de executar a tarefa, vindo simplesmente do seu lado até o DOPS. Dizia ele que foi perseguido por não ter cumprido sua missão, e o Zé Dirceu acha essa história fantasiosa, porque o Brucutu não tinha preparo para esse tipo de missão. E o cadáver do Zé traria consequências imprevisíveis, como dizem os entendidos.

O Companheiro continuou na sua lembrança:

— Então, o Burnier é o mesmo que ficou devendo explicações quanto ao sumiço do deputado federal Rubens Paiva, do educador Anísio Teixeira e tantos outros. Deve estar dando sua versão para alguém! No meio desse cenário, dos poderosos comprimindo os menos favorecidos, tinha a TFP, um bando de jovens adestrados, que nunca questionaram porque os membros do corpo se movem.

Continuei:

— A Tradição, Família e Propriedade era um caso a parte. De terno e gravata, ou com seus casacos característicos, com enormes estandartes nas mãos, xingavam os cidadãos que não aderiam às suas propostas, mas tinham receio de discutir com esquerdistas. Era mantida pela Construtora Adolpho Lindenberg e outras empresas. Como todas as ambiciosas seitas brasileiras, tentaram conquistar o mundo. Atualmente, por brigas internas, estão em extinção. Alguém tentou comparar, mas é completamente diferente da Opus Dei, que, discreta, tornou-se uma das quatro poderosas forças políticas dentro do Vaticano.

— Não pergunto dos outros, mas e o Zé Dirceu, mais chegado, depois dessa prisão em Ibiúna? – perguntou o Companheiro.

— Depois de 1968, acompanhei sua trajetória, temos muitos amigos em comum. No seu retorno ao país, dentro das articulações no Partido dos Trabalhadores, eu saí candidato a deputado federal e a vice-prefeito de Cotia. Na história recente, vale ressaltar um episódio quando o governo Collor já estava balançando. Eu ia muito a Brasília para tentar alguma mudança na segurança pública, o Zé era deputado federal, a gente se cruzava para amenidades, mas um dia, num dos corredores da Câmara, ele comentou que ia, a qualquer momento, se encontrar com o Pedro Collor, o irmão revoltado do presidente, e tinha certeza de novidades. Em menos de uma semana, depois desse papo, eu, em São Paulo, cheguei em casa por volta das três horas da manhã. Minha mulher, a Vânia, já falecida, estava brava, não comigo, porque sabia que estava no serviço, mas pelo fato de ter de anotar vinte e um nomes que o Zé, por telefone, lá de Brasília, tinha deixado com ela, uma hora antes, dizendo que eu sabia do que se tratava. Ele tinha jantado com o Pedro Collor e a relação era para eu levantar onde fosse possível o nome dessas pessoas. No dia seguinte, tinha um histórico de quase todos. A terrível vingança do irmão prosperou e o protestos foram para as ruas com os cara-pintadas, e, em 1992, depois de uma CPI, ficou estabelecido o impeachment do Collor.

— Marcão, você foi muito para Brasília, não?

— Desde 1988, na Constituinte, para tentar colocar nas pautas, junto de alguns idealistas, novos conceitos na área de segurança pública. Mas, como comentamos, é difícil combater sedentarismo e interesses. Em 1993, tentamos um outro caminho, através da OAB. Na casa do mestre Gofredo da Silva Telles Junior, foi criado um grupo de trabalho, coordenado pela sua esposa, Maria Eugênia, que, entre outros encaminhamentos, elaborou uma tese para a XV Conferência Nacional da entidade, em setembro de 1994. A proposta foi aprovada e consistia na desmilitarização da polícia preventiva-ostensiva, a sua municipalização, bem como o controle externo da atividade policial através de conselhos da sociedade civil. Mudanças que seriam efetuadas através de uma emenda à Constituição Federal. Chegamos a acreditar no jurista Hélio Bicudo. Até hoje estamos esperando o sinal abrir. De lá para cá, os que se servem do Estado, além de cresceram assustadoramente, aumentaram as formas de obstruir qualquer esperança. Ninguém percebe ou quer perceber que a Polícia Militar, comendo e avançando pelas bordas, é o maior perigo contra as liberdades democráticas. Alardeando para os incautos, através da mídia mercenária, a cultura do confronto e não da prevenção, com tribunais corporativos e invasão de oficiais na carreira do Ministério Público, eles estão também militarizando, numa escala preocupante, as escolas públicas. Especialistas em forjar provas, eles agora lutam pelo círculo completo, querem ostentar, atender, prender e investigar. Logo vão querer denunciar e julgar. Como disse, devido a tudo isso, e ao alto controle em informações, eles estão mais preparados para um golpe militar do que as próprias forças armadas. Quanto ao emérito professor Gofredo, coerente com seus princípios, foi ele quem escreveu e leu a marcante *Carta aos Brasileiros*, no dia 8 de agosto de 1977, no território livre da Faculdade de Direito do largo São Francisco.

— Inesquecível e íntegro, Gofredo. Recentemente, alguns formados dessa faculdade, antigos contestadores, também utilizaram o espaço da São Francisco para lançar, num pleno dia 11 de agosto, o "manifesto dos esclerosados". Achando que tudo começou agora e não lembrando das recentes lutas pela democracia, o texto postulou exatamente a saída da presidenta eleita pelo voto popular. O Remo não estava, mas eu, o Rômulo e alguns companheiros estávamos na porta e ficamos decepcionados com alguns signatários que estavam por lá, a quem tanto admirávamos. Tinha um sobrevivente do golpe do parlamentarismo em 1961, contra o Jango, que depois foi seu ministro e sofreu outro golpe, o de 1964, que estava lá com os mesmos autores dos golpes anteriores, apoiando o golpe contra a Dilma. Pensei, quem sempre aparentou consistência, e de repente se desintegrou, pode crer, é porque sempre foi um fraco, não soube ser tolerante e superar a alguma adversidade pessoal ou política, o que é natural na vida, partindo para a vingança pessoal e cega... Por falar em território livre, e sair desse papo da São Francisco, onde ao inverso do óbvio, muitos lutam para não ser livre, Marcão, fala aí da tal república de Cananeia?

— Por convicção, durante nosso período de idade média, não me filiei a nenhum partido ou participei de movimentos clandestinos. Ficava amargurado com as discussões teóricas e rachas entre os amigos com o mesmo fim ideológico, não deviam fazer aquilo. Talvez, naqueles momentos acalorados de debates, eu fosse um ingênuo, mas sou consciente que fiz minha parte. Entretanto, na pequena abertura política que surgiu, colaborando com um planejamento articulado, que somava pessoas sobreviventes, com alguns que retornavam do exterior, me filiei ao MDB. Casei com a Vânia, advogada, que tinha participado das lideranças estudantis do ABC, e fui, aproveitando o trabalho progressista da igreja católica, com um padre holandês, conhecido como João XXX, para a região de Cananeia. Foi excelente, além dos trabalhos sociais e palestras nas comunidades, convencemos os moradores do campo que ao invés de templos, a construção de qualquer puxadinho serviria não só para missas, mas para aulas normais e reuniões festivas. Em alguns fins de semana, enquanto o pessoal ia encher a cara na praia, nós, com alguns voluntários, ficávamos orientando os jovens que iam se casar: economia familiar, consumismo, compreensão, tolerância, responsabilidade com os filhos, cultura, higiene, prevenção de doenças, assuntos não faltavam. No domingo à tarde, enquanto os baldados bêbados voltavam da praia, tristes e cambaleantes, é que comemorávamos, felizes, o encerramento do nosso trabalho. E antes da farta mesa de salgados e doces feitos pelas senhoras da igreja, servíamos, com os felizes casais, os goles de uma deliciosa caipirinha; aquilo descia gostoso, tinha uma razão de ser. Ajudei a montar o partido e antes de sair candidato a algum cargo, questionado, disse ironicamente a vários amigos jornalistas que visitavam a ilha, que pretendia, caso eleito, me desvencilhar do Brasil e criar a República Popular de Cananeia. Arrumei para a cabeça, publicaram essa brincadeira reservada e, por ordem do raivoso Erasmo Dias, tive que ficar trinta dias dormindo no Palácio da Polícia em Santos. Voltei para São Paulo e só retornei a Cananéia para ser candidato a prefeito, em 82, perdendo por poucos votos. Ninguém precisa ir tão longe para penetrar na selva amazônica, ou ir a regiões inóspidas do país, a poucos quilômetros da capital, temos essa riqueza. Por fim, vivemos uma experiência gratificante, não só na ilha de Cananeia, mas em toda a selva à sua volta. Acho muito importante que todos conheçam e avaliem o potencial do vale do Ribeira, e a distância governamental com os habitantes dessa região tão próxima.

— Quero voltar a falar do território livre da São Francisco – insistiu o Rômulo — nesse espaço histórico, em que as mulheres não podiam entrar no centro acadêmico, não dá para relacionar as tantas mentes privilegiadas que de lá saíram e contribuíram para a construção e evolução da legalidade no país. Mas também é interessante observar o crescimento dos alunos revoltosos, que, depois de formados, logo amarram o bode em suas vidas. Ficam machões e assim que garantem bons honorários ou privilegiados vencimentos, ironizam seu passado e se tornam extremamente reacionários. São transformações que vem crescendo, e ocorrendo até em faculdades que eram mais politizadas, como, por exemplo, a fecunda Politécnica e a Medicina, as três velhas opções gratuitas da burguesia privilegiada. Um pessoal arrependido de posições quando jovens está se fechando em cabalas, evoluindo para ambições egoístas e se tornando os maiores destiladores de rancor e vingança aos opostos, onde, cinicamente sabem, que o maior prejudicado é o governo que os governa. No meio em que vivem, procuram se destacar de qualquer forma, e para tanto, flertam até com o demônio. Sorrateiros, bajuladores e vaidosos, servem gratuitamente aos senhores feudais da grande mídia, e se candidatam a qualquer cargo político oferecido, por qualquer partido.

O Companheiro completou:

— E ainda querem bitolar de vez o ensino básico. Para mim, esse pessoal não consegue felicidade e qualidade de vida nem com dinheiro. Transpiram uma puta inveja dos contemporâneos, que, quando jovens, tiveram a coragem de ser líderes e mulherengos. Para compensar esse passado frustrante, sem entender o que é apreciar, enchem a cara de uísque e vinho, e gastam uma puta nota, não em programas com meninas, mas em meninas de programa.

Depois de relacionarmos muito desses nomes, fazer alguns trocadilhos e comparar o crescimento desses reacionários aos atuais "indigentes sem salvação", demos umas boas risadas.

O Rômulo ainda comentou:

— Foram esses embusteiros com poder, ou com grandes fatias de poder, que atropelaram o Zé Dirceu!

Respondi:

— Eles são os modernos descendentes genealógicos da nossa velha aristocracia: com seus ordenamentos, suas sociedades e controle da mídia. Como todos os latinos, somos, há séculos, dominados por essas famílias interessadas em poder e qualquer forma de lucro. A notícia tem uma função social, mas é manipulada para a preservação desse poder e manobrada pelos interesses dos abutres financeiros. Já comentamos sobre as "casas de caboclo" que eles armam contra quem tenta desafiar esses velhos esquemas... Mas, no atropelamento que você induziu, destaco alguns juristas consagrados, de posições firmes e consistentes, de várias áreas, dos mais centrados e até um grande número de direita, que tiveram a coragem de se manifestar quando a perna direita da nossa justiça acelerou essa locomotiva sem freio que foi o mensalão. E entre as várias críticas que fizeram, além das prepotentes ilegalidades cometidas nesse julgamento político, uns acharam que a apuração foi parcial e outros que o final não ficou claro. A grande maioria ainda concluiu que as apurações foram seletivas, e algumas colocadas de lado, escondidas da mídia, no aguardo do esquecimento e prescrição.

O Rômulo complementou o assunto, finalizando com uma lembrança interessante:

— Marcão, esses descendentes da velha aristocracia, através dos seus ordenamentos e sociedades, aproveitam o controle que possuem da massacrante mídia, e principalmente dos julgamentos políticos que encurralam ilegalmente acusados, para tentar encobrir a sujeira encalacrada que eles próprios cultivaram. É um absurdo ver juízes alegando que cláusulas pétreas têm aplicabilidade relativa e um outro, aproveitando os espaços que essa velha aristocracia abre, convocando a imprensa para todos os seus atos parciais, seletivos e abusivos: escrachando a invasão da residência de ainda acusados, permitindo que sejam algemados de forma ilegal e desnecessária, divulgando grampos telefônicos ainda em fase de investigação, desrespeitando as regras da condução coercitiva. Somado a essas arbitrariedades, aparece o tempero sintomático do deboche maldoso e intencional, e de todas as formas possíveis, com o ex-presidente Lula. Ao contrário, para provocar os contrários, paparicam FHC, ferindo princípios republicanos e pondo em risco nossas garantias fundamentais. Descaradamente, alardeando que estão passando o país a limpo, misturando velhos esquemas corruptos, conhecidos até internacionalmente, com latas de sardinhas furtadas no supermercado, ainda ameaçam seus contestadores com novas retaliações. Um circo midiático patrocinado por operações policiais batizadas não em salas de trabalho profissional, mas nas assessorias de marketing... O Zé Dirceu, quando ministro, acabou com a exclusividade dos livros didáticos produzidos pela Globo e Editora Abril... Quer mais?

Sem sair do plumo da conversa, o Companheiro me colocou na parede:

— Você, antes de pagar a conta na padaria do Arouche, começou a narrar um fato, depois, na distração, mudamos de assunto. Era sobre o sequestro do Abílio Diniz... continua essa história.

— Foram coincidências estranhas! – respondi.

— Então, você disse que atendeu a ocorrência. Como um policial discreto e progressista, como ficou sua cabeça?

— Como vocês perceberam, não gosto de comentar assuntos policiais corriqueiros, só doutrinários. É uma profissão não rotineira e fértil, quando analisamos com isenção e friamente envolvimentos e comportamentos humanos. O policial antenado, quando aproveita profissionalmente dessas riquezas do cotidiano, cresce, porque observa que seu dia nunca foi igual ao anterior... Esse sequestro foi polêmico. Terminava o meu plantão noturno no 15 DP e saía para tomar um café na padaria em frente. Chega uma viatura comum da PM, com dois soldados, e um logo saiu do carro e foi comentando, de forma simplória, que tinham acabado de serem informados sobre o sequestro de um empresário e, pelo que parecia, teria sido o dono do Pão de Açúcar. Fiquei pasmo e pensei: uma semana antes da eleição em segundo turno para presidente? Estranho, Natal se aproximando, os sequestros tinham diminuído, nenhuma ameaça de violência mais grave durante a campanha, as esquerdas, mesmo as radicais, não estavam numa linha de prejudicar o Lula... minha cabeça rodou. Parei de conjecturar e imediatamente entrei na viatura deles e mandei tocar para o local. Eles conheciam as imediações e rapidamente chegamos na esquina das estreitas ruas Sabuji com Seridó, no Jardim Europa, próximo ao Esporte Clube Pinheiros. Um carro branco, no meio da rua, ainda estava ligado e com as portas abertas. Dois policiais desviavam o trânsito e os poucos curiosos não se aproximaram do veículo. Um dos soldados que estava comigo disse que ia desligar o motor e fechar as portas. Dei um grito para não mexer em nada e deixar tudo como estava. Logo, várias viaturas chegaram, comentei da importância do ocorrido, pedi para preservar até alguns metros distantes do carro, começaram a arrolar testemunhas, avisei o colega que entrava no plantão para priorizar a perícia, reforçar a especializada que já tinha sido avisada e resolvi voltar à delegacia. Antes, fui até um orelhão e comuniquei o Zé Dirceu e colegas do partido. Uma semana depois, dia da eleição, alguém me avisa que o cativeiro, localizado na praça Hashiro Miyazaki, no Jabaquara, estava cercado. Fui próximo ao local e soube que camisetas do PT, novas, em sacos plásticos, estavam em bancos de dois veículos. Para não atrapalhar as diligências, que acompanhei de longe, por não ter participado das investigações que o distrito pouco se envolveu, e inclusive por ter minhas posições políticas bem claras, não me aproximei. Mas, novamente, liguei para o Zé, e uma repórter se comprometeu de fotografar as dobras das camisetas no corpo dos sequestradores. A coisa foi tão acintosa que vários outros repórteres perceberam a encenação. Perguntas que embasbacaram a muitos: por que o alarde e a prisão se deu ao meio-dia, quando grande parte dos eleitores ainda não tinha votado? Por que durante a semana o assunto não foi destacado? Para criar uma expectativa indeterminada? Por que os sequestradores não se comunicaram, de qualquer forma, com o público? Pessoalmente, achei muita coisa estranha, mas é aquela questão, como provar?

O Companheiro continuou:

— Para mim, as coincidências estranhas ficaram evidentes, depois da Globo ter favorecido escandalosamente o Collor no debate, o maior prejudicado nesse sequestro foi o Lula! A Globo é insistente e perversa, fura seus olhos e depois pede desculpas. Tem sido assim e pretende continuar sendo assim. Como destacamos, o Brizola, há muito tempo perseguido, e mais recente, no caso Proconsult e outros, foi um dos poucos que tiveram o destemor de encarar essa máquina de moer cérebros. O que eles fizeram recentemente com o massacre do Lula, Dilma e PT, ignorando totalmente o que as outras partes envolvidas arquitetavam, foi um crime histórico. No país banalizado pelos golpes, além da educação e cultura, que dizem ser coisas de comunistas, o de 1964 foi para impedir reformas sociais, e o de 2016 para impedir avanços sociais. O filme *Muito Além do Cidadão Kane* precisava ser mais divulgado.

Depois de diminuirmos o tom das lembranças, em que todos estavam exaltados, tomarmos um lanche no próprio e tradicional bar do Zé, que nada tem a ver com o Dirceu, levantamos e fomos andando devagar pela calçada da Filosofia, em direção a Higienópolis. Ninguém quis entrar no Centro Universitário Maria Antonia, e já na "cinco esquinas", o Companheiro, mais tranquilo, fez mais um comentário ilustrativo: "O nome Higienópolis já diz tudo, higiene, já era diferenciado desde o tempo que os senhores do café mudaram para cá. Depois, a ocupação maior foi dos judeus que prosperavam na rua José Paulino. Lá no fim dessa avenida Higienópolis fica o Colégio Rio Branco, o edifício Bretagne, atração turística até a década de 1960, e o colégio Sion, local da fundação do PT".

Lembrei:

— Bem aqui nesta ladeirona da Major Sertório, não podemos esquecer de dois bares famosos que marcaram, e muito, a vida musical brasileira de qualidade: um foi o Jução Sebastião bar, uma extensão do Beco das Garrafas, no Rio, frequentado por toda a nata da bossa nova e comandado pelo piano do Pedrinho Mattar. Nele, é de se destacar também a figura de um herói, o Taiguara, o músico mais censurado pelo regime militar. Ele era visado por ser simplesmente amigo do líder comunista Luís Carlos Prestes e por criticar produtos norte-americanos. Taiguara alardeava que não usava calças jeans nem tomava coca-cola. A mesma perseguição ocorreu com Lupicínio Rodrigues, simplesmente por ser amigo de Jango e Brizola. O outro local de padrão nessa ladeirona foi o Ela, Cravo e Canela, em que se destacava a cantora Claudette Soares, que por ser também uma boa apresentadora era disputada por essas duas casas. Onde estivesse, era ela quem apresentava aquela que foi a melhor safra da música brasileira. A boate Mau-Mau já era outra encarnação.

Com o pessoal meio cansado, tentei amenizar as conversas: — "Então, velho Companheiro, nos conhecemos desde a infância, contemporizamos passagens políticas, policiais e a história do bairro até a nossa fase adulta. Nos distanciamos pelas circunstâncias da vida, mas não perdemos o foco. Não nascemos em berço esplêndido, mas quase todos procuraram crescer. Nossa formação política não era acadêmica, mas soubemos valorizar o que aprendemos, ir para o lado certo das lutas, como essa da Maria Antonia. É o caso do próprio Zé Padeiro. Nesse conflito, embora estivéssemos em grande número, ninguém era aluno das partes envolvidas, simplesmente formávamos a molecada da rua, conhecida de todos, mas sempre participante dos grandes movimentos, passeatas e festas universitárias. Mesmo como bicões em palestras, em algumas entendendo pouca coisa, tínhamos consciência de tudo que rolava, porque sempre se aprende com oportunidades e estímulos. Fomos privilegiados, se comparados a outros jovens, moradores distantes dessa rica convivência da Vila Buarque. Bem ou mal, vivíamos e procurávamos saber das faíscas de fogo que faziam o clima ferver".

O Companheiro continuou:

— Marcão, devemos transmitir, principalmente aos filhos, qualquer conhecimento que conquistamos. Um pai, mesmo de pouco saber, tem que ser um paradigma, deve sempre passar as experiências positivas que aconteceram nos bons momentos da sua vida. Como você disse, o pai, mesmo na sarjeta, tem sempre que adotar o filho, ouvir e ser ouvido, nunca se omitir em razão do ambiente que vive, muitas vezes nulo em tudo ou deformado pela criminalidade, como muitas vezes foi o meu. E, muito emocionado, abraçou carinhosamente o Remo e completou: "Foi o que fiz, em parte, com esse meu filho aqui!"

— O Remo é seu filho? - perguntei, perplexo.

— Sim, embora no seu RG seja descrito como pai ignorado.

— Conta direito essa história! - pedi.

— É simples. A mãe dele ficou grávida, sem nunca saber meu verdadeiro nome. Fiz um puta esforço para arrumar o dinheiro para o aborto. Ela concordou, mas logo nos primeiros momentos da gravidez sua família teve que mudar às pressas, já estavam demolindo as casas da Amaral Gurgel, onde moravam sem pagar. Para um recomeço de vida, juntaram tudo que tinham e foram morar no Jardim Novo Mundo. O aborto passou batido, a criança nasceu e pouco tempo depois a coitada perdeu seus pais. Ela, que nunca falou mal de mim para o filho, passou a me procurar. Por gostar muito de ler, nunca esseve desempregada, se politizou no meio que trabalhava e participou ativamente de um sindicato de funcionários da tecelagem. Mas diante das perseguições do regime militar contra os sindicalistas, ela se radicalizou e partiu para a clandestinidade. Deixou o filho aos cuidados de companheiros que trabalhavam num grupo escolar e começou com as ações. Eu, na ocasião, também estava na clandestinidade e, por coincidência do destino, embora não participando do mesmo movimento, que ela lutava, soube, através de militantes, que ela fazia compras para o grupo no Ceasa. Numa campana de poucos dias, cruzei com essa mulher a quem sempre me prendi emocionalmente, e foi um delírio muito bom. Para finalizar, o regime estava encurralando os segmentos armados e, pelas circunstâncias da luta, e por paixão, nos juntamos a um terceiro grupo revolucionário. Nossas frutíferas ações foram poucas, não matamos ninguém, mas ela é que acabou morrendo, naquele episódio da Dutra que relatei para vocês. Ela era a Mara.

— Caraca! Você me chocou... e falou que a história era simples.

— Então, Marcão, fui atrás do menino, e ele ficou comigo até a adolescência, sem problemas. Eu tinha me juntado a uma professora, que logo se aposentou, e tinha um apartamento na baixada do Glicério. Embora nesse edifício rolasse de tudo, ele acabou recebendo uma boa educação em casa, mas maldita na rua, acabou pirando numas drogas pesadas e fugiu para o Rio de Janeiro. Anos depois, perdido e arrependido, voltou para São Paulo e custou a me encontrar. Homossexual assumido, num bom papo de bar, conheceu o Rômulo. Esse velho safado sabia quem eu era, e o ajudou a me encontrar. Não foi difícil, eles me acharam na praça Buenos Aires, local onde eu perambulava em razão de uma empregada doméstica que trabalhava na região, num velho amor que virou platônico. A partir daí, eu e meu filho, que tem um autocontrole incrível e é muito determinado, ficamos juntos e, por desentendimentos idiotas, nos separamos algumas vezes, até nos unirmos de vez. Também, pela antiga amizade, nunca deixei de aceitar o Rômulo, que mesmo com suas frescuras, é uma pessoa extremamente esclarecida. Hoje, brinco e ironizo os dois, nossa idade não permite mais brigas. Na realidade, sinto que o amor de pai para filho e vice-versa, sempre rolou entre nós. Embora tenha vivido nesse mundo perverso, o Remo é muito educado, teve berço com a mãe, com a professora que morei e agora com o Rômulo. Você, que é extremamente crítico, deve ter percebido que o meu filho, embora sarcástico, fala baixo, respeita as pessoas, espera os mais velhos para iniciar uma refeição, não fala com a boca cheia, não derruba um grão de arroz fora do prato, volta a cadeira para o lugar, não fica com palito de dente dançando entre os lábios, procura a minha companhia quando vai almoçar ou jantar num bar ou espelunca qualquer e esbanja cidadania nas ruas, nem parece um jovem de hoje, aqueles que, com dois cordões nos ouvidos, passam por cima de crianças, deficientes e idosos para rapidamente entrar no metrô e sentar nos lugares reservados. O Remo tem o *savoir faire* da perspicácia e está mais para aqueles moços burgueses e educados do passado.

O Rômulo continuou, sorrindo:

— Eu e o Remo não somos investidores, mas temos uma pequena reserva financeira e uma carroça, nossa vida empresarial é dar segurança nos estacionamentos de rua e lavar carros, nosso lava-jato, e com água limpa. Também prestamos serviço a camelôs e, às vezes, nos terceirizamos como balconistas de bar. No imobilizado, armazenamos bagulhos da 25 de Março para revenda e agora estamos nos especializando em descarregar caminhão. Nossa empresa é ISO zero, mas a gente se vira, somos bem conceituados no mercado. Já tivemos várias referências na imprensa, na parte policial. Nossas ações nunca vão estar no mercado da ganância, não fomentamos guerras para a venda de armas, não criamos bolhas financeiras, não retemos mercadorias para criar inflação e derrubar governos populares, não seguimos determinações ou obediência ao clube de Bilderberg e não guardamos diamantes em saquinhos para usar como moeda. Temos uma economia necessária e liquidez nos apuros, não temos caixa dois e não ajudamos nenhuma fundação, porque somos isentos do imposto de renda. Também não conseguiríamos ser filiados a nenhuma federação ou entidade, talvez porque não nos prendemos ao dinheiro. Quando sobra uma merreca, não dormimos ao relento, pegamos um ônibus ou metrô e nos hospedamos em pensões ou hotelzinhos sem estrela, fora do circuito central. Sempre ganhamos umas roupinhas razoáveis e não entramos em nenhum lugar de alimentação fedendo. Agora, falando em dinheiro, e sério, tenho nojo quando passo em frente à Bolsa de Valores, nunca vou esquecer quando vaiaram, por total estupidez dos que só pensam em cifrão, a minha conterrânea Luiza Erundina. Foi uma imbecilidade tão desrespeitosa que, esse ato, ao invés de servir de reflexão sobre a nossa educação, acabou é virando moda para essa elite burra, mal educada, arrogante, pretensiosa, perversa e única na galáxia.

O Remo interferiu:

— Como sempre, quem vaiou foram os loques, os trouxas, porque quem incentivou as vaias, mas não vaiou, foram aqueles que sabem do preço do dólar e das ações, um dia antes, para tirar dinheiro dos incautos e lustrar as garras do capital internacional. Esses, ironizando a luta de classes, nunca vão para a cadeia, a menos, por ironia, que furtem um pacote de bolachas numa grande rede de supermercado.

O Rômulo continuou:

— O Luís Fernando Veríssimo disse, com muita acuidade: "O capital financeiro que hoje domina o mundo nasceu da usura, que era punida pela Igreja medieval. A história da sua lenta transformação, de pecado em atividade respeitável, é a história da hipocrisia humana". Insisto, longe de querer ser igual a essa gente, luto para buscar sempre a simplicidade e aprendi a acompanhar o Remo na sua postura: ele me ensinou que o prazer da refeição, por exemplo, é um ato calmo, sagrado e respeitoso, embora as pessoas, ditas esclarecidas, aglomeradas em frente aos buffets dos self-services, conversem, cuspam, espirrem, experimentem, coloquem a mão em cima das comidas expostas e engulam aquilo que deve ser calma e prazeirosamente mastigado. Mas, mesmo assim, valorizo esse novo trivial alimentar, o self-service, porque hoje tenho a oportunidade de escolher e variar os alimentos que desejo naquele momento, e que percorreram longíguos caminhos, desde de sua origem, um privilégio que era só dos príncipes do capitalismo. O Remo, pelas nossas necessidades de bem estar, tenta ser vegetariano, sempre delirando com o dia em que o homem não vá precisar matar animais, daquela forma pura ou impura, esta babaquice que citei, para se alimentar. Enquanto um grande número de esfomeados fura sacos de lixo, alguns ficam, em nome de Boreh, com essa frescura de pureza. Nessas nossas observações diárias, também evidenciamos que a pressa atropelou o respeito, até nas refeições: relaxo na aparência pessoal, gritaria, sujeira espalhada pelas mesas e, como ocorre no banheiro com o papel higiênico, guardanapos sujos e abertos. Fora as escandalosas limpeza de dentes, tudo em frente da coisa mais nojenta que é um prato lambuzado ou com restos de comida espalhada. É o quadro social e diário que se vê nesses lotados restaurantes, durante a semana, agora, imaginem esse pessoal nas suas próprias casas. Essas atitudes demonstram uma total falta de respeito pelo outro, são ações de quem nunca recebeu uma mínima e elementar educação de base ou passou pelas necessidades de uma catástrofe.

Interrompi:

— Rômulo e Remo, não tem essa de morte pura ou impura, nenhum animal morre feliz.

O Remo respondeu:

— Concordo. E eu vivo indagando: como foi criada essa violenta lógica da cadeia alimentar que equilibra os ecossistemas, onde o próprio feroz predador pode ser vítima de outro, e as presas podem ser resistentes ou até fáceis? Será que os seres vivos não poderiam encontrar outras fontes, menos trágica,s sem essa de um comer o outro? A ciência se aprofunda, e pelo menos tenta dar explicações, ao contrário das religiões, que sempre encontram uma explicação fantasiosa. Para mim, que sou um simplório do asfalto, acho uma maluquice bárbara de quem inventou o mundo. É uma loucura, tenho lido que a simples ausência de sapos, lagartixas e outros répteis e anfíbios tem ajudado na proliferação do mosquito da dengue. Outra, pesquisas revelam que os animais não têm a capacidade neurológica para perceber e sentir a dor como os humanos. É uma atenuante que alivia o mal estar de ver esses predadores se alimentando de seres ainda vivos. Mas, será? Acreditando que o peixe também sente dor, puseram veneno de abelha nos seus lábios e eles foram se esfregar num canto do aquário. Mas você pode ver animais vivos sendo devorados, e não entrando em desespero, caso das zebras, e outros gritando pela menor dor que sofre, como o cachorro. Fazendas industriais traumatizam o instinto das fêmeas, ao arrancar seus filhotes, para através de antibióticos e homônios, prepará-los para a engorda, muitos sem conhecer a terra e a luz natural, só artificial. Resumindo, mesmo com o protesto dos veganos, na questão alimentar, a lógica do mundo que vivemos é perversa. Vai ser difícil o homem e outros animais suprimirem essa violência na cadeia desse equilíbrio. Os felinos da natureza, as indústrias de alimentos de origem animal e os carniceiros das churrascarias nunca vão ser vegetarianos.

Continuei:

— Interessante suas observações! Para concluir, o sujeito cobre seu cão de afetos, depois entra numa churrascaria para devorar a carne do boi que passou a vida inteira confinado. Ambos animais têm uma vida por volta de quinze anos, e possuem a mesma sensibilidade.

O Rômulo seguiu com sua argumentação:

— Marcão, somos moradores de rua, como dizem, mas diferenciados, não humilhamos ninguém. Nesse cenário das ruas que sempre percorremos, nunca desprezamos conteúdos, analisamos tudo e enfiamos em nossas vidas. No nosso rico roteiro por parte do centro da cidade, você e o Companheiro, mais do que eu, recordaram de passagens históricas maravilhosas, rimos, choramos e acredito que fizemos uma boa leitura de tudo. Agora, nós três, atuais moradores de rua, com mais alguns pobres amigos espalhados por aí, já tentamos várias performances no palco da vida, mas os bastidores são cruéis. Cansamos e agora estamos assim... como sobreviventes em alto mar, em que mesmo as tempestades insistindo em furar nossas boias, sempre encontramos um material flutuante. E vamos continuando boiando ou nadando, de boa, à procura de alguma ilha, sempre sabedores que poderemos ser estraçalhados pela voracidade dos tubarões ou pela indiferença dos luxuosos transatlânticos.

— Rômulo, veja essa rampa da Major Sertório... vou sair dessas águas perigosas que estamos, e mesmo com o ar poluído... vou levantar voo e atravessar aquela alusiva torre única do edifício Itália... Quanta bobagem da minha parte!... Genocídios, extermínios e atos extremos contra inocentes que representam uma raça, ou uma situação momentânea, não mudam os percursos da vida - delirou, com cara de sério, o velho Companheiro.

— Mas mesmo sendo contrariados pela vida, vocês não escondem um otimismo! Qual o próximo passo? Como a dona metáfora baixou no terreiro, podemos nos encontrar debaixo de algum baobá! - sugeri.

— Como disse meu genro aqui do lado, estamos à deriva, mas resistentes, não abordaremos em qualquer ilha da fantasia. Baobá? Achando que o repouso na sombra de uma árvore era eterno, o feroz desenvolvimento fez que até o príncipe do deserto fosse removido para um palácio, virado rei, e agora está morimbundo. Acredito que nosso reencontro foi necessário, ficou registrado, e não tem como, encerrou parte de uma época rica da cidade, que vivemos com ela. O que ficou foi o caldo daquela estúpida recessão. Quanto às nossas cabeças, o que dissemos é tudo igual, somos, você, eu, o Rômulo, o Remo e tantos bons malucos ou inocentes pelo planeta, um mesmo corpo esperando um arquiteto que faça uma nova reengenharia desse mundo, depois do novo dilúvio que se aproxima. Pode ser o mesmo que o criou, mas ao invés de ficar mandando arcanjos para espalhar esperanças que acabam desiludindo, que corrija definitivamente algumas coisas.

— Posso colaborar e fazer uma lista! - se entusiasmou o Remo, que num sorriso maroto continuou: — Falo, mas vai ser difícil, já teve castigo pelo pecado original, chuva de enxofre, dilúvio, epidemias, guerras... o mal se recolhe, mas sempre floresce mais forte. Veja o cinismo do capitalismo internacional, como acabamos de comentar, e como aumenta tudo a ele relacionado, como as religiões, ordens, irmandades, entidades, sociedades e tantas outros teísmos, vaidades e pretensas verdades, pregando em suas clausuras e simbolismos, ações de humildade, perdão, justiça social, filantropia, amor, paz, felicidade, liberdade, igualdade, fraternidade, educação, bons princípios e doutrinas maravilhosas para o progresso do homem, e nas vias da vida, se comportando às avessas, até perseguindo os contrários. E mesmo nessa constante e interminável incoerência, ainda vemos alguns envolvidos nessas pregações terráqueas, aproveitando as conquistas interplanetárias para tentar implantar a velha nova ordem pelo espaço, guerreando com as estrelas e tentando divulgar para o infinito, o mesmo estilo do nosso planeta, de dividir os seres em escravos e grandes mestres.

O Companheiro concluiu:

— Por mais futuristas, esses filmes e conquistas que você citou vão ser sempre antigos! Um pequeno escravo pode ter a luz que nesses grandes mestres nunca vai brilhar. Nessa utópica reconstrução planetária, os engenheiros não vão precisar de muito material. Nada de filantropia e preocupação com a humildade. Dois princípios podem aproximar o homem da purificação: que um abraço seja verdadeiramente fraterno, sem preconceitos e homofobias, e que as boas ações sejam entre todos os seres humanos, e não entre amigos. Muito simples, porque após esta limpeza, na sequência reinará o amor, felicidade, paz, justiça social, respeito à vida humana... liberdade, igualdade, fraternidade... e toda ladainha pregada entre altas paredes, muitas de ouro. É meu último delírio para eliminar toda essa parafernália que envolve esses discursos hipócritas. Porque só o cidadão educado sem amarras é que vai sedimentar o progresso sadio do homem...

— Nossa, muito simples! - ironizei. E como fica o lado do mal?

Ele continuou:

— É só o homem se libertar dos costumes e comportamentos que o Remo detalhou, que o mal vai perder a força... Pode ser que seja um conflito com fim!... Agora, deixa eu terminar a minha utopia definitiva... minha última forma de viajar: que após esse novo dilúvio que se aproxima, causado pelos comportamentos nocivos contra a ingenuidade dos esperançosos, consigamos embarcar os puros, sem nenhuma espécie de código, em alguma arca da lucidez!

Alameda nas redes sociais:

Site: www.alamedaeditorial.com.br
Facebook.com/alamedaeditorial/
Twitter.com/editoraalameda
Instagram.com/editora_alameda/

Esta obra foi impressa em São Paulo no primavera de 2017. No texto foi utilizada a fonte Minion Pro em corpo 10,5 e entrelinha de 16 pontos.